U0748834

城市想象与犹太文化：索尔·贝娄城市小说研究

Urban Imagination and Jewish Culture: Saul Bellow's Urban Fictions

张甜 著

上海人民出版社

国家社科基金后期资助项目
出版说明

后期资助项目是国家社科基金设立的一类重要项目，旨在鼓励广大社科研究者潜心治学，支持基础研究多出优秀成果。它是经过严格评审，从接近完成的科研成果中遴选立项的。为扩大后期资助项目的影响，更好地推动学术发展，促进成果转化，全国哲学社会科学工作办公室按照“统一设计、统一标识、统一版式、形成系列”的总体要求，组织出版国家社科基金后期资助项目成果。

全国哲学社会科学工作办公室

目　　录

序

张甜的《城市想象与犹太文化——索尔·贝娄城市小说研究》终于要出版了！可喜可贺！这部贝娄研究专著是在她的博士论文基础上，花费了近十年的心血修改而成，可谓“十年一剑”。

贝娄城市小说研究是贝娄研究中的一个崭新且重要的课题。有传统观点认为，类似这样的课题至少应涉及两个方面：一是一般意义上的城市小说研究；二是作为美国犹太作家的贝娄城市小说研究。前者多以城市的结构、城市的变迁、城市中的人物、景象、界标等为主要研究对象；后者则主要关注生活在城市中的犹太移民、犹太社区及其变迁，还有犹太人的境遇、现代性与犹太传统等。张甜的研究并没有拘泥于这一传统观点，而是结合贝娄城市小说这个具体研究对象，较好地将以上两个方面融合在一起，发掘和拓展了城市小说研究和贝娄城市小说研究的内涵。她的这部著作就是在此基础上沿着时间这条轴线，探讨了贝娄小说中所蕴含的犹太文化底蕴和由此而衍生出来的诸种问题。

张甜的这部专著共分为四章，每章的第一节都集中概述了贝娄城市小说的创作特点，以此为后面各节内容的展开规划出了一个潜在的线路图。顾名思义，这部以贝娄“城市小说”命名的专著，主要是围绕着“城市”这一话题展开的。具体说，这部著作从20世纪40年代初至50年代末开始梳理贝娄小说中的城市话题，分别以“城市平民‘囚徒’的困惑”、“城市漫游者的街道”、“合奏的其他城市景观”、“底层阶级的话语言说”、“名流梦与现实的碰撞”等为言说的标题，探讨了贝娄小说中与“城市”相关的一些内容。值得注意的是，张甜在论述贝娄的城市小说时，不是以一种视角来探讨的，而是灵活多变，即在“城市”这一不变的主题下，不断地变换研究视角和研究主体。譬如，她在谈及贝娄20世纪60年代初至70年代末的城市小说时，把关注的重点转向了城市知识分子，以“城市知识分子的二重世界”、“城市知识分子的社会角色”、“城市知识分子的隐退性”、“城市挽歌”、“最后的知识分子”

等为标题，探讨了生活在“城市”中的知识分子的追求、困惑与命运。正如她对贝娄这一时期小说主题的概括，在这一时期贝娄的创作关心“在业已面目全非的风景中如何保持人的善良和纯真的问题”。确实如此，贝娄对美国社会所采取的批判姿态有很大一部分是通过描写城市中的知识分子表现出来的，即通过知识分子这一特定的人物形象，揭露了人类社会的各种伪善、邪恶以及人类的文明堕落。

在面对贝娄20世纪80年代初至2000年以来的城市小说时，张甜在专著中主要讨论了贝娄小说中出现的“人文主义与自然科学的对垒”、“共产主义与资本主义的并置”以及“黑人、犹太人、城市人”等问题。这些问题都是并置、交叉甚至对立的，处理起来显然有一定的难度。张甜对这些问题都一一作了解读，有些解读还颇具有现实意义，如她在肯定贝娄在晚期小说中开始直接谈及应用科学和人文科学之间关系的同时，还点评说对应用科学的过度重视和忽略文学在帮助构建社会生活和性格方面所起到的作用，导致了现代人的腐败堕落和急功近利。这个观点无疑具有现实的指涉性。

张甜在攻读博士学位期间学习十分刻苦。她学习的主要特点之一是学东西领悟得快，有“理工科学生”的思辨能力。贝娄是一位不算好懂的作家。他的作品内涵丰富，语言表达含蓄，几近晦涩。贝娄小说内容所牵涉的面也很广泛，人类命运、犹太文化、美国社会、城市问题、媒体与政治、科学与人文、族裔与同化、善良与诚信、古典与现代审美，等等，都得到了生动的描绘和讨论。但是，这一切在张甜的笔下都得到了较好的讨论，想必读者也能从中有所获益。简言之，《城市想象与犹太文化——索尔·贝娄城市小说研究》这部专著涉及了贝娄小说研究的许多方面，提出了自己的一些独到的见解，为进一步开展贝娄研究提供了十分有益的参考。

作为他的导师，很为她取得的每一个进步感到由衷的高兴。借此机会，祝愿她在今后的学术研究中大作迭出，取得更大的成绩！

乔国强

2019年10月

绪　论

一、犹太人和城市

几百年前，东欧地区聚集了许多犹太人，这些犹太人有着牢固的精神纽带，绝大多数秉承着犹太教的仪式和传统，并使用着相同的意第绪语①，他们构成了一个“隐形”的民族，因为这个民族从未被承认。他们居住的地方既是一个大社区，也是一个小社会。他们严格按照犹太人的节日和律法格格不入地生存在欧洲的大环境中，他们勉强维生，忍辱负重，不得不苟且混迹于市，以期能存活下去。他们向美洲的迁徙始于19世纪80年代②，短短十年移民人数就超过200万。在抵达美国之前，他们都喜欢在欧洲的华沙和罗兹这样的大城市生活，逐渐从传统的犹太城(shtetl)③中迁移出来。由于当时的舆论普遍认为美国是唯一可以让犹太人免遭暴政蹂躏的乐土，也是一个阶级划分界限相对模糊的国度，因此许多犹太人乐于移民美国。来到美国之后，他们中大多数定居在纽约这样的大城市，他们一方面极力保持着自己的意第绪文化，另一方面希望能努力融入美国社会，甚至跻身美国中上流社会。可以说20世纪美国犹太人的历史基本上是东欧犹太人的历史。虽然在东欧犹太人来到美国之前，德国犹太移民已经居住在此，但在美国犹太人中数量最大且影响最大的仍属东欧犹太人。东欧犹太人在美国书写着新的历史、新的感悟甚至碰撞出与犹太教正统传统不一样的议题。

① 意第绪语：意第绪语是犹太人的日常交流语言，代表着犹太文化传统。二战前全世界有1 000万人使用意第绪语，目前全球使用的人口只有300万，而且基本上都是犹太人。

② 19世纪最后20年间东欧犹太城充满了偏狭且无知，因此社区运动和政治运动不断，旨在激发僵化腐朽社会的活力。

③ 犹太城：意第绪语称为the shtetl，不是村庄，是一种城镇，规模不大，街道偶尔有壮观的建筑物。

早期的美国犹太写作建立在曾经一度繁荣的东欧犹太文化和生活方式之上。美国犹太文学的主流仅在二战后才开始在后大屠杀的语境中慢慢得以确立。犹太人在美国取得的许多成就也毋庸置疑地促进了美国犹太文学的大繁荣。但是好景不长,20 世纪 60 年代有学者指出美国犹太文学已经不再具有独创性,犹太青年人的思维已经被固化,逐渐脱离了犹太传统,只剩下怀旧的情愫。

在城市里求生存是犹太人生活方式的一个关键特点。城市是文明人的自然居住地,是一个具有独特文化类型的区域。奥斯瓦尔德·斯宾格勒(Oswald Spingler)曾说:"所有伟大的文化都是从城市中诞生的,这是一个极为确定但却从未被深入研究的事实。第二代人类中的优秀者是建造城市的一群人。世界历史与人类历史不同,它的真正标准在于:世界历史就是城市人的历史。民族、政府、政治和宗教,所有这些都依赖于人类生存的基本形态——城市。"①亨利·詹姆士(Henry James)的弟子、美国城市社会学芝加哥学派②代表人物罗伯特·帕克(Robert Park)③认为:"城市,是一种精神状态,是各种习俗和传统构成的整体,是这些习俗中所包含并随传统而流传的那些统一思想和感情所构成的整体。换言之,城市绝非简单的物质现象,绝非简单的人工构筑物。城市已同其居民的各种重要活动密切地联系在一起,它是自然的产物,尤其是人类属性的产物。"④城市不仅是人类生存的共同体,一个共同拥有的过去,一种邻里关系,一种方言,更是让人们不断去感知其变化的客体⑤。城市是美国犹太人生活的一个主要生存空间,正如首段所说,大部分的东欧犹太人选择在如华沙、纽约等这样的大城市里生

---

① 转引自罗伯特·帕克等:《城市:有关城市环境中人类行为研究的建议》,杭苏红译,商务印书馆 2016 年版,第 7 页。

② 在社会科学中,最早有关美国城市概念的探讨芝加哥学派。当时的社会学家和人类学家把欧洲的社会理论运用到芝加哥的城市背景中。把关于前工业化时代到工业社会的过渡理论,即从原始、全体和共同体的团结到个体性和自治性的转换,再转换为从农村到城市的人口迁移统计的运动,这场运动以芝加哥为中心,发展扩散到美国其他城市中来。

③ 罗伯特·帕克(Robert Parker, 1864—1944):美国社会学家,曾创建美国第一个社会学系——芝加哥大学社会系,以此为中心形成的芝加哥学派是 20 世纪美国社会科学领域最有影响的学派。

④ Park, Robert. "The City: Suggestions for the Investigation of Human Behavior in the Urban Environment." In *The City*, Robert E. Parker, Ernest W. Burgess, and Roderick D. McKenzie, eds., with an Introduction by Morris Janowitz, Chicago and London: The University of Chicago Press, 1967, p.1.

⑤ 有意思的是由于"城市"定义的复杂,城市社会学家之间不再流行一种共识,他们往往更倾向于用圆滑含糊的方式来定义城市。

活。《幸福》杂志曾对犹太人的城市化特点进行过描述："犹太人……是一切民族中最城市化、最酷爱城市的民族；得天独厚的职业使他们同广大消费大众形成了最为直接的联系……而犹太人聚集在城市之中，这既是一个历史的事实，也是一个眼前的事实。"[①]由此可见城市对犹太人起着巨大的作用，在这里他们可以果腹，得以拖家带口地生存下去。城市不仅作为生活的场景，让人为其旺盛的生命力而惊叹，诸多文学想象也都以城市为依托展开。因为美国犹太民族独特的文化身份、历史流变、宗教信仰以及现代美国社会中面临的美国化问题都与城市不可分离。在现代文学作品中，城市有机地将历史、社会、人物、作者感悟融合在一起。基瓦尔(Hillel Kieval)认为："犹太人""城市"和"现代性"是三个本质上可以互换的术语[②]，由此可见三者的重要联系。犹太人生活在城市里，同时也在传统与现代的斗争中不可避免地卷入现代性的旋涡并打上现代性的烙印。城市在少数族裔的心目中是复杂而充满矛盾的。在与城市的异己对抗中，整个犹太移民的文化、心理发生了巨大的变化。美国犹太人渴望通过几代人的努力在城市占有一席之地并过上体面的生活来提升犹太人的社会地位，但在以美国性为代表的现代性与以犹太性为代表的传统性的博弈中，犹太人不得不面临比如同化、通婚等诸多问题。犹太民族是个漂泊的民族，城市虽然是其赖以生存的空间，但也悖论似地折射出犹太人毫无归属感的漂泊状态。由于处在不停流动的状态之中，犹太人作为城市中的他者，他们争取着自己仅有的生存空间；然而作为城市的居民，他们精神上又处于没有着落的空茫和悬浮状态。

犹太人与城市有着不解之缘，城市是犹太人得以生存的基础。由于宗教矛盾，犹太人既没有土地，也无法从事被基督徒认为是体面的职业。在中世纪教会的统治下，许多正常、体面的职业都不允许犹太人参加，比如教师、农民、公证人等，而街边小贩、高利贷则不得已成为他们赖以生存的职业。欧洲历史上著名的十字军运动曾对犹太社群造成了极大的冲击，十字军规定，所有欠犹太人的钱可以不还，此外十字军还推进了限制犹太人从事大多数经济活动的立法活动。这一活动的直接后果便是犹太人只被允许从事货币借贷和其他贸易行业，而不得踏入其他领域。这也成为大多数犹太人只能在城市中生活的一个悲怆而苦楚的理由，因为城市里繁华的商业为货币

---

① 转引自杰拉尔德·克雷夫茨：《犹太人和钱》，顾骏译，上海三联书店1991年版，第32页。

② Kieval, Hillel J. "Antisemitism & the City: A Beginner's Guide." In *People of the City: Jews and the Urban Challenge* (Vol.15), ed. Ezra Mendelson. New York and Oxford: Oxford University Press, 1980, p.34.

借贷和其他贸易提供了优质的场所。文艺复兴时期在莎士比亚的戏剧《威尼斯商人》中,犹太人夏洛克就以吝啬鬼的形象出现在读者面前,成为世界文学史上四大著名吝啬鬼形象之一。威尼斯城里有犹太人隔离区,白天开门,晚上犹太人必须回到各自隔离区。具有讽刺意味的是威尼斯城需要犹太人提供经济上的协助,因此允许他们白天自由活动。生活在威尼斯的夏洛克是个高利贷商人,为了收回安东尼奥无法偿还的欠款,他主张欠债人偿还一磅肉以冲抵借款。这一犹太恶商的形象一度在基督徒世界里成为常态,犹太商人吝啬且恶毒,这不仅反映出当时基督教盛行之下基督徒们对犹太教徒的偏见,犹太人被打上"贪婪"、"恶毒"的标签,同时也折射出犹太人苟且生活在夹缝之中的艰难状态。

20世纪初,犹太人已经不拘泥在自己的小圈子内,越来越多的犹太人参与到广泛的社会活动中。《前进报》(*The Forward*)[①]在1905年刊登过一篇关于犹太移民的精彩报道,这足以彰显犹太人在城市里不断发展繁衍并更多融入城市社会生活的进程:

> 显而易见,犹太人不光光顾纽约的公园:无论是莫里斯山、中央公园,布朗克斯公园,还是布鲁克林的希望公园。15年前,人们很少在中央公园的多数地段遇见犹太人漫步其间;他们只参观那座动物园。这是由于大多数参观公园的犹太人是在从西奈山医院返回的路上在那里下车的,医院当时坐落在莱克星顿街与第67大街交汇处,他们或是去那里探访病友,或是在门诊部看病。中央公园里唯一令犹太人感兴趣的就是动物园。他们不敢冒险往公园深处走,以免迷路。甚至第80街上的艺术博物馆也很少有犹太人餐馆。移民们找不到那地方,掌握的英语还不敷问道之用;可是,今年夏天两名犹太青年做了一次试验。他们坐在博物馆门厅里,观察进门者的面孔——80%多的人像犹太人。[②]

《前进报》这一细致入微的描述展现了两个方面的内容:犹太人的被迫无奈和积极适应。十几年前语言交流的障碍屏蔽了他们的对外交流,十几年后他们对城市生活已经应对自如,如鱼得水,对城市生活可谓津津乐道。谈及犹太人对城市的回忆我们不得不提到两位著名犹太作家:德国文化理

① 《前进报》又被称为《犹太进步日报》(*The Jewish Daily Forward*),是犹太裔美国人在纽约城出版的全国性报纸,在20世纪前30年拥有大批忠实的读者,并产生了相当大的政治影响力。

② 欧文·豪:《父辈的世界》,王海良、赵立行译,上海三联书店1995年版,第123—124页。

论家瓦尔特·本雅明(Walter Benjamin)和美国文学评论家阿尔弗雷德·卡津(Alfred Kazin)。这两位作家对城市的分析都或多或少地带有犹太人以局外人看问题的方式,体现着犹太人作为客民对所生活城市的思索。两者具有较为普遍的代表性,两者并非关心事物的表象,而更多关注于隐藏在艺术现象或者是城市现象背后的文化内涵。这两位作家的著作也为后人对城市的认知提供了丰富的素材和蓝本。本雅明 1892 年出生在柏林的一个犹太资产阶级家庭里,他的作品再现了现代欧洲历史中包括种族同化、政治与艺术的左倾等诸多主题。他对日常生活诗学、城市空间、都市大众的理解对当代有着深远的意义。漫游者(flanêur)①便是本雅明谈及的一个重要理念,也是本书在分析贝娄中期作品中借用的一个概念。漫游者本来是 19 世纪的一个文学形象,此人既是诗人也是艺术家,但更重要的是他还扮演着"流浪汉"和"街头侦探"的双重角色。他漫无目的地在 19 世纪的巴黎这个正在形成的现代城市空间之中——尤其是在刚刚建成的拱廊街道(arcades)——中行走,轻巧地到来,并消磨光阴,只不过此人不是 T.S.艾略特(T.S.Eliot)笔下的那种用咖啡和勺子打发空闲时间的中产阶级和上流阶层。通过"漫游"这一行为,他不仅仅在观察城市生活,在本雅明看来,他还在进行着类似"考古学"的活动,发掘着有关现代性的神话和"集体梦想"。于是,漫游就成为一种阅读城市文本的方式,一种发现那些嵌入城市分层构造中具有社会意义的迹象的方法。本雅明极力避免传统的叙事方式,他将城市作为文本,纳入视觉意象和图式手段,并采用蒙太奇的方式构建叙事编码。

另一位作家卡津出生在纽约布鲁克林区的一个犹太移民工人家庭,他一生的研究都扎根于美国本土。卡津在 27 岁时以《扎根本土》(1942)一举成名。其后陆续推出的经典名著有:《城市里的漫游者》(1951)、《当代人》(1963)、《始自三十年代》(1965)、《纽约犹太人》(1978)、《上帝与美国作家》(1997)等作品②。他积极投身于 20 世纪风起云涌的文化大潮,并在其中发现美国文学的价值、辨明美国文学的发展方向、甄别当代美国文学的优劣。

---

① "都市漫游者"首先是波德莱尔提供的一个意象,而本雅明在《发达资本主义时代的抒情诗人》中对其进行了全面的素描与立体化的呈现,在他笔下"漫游者"既是灵魂漫游者,也是城市漫游者。

② 这些作品的英文名称分别是 *On Native Grounds*: *An Interpretation of Modern American Prose Literature*, *A Walker in the City*, *Contemporaries*: *Essays on Modern Life and Literature*, *Starting Out in the Thirties*, *New York Jew*, *God and the American Writer*。

作为一名文学评论家，他始终以疏离者的视角来思考社会文化思潮和美国文学的特性，他再现了现代美国文学中自然与城市、艺术与政治的冲突问题。卡津在《城市里的漫游者》中以回忆录的方式讲述着自己在20世纪早期生活在一个贫穷而狭小的美国纽约郊区社区里的成长经历，尤其是20世纪30年代美国的经济大萧条时期。作者不停思索着这个让他毫无归属感而又极力想要融入的世界，探讨了诸如局外者、客民、犹太人等多重身份的问题，并描写了自己受到的家庭生活和社会生活的双重折磨，以及周遭人事的诸多变化。

现当代犹太文学作品创作中一个经久不衰的传奇便是一个来自隔都[①]的犹太人希望找到一个更加适合自己生存的自由之都。犹太作家们会通过真实再现或者扭曲变形的方式来展现自己对城市生活的想象。美国犹太文学中城市成为不可避免的一个场景。值得一提的是犹太人喜欢居住的城市都是人口高度密集的地区，比如纽约、芝加哥等，这对于推动他们融入城市生活具有非常重要的作用。这些区域也顺势建起了宗教场所与社会机构，它们在帮助犹太人巩固和发扬民族传统，加强安定团结的意识并强化其共有身份认同感方面起到了重要作用。

二、文学中的城市、城市中的文学和城市文学浅谈

从20世纪开始，许多学者尝试去定义“城市”及其特征，并挖掘“城市性”的构成元素。自马克斯·韦伯(Max Weber)在《城市》一书中给过定义之后，许多学者纷纷从社会学、人类学、历史学、文化等角度进行阐释，城市似乎成了一个无所不包的集合体。城市是一个以人为主体、以环境与空间为基础、以贸易为纽带、以人类和社会进步为目标的一个集人口、经济、文化、政治于一体的空间地域系统。此外，城市还是一种新型的具有象征意义的世界，它不仅代表着当地的居民，也代表着居民赖以生存的井然有序的空间。城市中形成的一切关系和现象，都是人与人相互作用的投射。现代城市在社会组织结构和生活方式上与古代城市迥然不同。古代城市以防卫为主，阶层多样，但商业并非主流和中心，现代城市则是人际关系与经贸关系的写照，城市也成为推动经济发展的强大动力。城市可以引起诸多思考：在

① 隔都(ghetto)是在种族主义政策或者文化传承下由特定种族聚居在一起的地方。

个体被城市文化包容的同时，个体如何展开行动并帮助形塑城市文化；个体如何将自我视为某种特定文化（尤其在社会发展的动荡期）的一部分；城市还可以成为探索社会里交融和排斥现象的汇聚点。城市集碎片性、都市性、波希米亚式、先锋性、消费性、异化、表现性等特征于一体，带给城市居民不一样的感受。

美国超验主义散文家、哲学家爱默生曾说过，城市"是靠记忆存在的"，除了城市发展轨迹中遗留下来的城市遗迹、各种文化烙印之外，文学恰好能让这种记忆得以更好地保存，文学中的城市成了不可或缺的一个场景，城市的历史性与文学的文字性正好结合在一起，构成了文学中的城市图景。随着城市的日益发展壮大，其内部空间不断扩大，各种梦想应运而生并逐渐裹上了物质的皮囊。城市的价值在不断增强，它绝不是工厂、仓库、兵营、法庭、监狱等构成的一个纯粹性组织，而更多地蕴含了城市的意识、城市的包容、城市的生活以及城市的憧憬。而城市文学则关系到这一系列的城市现象，无论是其各种元素零星分散的特性，抑或是联姻握合的状态，都展现出城市和文学更加丰满的形象，赋予两者独具匠心的特点，两者也在积极的互动中，带给城市文学更加深邃的探索空间和思索疆域。谈到现当代的城市文学不得不与现代性挂钩，尤其是现代社会的"都市性"品性。城市化的程度是现代性的一个重要标识，现代性同时还表现在工业化上。都市性的特征比较显而易见，比如密集的建筑群、马路、咖啡馆、超市以及拥挤的人群。可以说都市的社会结构已不仅仅建立在血缘和家庭的基础上，更多是建立在工厂和市场之上。

帕克认为城市生活改变了传统的生活方式，原有的社会组织与经济组织崩溃，取而代之的是"基于职业利益和行业利益的新型组织"①。随着城市作用的日趋重要，社会学家、历史学家、作家等视城市为一种话语，抑或是一种隐喻。韦伯②和奥斯瓦尔德・斯宾格勒（Oswald Spingler）③都强调一

① R.E.帕克：《城市：对于开展城市环境中人类行为研究的几点意见》，载 R.E.帕克等：《城市社会学》，宋俊岭、郑也夫等译，商务印书馆 2012 年版，第 15 页。

② 马克斯・韦伯（Max Weber，1864—1920），德国的政治经济学家和社会学家，被公认为现代社会学和公共行政学最重要的创始人之一。他的著作主要围绕社会学的宗教和政治研究领域，《新教伦理与资本主义精神》是他对宗教社会学最初的研究。马克斯・韦伯被后世称为"组织理论之父"。

③ 奥斯瓦尔德・斯宾格勒（Oswald Spingler，1880—1936），德国著名历史学家，历史哲学家，历史形态学的开创人。一战期间他隐居在慕尼黑的一所贫民窟里，在烛光下完成了《西方的没落》一书，此书在学界影响深远，令其名声大噪。

切文化都是以城市为基础,而小说本身就是城市文化背景下产生的艺术形式。作为话语的城市,它传递出城市文化、城市阶层的可言说性;作为隐喻的城市,它展现出一种矛盾化的情感,城市可以是美好的理想国,也可以是混乱的索多玛①。对于作家而言,城市不仅揭示着一种外部生活方式或者是生活环境,而且城市还参与着城市个体的人格构建。城市立体性的空间也带给文学创作更多的创作空间和审美空间,具有极其重要的叙事意义。史蒂文森曾指出:"事件和它发生的场所之间,有一种适合性在里面。见了心爱的庭院便想坐下来;见了某个场所,便想工作;见了某个场所便想偷懒;又在某个场所,便想起在露中做长时间的散步。夜、流水、灯火辉丽的街市,日出、船、大洋等等给人以影响,在个人心中,能使人想起种种欲望和享乐。"②这一说法也与部分学者探讨的城市日常性的特性相关联。正是基于城市的生活和市民阶层的诞生,城市文学应运而生。马尔科姆·布拉德伯里(Malcolm Bradbury)曾指出:"现代主义文学从许多方面来看都是城市的艺术,当我们想到现代主义时,我们就不能不想到城市环境。"③不少学者认为城市文学产生的基本条件便是工业化和市场经济,其实不然,城市文学的起点在西方可以追溯至柏拉图④。19世纪以前城市及其空间的元素仅仅作为小说中事件发生的场景或人物活动的背景而存在,而19世纪和20世纪文学中的城市则被作为文学中的主题之一来进行诠释,并且其中许多城市元素及符号具有了典型的象征意义,而现代文学到如今也绝大部分被视为城市文学,因此现代人生活的主要场景离不开城市。

美国学界从1934年起就陆续出现美国城市与文学关系的研究,最早是乔治·邓拉普(George Arthur Dunlap)于1934年发表的论文《1789—1900

---

① 索多玛(Sodom)首次出现在《旧约》中。这座城市位于死海的东南方,如今已沉没在水底。索多玛是一座耽溺男色淫乱且不忌讳同性性行为的性开放城市。索多玛的英文"Sodom"词源为"Sodomy",该词指男性之间的肛交,直译通常则为"鸡奸"。自1970年以来,考古学家们陆续在死海附近发现四座青铜时代古城,刚好与《圣经》中被毁灭的四座城市相对应。其中有一座城市"巴贝卓"最符合《圣经》中所描述的"索多玛"。

② 转引自徐岱:《小说叙事学》,中国社会科学出版社1992年版,第273页。

③ 马尔科姆·布拉德伯里、詹·麦克法兰主编:《现代主义》,胡家峦等译,上海外语教育出版社1992年版,第76—77页。

④ 柏拉图在《理想国》中提出了一种乌托邦式的生活方式,他描述了一个正义之城,可以说是最早探讨城市问题的文学。柏拉图认为正义的首要政治原则就是要正确地对劳动进行分配。在他的观念里,分工和城市的产生是适应人或欲望需要的结果。人的需要或者欲望的扩张,推动着分工的深化和城市的发展,反过来,城市的扩张又进一步适应和推动着需要或欲望的发展,两者相辅相成。在之后若干年的文化发展演变中,伴随着城市的不断扩张,城市又逐渐成为欲望和欲望满足及扩张的代名词。

年美国小说中的城市》[①]探讨了纽约、费城和波士顿状况的美国小说研究。此外还有一些理论学家做的探讨，比如段义孚(Yifu Tuan)从地理学角度来分析，大卫·威玛(David Weimer)在其著作《作为暗喻的城市》[②]从审美角度阐释作为暗喻的城市，布兰西·格尔冯特(Blanche Gelfant)在其著作《美国城市小说》[③]中分析小说作者对城市个体与现代文明的脱离现象，尤其是他们如何再现20世纪美国大都市的社会碎片化。还有一些研究采用原型、神秘主义或者象征等理论来观察城市小说，探讨某些人物对城市符号的理解或者对城市环境的反映。博尔顿·派克(Burton Pike)在其《现代文学中的城市形象》[④]一书中指出城市形象的两面性。一方面在对待城市的态度上具有超越历史的模式，它们表达着文化对内在矛盾的焦躁不安的梦想，另一方面城市的表征随着历史的推移发生变化。19世纪有序的静止的城市被流动中的城市所取代。个体化的城市变成了现代碎片化拼接的城市。

理查德·利罕(Richard Lehan)最先提出"文学中的城市"这一说法，在其著作《文学中的城市》中他主要探讨了针对城市的不同叙述模式以及城市在不同发展阶段的表现形式，同时他还指出："城市产生了激进的个人主义，大众和无家感，城市也与各种文学运动和小说的叙述类型如乌托邦小说、哥特小说、侦探小说、外省来的年轻人小说、帝国冒险小说、西部小说、科幻小说、黑幕小说等文类密不可分。"[⑤]值得一提的是，由于受到芒福德的启发，利罕提出了城市是都市生活加之于文学形式和文学形式加之于都市生活的持续不断的双重建构。此外该书还将商业城市、工业城市与后工业城市分别与现实主义(自然主义)、现代主义和后现代主义相对应，进而寻找在不同文学流派和文学时期城市的不同表述，该书对城市的勾勒具有历时性的特点，将城市的发展与文学的脉络相结合，两者相得益彰。除了利罕提出的"文学中的城市"之外，德国评论家克劳斯·谢尔普(Klaus Scherpe)也对城市表述的历史发展进行了勾勒，美国华裔学者张英进概括了谢尔普提出的

---

① Dunlap, George. *A Study of American Novels Portraying Contemporary Conditions in New York, Philadelphia, and Boston*. Philadelphia: University of Pennsylvania Press, 1934.

② Weimar. David. *The City as Metaphor*. New York: Random House, 1966.

③ Gelfant, Blanche. *American City Novel*. Noman: University of Oklahoma Press, 1954.

④ Pike, Burton. *The Image of the City in Modern Literature*. Princeton: Princeton University Press, 1981.

⑤ Lehan, Richard. *The City in Literature*. California: California University Press, 1998, p.15.

城市表述的四类模式：

“第一类模式来源于德国18、19世纪小说中描写的那种‘乡村乌托邦’和‘城市梦魇’的直接对立。在这一模式中，一种早期的、据信是平静和安宁的主观主体受到新兴的工业文明的威胁。”第二类模式见于“19世纪批判社会的自然主义小说，其中乡村和城市的对立退位于阶级斗争。……城市的生活和经验被缩小为个人和群体的对立”。第三类模式见于现代的作品，其中“巴黎流浪子的沉思姿态”表明“城市经验的潜在的想象力”，其“审美主体自然而然地观察审美客体，用凝视的目光捕捉和把握这客体”。第四类模式是“功能性的结构叙述”，通过这种叙述，“城市因其商品和人的剧烈流动而被重新构造为‘第二自然’，这一新构造据其在时间和空间上的自给自足，相辅相成的方式而产生”。换言之，在第四类模式中，城市称为自己的代理人，在文本中自由地展开自我叙述。①

那么城市中的文学与城市文学又是何种关系呢？在谈及两者关系时，张鸿声指出：“后者是立足于城市题材和形态自身，揭示城市文学的发生、发展、流变过程以及其内在构成规律，基本上属于传统的文学研究或文学史研究；而前者并不局限于城市题材与城市文学形态，它更关心城市所造成于人的城市知识，带来的对城市的不同叙述，以印证于某一阶段、某一地域的精神诉求。从方法论的角度来说，它更接近文化研究。”②由此可见，在张看来，前者贴近文化研究，后者属文学研究范畴。

传统的城市文学研究认为城市文学必须具备两大要素：一是城市题材，比如描写城市人的生活状况、价值取向，等等；二是创作主体必须具有城市意识，即具有城市人的思维方式和价值观念等，并依照这种方式来描写城市生活。然而对这种城市意识的理解以及衡量的尺度学界还是缺少一个统一的声音。比如陈晓明认为城市文学中缺乏城市精神，是一种无法解释的“他者”，并指出：“纵观现代以来的历史，城市文学若有若无地以不完全的形式和幽灵化的方式在不同的阶段显现，没有一部完整的历史，也不可能有其完

① 转引自张英进：《都市的线条：三十年代中国现代派笔下的上海》，《中国现代文学研究丛刊》1997年第3期，第93—109页。

② 张鸿声：《“文学中的城市”与“城市想象”研究》，《文学评论》2007年第1期，第116—122页。

整的自身。也就是说，它是一种不充分的他者化的存在，因为它不能被本质化，也无法被历史化，它是逃脱、缺席和不在场的一种踪迹。”①所以城市文学尚有许多内容需要进行梳理研究。

传统的城市文学研究基本采用“反映论”的方式，在写实基础上再现客观的城市生活。凡是以描写城市人、城市生活为主，并传达出城市意识的作品均可被称为城市文学。如果说城市文学是基于城市题材进行创作的文学，那么针对城市文学的研究应该采用何种方法并具有何种属性是值得进一步挖掘和探讨的。张鸿声曾对城市文学研究的模式进行过说明，在他看来：

> 城市文学研究大体采用的是“反映论”式的研究模式，即认为城市文学以某种方式再现了城市社会与城市文化形态，而且，城市文学的创作必须来自作家的城市经验。这种研究方法大都以社会学、历史学理论为基础，认为城市文学作品是对城市生活的客观再现，因而，这种模式特别适用于在表现方法上属于传统写实主义的文学作品。②

与以旷野、农舍、荒村、农场为意象的乡村文学不同，城市文学以城市阶层、高速公路、高层公寓、霓虹闪烁、剧院、游乐场、咖啡馆等场景或景观为自己的空间意象。

文学中的城市和城市中的文学均在探讨文学与城市的关系问题，强调两者的互生性，两者只是探讨的侧重点不同，城市文学的文学研究是以主题为核心进行划分的文学类别，就如同乡土文学、寻根文学一样，只不过城市兼顾地域性和主题性的双重功能。城市文学不仅可以能动地反映一个城市特有的文化底蕴及其鲜明个性，随之定格城市的文化个性，而且城市文学作品往往可以对城市生活文化产生较为深远的影响。可以说城市与文本是互动的，城市被文本赋予了新的意义，而文本也因为城市而变得更加多样与生动。文学能够被用来提供关于人类对环境经验的基本线索。并且作家们不仅描述这个世界，他们还助力于这个世界的形成，并影响着公众对景观和区域的态度。文本可以重新塑造城市形象，保存城市体验，书写城市历史。

---

① 陈晓明：《城市文学：无法现身的“他者”》，《文艺研究》2006年第1期，第12—25页。

② 张鸿声：《城市现代性的另一种表述：中国当代城市文学研究（1949—1976）》，北京大学出版社2014年版，第2页。

三、索尔·贝娄及其城市小说创作

二战后美国犹太文学发展蓬勃,不少犹太作家都在犹太传统与犹太历史事件中取材,虽然不少人不愿意承认自己的犹太身份,但在其创作中都或多或少受到犹太思维方式的影响。索尔·贝娄(Saul Bellow, 1915—2005)是二战后最重要的美国作家之一,同时也是一位创作时间跨度最长的美国犹太作家之一。从 20 世纪 40 年代初期他便开始进行创作,到 2000 年出版最后一部小说,共创作小说 14 部,短篇小说集 4 部,非小说类作品 3 部。1963 年贝娄被选为美国文学艺术院院士,1975 年贝娄以《洪堡的礼物》(*Humboldt's Gift*)获得普利策奖,1976 年获得诺贝尔文学奖,1977 年获美国文学艺术院金质奖章。他曾担任过芝加哥大学"社会思想委员会"主席,并获得诸多荣誉,比如哈佛大学、耶鲁大学、西北大学、康奈尔大学的荣誉博士学位、法国文艺骑士十字勋章、意大利马拉帕特奖、里根总统颁发的自由奖章,等等。1990 年美国全国图书基金会还向贝娄颁发了终身成就奖。1976 年,索尔·贝娄成为首位三次获得美国国家图书奖的美国犹太作家,还被哈罗德·布鲁姆(Harold Bloom)认为是同时代小说家中最强劲的一位①。《费城探寻者》(*Philadelphia Inquirer*)报曾于 2005 年贝娄逝世之后刊登了一篇"贝娄拯救了美国小说"的文章对贝娄做出高度的评价:"一部贝娄小说就是了解美国地貌、美国心灵的旅程,从往昔而来,又对未来无从掌控。他的小说助力于我们文化风貌的形成,完全有理由带给读者愉悦的感受。这就是贝娄的天赋。"②此外司各特(A.O.Scott)曾著文《索尔·贝娄:美国的城市诗人》对贝娄的城市书写给予了高度的评价③。贝娄的儿子格雷格·贝娄(Greg Bellow)在他对父亲的回忆录中谈到自己年轻时曾抗拒父亲的作品,并极力抵制他的各种成就,但是当父亲过世以后看到铺天盖地的讣告,这唤醒了他沉睡多年对父亲作品的兴趣,并意识到父亲作为一位

---

① Bloom, Harold. "Introduction." In *Saul Bellow* (*Modern Critical Views*), ed. Harold Bloom. New York: Chelsea House Publishers, 1986, p.1.

② Ridder, Knight. "Saul Bellow Rescued the American Novel." *The Philadelphia Inquirer*, The(PA) (2005) on Thursday, April 7.

③ Scott, A.O. "Saul Bellow, America's Poet of Urbanity." *The New York Times*, April 10, 2005. https://www.nytimes.com/2005/04/10/weekinreview/saul-bellow-americas-poet-of-urbanity.html.

文化英雄对所有人意义非凡①。

继几位美国犹太作家②相继获得诺贝尔文学奖、普利策奖之后，文学评论家欧文·豪(Irving Howe)曾断言美国犹太文学巅峰已经终结③，然而以贝娄为代表的美国犹太文学家并不认同。不少评论家认为，以贝娄为分界线，在其之前的美国文学创作主流多遵循着海明威和福克纳的创作风格来进行，而贝娄则突破了这一创作传统。这些评论家普遍认为贝娄是少有的获得诺贝尔文学奖后依然以其犀利的创作笔触屹立于美国文学之林的作家。诸多文学评论均肯定了贝娄出版于1953年的小说《奥吉·马奇历险记》(*The Adventures of Augie March*)的文学地位，认为该作品标志着贝娄从海明威和福克纳的风格中挣脱出来，同时该小说也开启了美国文学的新篇章。

贝娄④的童年颠沛流离，父亲亚伯拉罕在俄国的匹兹堡由于做生意伪造证件遭到起诉，被迫带着妻子丽莎和两个孩子简和莫理斯逃离俄国，迁往加拿大魁北克省，随后他们的第三个孩子萨米尔出生，1915年1月10日他们的第四个孩子所罗门(之后改名为“索尔”)出生。1918—1919年全家搬往蒙特利尔市的拉辛。贝娄的家庭是一个典型的犹太家庭，他从小接受正统的犹太教教育，贝娄接受采访时曾回忆自己的母亲与自己所受的家庭教育：“(她)完全生活在19世纪，她对我的唯一期望是成为一个塔木德学者。”⑤这足以说明贝娄家庭作为犹太人的传统性以及对犹太教教育的重视。在母亲严格的教导下，贝娄4岁时便能用希伯来语⑥和意第绪语背诵《创世记》。8岁那年，贝娄感染腹膜炎和急性肺炎，之后在维多利亚皇家医

① 详情可以参阅 Greg Bellow: *Saul Bellow's Heart: A Son's Memoir*. New York: Bloomsbury, 2013, pp.2—3.

② 20世纪六七十年代，美国文坛涌现出大批优秀的犹太裔作家，除贝娄之外还包括1978年获诺贝尔文学奖的艾萨克·巴舍维斯·辛格(I.B.Singer, 1904—1991)，获得包括美国国家图书奖在内的多种文学奖的伯纳德·马拉默德(Bernard Malamud, 1914—1986)，获普利策奖的菲利普·罗斯(Philip Roth, 1933—2018)，以及两度获得普利策奖的诺曼·梅勒(Norman Mailer, 1923—2007)，“黑色幽默”大师约瑟夫·海勒(Joseph Heller, 1923—1999)等。

③ Howe, Irving. “Introduction,” *Jewish American Stories*. New York: New American Library/Penguin, 1977, p.3.

④ 以下贝娄生平参考 Saul Bellow. *Letters*. Ed. Benjamin Taylor. New York: Viking, 2010, pp.xvii—xxxvi.

⑤ Interview with Nina A. Steers, “Successor to Faulkner?” *Show*, IV, September, 1964, p.38，转引自乔国强：《美国犹太文学》，商务印书馆2008年版，第328页。

⑥ 希伯来语(Hebrew)，犹太人的民族语言，是两千多年前的犹太人使用的语言，被认为是世界上最古老的语言之一，之后一直被遗忘，19世纪部分犹太人开始在口语和部分书面语中使用。

院接受为期六个月的康复治疗，这也让贝娄首次感受到在死亡边缘挣扎的苦楚。为了让家人过上富裕的生活，贝娄的父亲决定去美国试试机遇。1924 年父亲先行一步来到美国的芝加哥，之后家人跟随他非法入境，并于同年 7 月 4 日抵达芝加哥，居住在洪堡公园附近的贫民区。索尔相继就读于拉斐特小学、哥伦布小学以及萨宾中学和图莱中学。1928 年索尔与好朋友艾萨克·罗森菲尔德(Isaac Rosenfeld)[①]共同将 T.S.艾略特的诗歌《J.阿尔弗雷德·普罗弗洛克的情歌》(*The Love Song of J. Alfred Prufrock*)翻译成意第绪语。

1933 年贝娄从图莱中学毕业，考入芝加哥大学。20 世纪 30 年代的经济大萧条让贝娄的家庭也陷入经济上的窘境，父亲无法负担让贝娄继续在芝加哥大学接受教育的费用，之后贝娄转学至伊利诺伊州埃文斯顿的西北大学，贝娄本想就读英语文学专业，结果由于其犹太身份遭到英语系主任的断然拒绝之后转为攻读人类学。这一年，贝娄的母亲死于乳腺癌。1937 年贝娄获得社会学和人类学学士学位。同年进入威斯康星大学专攻人类学硕士学位，其间与第一位妻子安妮塔·戈什金(Anita Goshkin)结婚，后因想当作家中断学业，返回芝加哥，在公共事业振兴署从事执行联邦作家计划的工作。

1941 年贝娄在《党派评论》(*Partisan Review*)[②]上发表短篇小说《两个早晨的独白》(*Two Morning Monologues*)。1943 年开始以《一个晃来晃去的人的札记》(*The Notebook of a Dangling Man*)为题在《党派评论》上发表《晃来晃去的人》(*Dangling Man*)的部分章节。1944 年贝娄的第一部长篇小说《晃来晃去的人》出版。埃德蒙·威尔逊(Edmund Wilson)在《纽约客》(*The New Yorker*)上评论此部小说是"反映成长于大萧条和战争期间整代人的心理世界最为诚实的小说之一。"[③]1946 年贝娄第二次申请古根海姆研究基金失利，此时他执教于明尼苏达大学英语系，并与罗伯特·佩恩·沃伦(Robert Penn Warren)[④]成为终生的朋友。1947 年贝娄出版了第二部长篇小说《受害者》(*The Victim*)，贝娄自称这部小说为"有关罪行的小

---

① 艾萨克·罗森菲尔德(Isaac Rosenfeld，1918—1956)出生于芝加哥的移民家庭，美国作家，评论家，20 世纪 30 年代思想激进，是贝娄一生的挚友。

② 二战前后最具影响力的文学和政治刊物，后文谈及存在主义时也会提及此杂志。

③ Wilson，Edmund. "Doubts and Dreams：Dangling Man under a Glass Bell"，*The New Yorker*，1，April，1944:78.

④ 罗伯特·佩恩·沃伦(Robert Penn Warren，1905—1989)知名诗人、评论家，美国第一任桂冠诗人，是"新批评"的代表人物之一，被美国誉为"我们最杰出的文学家"以及"二十世纪后半叶最重要的美国诗人"。著有《国王的全班人马》(获普利策奖)、《理解小说》、《理解诗歌》等书。

说”。1948—1949 年贝娄如愿赢得古根海姆研究基金。

1952 年贝娄为《党派评论》翻译艾萨克·巴舍维什·辛格(Isaac Bashevis Singer)的短篇小说《傻瓜吉姆佩尔》(*Gimpel the Fool*),这也是辛格第一次以英语出现在读者面前。这个集嘲讽、智慧、诙谐于一身的故事悲伤而离奇,有趣而生动,随即取得了巨大的反响,获得了广泛的赞誉。1953 年贝娄出版了《奥吉·马奇历险记》(*The Adventures of Augie March*),小说非常畅销,并引起了不少美国读者的共鸣。贝娄认为自己早期的作品比较直白,而在这部作品中他希望采用一种新的美国语句,将通俗化的语言与优雅的语言结合起来,并让每位读者都能阅读这本书。1954 年此部小说帮助贝娄获得创作生涯中第一次全国国家图书奖。同年他与第一任妻子分居。1955 年贝娄第二次获得古根海姆研究基金资助,在内华达州的里诺居住,等待离婚。1956 年贝娄在内华达州的里诺小镇迎娶了亚历桑德拉(简称桑德拉)(Alexandra Sondra Tsachacbasov),并在《党派评论》上发表了《只争朝夕》(*Seize the Day*)。贝娄认为这部小说中的纽约人情感上较为淡薄,或者只有较为单一的维度。1959 年 3 月,《纽约时报书评》(*New York Times Book Review*)以《世界的读者们,小心啦!》(*Deep Readers of the World, Beware!*)①为标题,宣布贝娄的小说《雨王亨德森》(*Henderson the Rain King*)出版,但是该书却遭遇了诸多的批评。不少评论认为该小说具有无政府主义的思想,并且它抛弃了城市的场景以及犹太主题,但贝娄坚持认为该小说的主题依然围绕美国问题在展开。

1960 年贝娄在以色列会见了当代最著名的以色列作家阿格农(S. Y. Agnon)。6 月贝娄与桑德拉离婚,并于 1961 年与苏珊·格拉斯曼(Susan Glassman)开始了第三段婚姻。1962 年贝娄获得芝加哥大学思想委员会为期五年的教授聘期。1963 年贝娄编辑出版《著名犹太短篇小说选集》(*Great Jewish Short Stories*),并为该书作序,强调指出:“我们没有捏造历史和文化。我们仅仅只是出现了,并且不是因为我们自己的选择。我们采取可用的方式来尽量改变所处状况。我们必须接受这种混合的现实,因为我们意识到了它的不纯正性、它的悲剧以及它的希望。”②小说《只争朝夕》于 1966 年被拍成电影。20 世纪 60 年代中期贝娄已经非常出名,经常被重金请到各个高校和机构进行演讲。贝娄雇用了纽约演讲者的代理公司比

---

① https://archive.nytimes.com/www.nytimes.com/books/97/05/25/reviews/bellow-symbol.html?_r=1.

② Bellow, Saul. *Great Jewish Short Stories*. London: Vallentine Mitchell & Co Ltd, 1971.

尔·库珀公司(Bill Cooper Associate)帮他处理一些受邀的讲座和朗诵。1968年该公司协助组织了为期五天在伊利诺伊州五所大学举办讲座的巡讲活动。其中在旧金山州立大学的一次题为"作家在大学里做什么?"的报告让贝娄非常难堪,当时贝娄对阿米里·巴拉卡(Amiri Baraka 又称 LeRoi Jones)[①]区别白人艺术和黑人艺术的观点发表自己的见解,他认为没有必要费神去操心这个事,有一位最后只听了五分钟且对黑人运动非常积极的观众向他提问,并认为贝娄非常自负势利,此事令贝娄非常懊恼,此时贝娄和苏珊婚姻破裂,准备离婚,而期间有位在《纽约客》杂志供职年仅24岁的玛姬·斯达特斯(Maggie Staats)进入他的生活,成为他一生中维持时间最长也颇具动荡的情人关系。玛姬同时也是贝娄两部小说中女性人物的原型:《洪堡的礼物》(*Humboldt's Gift*, 1975)中的黛米·冯黑尔(Demmie Vonghel)以及《偷盗》(*A Theft*, 1989)里的克拉拉·维尔德(Clara Velde)。两位人物均热情、开朗、聪明且充满魅力,和玛姬一样讨人喜欢。1968年贝娄还带着玛姬去了法国接受法国授予外国人的最高文学奖项——艺术与文学骑士十字勋章,同年贝娄获得犹太传统奖"圣约信徒奖"(B'nai B'rith)。1969年贝娄在波士顿获得美国人文科学和艺术研究院院士称号。

1970年《赛姆勒先生的行星》(*Mr. Sammler's Planet*)出版,同年贝娄获纽约大学的荣誉博士学位。次年贝娄第三次获得美国国家图书奖,同年康奈尔大学授予他荣誉博士学位。1974年正在创作中的小说《洪堡的礼物》中的部分章节以《洪堡的礼物》为名刊登在《花花公子》杂志上。贝娄开始对鲁道夫·斯坦纳(Rudolf Steiner)[②]的灵智说及其作品产生了浓厚的兴趣。1974年贝娄与罗马尼亚出生的西北大学数学教授亚历桑德拉(Alexandra Ionescu Tulcea)开始了他人生的第四段婚姻。1975年8月《洪堡的礼物》出版。1976年贝娄以《洪堡的礼物》获得普利策奖。《耶路撒冷来去》(*To Jerusalem and Back*)则以章回的形式出现在《纽约客》上。同年12月贝娄"以其作品对当下文化的人道主义理解和精准的阐释"获得了诺贝尔文学奖。1977年5月贝娄获得美国文学和艺术委员会的小说类金质奖章。

---

① 阿米里·巴拉卡(Amiri Baraka 又称 LeRoi Jones, 1934—)美国黑人作家、政治活动家,因不愿意用白人的名字,在信奉伊斯兰教以后改名为巴拉卡。60年代初进行创作,1972年成为全国黑人政治核心小组领导人之一。

② 鲁道夫·斯坦纳(Rudolf Steiner, 1861—1925):奥地利社会哲学家。灵智学的创始人,用人的本性、心灵感觉和独立于感官的纯思维与理论解释生活。他潜心于科学,编辑了歌德的科学著作,并深受其影响。

1978 年他陪同亚历桑德拉赴罗马尼亚看望其病危的母亲，其母为罗马尼亚前任卫生部部长，这次旅行也部分反映在贝娄的下一部小说《院长的十二月》(*The Dean's December*)里。

1980 年贝娄开始与艾伦・布鲁姆(Allan Bloom)在芝加哥大学共同教授一门课程，此门课程在学生中引起轰动，深受学生喜欢。1982 年《院长的十二月》(*The Dean's December*)出版。1984 年故事集《口没遮拦的人》(*Him with His Foot in His Mouth*)出版。1985 年亚历桑德拉提出离婚。1986 年贝娄爱上了比他小 43 岁的珍妮丝・弗里德曼(Janis Freedman)，并开始生活在一起，开启了他的第五段婚姻。珍妮斯从 1982 年开始便一直担任贝娄的秘书。1987 年《更多的人死于心碎》(*More Die of Heartbreak*)出版。1988 年贝娄获得由里根总统颁发的自由勋章。1989 年 3 月贝娄出版中篇小说《偷窃》，同年 12 月出版《贝拉罗莎暗道》(*Bellarosa Connection*)。

1990 年贝娄在纽约获美国文学界杰出贡献奖章。1994 年贝娄的散文集《集腋成裘集》(*It All Adds Up*)出版。1997 年中篇小说《真情》(*The Actual*)出版。2000 年贝娄的收官之作《拉维尔斯坦》(*Ravelstein*)出版，并赢得新英格兰图书馆奖章。2001 年由贝娄的妻子弗里德曼编辑以及詹姆斯・伍德(James Wood)作序的贝娄《合集》(*Collected Stories*)出版，2002 年贝娄在波士顿大学依然和伍德合授课程。2003 年美国文库开始以五卷本的形式出版贝娄所有的作品。2004 年贝娄获得波士顿大学的荣誉博士学位。2005 年 4 月 5 日贝娄在马萨诸塞州布鲁克林(Brookline, MA)的家中去世，在举行完传统的犹太仪式后，贝娄的遗体被安葬在佛蒙特(Vermont)的博瑞特波罗(Brattleboro)公墓。

国外对贝娄的评论较多，有不少专著，并且还有贝娄协会以及以贝娄命名的期刊(*Saul Bellow Journal*)出版，可见贝娄的影响力。美国最早对贝娄作品的评论是发表在 1944 年 3 月 25 日《纽约时报》上由约翰・张伯伦(John Chamberlain)撰写的有关《晃来晃去的人》的书评。1964 年是贝娄作品评论爆炸性增长的一年，从之前每年不足 20 篇的规模马上升至 70 来篇，仅仅在 20 世纪 60 年代就至少有五部①有关贝娄的研究著作出版，这足以

① Tanner, Tony. *Saul Bellow*. London: Oliver & Boyd, 1965. Malin, Irving. *Saul Bellow's Fiction*. 1969. Carbondale, Illinois: Southern Illinois University Press, 1967. Malin, Irving. *Saul Bellow and the Critics*. New York: New York University Press, 1967. Opdahl, Keith Michael. *The Novels of Saul Bellow: An Introduction*. University Park, PA: Pennsylvania State University Press, 1967. Clayton, John Jacob. *Saul Bellow: In Defense of Man*. Bloomington: Indiana University Press, 1968.

说明贝娄的影响力。

国外20世纪60—70年代末的研究视角明显将美国性和犹太性割裂开来，避免对两者进行过多的强调，部分原因是受到二战的影响，另外20世纪六七十年代美国的民权运动、反战思维、反主流文化运动以及文化多元性的不断彰显，美国人避免谈论二战中惨绝人寰的大屠杀，因此评论界将关注的侧重点放置在作品的创作主题和写作风格上，如作品中主人公的精神模式，等等。1965年托尼·谭纳(Tony Tanner)出版了贝娄文学评论的第一部专著《索尔·贝娄》①。作者不仅指出贝娄作品情节的松散性，也提出了贝娄作品中体现的乐观和希望，并且他还比较了贝娄作品与现代主义文学作品的区别。基思·奥普达尔(Keith Opdahl)在《索尔·贝娄长篇小说论》②中认为贝娄的作品无一例外地表达了理想与现实的矛盾冲突问题。约翰·克莱顿(John Clayton)的专著《索尔·贝娄：人类的捍卫者》③中率先指出了贝娄作品中的精神模式，即：大部分主人公首先是位孤独者，甚至遭到异化，之后由于个人原因或危机离开家庭、妻子以及朋友，这批人憎恨他们自己，享受着遭受折磨和痛苦的过程。他们极度夸大自我，希望塑造浪漫主义的个人形象与世界形象。值得一提的是20世纪60年代的评论家几乎不约而同地认为贝娄对生活采取积极肯定的态度，即便作品中的主人公是默默无闻的小人物，但在异化世界中他们积极抵抗异化并顽强寻求自己向往的生活，因此此时期的评论普遍认为贝娄是一位乐观的人道主义者。20世纪70年代有关贝娄作品的批评专著有十多部，最具有代表性的专著是萨拉·科恩(Sarah Cohen)的《索尔·贝娄的谜一样的笑声》④。她从喜剧的角度考察贝娄的作品，指出贝娄一直保持一种全知全能的、作者的视角进行创作，将孤独异化的个体与社会状况结合，以辛辣讽刺的笔触描写荒谬。她指出贝娄笔下的主人公极力通过“理想的构建”和“梦幻的场景”这两种方式来逃离“乏味的现实”。此时期还出版了关于贝娄的批评论文合集⑤。总体说来这

① Tanner, Tony. *Saul Bellow*. London: Oliver & Boyd, 1965.

② Opdahl, Keith Michael. *The Novels of Saul Bellow: An Introduction*. University Park, Pennsylvania: Pennsylvania State University Press, 1967.

③ Clayton, John Jacob. *Saul Bellow: In Defense of Man*. Bloomington: Indiana University Press, 1968.

④ Cohen, Sarah Blacher. *Saul Bellow's Enigmatic Laughter*. Urbana: University of Illinois Press, 1974.

⑤ Malin, Irving. *Saul Bellow and the Critics*. New York: New York University Press, 1967.以及 Stanley Trachtenberg, ed., *Critical Essays on Saul Bellow*. Boston, MA: G.K. Hall & Co., 1979.

时期的评论没有太过于激进，基本延续20世纪60年代的批评导向。

随着战后大屠杀心理创伤的平抚加上以色列建国后的发展，美国社会中的犹太问题研究呈现出稳定发展的势头，研究角度得以极大地拓宽。20世纪80—90年代末对犹太作家贝娄作品的研究更加全面广泛，对贝娄的历史观、心智哲学、大屠杀态度等问题进行探讨。不过对贝娄的评述角度也是各有千秋。1980年约瑟夫·麦卡顿(Joseph F. McCadden)出版了他的博士论文《逃离女性——索尔·贝娄小说研究》①，这成为第一本探讨贝娄作品中女性人物的专著。此外朱迪·纽曼(Judie Newman)以历史的视角在《索尔·贝娄与历史》②中指出贝娄小说在情节、人物和主题上都贯穿了一根历史的主线。L. H. 古德曼(L. H. Goldman)的《索尔·贝娄的道德视域——犹太文化影响研究》③从道德的角度探讨了犹太传统对贝娄的影响，并认为这一影响远远超过贝娄所承认的程度。乔纳森·威尔逊(Jonathan Wilson)在《在贝娄的星球上：黑暗解读》④中认为贝娄小说中的世界是一个敌意世界，各种畸形人穿梭其间，他们在现实与梦想的夹缝间苦苦挣扎。艾伦·皮弗(Ellen Pifer)在《格格不入的索尔·贝娄》⑤中指出贝娄更关注人的灵魂和尊严对人类生存的作用。贝娄往往与当时的文化规约相背离，而去深入挖掘被物质世界模糊化了的更深刻的知识。皮弗认为贝娄更是一位充满梦想和空想的作家，而非传统的现实主义作家。麦克·格伦迪(Michael Glenday)在《索尔·贝娄与人文主义的衰落》⑥一书中指出对贝娄"人文主义福音传道者"这一评价需要重新审视，因为贝娄的主人公通常均为不太振作甚至是绝望失败的人文主义者，不得已的情况下才会选择出逃和离开。格罗里亚·克洛宁(Gloria Cronin)在《他自己的房间》⑦中指出贝

---

① McCadden, Joseph F. *The Flight from the Women in the Fiction of Saul Bellow*. Lanham, Maryland: University of America, 1980.

② Newman, Judie. *Saul Bellow and History*. London: Macmillan Press, 1984.

③ Goldman, L. H.. *Saul Bellow's Moral Vision: A Critical Study of the Jewish Experience*. New York: Irvington Publishers, 1983.

④ Wilson, Jonathan. *On Bellow's Planet. Readings from the Dark Side*. Rutherford, New Jersey: Dickinson University Press, 1985.

⑤ Pifer, Ellen. *Saul Bellow against the Grain*. Philadelphia: University of Pennsylvania Press, 1994.

⑥ Glenday, Michael K. *Saul Bellow and the Decline of Humanism*. London: Macmillan, 1990.

⑦ Cronin, Gloria L. *A Room of His Own: In Search of the Femine in the Novels of Saul Bellow*. Syracuse, New York: Syracuse University Press, 2001.

娄的厌女情结以及他的男性中心主义思想，并认为贝娄小说对女性通常采用一种讽刺愤怒甚至是憎恨的描述，这些男性主人公深陷于男性文化之中。其他学者还从不同的视角解读贝娄的作品，比如贝娄与大屠杀[①]，贝娄与政治，等等，不一而足。总部设在美国的国际索尔・贝娄学会（The International Saul Bellow Society，网址 http://www.saulbellow.org/index.html）从1981年起定期出版《索尔・贝娄学刊》（*Saul Bellow Journal*），并从1988年起出版年刊《索尔・贝娄通讯》（*Saul Bellow Society Newsletter*）。总体上此时期对他的评论以欧洲大陆哲学思想为基点，评价贝娄作品中的虚无主义、历史性、哲学性和思辨性，这无疑是受贝娄创作中期不断反思、悲观和绝望思想的影响。

21世纪以来，对贝娄的研究相对而言百花齐放，不仅文学评论视野开阔，针对其婚姻、作品、书信的著作也相继面世。有从贝娄与美国超验主义关系的角度进行分析的论著[②]，有针对贝娄笔下女性形象进行分析的专著，阐释女性形象以及犹太身份在其作品中的地位。2005年贝娄过世后，国外多家出版社分别将贝娄的小说和散文重新再版，2010年出版《贝娄书信集》[③]，这无疑将进一步深化对贝娄的研究，为不同视角和价值判断提供第一手资料。2015年出版《索尔・贝娄的政治指南》（*The Political Companion to Saul Bellow*）以及贝娄儿子的回忆录《索尔・贝娄的心：一个儿子的回忆》（*Saul Bellow's Heart: A Son's Memoir*），开阔了贝娄研究的新视野，也为贝娄研究提供了更加丰富的素材。2016年出版了三部著作，分别是：《索尔・贝娄剑桥指南》[④]、《贝娄的人民：索尔・贝娄如何将生活写进艺术》[⑤]和《索尔・贝娄：文学指南》[⑥]。这三部研究著作再一次将贝

---

① Goldman, Leila H.. "The Holocaust in the Novels of Saul Bellow." *Modern Language Studies*, 1986, 16(1): 71—80.以及 Kremer, S. Lillian. "Scar of Outrage: The Holocaust in *The Victim* and *Mr. Sammler's Planet*," in *Witness through the Imagination: Jewish American Holocaust Literature*. Detroit: Wayne State University Press, 1989, pp.36—62.

② Quayum, Mohammad A. *Saul Bellow and American Transcendentalism*. New York: Peter Lang, 2004.

③ Bellow, Saul. *Saul Bellow: Letters*. ed. Benjamin Taylor. New York: Viking, 2010.

④ Aarons, Victoria, ed. *The Cambridge Companion to Saul Bellow*. London: Cambridge University Press, 2016.

⑤ Mikics, David. *Bellow's People: How Saul Bellow Made Life into Art*. New York: W. W.Norton & Company, 2016.

⑥ Connelly, Mark. *Saul Bellow: A Literary Companion*. Jefferson, North Carolina: McFarland, 2016.

娄的作品带入读者们的视野。总体上研究视角多元,贝娄伟大的文学地位得到彰显,甚至在贝娄过世以后,报纸媒体对其地位做出了极高的评价,认为“贝娄拯救了美国小说”(*Philadelphia Inquiry*, 2005)①,但是国外研究尚未出现系统地从城市文学角度分析贝娄作品的专著,这也给本书提供了深入研究的空间。

此外据不完全统计在美国已出版了4部文献目录参考书②,7部贝娄的传记③。不同传记对贝娄的生平进行过描述,其中在贝娄生前出版并引起较大反响的莫过于詹姆斯·阿特拉斯(James Atlas)④所著的长达686页的《贝娄:一部传记》(*Bellow: A Biography*)。书中阿特拉斯肯定地指出:“贝娄从来不会让自己的经历埋没掉;他的作品往往反映了他创作时期所处的环境。按照时间顺序来读他的作品就能把握住他传记的轮廓。”这也是本书采用时间轴的方式来历时分析贝娄作品的一个支撑。贝娄在他看来又是一个直言不讳的保守的好战分子,同时还非常自恋。当然,贝娄在美国小说中的地位不容小觑,他认为“(贝娄)即兴创作的最不可思议之处是他能在接近真理与偏离真理的谈判中寻求一种平衡”⑤。这种对贝娄亦正亦邪的归纳让贝娄其人其文更加引人关注。

另外非常值得提及的传记是纪念贝娄逝世10周年之际出版的由英语教授扎克利·利德(Zachary Leader)所著的两卷本《贝娄的一生:致名誉与

① Ridder, Knight. “Saul Bellow Rescued the American Novel.” *Philadelphia Inquirer, The* (PA) (2005) on Thursday, April 7.

② 这四部文献目录参考书分别是:Lercangée, Francine. *Saul Bellow: A Bibliography of Secondary Sources*. Brussels: Center for American Studies, 1977; Nault, Marianne. *Saul Bellow: His Works and His Critics: An Annotated International Bibliography*. New York: Garland, 1977; Noreen, Robert G.. *Saul Bellow: A Reference Guide*. Boston: G.K. Hall, 1978; Cronin, Gloria L. and Blaine H. Hall, *Saul Bellow: An Annotated Bibliography*, 2nd ed. New York: Garland, 1987。

③ 这七部传记分别是:Harris, Mark. *Saul Bellow: Drumlin Woodchuck*. Athens: The University of Georgia Press, 1980; Miller, Ruth. *Saul Bellow: A Biography of the Imagination*. New York: St. Martin's Press, 1991; Wasserman, Harriet. *Handsome Is: Adventure with Saul Bellow*. New York: Fromm International Publishing Corporation, 1997; Atlas, James. *Bellow: A Biography*. New York: Random House, 2000. Bellow, Greg. *Saul Bellow's Heart: A Son's Memoir*. New York: Bloomsbury, 2013. Leader, Zachary. *The Life of Saul Bellow: To Fame and Fortune 1915—1964*. New York: Alfred A. Knopf, 2015. Leader, Zachary. *The Life of Saul Bellow: Love and Strife 1965—2005*. New York: Alfred A, Knopf, 2018。

④ 阿特拉斯于28岁时便出版了美国诗人、批评家戴尔莫·施瓦茨(Delmore Schwartz)的传记,而此人正是贝娄《洪堡的礼物》中的人物原型。

⑤ 相关评论可参见 http://www.bookreporter.com/reviews/bellow-a-biography,或者 http://www.economist.com/node/393288。

财富》(*The Life of Saul Bellow: To Fame and Fortune 1915—1964*)和《贝娄的一生:爱和冲突 1965—2005》(*The Life of Saul Bellow: Love and Strife 1965—2005*)。两卷本加在一起的页数长达 1 600 余页,这足以展示作者的功力以及对贝娄一生细致的探讨,两册书得到了广泛的好评[①]。上卷探讨了贝娄的前苏联之根,他在魁北克的出生及早期的童年,他在芝加哥度过的岁月,以及贝娄去墨西哥、欧洲、以色列的旅行,包括他五段婚姻中的前三段,贝娄发表和未发表的作品,等等。下卷探讨了贝娄在这一时期的辉煌,包括他获得三次全美国家图书奖、诺贝尔文学奖以及普利策奖,此阶段的生活和爱情更加具有戏剧性的色彩,他是一位不曾陨落的写作巨星,他格外浪漫,在爱情、种族问题、外交关系、宗教信仰等问题上他又饱受争议。贝娄 85 岁高龄之际与自己的第五任妻子迎来了自己的第四个孩子。很少有学者或作家能在文学领域和知识分子圈里与他比肩,这也是他的伟大之处。他有时可爱富有魅力,有时又因为他不断揭露别人的私生活而令人憎恶。

索尔·贝娄获得诺贝尔文学奖之前国内还没有一部贝娄小说的译作,最早的译作是 1981 年由王誉公翻译的《勿失良辰》(*Seize the Day*),随后 20 世纪八九十年代陆续出现译本。尤其是 2002 年河南教育出版社出版的《索尔·贝娄全集》的 14 卷本推动了国内贝娄研究的进程,近五年人民文学出版社、上海译文出版社等大型出版社都陆续推出了贝娄作品的译著[②]。有关贝娄的专著有周南翼的《贝娄》[③],刘文松的《索尔·贝娄小说中的权力关系及其女性表征》[④],郑丽的《解放潘多拉:贝娄四部小说中的女性形象和两性关系研究》[⑤],刘兮颖的《受难意识与犹太伦理取向:索尔·贝娄小说研究》[⑥],以及白爱宏的《抵抗异化:索尔·贝娄小说研究》[⑦]。近五年出版了诸多有关贝娄的著作,2014 年译林出版社分别出版了乔国强教授编著的《贝娄研究文集》[⑧]和《贝娄学术史研究》[⑨],2016 年有多部贝娄研究的专著

---

① 菲利普·罗斯、马丁·阿米斯等贝娄生前挚友都对该两卷本作出了非常积极的高度评价,还有评论家认为该书无法被超越。

② 可参见本书最后有关贝娄译著的附录。

③ 周南翼:《贝娄》,四川人民出版社 2003 年版。

④ 刘文松:《索尔·贝娄小说中的权力关系及其女性表征》,厦门大学出版社 2004 年版。

⑤ 郑丽:《解放潘多拉:贝娄四部小说中的女性形象和两性关系研究》,外语教育与研究出版社 2009 年版。

⑥ 刘兮颖:《受难意识与犹太伦理取向:索尔·贝娄小说研究》,华中师范大学 2011 年版。

⑦ 白爱宏:《抵抗异化:索尔·贝娄小说研究》,中国社会科学出版社 2012 年版。

⑧ 乔国强:《贝娄研究文集》,译林出版社 2014 年版。

⑨ 乔国强:《贝娄学术史研究》,译林出版社 2014 年版。

出版，如高迪迪的《索尔·贝娄早期小说研究》①，汪汉利的《索尔·贝娄小说研究》②，赵霞的《城市小说和人性救赎：索尔·贝娄小说研究》③，此外还有部分贝娄研究可散见于一些著作中，如乔国强《美国犹太文学》④中的第十一章对贝娄的"无根基"主题、成长小说以及历史含混性的分析，见解独到，引人入胜。乔国强还在英文专著《艾萨克·巴舍维什·辛格的犹太性》⑤中将贝娄、辛格、罗斯、马拉默德等犹太文学大家并置进行比较。此外还有刘洪一《走向文化诗学——美国犹太小说研究》⑥中第八、九章分别对贝娄小说的结构模式、叙述视角、创作主题等进行分析，从文化角度探讨贝娄的集传统与现代，集犹太遗风与美国新潮的世界主义。魏啸飞在《美国犹太文学和犹太特性》⑦一书第五章讨论了贝娄的一部小说。

专著出版的同时，也涌现出诸多优秀的期刊文章，比如乔国强发表在《当代外语研究》的《美国犹太作家笔下的现代城市》；朱路平发表在《浙江社会科学》的《精神的漂泊与回归——索尔·贝娄作品中的"流浪"主题》；廖七一发表在《四川外语学院学报》的《重返伊甸园的亚当梦——论〈奥吉·马奇历险记〉》；刘兮颖发表在《外国文学研究》的《〈更多的人死于心碎〉中的"对话"哲学》；祝平发表在《国外文学》上的《"最好莫如做一个士兵"——索尔·贝娄〈只争朝夕〉的伦理指向》分别从犹太主题、犹太身份、犹太哲学以及犹太伦理角度进行分析，视野开阔。

贝娄通常都被贴上犹太都市知识分子的标签，他引领着犹太人在美国生存的思想自由与解放，比如林恩·布里奇斯(Lynn Bridgers)在文章《索尔·贝娄对美国犹太文化的影响》(*Impact of Saul Bellow on American Jewish Culture*)⑧中曾分析贝娄对美国犹太文化的影响，还有的评论家分析贝娄小说的知识分子形象、叙事策略等。比如丹尼尔·福克斯(Daniel Fuchs)在文章《索尔·贝娄和现代传统》⑨中认为贝娄更应该被视为后现代

---

① 高迪迪：《索尔·贝娄早期小说研究》，人民日报出版社2016年版。

② 汪汉利：《索尔·贝娄小说研究》，浙江大学出版社2016年版。

③ 赵霞：《城市小说和人性救赎：索尔·贝娄小说研究》，中国社会科学出版社2016年版。

④ 乔国强：《美国犹太文学》，商务印书馆2008年版，第337—379页。

⑤ Qiao, Guoqiang. *The Jewishness of Isaac Bashevis Singer*. Oxford: Peter Lang, 2003, pp.211—246.

⑥ 刘洪一：《走向文化诗学——美国犹太小说研究》，北京大学出版社2002年版，第205—255页。

⑦ 魏啸飞：《美国犹太文学和犹太特性》，广西师范大学出版社2009年版，第181—233页。

⑧ www.stu.edu/IMG/pdf/jensen.pdf, 2017-01-11。

⑨ Fuchs, Daniel. "Saul Bellow and the Modern Tradition." *Contemporary Literature*, Vol.15, No.1(Winter, 1974): 67—89.

作家,因为他的创作题材、写作方式,以及探讨的身心关系都是之前美国文学缺少的。国内学者刘洪一总结贝娄生于一个"通用俄语、意第绪语、法语、英语的世界主义的世界——具有独特国际化色彩的犹太居住区,自幼便铸就了一种特殊的整合素质和精神气质。"①

早期犹太移民作家的常规任务是成为贯穿"隔都世界与城市现代化世界的桥梁"②,这些作家挣扎着对自己不可回避的移民生活和他们不得不去接触的大都市生活作出公正的评判。提到城市的研究问题,除了许多城市社会学家之外,不少国外学者也就犹太人与其所生活的城市空间的问题展开过探讨,他们包括:卡津在《作家的美国:文学的地理景观》③向读者展示出美国作家、自然土地、景观关系的变化。卡津在《城市中的步行者》中更是将回忆与城市生活结合起来。穆雷·鲍姆加登(Murray Baumgarten)的《城市手稿:现代犹太文学》④中指出城市生活其实为犹太人充满矛盾的历史现状做了场景的设置,并指出犹太人"既是城市的陌生者又是一个都市者",茱莉亚·布罗奇(Julia Brauch)主编的《犹太空间论:空间的视野、地域的传统》(*Jewish Topographies*: *Visions of Space*, *Traditions of Place*)⑤从空间诗学角度对犹太人的家园概念进行梳理。

目前国内对美国犹太文学的研究较多,基本围绕着犹太人的身份、犹太教信仰、生存状况、犹太复国主义等问题展开。就城市这一主题而言,部分论文从犹太人生活的大都市进行考察,也给笔者不少启发,比如乔国强教授《美国犹太作家笔下的现代城市》和王卓教授《都市漫游叙事视角下的美国犹太诗性书写》,两者都结合犹太特有的文化以及美国化进程中的无奈对犹太人的生存困境深入细致地进行了分析。

总的说来,贝娄将城市视为"人类经验的表达,并包括了所有个体的历史"⑥。因此在贝娄小说中城市不仅提供了一个人类经验的场所,它将犹太人的整体城市经历真实地再现出来,而且城市也给个体提供了一个展示自

---

① 刘洪一:《走向文化诗学——美国犹太小说研究》,北京大学出版社 2002 年版,第 207 页。

② Bell, K. Pearl, "New Jewish Voice," *Commentary*, June 1981, 62.

③ Kazin, Alfred. *A Writer's America*: *Landscape in Literature*. New York: A.A.Knopf, 1988.

④ Baumgarten, Murray. *City Scriptures*: *Modern Jewish Writing*. Cambridge: Harvard University Press, 1982.

⑤ Brauch, Julia, et al, eds. *Jewish Topographies*: *Visions of Space*, *Traditions of Place*. Burlington, VT: Ashgate Publishing Company, 2008.

⑥ Bellow, Saul. *More Die of Heartbreak*. New York: Penguin Books, 2004, p.124.

我的平台，它蕴含着不同个体的历史，包括发迹史、家庭史、爱情史、伤心史等等。正如《院长的十二月》中所说："城市是情绪，是感情状态，大部分是集体的扭曲。在这里，人类茁壮成长，又受苦受难；在这里，他们把灵魂投注到痛苦和欢乐之中，把这些痛苦和欢乐当做现实的证明，这样，'该隐的城市在谋杀中建成'。"[①]因此城市是不同生活经验和感受的集合体。"每个人心里都有一座仅仅由差异构成的城市，一座既无形象又无形态的城市，而那些特别的城市则填充了它。"[②]卡尔维诺如是说。而贝娄心中的城市就是芝加哥。在他笔下，芝加哥可以是乐观向上的，比如《奥吉·马奇历险记》中开篇第一句："我是个美国人，出生在芝加哥"，"还是回美国去的好"[③]；芝加哥也可以是肮脏龌龊的，如在《赛姆勒先生的行星》中，芝加哥被称为是"美国的蔑视中心"[④]。芝加哥是贝娄笔下城市描写的核心所在，此外贝娄也构建起一张城市之网，将芝加哥纳入与诸多城市如纽约、巴黎、布加勒斯特等的对比与并置中。

美国城市社会学家的理论著作[⑤]大多会提及贝娄对城市的刻画以及他在引领城市文化中功不可没的地位与作用，这无疑彰显了贝娄城市小说的地位及影响，尤其是贝娄笔下的芝加哥特征之鲜明，毫不逊色于詹姆斯·乔伊斯(James Joyce)的都柏林、查尔斯·狄更斯(Charles Dickens)的伦敦以及诗人查尔斯·波德莱尔(Charles Baudelaire)的巴黎。贝娄城市小说创作的内涵主要在于他以不同场景的切换、城市景观的糅合、城市人精神状态等方面突出城市的作用，并强调城市中犹太人的现实归属和历史归属问题。

贝娄在其长达60年跨度的创作生涯中创作出诸多优秀的作品，展现出城市发展的轨迹，他将20世纪40—90年代末的城市变迁勾勒得淋漓尽致。比如50年代随着城际、州际公路的发展，以及人口流动加速带来的居无定所感；60年代后期以来到70年代人们对现代建筑和城市规划的不满，当时人们普遍认为城市是一个非人性化的空间，缺乏城市地貌的可辨识性和地

---

① Bellow, Saul. *The Dean's December*. New York: Penguin Modern Classics, 2008, p.285.

② 伊塔洛·卡尔维诺：《看不见的城市》，张宓译，译林出版社2006年版，第33页。

③ Bellow, Saul. *The Adventures of Augie March*. New York: Penguin Modern Classics, 2001, pp.3, 410.

④ Bellow, Saul. *The Dean's December*. New York: Penguin Modern Classics, 2008, p.42.

⑤ 这部分论著有Bennett, Larry. *The Third City: Chicago and American Urbanism*. Chicago: The University of Chicago, 2010, p.57.以及Baumgarten, Murray. *City Scriptures: Modern Jewish Writing*. Cambridge: Harvard University Press, 1982, pp.11, 15, 19.以及Peter Preston and Paul Simpon-Housley, eds. *Writing the City: Eden, Babylon and the New Jerusalem*. New York: Routledge, 1994, p.1.

方性;80 年代初期在普遍感到焦虑不安的时代,城市给人们信心并扮演着温暖的避风港角色;即便 20 世纪末会有怀旧和伤感,但以新技术、新变革、新创造为代表的新型城市意识形态占据上风,对细节的关注、对地方色彩的强调、对人生百态的展现等都展现出一种浪漫主义的回归。南·艾琳(Nan Ellin)在其著作《后现代城市主义》中指出:"尽管在后现代城市主义中,既有规范的也有政治的变化,但共同的分母就是它的浪漫主义的回归。"[①]浪漫主义既推动了怀旧情绪,又被怀旧感伤的情绪所驱动。正是在这种几十年以来对城市理解的不断深化和演变中,贝娄的城市小说展现出别样的特点。他的城市小说书写着城市的沧桑,体现着城市居民的主体性,镌刻着资本主义发展的轨迹,不可否认他是一位独具特色的业余的城市社会学家。本书将在城市主题的观测点上以动态的眼光看待贝娄不同时期对城市理解的发展变化。采用历时的分析模式、以文本细读为基础,将贝娄不同时期的小说与贝娄对城市态度的变化结合起来。同时本书还将采用共时的分析模式,将贝娄纳入历史语境与犹太传统中。

贝娄从小接受犹太文化的熏陶,虽然贝娄本人不愿被贴上犹太人的身份标签[②],但是纵观其作品,对其理解不能绕开美国犹太文学的秉性及其文学传统的传承性。美国犹太文学的传统解读视角通常有以下几种:第一种是从文化传承的角度分析文学作品,将一部给定文学作品变成一种标杆或者晴雨表,以测试其在更大的犹太社区范围内"犹太性"的深度和广度;第二种主要采用精神分析的模式,来探究犹太人如何扮演社会和宗教中的"他者"角色,并对此种角色进行回应。作家们往往通过降低或者均衡非犹太人眼中对犹太差异的觉察,以使犹太人同化成美国白人的进程变得容易;第三种则是采取研究美国族裔的方式,从结构主义的视角比如"边缘"或"中心"来探讨种族身份的形成,还可以通过研究种族话语的方式来分析文本中暗含的族裔性[③]。本书将这三种方式加以融合来探讨贝娄的城市小说,解释其创作的历史语境,将其小说主题的清晰化、空间领域的延展化、城市人物类型的多样化相结合,勾勒贝娄城市小说的全貌。

贝娄的小说创作中展现出城市与读者、城市与作者的互动,这是贝娄小说创作中一个鲜明的特色——一个文本的城市,一个城市的文本。城市可

① 南·艾琳:《后现代城市主义》,张冠增译,同济大学出版社 2007 年版,第 19 页。

② 贝娄曾说自己是一个"有着犹太遗风的美国人"(an American with Jewish heritage)。

③ Levinson, Julian. *Exiles on Main Street: Jewish American Writers and American Literary Culture*. Bloomington: Indiana University Press, 2008, pp.6—7.

以作为文本，文本也可以再现城市，正如威廉·夏普在《非真实的城市》中指出的："城市存在于我们心中如同我们居住在城市之中，城市存在于物质世界也存在于我们的想象中，物质世界作为一种环境进入诗人们所建构的'虚幻的城市'。通过文学文本的研究，我们不能佯装了解波德莱尔的真实的巴黎，布莱克、华兹华斯或艾略特实际的伦敦。但通过我们的阅读，我们可以理解这些城市是如何被生活在它们之中的诗人感受的，这种感受的文学再现又如何受到了先前城市文本的影响。"①贝娄笔下的城市富有思想，既真实可信，又存在于读者的想象之中。透过阅读，我们不仅可以了解到贝娄对砖瓦堆砌的城市的感悟，还可以感受到城市的变化如何展现在文字堆砌的文本中。

小说作为一种文体，本身表现得也像一个隐喻或者是诸多隐喻的合集。小说让读者不仅感受到一些具体的图景，而且读者会依托想象力来形塑这个特殊的世界。亨利·詹姆斯(Henry James)就曾提到公共生活中文学想象的任务是"创作纪实，因为没有比这更让人享受的事情了：在一个世界中去想象光荣的、富有生命力的事物"②。玛莎·努斯鲍姆(Martha Nussbaum)也指出小说在文本与想象读者的互动结构中的关系：

> 小说把人类的普遍渴望和社会生活的特殊形式这两者的互动作为自己的主题：社会生活的特殊形式可能会成就人类的普遍渴望，也可能会阻碍人类的普遍渴望，在成就或阻碍的过程中有力地形塑它。小说描绘了在具体社会情境下感受到的一直存在的人类需求和渴望的形式。……小说从总体上建构了一位与小说的角色拥有某些共同的希望、恐惧和普遍人类关怀的虚拟读者，并且因为这些共同的希望，这位虚拟读者和这些角色建立了认同与同情的联系；当然，这位虚拟的读者仍然位于别处，需要让他熟悉小说角色的具体情境。③

而这种隐喻与小说的结合正是贝娄进行城市小说创作的基础，贝娄笔下的城市被同时展示为一种社会现象和一种人文景观。

---

① 转引自陈晓兰：《二十世纪八九十年代英美都市文学研究一瞥》，《外国文学动态》(2006)：9—12。

② James, Henry. *Art of the Novel*. New York: The Barnes & Nobel, 1934, pp.223—224.

③ 玛莎·努斯鲍姆：《诗性正义：文学想象与公共生活》，丁晓东译，北京大学出版社 2010 年版，第 19 页。

文学表现的是时间中的城市，一个流动中的变化中的城市，作者的主观情感往往会渗透进城市的形象之中。城市形象反映出个人意识的不稳定，折射出个人的思想变化。这种个人意识并非固定在静止的城市中。因此，作家对城市形象的再现也展现出一个不断变化的图景。城市就像梦境，希望和畏惧构成它的基石，尽管它的故事线索是隐含的，有时组合规律是荒谬的，透视感是骗人的，并且每件事件中都隐藏着另外一件，这依然掩饰不了城市的复杂性和深邃性。本书将按这一变化图景将贝娄的创作进行划分，按照贝娄对城市的动态理解轨迹将其创作生涯划分为三个阶段①：第一阶段是从20世纪40年代初至50年代末，贝娄极力传达出犹太移民对城市生活的憧憬；第二阶段是从20世纪60年代初至70年代末，这一时期作品主要以芝加哥为核心，体现出作者及人物对城市极强的排斥性；第三阶段是从20世纪80年代至2000年，主要体现了贝娄城市再接受的心理过程，批判的笔触不再那么犀利，这一时期的城市主题更加多元化，涉及人生、历史、死亡、友谊等问题，展现后现代语境下城市的国际性、多样性、复杂性、全球性等特点，并最终在犹太性和犹太身份的强化中收尾。

本书拟以贝娄作品中的城市为切入点，探讨其作品里不同主题下城市书写的形态与特征，同时分析城市与其他文学想象之间的联系，揭示出城市与犹太生存空间与犹太文化机理的紧密联系，进而归纳出在面临犹太性与美国性的矛盾身份中所体现的族裔心理机制以及文化肌理，从根本上展现出犹太文化在美国化进程中所体现的动态文化结构，以及在构建主客民文化中的“大同化”思想，这也是诸多犹太作家在展示民族性中的一种叙述策略，是犹太文化空间的重要组成部分。通过文本细读，将作品的文化地理、心理机制、叙述方式、犹太哲学、文化构建等理论相联系，主要以空间和文化的理论为支点，注重关联研究，以期发掘城市在构建作者整个作品体系中的作用，揭示现当代犹太人的寻根主题、身份主题和回归主题，以及在同化进程中犹太人文化空间构建的主体性问题。本书还将社会学中有关城市的内

① 瑞典皇家学院在给贝娄颁发诺贝尔文学奖时发表的声明中将其创作分为两个时期：第一时期从第一部长篇小说《晃来晃去的人》(1944)到第四部长篇小说《抓住时日》(1956)，第二时期则以贝娄的第三部长篇小说《奥吉·马奇历险记》(1953)为始点。亚达夫(C.S.Yadav)在其专著《索尔·贝娄》中将贝娄的创作按照主题进行划分，分为四种类型：20世纪40年代的受害者小说、50年代的冒险小说、60年代的幸存者小说以及70—80年代的超越小说。参见C.S.Yadav, *Saul Bellow*. Jaipur: Printwell, 1991, p.10。刘兮颖在其专著《受难意识与犹太伦理取向：索尔·贝娄小说研究》中将贝娄的创作按照思想内容和艺术成就分成三个时期，分别是：早期创作(1941—1958)、中期创作(1959—1986)、晚期创作(1987—2000)。本文将按照贝娄对城市态度的轨迹来进行划分。

容引入文学作品的考察中，通过文本细读挖掘文本中隐含的城市现象，以贫民窟、高楼、公共交通等城市符号与城市人的心理、城市的物质主义、消费主义等相结合，管窥贝娄的城市小说特征以及贝娄在城市与历史、城市与心理、城市与自然、城市与种族等问题上的立场。

全书除绪论部分之外分为四章，其中三章探讨贝娄城市小说创作的三个阶段，第四章归纳贝娄城市小说创作的现代性和审美性。每个阶段选取了三部作品进行详细分析与解读。总体说来，索尔·贝娄在创作早期，笔下的城市是充满希望的城市，贝娄极力传达出犹太移民对城市生活的憧憬；中期的作品以芝加哥为核心，体现出极强的排斥性，尤其是对肮脏、低俗、物欲横流的芝加哥的描写，极具特色，入木三分；晚期的城市小说创作中，虽然也暗含中期创作的那种厌烦，但更多地以反思为主，并融入作者在后大屠杀时代对犹太身份、犹太历史的思考，以及对以城市生活为轴心延展开来的对家庭、爱情以及死亡的看法。帕克颇有影响的文章《城市：对都市环境中人类行为研究的建议》中提出："城市的各个部分都不可避免地沾染了其人口的独特情感，它导致的结果是，起初纯粹地理表现转化成了街坊，即一个拥有自身的情感、传统和历史的地方。"[①]而贝娄对城市各个部分的描写也都体现出他自身的情感、犹太传统以及犹太历史。并且这种对城市的描绘是与贝娄在美国性和犹太性的挣扎权衡中不断变化的，是移民美国化的过程，但又是贝娄犹太性不断强化的过程，在对美国性的思考中贝娄逐步彰显出他的犹太性。

虽然贝娄声称自己不是一个"犹太"作家，而是一个碰巧是犹太人的美国作家，但在与齐冉坦·库尔席乐莎(Chirantan Kulshrestha)的访谈中，他说："在我人生最易受影响的阶段，我是个不折不扣的犹太人，这是一种恩赐，是人不用去争辩的绝妙财富。"[②]4岁的贝娄就认为他的祖先亚伯拉罕、以撒克、约克伯都"真实生活"在他的生命里，甚至他的作品也从希伯来圣经中汲取养分，有关流放、徘徊和异化的主题在他作品中屡见不鲜。亚伯拉罕摧毁父亲的崇拜物，约克伯与天使的角斗，但以理的故事，以及地球便是一种石头的禁锢(stony confinement)，这些都成为贝娄在自己创作的作品里对犹太教最诚挚的致敬。

---

① 海因茨·佩茨沃德：《符号、文化、城市：文化批评哲学五题》，邓文华译，四川人民出版社2008年版，第90页。

② Kulshrestha, Chirantan. "A Conversation with Saul Bellow," *Chicago Reivew* 23.4—24.1 (1972)：7—15.

第一章“城市神话——应许之地的寻觅”分析贝娄创作于20世纪40年代初至50年代末的小说，主要研究作品为《晃来晃去的人》(*Dangling Man*, 1944),《奥吉・马奇历险记》(*The Adventures of Augie March*, 1953)和《雨王亨德森》(*Henderson the Rain King*, 1959)。本章将从存在主义、保守主义和自由主义的创作语境分析贝娄的创作风格以及对城市的看法。贝娄早年作品刻画的城市阶层主要是以犹太平民为代表的底层人民。在布尔乔亚主义的影响下他们渴望自由，对异质生活格外向往，纷纷离开街区，走上美国化的道路。在贝娄第一部小说《晃来晃去的人》中，他以城市“囚徒”的视角隐喻犹太人在现代城市下的历史重负，以及在城市漫游下的精神悬浮状态。独具匠心的结尾恰当地传达出早期移民小心谨慎而又充满乐观精神的心理。《奥吉・马奇历险记》则将早期移民拘谨的心理转变为一种大胆的探险精神。贝娄通过将奥吉放置在一个更加广大的时空中，让他不停地变化着自己的位置：芝加哥、巴黎、罗马、墨西哥，没有固定的地方，但奥吉一直希望在这个广博的地域范围中找到一个乐园，并且心中一直都充满希望与梦想。这种对理想国的探寻正是贝娄早期创作中在城市问题上的乐观心理的集中体现。《雨王亨德森》则从另外一个角度揭示城市与蛮荒、先进与落后的对比，倡导建立一种适宜各种物种、各种族裔和平共处的共同体，从一个方面寄托了贝娄美好的愿景。

第二章“城市噩梦——被围困的城市”主要分析贝娄创作第二阶段，即20世纪60年代初至70年代末的特征。主要研究作品包括《赫索格》(*Herzog*, 1964),《赛姆勒先生的行星》(*Mr. Sammler's Planet*, 1970)和《洪堡的礼物》(*Humboldt's Gift*, 1975)。在垮掉的一代、纽约知识分子、麦卡锡主义、种族问题的影响下，贝娄中期作品已经开始流露出对以芝加哥为代表的大都市的厌恶和反感，正如贝娄在其好友艾伦・布鲁姆(Allan Bloom)在《美国精神的封闭》一书的序中所说：“依照先进的欧洲思想家的见解，一个来自粗俗的物质主义中心——芝加哥——的年轻人，他的文化抱负是必定要归于失望的。组成这个城市的屠宰场、钢铁厂、货栈、简陋的工厂平房，还有灰暗的金融区、棒球场和拳击场、机器人般的政治家、不准打群架的禁令，把所有这些东西凑在一起，你就会看到一张文化射线穿不透的‘社会达尔文主义’的坚硬黑幕”①。城里的盗抢、尔虞我诈、投机买卖、美

① Bloom, Allan. *The Closing of American Mind*. New York: Simon & Schuster Inc., 1987, p.14.

色、金钱、欲望等交杂在一起，刻画出工业社会的种种弊端。后工业城市三十年巡礼和变迁被凸显，城市意识形态展现出错位、疯癫与单向度的特征。此时期小说人物主要是围绕在大学任教的犹太知识分子展开：赫索格教授、赛姆勒先生，以及洪堡与西特林，都是知识分子的典型代表，并且他们都对社会的现状有一定的了解，并对社会的发展提出了自己的质疑和见解。《赫索格》①里的主人公赫索格是学识渊博的大学历史教授，他以芝加哥大都市为生活的核心空间，参与构建城市社会的精神生活空间与文化空间，但同时他还不断地对所生活的城市进行批判。在《赛姆勒先生的行星》中贝娄非常巧妙地将赛姆勒先生看到的现实都市与他憧憬的理想世界进行并置对比，并通过现实都市里人类的疯狂行为揭露出现代都市的弊病。《洪堡的礼物》通过刻画生活在城市中并面临诸多城市问题的两个典型犹太知识分子形象，展示城市知识分子的二重世界以及社会错位中的精神困惑。这一创作阶段贝娄着力从不同的城市文化方面来抨击美国的城市。这些城市符号包括官僚制度的腐败、公共交通的"病毒"、城市建筑的变迁、城市暴力犯罪、黑人问题、艺术与物质的博弈等，贝娄深入探讨由此引发的城市人的内心困惑问题。

第三章"城市再接受——多样性的大都市"着重探讨贝娄第三阶段，即20世纪80年代初至2000年的作品。主要研究作品包括《院长的十二月》(*The Dean's December*，1981)、《更多人死于心碎》(*More Die of Heartbreak*，1987)和《拉维尔斯坦》(*Ravelstein*，2000)。第三阶段贝娄创作的特点转向多样化的都市，这种多样化的都市首先是国际性、全球性场景的设置，大都市的灯红酒绿、精明算计跃然纸上。此时贝娄小说展现出一个更大的共同体，不仅是一个美国社区的集合，而且在这个大共同体里读者可以了解到德国人、波兰人、意大利人、希腊人、爱尔兰人以及犹太人，甚至还有印度人、中国人、波多黎各人，等等。将死亡与历史主题进行杂糅是贝娄晚年进行创作的一个鲜明特征，而实现这一主题的一个直接途径便是城市场景的切换，有时以蒙太奇的手法凸显城市的骤变，他将经历二战的城市与美国芝加哥进行对照，在城市现实中重构历史。在黑人问题、共产主义问题上贝娄不再采取过去激进的批判或者是站在全盘否定的立场上，而是采取较为理性的态度。因此如果说贝娄第二阶段的创作具有"抗议小说"的特点的

① 港台出版的中译本将该书翻译为《何索》也是一种非常出色的译法，充分反映出主人公痛苦探索的心路历程。可参见索尔·贝娄：《何索》，颜元叔、刘绍铭译，今日世界出版社1971年版。索尔·贝娄：《何索》，钟斯译，远景出版社1989年版。

话，那么到了最后一个阶段贝娄相对来说是以较为包容的心态对待身边的人和事，他批判的笔触不再那么犀利与尖刻，留给读者更多思考的空间。在城市意识上，贝娄的作品体现出一种对浪漫主义的回归，即对个性化、民族性崇拜的同时，展现出对多样化、国际化的尊重，以及对地方性的迷恋。此时期还纳入了大都市城市意识形态中最为显著的个体迷失性、精明算计、摩登新女性以及女性的消费欲望等问题。

第四章探讨贝娄小说的现代性和审美性，通过概述贝娄对社会、历史的关照进而了解贝娄在文学中的地位。作为"美国最伟大的城市作家"[①]，贝娄的城市小说无疑以一个独特的视角体现出他对城市复杂的情感。城市对于犹太人而言并不是一个可有可无的生活场景，它不仅是犹太人赖以生存的空间，同时也能将历史的思考带给犹太人，带给所有美国人。贝娄作品里凸显了现代性的方方面面，比如城市议题、现代化危机、全球化和国际化主题、消费文化，等等。贝娄还探讨了城市知识分子与现代性的关系，他将知识分子的流动性与公共服务性也纳入自己的关注范围内。贝娄作品里不同主题下城市书写的形态与特征各异，美国城市与其他文学想象相互关联，城市与犹太人颓废生存空间以及犹太文化机理具有极其密切的联系。作为一种审美对象，贝娄笔下的城市繁华与颓废共生，理性与非理性共存。这种城市书写方式是工业化带来的城市化进程的结果，是犹太人生存现状矛盾性的展示，此外它还传达出当下犹太性逐渐消弭的过程中以贝娄为代表的现当代作家精神困境中的寻根主题，尤其在后现代的视角下，犹太性已经更多地展现出多样性以及多元化的特征。贝娄审视着城市的美丽与丑恶，他将以个人主义为核心的日常生活审美纳入创作中。贝娄给予普通人的日常生活以深切关切，同时也真切地展现出大众消费文化下的精神萎靡。这种多元性和多样化的城市书写嵌入犹太文化的肌理中，并与美国文化的多元化并行发展，在构建后现代图景下的犹太文化空间起着不可估量的作用。美国犹太文学评论家兼作家欧文·豪曾经表达过对作家和文学作品的期望："如果一个作家局限于自我的困境之中脱不开身，那么他就很难达到客观的层面，而这种客观性对于作品是否能够持久、是否具有价值至关重要。"[②]美国犹太作家贝娄做到了，他创作生涯长达60多年，带给世人一部部不朽的著作。

① "美国最伟大的城市作家"为加拿大贝娄图书馆对贝娄中肯的评价。

② Alexander, Edward. *Irving Howe: Socialist, Critic, Jew*. Bloomington: Indiana University Press, 1998, p.134.

本书认为贝娄笔下的城市既是鲜活的文本，也是小说中的人物；既是不可忘却的历史，也是都市漫游者的回忆；既是集体的归属，更是个体的家园。本书以城市的符号载体以及城市的文化特征为切入点，分析文本中隐含的城市特征，从城市特征管窥贝娄对城市态度的转变。对美国犹太族裔生活的城市进行解读，通过与文学中构建的如荒野、家园、历史记忆等结合，将对犹太人现实的和作品中想象的内容作出深入、细致的梳理。这种具有犹太特性的城市书写是工业化带来的城市化进程的结果，是犹太人生存现状矛盾性的展示，此外它还传达出当下犹太性逐渐消弭的过程中以贝娄为代表的现当代作家精神困境中的寻根主题，尤其在后现代视角下，犹太性已经更多地展现出多样性以及多元化的特征。这种城市书写嵌入犹太文化肌理之中，并与美国文化多元化并行发展，在构建后现代图景下的犹太文化空间起着不可估量的作用。

不快乐的城市在每一秒钟都包藏着一个快乐的城市，只是它自己不知道罢了。

——卡尔维诺《看不见的城市》

第一章 20世纪40年代初—50年代末：城市神话——应许之地

第一节 贝娄早期城市小说创作特点

贝娄城市小说创作生涯的第一阶段是从20世纪40年代初到50年代末。这一阶段作品主要有1944年出版的《晃来晃去的人》(*Dangling Man*)，1947年出版的《受害者》(*The Victim*)，1953年出版的《奥吉·马奇历险记》(*The Adventures of Augie March*)，1956年出版的《只争朝夕》(*Seize the Day*)以及1959年出版的《雨王亨德森》(*Henderson the Rain King*)。此阶段贝娄对城市的态度较为乐观，从开始的迷茫转变为之后勇往直前、乐观向上的奋斗精神，体现出犹太移民的精神风貌。此部分将围绕这一时期创作的三部作品，分别为《晃来晃去的人》、《奥吉·马奇历险记》以及《雨王亨德森》来进行讨论。这三部作品在创作背景、内容主题以及叙事策略上都具有贝娄早期小说创作的鲜明特征，同时也旗帜鲜明地体现出贝娄在创作早期对城市的态度。

二战带来世界的满目疮痍，这二十年是对存在主义进行广泛思索的二十年。全世界人民的存在问题成为了众多思想家关心关注的议题，这一切都来源于深植于人心的对各种不确定因素的恐惧。1945年美国在日本广岛和长崎投下原子弹，继而日本投降，美日之战已结束，原子弹成为了武力炫耀并恫吓他国的利器，随着1949年苏联宣布自己也成功研制原子弹之后，以美苏为首的两大超级集团针锋相对上演的冷战拉开序幕，带给世界的是更多的不安定。加利·唐纳森曾提到:“随着冷战的展开,日渐清晰的是世界舞台上的演员不止一个。这使得美国社会从兴高采烈的高峰坠入了焦虑苦恼的深渊。”①冷战带来的焦虑和恐惧弥漫在美国的每个角落,美国一方面与苏联抗衡,另一方面害怕国内的共产主义势力,这种焦虑在最为引人注目的麦卡锡主义时期达到极致②。在美国历史上昭著臭名的政客中,约瑟夫·麦卡锡(Joseph McCarthy)是一名“佼佼者”。麦卡锡来自威斯康星,1947—1957年担任美国国会共和党议员,从20世纪40年代末到50年代初,掀起了以“麦卡锡主义”为代表的反共排外运动,也被称为美国的“红色恐怖”。以麦卡锡为首的右翼分子大张旗鼓调查政府内的所谓“共产主义渗透”问题,追查、迫害从事所谓“颠覆活动”的共产党员,包括其亲属和朋友也受株连。这场“捉巫”式的追查最早是针对国务院和其他政府部门,后来扩大至军队、进步人士、知名学者、影剧界人士、工会工作者、中小学教师以及在联合国总部就职的美国雇员。有些人只是认识共产党人或同意共产党的某些政治观点,却也因“交往罪”而脱不了干系。此次行动涉及美国政治、教育和文化等领域的各个层面,其影响深远,至今仍可窥见。这种反共反民主的歇斯底里行为形成的“麦卡锡主义”,如浓重乌云笼罩美国社会,许多无辜人士被诬陷诽谤,冤案频出,整个社会人人自危,万马齐喑,当时包括贝娄在内的犹太知识分子都受到了不同程度的影响,害怕被抓或者被审问,因此在此时期的作品中都或多或少映射出当时的社会现实以及部分城市犹太人的共产主义信仰问题,而在这种艰难的情况下,犹太移民仍能保持乐观的心态,的确是与在二战中惨绝人寰的境遇完全分不开。

贝娄早期创作侧重点在于凸显城市生活中人的存在问题,尤其是二战中六百万犹太人被屠杀,这带给犹太人的是对生存问题的担忧和无奈,以及在美国这片乐土上安居乐业的憧憬。二战前后最具影响力的文学和政治刊物《党派评论》(*Partisan Review*)就是第一本向美国读者介绍存在主义的杂志,这本杂志不仅是犹太知识分子威廉·菲利普斯(William Philips)和菲利普·拉夫(Philip Rhav)共同创立的学术杂志,更在犹太知识界乃至整个美国学界产生过重大影响。借助该杂志的影响力,存在主义思想也逐渐

---

① Donaldson, Gary. *Abundance and Anxiety*: *America 1945—1960*. Westport, CT: Praeger Publishers, 1997, pp.41—42.

② 1950—1954年被认为是麦卡锡主义最黑暗的时期。美国右翼给予麦卡锡非常高的评价,认为他是“了不起的勇敢的灵魂,伟大的爱国者”(A great courageous soul, a great American patriot)。

受到重视，更契合了当时的各种政治文化经济氛围。在当时，存在主义不仅是一种哲学思潮，更是给敏感和忧虑的现代人提供了观察世界和感知世界的视角。不少学者会从存在主义的视角来阐释贝娄的早期作品①。从贝娄的创作背景来看，此阶段跨越的二十年正是美国思想与文化发生大变革的阶段。存在主义产生于20世纪20年代，流行于40—60年代。因为两次世界大战让人们普遍感到悲观失望，引发了人们对存在的思考，许多人感到人生失去目标，个体失去了自由，存在也失去了其本质意义。当时一些有代表性的知识分子比如萨特、加缪都以存在主义者自居，其中法国思想家萨特宣扬"存在主义的人道主义"，反对任何人生中"阻逆"的因素。战后存在主义更加关注人的价值，关注人的生存状况，强调人的意识是自由存在的本体论思想，并注重个人主义是自我塑造的伦理观。这种对个人主义的彰显以及强化存在的意识也在贝娄作品中有所体现，正如贝娄在一次访谈中提到："环境很重要，但是它们并不能决定存在。存在居于它们之上。给自己贴上标签或者把自己关在鸽子笼里也是我们自己作出的一个深思熟虑的选择。"②因此贝娄最早的作品的确凸显出把自己关在鸽笼的窘境。

人文主义地理学家段义孚(Yi-Fu Tuan)在《空间与地域：经验的视角》中指出我们生活的世界中有空间性和地域性等两种基本成分构成。在他看来地域性代表着安全，而空间性象征着自由。人生活的经验包括与外部世界的联系，暗示着一种被动性，克服危险，并充满着丰富的情感与思想。③空间是一种相对的位置同时也可以是一个具体的地域。移民生活本身是一种移动性和流动性很强的经验和体验，移民的孩子通常没有很确定的地域感。大都市的神话根植在许多美国人尤其是移民的心灵深处。城市的喧嚣与机遇是不少年轻人心目中的追求。作为一个游走在大都市中的人，对于犹太人而言这种经历的体验具有多重性。

《晃来晃去的人》中主人公约瑟夫过着无所事事的生活，觉得存在毫无

---

① 这些评论家及相关研究分别是 Sanford Pinsker, "Saul Bellow, Soren Kierkegaard and the Question of Boredom." *Centennial Review*, 1980, 24(1): 118—125. Holm, Astrid. "Existentialism and Saul Bellow's *Henderson the Rain King*." *American Studies in Scandinavia*, Vol.10, 1978: 93—109. Aharoni, Ada. "Bellow and Existentialism." *Saul Bellow Journal*, 2.2(1983): 42—54。专著有 Durbeej, Jerry. *Existential Consciousness, Redemption, and Buddhist Allusions in the Work of Saul Bellow*. New York: Proquest, Umi Dissertation Publishing, 2011。

② Roudané, Matthew C. "An Interview with Saul Bellow." *Contemporary Literature*, 25.3 (1984): 265—280.

③ Tuan, Yi-Fu. *Space and Place: The Perspective of Experience*. Minneapolis: University of Minnesota Press, 1977, pp.3, 9—10.

意义,因此他希望早日结束这种无约束的自由。《奥吉·马奇历险记》中的奥吉则是一位以找到理想乐园为奋斗目标的底层犹太平民,在个人成长过程中体会生存的价值。《雨王亨德森》中的亨德森更是一位抛弃妻儿和百万家产独自去非洲寻求生存意义和生命价值的一位富翁。三位主人公均受到存在问题的困惑,而这三种不同类型的存在的前提就是城市生活。值得一提的是小说结尾传达出一种如释重负的呐喊,这是对城市生活的乐观和执着或是回归和坚守。

这段时期同时也是城市意识形态中保守主义和自由主义大行其道的时期。保守主义者认为:人性中有邪恶与脆弱的一面,应该给予高度的关注;宗教信仰和道德关怀又是维系共同情感的精神纽带;传统应该得到守护与尊重;社会是一个有机体,不可以随意拆卸;维护社会秩序离不开权威,而精英统治是更明智的选择;个人思想上的过激与放任应该受到合理的控制和矫正,等等。自由主义主要体现在:个人本位、声称人对幸福追求的正当性。贝娄的小说在自由主义和保守主义的思想上均有所涉及,但主要体现在保守主义和自由主义之间的博弈,以揭示主人公在两者间作出选择的困境。总体说来,犹太人长久以来以保守主义[①]为主要传统,在20世纪二三十年代的特殊主义时期犹太人曾通过新的方式方法来应对经济危机,出现了暂时的自由主义,但是之后马上又回归到保守主义传统中。贝娄笔下的自由主义与保守主义的博弈集中体现在主人公是否为个人私欲而放弃犹太身份、放弃家庭、放弃思想和精神上的归属等一系列问题上。此时期的几位主人公都在保守主义和自由主义中进行权衡和选择,但最终个人主义和自由主义的思想在城市生存的困境下不得不作出妥协,保守主义占据相对的上风。

《晃来晃去的人》中的约瑟夫虽然期盼着"自由"的获得,然而他追求的

---

① 坦普尔大学梅尔与罗莎琳·费恩斯坦美国犹太史中心(the Myer and Rosaline Feinstein Center for American Jewish History at Temple University)主任、历史学家莫瑞·弗里德曼指出,除了众所周知的自由主义传统外,犹太民族一直存在着久远的、有源可溯的保守主义传统,只是学术领域的自由主义观念根深蒂固。在党派偏见的作用下,这一传统长期被有意无意地排斥或忽略了。从教义上来看,犹太教主张"不从事工作就没有资格享受福利";在对财富的态度上,犹太教与基督教也存在很大的区别。基督教强调,穷人在品德上与富人相比,具有先天的优越,耶稣曾这样说,"富人进天堂要比一头骆驼穿过针眼还要难";但犹太教则认为享受自己的财富是正当的。显而易见,犹太人从底子里具有保守派倾向。19世纪英国著名政治家、犹太人迪斯雷利(Benjamin Disraeli)曾提出,犹太人具有天生的保守倾向,他们恪守传统,尊重宗教信仰和私人财产,喜欢贵族统治,等等。由上不难窥见犹太人的保守主义倾向。参见 http://blog.sina.com.cn/s/blog_648a411a0100nkci.html。

这种自由是有所归属有所限制的自由，一种服从他人管理所得到的精神上的“自由”，摆脱精神孤独之后的“自由”。《奥吉·马奇历险记》中的奥吉最终并没有在物欲中迷失自己，没有放弃自己的犹太身份，有所取舍地面对同化这一过程，在道德、身份和民族意识上仍然保持犹太性，并立足于自我道德约束。即便有一些不当行为，但最终以乐观向上的态度去面对现实。《雨王亨德森》中的亨德森由于自由主义的极度膨胀，他离开家庭，推卸责任，来到了非洲，接受了一场精神上的洗礼。非洲的经历让他也懂得了家庭的重要以及责任的意义。贝娄在小说中虽未明示亨德森是位犹太人，不少评论都认为亨德森是一位“伪装的犹太人”①，犹太性在这部作品中也不容抹杀。小说末尾亨德森的行为转变都表明他开始履行犹太人的受难精神，开始了一种将责任、道德、受难、服务融为一体的新生活，在对苦难的期盼和个人的救赎中他获得了重生。

贝娄早期的作品主要集中在对城市里犹太移民平民的描写上②，比如无业游民约瑟夫③、频繁更换工作的奥吉、虽出名门但喜欢过平凡人生活的亨德森。欧文·豪曾描述过 20 世纪初犹太平民家庭面临的问题：“如果说犹太家庭是移民世界中维持稳定的主要力量，它也特别容易被外来价值标准渗透。过多的要求，迟早要使它显出紧张和分裂的征兆。任何像家庭这样天生脆弱的社会结构，都不能抵抗来自四面八方的侵袭——来自学校、街道、剧场、匪帮、店铺、异教世界。它们好像抱成了一团，试图拆散犹太生活的结构。”④这种潜在的分崩离析依然考验着 40 和 50 年代的犹太平民。作为此时期的一个重要创作特征，贝娄着重描写犹太移民中底层平民这一群体在城市中的存在状态以及城市经验，而城市尤其是芝加哥这一载体为贝娄提供了诸多场景与回忆。

值得一提的是贝娄此时期刻画的平民尤其是底层移民承受着物质匮乏、精神失语、身份模糊等多重无奈与压迫。底层的话语与言说在其个体城市经验面前显得微不足道。以奥吉为代表的底层人民处于应该被启蒙被教

---

① Axelrod, Steven Gould. “The Jewishness of Bellow's Henderson.” *American Literature*, Vol.47, No.3(Nov., 1975), pp.439—443.

② 虽然《雨王亨德森》中的主人公尤金·亨德森出自“政治世家”，但是亨德森一再讽刺自己的祖辈，自己也只愿意在农场上养猪，过着一般人的生活。从行为方式上看，他也是一名普通人。此处的“平民”主要是与第二章的知识分子阶层相对应而提出的。

③ 在故事里贝娄并未明确交代约瑟夫是位犹太人，但是大多数评论认为约瑟夫是一位伪装的犹太人形象。

④ 欧文·豪：《父辈的世界》，王海良、赵立行译，上海三联书店 1995 年版，第 169 页。

化的阶层,他们一直被代言,失去叙述者的能力,成为“失声”的一族。这帮极力改变自己命运的年轻人努力提高自己发声的能力并等待时机的到来。商业化的城市也带来了漂泊的心灵和孤独的个体。然而这些孤独的个体,以约瑟夫和奥奇为代表,有着自己的思想,不愿意为别人所左右,他们在不停寻找人生的价值与意义。存在主义哲学家克尔凯郭尔强调人的真正存在是“孤独个体”,即孤独的个人。人在创造自己的过程中,在生活实践中,就永远处于不安定的状态。人生充满了恐怖、厌烦、忧郁和绝望,这些是人的存在的真实的表现,是原生的实在,是人生最基本的内容①。

这二十年创作期贝娄作品中一个比较集中的指向便是团体在个人的日常生活中起到的重要作用。城市社会学研究中的一个重要范畴便是日常生活,这方面的论著也相当多。在个体的成长过程中个体所依附的团体不胜枚举,比如家庭、大学生活、公司、公寓、学徒期等,所有这些团体并非同等重要,但是不同团体在个体的成长过程中所起到的重要作用完全不同。在特定的社会圈子里,尤其在资本主义国家中的典型现象便是当个体开始谋生,他便脱离自己成长于其中的团体,往往无法自理,甚至会感到幻灭或者难以生存。这三部小说分别从约瑟夫寻求一个可以依靠的小团体、奥吉在更大范围内寻求一个满足自身诉求的大团体、亨德森寻求一个万物共居的和平共同体的三个范畴中递进展开,展现给读者的不仅仅是贝娄的人道主义关怀,更体现出作者不断扩大的全人类视野,以及在城市日常生活的人的存在及在最终归属的问题上自己独特的见解。

这种对人的存在的阐释以细腻独特的方式体现在贝娄的早期创作中。这些孤独的个体几乎出现在贝娄早期的所有作品中,这是因为犹太移民具有孤独个体的历史语境与现实语境。历史上犹太民族总是被排除在主流之外,他们被迫迁徙与流放,过着忍辱负重殚精竭虑的生活。而现实,尤其是在美国的现实中,虽然美国社会较之欧洲更加平等,但是对犹太人的敌视和蔑视仍不可小觑,反犹主义暗流涌动,许多职业都不提供给犹太人,因此他们往往从事的要么是其他人看不中的最苦最累的工作,要么就自行从事商业、金融以及贸易。对于移民来说,得到能养家糊口的工作,平平安安地生活,不用被别人歧视,然后步入中产阶级,进入上流社会就是成功的标志。这种标签和梦想也一直是犹太人心中挥之不去的诉求。这些犹太平民渴望自由,向往异质生活,他们纷纷离开街区,走上美国化的道路。奥吉更是位

① 顾肃、张凤阳:《西方现代社会思潮史》,山东教育出版社2004年版,第212页。

典型代表,他不但离开了自己熟悉的街区,而且在不同城市和国家间穿行,在同化的道路上行进。虽然在部分小说如《雨王亨德森》中也会对以美国为代表的现代文明进行批判,但此时的批判较之中期而言是相对温和的,并且此时期总体上仍将美国视为梦想中的“新大陆”。

在贝娄的第一部小说《晃来晃去的人》中,他以城市“囚徒”的视角隐喻孤独的城市平民个体内心的欢呼。但是《晃来晃去的人》虽然让贝娄成为一位作家,但并没有带来巨大的成功,也没有改变他的生活状况,同时部分文学评论的否定态度让贝娄深受打击。戴安娜·特里林(Diana Trilling)“这不是我喜欢的一类小说”的评论让贝娄最感痛苦,他甚至写信给出版商抱怨:“这可能不是一部伟大的小说,但是也不是一部很‘无味’的小说。它非常真实。”①

这段时期贝娄创作的第三个特点是小说的叙事人称基本是以第一人称的叙事视角展开。根据杰拉德·普林斯(Gerald Prince)《叙述学词典》有关“第一人称叙述”的定义:一种叙述者是被讲述情境或时间中人物的叙述(人物的身份被指定为“我”)。另外普林斯还指出关于自己历险的陈述等均是第一人称叙述②。此外斯坦泽尔专门区分过三种基本叙述情境,在他看来,第一人称叙述情境以叙述者是被叙述情境与事件的参与者为特征③。此时期作品典型的例子包括约瑟夫的内心独白:“在一个几乎终生居住的城市里,你不可能永远孤独。可是,实际上我恰恰是个例外。”(3)经常被引用的奥吉的一句话“我是个美国人,出生在芝加哥”(1),以及亨德森内心深处一个不停的声音“我要,我要,我要”(11)。第一人称视角进行叙述的作用之一是能更真实地再现人物的经历,让读者身临其境;其作用之二便是以人物的口吻反映主人公真实的心境。这三部小说都是以第一人称的叙事视角展示着整个小说发展的情节,时不时地掺杂小说人物内心世界的表白,让小说更加真实贴切,引人入胜。这种强烈的具有个体色彩的叙述方式也多少让读者感受到那个历史语境下不受时代和外在所拘泥束缚的自由主义的影响。

这一阶段贝娄小说以城市居民的日常生活为审美对象,以细腻的笔触描写普通百姓那种琐碎、平淡的世俗日常生活。日常生活中的一个基本维度便是日常交往和日常空间。日常交往以日常空间作为场域。这一场域以

① Atlas, James. *Bellow: A Biography*. New York: Modern Library, 2002, p.100.

② 杰拉德·普林斯:《叙述学词典》,乔国强、李孝弟译,上海译文出版社 2011 年版,第 73 页。

③ 转引自杰拉德·普林斯:《叙述学词典》,乔国强、李孝弟译,上海译文出版社 2011 年版,第 73 页。

人类为中心,同时居其中心的往往都是进行日常生活的人们,两者互相依赖,不可分隔。在个体的日常空间里,对空间的体验和对空间的感觉相结合。“上”、“下”、“左”、“右”都可以带给我们空间感,客观现实与个体体验会带来不同的空间感受。“远”和“近”可以用来测定个体有效活动的辐射范围。越近的范围均是习惯性的日常空间。远近不同,说明了活动方式不同。人们之间的关系会被描述为“近”和“远”,这绝非偶然。正是空间关系的投射,空间分隔的程度决定着人际关系的强弱以及个体与空间的紧密程度。“近亲”通常都是关系密切的亲人,而陌生者往往来自远方,这正好说明了城市空间分隔和人际关系的疏离。

不同的空间取舍传达出作者对城市生活的态度,空间的变化凸显个体的生存问题、与他人的远近关系以及漂泊不定的主题。城市此时已不仅仅是故事发生的场景或叙事空间,而被赋予了一种人格化的内涵,扮演着日常生活中的异己力量,与主人公处于紧张的对峙与冲突之中,并投射出人物的心理变化。因此此时期贝娄小说中的叙事空间基本上呈现出一种线性的突破性变化:家宅——街道——城际——国际。以空间变化展现出早期犹太移民在不断适应美国社会中体现出的思想意识和精神图景,他们突破地理和精神的双重藩篱和枷锁,从最初对狭小的家宅空间的眷念,到之后的反感,并勇于迈出脚步,重新认识自我,并向更广阔的空间去开疆辟土、发现新大陆。日常生活的边界是我们生活和行动的有效辐射范围的极限。对于不同人而言,这个边界有着不同的意义。对于部分人而言,很可能村庄就是他的边界,也就是说个体的生活和工作半径往往都不会离开这个村庄。然而随着城市的发展,我们的“版图”得到扩大,个人经验也不再拘泥于一个村落,时机成熟的时候人们期望更多地去走出村落、进入城市,甚至走出国门了解世界。

值得一提的是三部小说中的主人公都以不同的方式进行位移,而且移动的半径和范围越来越大。在城市社会学的理论中,“城市生活的多样性、密集性和刺激性长期以来一直与移动形式相关联”,“过度移动常被指责为城市堕落和危险的根源”①。同时这一阶段的作品也展现出美国公路建设变化的图景。1956年艾森豪威尔总统下令实施州际公路法,大力兴建美国的高速公路,并且严格规定当时道路设置的标准,即:完全封闭,没有平面交

① 米米·谢勒尔、约翰·厄里:《城市与汽车》,《城市文化读本》,汪民安等主编,北京大学出版社2008年版,第211页。

叉,没有交通控制信号灯(除了一些指示性的灯号外);设计车速每小时50—70英里,等等。这一举措成为美国历史上耗资最大的公共建设项目,总投资高达320亿美元,超过4万英里的新的高速公路得以落成。这种强有力的实施方案符合美国的国情,促进了汽车工业的发展,更让城市生活具有活力,城市居民的流动性加强。《奥吉·马奇历险记》中的奥吉能在不同城市间穿梭正贴切反映了美国州际高速公路的快速发展和扩张。

此外,从城市意识形态上看,这三位主人公均为不同幅度的移动者,作为移动的主体,他们希望能在当下的空间和外界的空间找到一定的归属感。"移动性"往往带来一个不同于同质性文化的"他者空间",或者更贴切地讲,是一种"私人空间"。这种有别于同质性文化空间的"私人空间"通常都会被打上"他者"、"异质"的烙印。也正是因为这种空间的存在,犹太人的边缘特征和弱小地位被展露无遗。

《晃来晃去的人》这部小说以日记体的方式记载了约瑟夫一百多天的生活。小说典型的特征便是较为局限狭小的场景,当然贝娄的好友兼文学评论家狄尔摩·舒瓦兹(Delmore Schwartz)就曾指出过这个问题①,但如果将这一个特征纳入贝娄整个创作的主线中,不难窥见贝娄作品中这一从小到大的空间变化轨迹,如同城市发展不同阶级的不同表现轨迹一般。家宅和街道这种局限的场景其实更能烘托出主人公约瑟夫百无聊赖的精神"悬浮"状态。约瑟夫一方面喜欢呆在自己的房间里,另一方面他又极力想逃离这个令他窒息的环境。他反复游走在以房间为象征的私人空间以及以街道饭馆为代表的公共空间之中。然而约瑟夫在芝加哥的平均活动范围仅限于三个街区,他总是感到无名的迷茫和懊恼。这种狭窄的空间越发让他觉得自己的孤独。这种精神上无归属感的悬浮状态其实也隐射了历史上犹太人的境遇。因此如果能尽快得到别人的控制,摆脱这种无所事事的状态对约瑟夫来说就是有所归属,不至于悬浮在空中,毫无安定感。

《奥吉·马奇历险记》突破了家宅和街道的限制,贝娄将奥吉放置在一个更加广大的空间中,让他不停地变化着位置:芝加哥、巴黎、罗马、墨西哥,没有一个固定的地方,但他一直希望在这个广博的地域范围中找到一个乐园,多番比较之后奥吉最终发现这个乐园依然在美国,并且只要内心有希

---

① Schwartz, Delmore. "A Man in His Time." from *Partisan Review*, 11.3(1944):348—350, quoted from Gerhard Bach, ed. *The Critical Response to Saul Bellow*. Westport, Connecticut: Greenwood Press, 1995, pp.12—14.舒瓦兹对贝娄创作的不足之处作了说明,比如小说情节过于直线型,涉及场景太过于狭窄,等等。

望、以饱满乐观的态度就可以去迎接那似乎并非遥不可及的乐园。因此这种乐观向上的奋斗态度代表了贝娄早期的看法,即对美国以及美国城市抱有一种乐观的态度,相信美国可以带给移民生存的动力并孕育着成功的希望。

《雨王亨德森》将大部分场景设置在非洲的一个遥远的国度,凭借贝娄在美国西北大学的人类学学习背景,贝娄展现出一个想象的但又令亨德森充满思索的地方。在那里亨德森觉得自己精神上得到了解救,但即便精神上得到了短暂的休憩,能平抚心灵的港湾毕竟不会在非洲,一个遥远而又陌生的国度,亨德森终究还是在片刻安宁的静谧思索并且灵魂得到涤荡的境况下,跟奥吉一样决定重返美国,离开那个异质的他者空间。

由上,不难看出贝娄在早期作品中展现出对日常生活、日常经验、日常空间的细致描绘。他将"熟悉性"纳入对日常生活的考察。对于约瑟夫而言,几个街区是他的生活边界,或者是熟悉范围,家是他的港湾;对于奥吉,他有着更好的机遇去探索外面的世界;对于亨德森,他熟悉的家园是美国的城市,这个给他坚强基石的地方,这个让他觉得最温暖最有自豪感的家园,这也与"有根似无根"的犹太人历史形成反讽性的对照,强化作者把美国视为希望之乡的理念。因此此时期贝娄对美国以及美国城市的态度总体来说是积极乐观的,认为美国是一个希望之乡,一个可以带给移民梦想的新大陆,一个现实中的理想国。这种乐观态度也正是贝娄早期人生态度的一个体现。罗伯特·贝克(Robert Baker)在《贝娄书信集》的书评中认为贝娄在50年代中期整体心态上是乐观的,贝娄在20世纪50年代中期写给朋友塞缪尔·弗雷非尔德的信中曾说:"我完全坚信我们有能力从每一件事中恢复过来。"[①]此外,1932年贝娄高中毕业,当时的经济大萧条也在美国掀起了巨大的波澜。许多人尤其是犹太移民乐于接受激进的政治思想,因此这种思想成为当时犹太人的主流思想,这一改往年在旧世界里他们不敢自由发表言论的状态。此外,由于受到马克思主义思想、苏联革命以及托洛茨基理想主义的影响,贝娄和他的小伙伴们对未来充满了希望,他们无限乐观。正是这种乐观和积极向上的心态,投射到贝娄早期创作的作品中,使这几部小说都洋溢着对自由的向往追求以及对未来世界的美好憧憬。

不得不承认贝娄的作品在其创作早期犹太性展现得并不是那么明显,这与当时犹太人在美国的地位以及反犹主义相关,也与贝娄与家人的关系

① Baker, Robert. "The Corresponding Life." *America*, (November 22, 2010): 27.

相关。莱斯利·费德勒(Leslie Fiedler)曾强烈批判四五十年代一批美国犹太作家的身份立场不明确,指出不少作品中的主人公不论生活习惯、言语还是生活状况都是典型的美国犹太人,但是这批作家却把这些人物刻画为美国普通大众。费德勒用了一个饱受争议的术语"秘密的犹太人形象"(crypto-Jewish characters)来批判这一现象[①]。其实如果把这批犹太作家放置在历史语境中就不难感受到他们的无奈。四五十年代的犹太人总体说来还是面临不少反犹主义的歧视,甚至可以说在文学界充斥着对犹太学者的敌视和不友好。当时状况是许多高校给犹太人提供的教职不多,而且犹太人不允许在英语系担任教员,因为美国非犹太白人认为犹太人不可能了解到英语文学和文化的精髓,更不可能去进行创作。而对于作家而言,为了能率先成为畅销作者,他们不得不对一些个人信息进行屏蔽,以求更大的发展空间。这种对犹太人的系统性排斥引起了贝娄强烈的反感,他能做的就是尽量地去展现自己的才华,赢得更多人的认可。从家庭原因上看,那个时候随着贝娄羽翼的丰满,他越来越难以忍受父亲强烈的控制欲以及对他个人兴趣选择的不断干涉。贝娄一家偷渡到美国十年后,父亲亚伯拉罕终于成功地带领贝娄家族挤入中产阶级,从最早的举步维艰,到现在积累了部分物质财富,这对于犹太移民家庭而言非常难得,其间的辛酸冷暖只有自知。父亲一直都希望贝娄把重心转向家里的碳生意,而非沉迷于托洛茨基和写作。在内外压力的裹挟下,贝娄在创作的早年尽量地与犹太传统拉开距离,虽然有的犹太文化传统根植在他的思想中,但读者依然能感受到那种有意而为之的抽离感。

总体说来,这一时期的创作以对城市生活的迷茫和不确定以及以奥吉为代表的乐观向上精神为特征,都展现出贝娄创作早期的积极风貌,这种风貌更多地与美国的发展、美国人的精神面貌联系在一起。20世纪初美国犹太女作家玛丽·安廷(Mary Antin)曾描述她父亲初到美国的情形,这一描述也代表了第一代犹太移民的整体情愫:"新世界所宣传的自由对父亲来说具有极大的吸引力,远远超过在此处随意居住、旅游和工作这些条件的魅力。这种自由意味着他可以自由表达思想、自由丢弃迷信的枷锁、不受政治和宗教强权统治而拥有自由的信仰。他到美国时还只是个年轻人——三十二岁;以前他的生活多数为他人所操纵,现在他非常渴望享受这种从未品尝

① Fiedler, Leslie. "Jewish-Americans, Go Home!" in *Waiting for the End: The American Literary Scene from Hemingway to Baldwin*. Ed. Leslie Fiedler. London: Jonathan Cape, 1965, p.91.

过的作为自由人的快乐。”[①]这种自由也正是奥吉等几位主人公所期望得到的。此时期贝娄对托洛茨基主义的信仰均展现出乐观的、人道主义的一面[②]。但随着右翼思想逐渐占主导，这种乐观精神不再那么显著，这也体现在贝娄第二个时期的创作中。

第二节　城市平民“囚徒”的困惑

1940年是美国文坛损失惨重的一年，斯科特·菲茨杰拉德（Fransis Scott Fitzgerald）[③]，汉姆林·格兰（Hannibal Hamlin Gorland）[④]以及纳撒尼尔·韦斯特（Nathanael West）[⑤]等一批文豪相继离世。而在此背景下，贝娄创作了第一部长篇小说《晃来晃去的人》（*Dangling Man*）并发表于1944年。迈克尔·格兰迪（Michael Glenday）认为“这部小说的开头几段就展现出贝娄接下来四十年作为小说家进行创作的几个特征”，并指出贝娄已经开始“有意识地脱离以海明威为风格之父的创作流派”[⑥]。海明威被认为是美利坚民族的精神丰碑，他富有冒险精神的小说主人公昭示着强大的生命力和顽强的毅力，也成为美国人民自我精神的象征。在海明威自杀之后，肯尼迪总统在吊唁辞里说道：“几乎没有哪个美国人比厄内斯特·海明威对美国人民的感情和态度产生过更大的影响。”由此可见，海明威对美国文学传统的影响之巨大。而贝娄有意识地背离这种文学传统，也是对自己创作

---

① Antin, Mary. *The Promised Land*. Boston: Houghton Milfflin, 1912, p.60.

② Bellow, Greg. *Saul Bellow's Heart: A Son's Memoir*. New York: Blommsbury, 2013, p.126.

③ 斯科特·菲茨杰拉德（Fransis Scott Fitzgerald, 1896—1940）美国小说家，20世纪美国最杰出的作家之一。1920年出版了长篇小说《人间天堂》（*This Side of Paradise*），从此出了名。1925年《了不起的盖茨比》（*The Great Gatsby*）问世，奠定了他在现代美国文学史上的地位，成了20年代“爵士时代”的发言人和“迷惘的一代”的代表作家之一。1940年突发心脏病，死于洛杉矶。菲茨杰拉德的小说主要展示了大萧条时期美国上层社会“荒原时代”的精神面貌。

④ 汉姆林·格兰（Hannibal Hamlin Garland, 1860—1940）曾获普利策奖，是美国小说家、诗人、短篇小说家、散文家，同时还从事心理研究。格兰出生在威斯康辛的一个农场，之后居住在波士顿从事创作，他的作品以描写中西部农民的生活最为著名。

⑤ 纳撒尼尔·韦斯特（Nathanael West, 1903—1940），生前创作的作品并未引起注意，因车祸死后十年，作品的价值才被重新发掘，成为世界差点错过的文学大师。这之后又过去七年，韦斯特全集才得以最终成型并出版，并最终获得自己在美国文坛应有的位置。

⑥ Glenday, Michael K. *Saul Bellow and the Decline of Humanism*. London: Macmillan Press, 1990, p.14.

的一种新的定位和展望。1976年,瑞典皇家学院在给贝娄颁发诺贝尔文学奖时,颁奖声明中便称:"随着贝娄的第一部长篇小说《晃来晃去的人》的问世,美国的叙事艺术开始摆脱了僵硬、雄浑的气息,预示着某种与众不同的创作风格的到来。"[①]

在《晃来晃去的人》中贝娄提到了以海明威为代表的硬汉法则,小说开篇提到:"从前人们习惯于经常表白自己,对记录他们的内心活动并不感到羞愧。而今,写日记被认为是一种自我放纵、软弱无能、低级趣味的表现。因为这是一个崇尚硬汉精神的时代。今天,运动员、硬汉子[②]的一套法则——我相信,这是从英国绅士那里继承来的一种美国遗产——空前盛行。"(9)[③]之后贝娄引入自己想写的主人公约瑟夫,一位执着于自身的思考且并不会按照这种传统法则行事的人。贝娄本人也是如此,他更倾向于关注人的内心世界,正是凭借这种探究人灵魂深处的独特写作风格,贝娄赢得了文学界的关注。贝娄的儿子格雷格(Greg Bellow)在回忆父亲的传记中也提到:"贝娄主张重新定义英雄主义为一种不是来自在远方战场所获得的外部成就而是来自在思想、深思和感情旋涡中获得的内心世界。"[④]正是在这种贝娄式的英雄主义感召下,一个个鲜活的具有主体思想的人物诞生了。

小说以日记体叙事的形式展开,讲述了发生在芝加哥一个有名无姓且尚未取得正式国籍的青年约瑟夫为等待参军而辞去旅游局的工作,一直在家等待部队招兵消息的故事。小说采用的日记体形式是一种创新的突破,这种记录人们内心活动的方式正好与约瑟夫的心境相对应。约瑟夫成为日记的作者和记录者,同时也是情节的参与者和再现者。由于日记通常都较为私密,是日记撰写者记录下所思所感,往往带有个人主观浓厚的色彩,所以日记通常会成为个体吐露心声的一个阵地。日记还具有共时性和历时性

---

① "Press Release: The Nobel Prize for Literature 1976" by Swedish Academy the Permanent Secretary, in http://www.nobel.se/literature/laureates/1976/press.html(2009/8/16).

② 二战后四五十年代的文化崇尚硬汉精神(hard-boiled),因此对知识分子为首的智主义(intellectualism)不太重视。二战之后的美国反智主义(anti-intellectualism)主要体现在对运动员的理想化上,最有代表性的例子便是法兰克·马利威尔(Frank Merriwell)这一人物形象,他成为美国历史上最受大众欢迎、销量最高的系列故事主人公,在其鼎盛时期每周销量达到50万册,这从侧面反映出人们对硬汉的追捧。同时期犹太作家伯纳德·马拉默德的《天赋》(*The Natural*)便是在这种文化氛围下创作的。

③ 括号中为页码,本小节所有相关引文均出自 Saul Bellow, *The Dangling Man*. New York: Penguin Modern Classics, 2007。以下仅标出页码,不再一一说明。

④ Bellow, Greg. *Saul Bellow's Heart: A Son's Memoir*. New York: Bloomsbury, 2013, p.54.

的特点,共时性在于它真实再现日记撰写者本人的心理活动,历时性是指它通常可以展现撰写人的心路历程和心理发展轨迹。日记可以帮助读者在走进故事的同时更深入地走入主人公的内心世界。日记题材较为随意,时间顺序机械,但能细腻地传达出日记记录者的思绪、态度和意见,因此往往被认为是个人文学的典型文本,充分展现出日记体小说中主体的边缘性和矛盾性,以及生存在夹缝中的境况。他们消解了人们习以为常的生活习惯和行为方式,解构了通常大众所认可的不言自明的真理,展现出浓厚的情感纠结和自我孤立。而在当时广泛受到海明威宏大叙事影响的美国文学传统里,这种对人物内心真实贴切的刻画无疑成为一股格外引人注目的清流。

由于主人公约瑟夫先前学的是哲学专业,因此他的妻子劝他利用这种空闲与自由的时间多读书,结果他自认为无法享受这种自由,“我曾想去工作,可是我又不愿承认我不会享用我的自由。”(12)作为一个生活在城市中的人,照理说他不可能永远孤独,可是主人公承认自己是个例外。他总是跟周围许多事情格格不入,造成了许多矛盾,同时又觉得非常迷茫。这种迷茫与文章结尾的欢呼形成了鲜明的对比。

日记体的叙事节奏通常较为缓慢,用较长的文字叙述较短时间内发生的故事,所以往往用于记录琐碎之事或叙述者的心理活动。《晃来晃去的人》中整个日记记录了约瑟夫在 1942 年 12 月 15 日开始至 1943 年 4 月 9 日期间的所谓“自由”的生活。确切地说,在这一百多天的自由日子里,约瑟夫觉得自己过得十分的无趣,一方面他喜欢呆在自己的房间里,而另一方面他又极力想逃离这个让他窒息的环境。他反复游走在以房间为象征的私人空间以及以街道饭馆为代表的公共空间之中,这种“出”、“入”的绝对自由并没有让约瑟夫觉得自己生活得自由自在,相反在这种“自由”放纵下,他越发觉得寂寞孤独。他不喜欢呆在家里,总是迫不及待地找理由离开房间,但真的出去又不敢走远,总是感到无名的迷惘和懊恼。虽然约瑟夫的日常活动范围仅限于三个街区,但是在这有限的范围内,他始终思考着自己的身份以及自由问题。本节以城市“囚徒”为切入点,分析城市内以街道、咖啡馆为代表的公共空间与以房间为代表的私人空间的互动问题,探讨贝娄通过主人公约瑟夫映射出的犹太人在现代城市下的历史重负,在城市漫游下的精神漂泊、迷茫以及悬浮状态。小说忧郁的基调贯穿大部分情节,但结尾主人公获得另一种自由的狂喜所形成的巨大反观又昭示着对新生活的希望。

一、城市平民的日常生活①

城市有着自己的历史，城市也为老百姓的生活提供着各种各样的场景，正如芒福德(Lewis Mumford)所说："城市自身不仅负载了实用的生产活动功能，而且为居民的日常生活提供了场所。"②城市的历史并不是惊涛骇浪的历史，抑或是复杂的社会变革，城市的历史体现在琐碎、平凡、充满质感的日常生活中。日常生活是城市经验不可或缺的一个重要组成部分。日常生活常常具有一种诗性象征，既是个体的精神自由徜徉之地，亦是对现实进行逃避的实体家园。日常生活的回归往往意味着离开充满权力斗争的场域，回到自由的主体世界，实现诗意的栖居甚至是隐居。市民阶层是城市里的主要角色，也是社会中最稳定的阶层。而老百姓城市生活中最日常化的场景是自己的房间。房间是一个典型的私人空间，是逃避社会纷争的一方净土，是荡涤灵魂最好的去所。个人经历不同，都市体验不同，个人对房间这个地方的体会也不同，这种感受甚至会随着时间的推移、更多个体经验的获得而发生变化。

以日常生活为基点的日记展现出约瑟夫的从容和自我保存。J.C.利文森(J.C.Levenson)在其论文《贝娄的晃来晃去的人》③中指出美国文学传统上不乏"晃来晃去"式的人物，如黛西·米勒、哈克贝利·费恩等。他们都是自由的精灵，被引向同一条敞开的道路。他指出贝娄笔下晃来晃去的人是美国经典人物在贝娄语境下的重生。他们有别于其他人物，他们有着惠特曼式的从容，他们设法在苦难中寻求生存，进行最大限度的自我保存。

小说里约瑟夫无姓无国籍的身份特征是一种隐喻，它跟犹太民族的特征相契合。几千年的颠沛流离让"悬浮"成了犹太民族的一个显著特点。正是由于缺乏安定感，犹太人对"家"格外重视，家庭生活占据了犹太人日常生活的大部分时间。欧文·豪在《父辈的世界》中曾指出犹太人的家庭观："使犹太人得以生存下来的正是他们那种对家庭观念的挚信，在他们心目中，家庭既是体验人生的场所，又是恪尽传宗接代义务的完美形式。那种集体互

① 学界有四位主要从事日常生活研究的学者，他们是 Henri Lefebvre，Roland Barthes，Michel de Certeau 和 George Perec。此外 George Simmel，Pierre Bourdieu，Jean Baudrillard 和 Jacques Ranciere 均认为日常生活是城市经验不可或缺的一部分。

② Mumford，Lewis. *The Culture of Cities*. New York：Harcourt Brace Jovanovich，Inc.，1970，pp.5—6.

③ J.C.Levenson："Bellow's Dangling Man"，*Critique*，3：3(1960：Summer)，pp.3—14.

助与团结一致的传统也是这样保持下来的,它不久就成了犹太人世俗生活中最强大的力量之一"。[①]这种对家的眷恋在贝娄许多小说里均有体现,《雨王亨德森》中的亨德森最终回归家庭也体现了这一点。家同时也是与城市相并置并矛盾对立着的一个空间,前者象征着私密性,后者象征着公共性。前者狭小,后者宽阔。在城市的漩涡中游离并打拼得身心俱疲的城市人总将心灵的慰藉寄托在家庭这一狭小而又温馨的空间内。

小说主人公约瑟夫经常呆在自己的小房间里,房间为其创造了一个私人空间,是他休息的场所,是一个不易被打扰的地方。约瑟夫房间很小,可谓斗室,但起初他并不认为房间是对他的囚禁,相反,他享受着在房间里观察一切的乐趣。"我一天在斗室里枯坐十个小时。就这种住宅而言,这间屋子还算不错,虽然有那些公寓惯有的骚扰:烹饪的味道啦,蟑螂啦,怪癖的邻居啦,但多年以来我已对此习以为常了。"(10)他也有朋友,但和朋友很少有往来。约瑟夫甚至和仅一步之遥的芝加哥朋友都越来越疏远,内心不太渴望见到他们。"在我看来,维系我们关系的主要纽带已经断裂,况且我也不急于修复它。因此我非常孤独。我兀自坐在房间里,期待着一日之内微小的转变:女佣敲门,邮差露面,广播节目,以及某种思想的确实可靠、循环反复的骚扰。"(12)每天吃完早饭回到家里,他会坐在靠近窗口的摇椅里看报。"一字不漏地从头看到尾。先看连环漫画(因为从孩提时代,我就一直这样。哪怕是最新奇的、极其乏味的东西,也要硬着头皮看下去)。然后看重要新闻和专栏作家的文章,随后读小道消息、家庭琐事、烹调术、讣告、社交新闻、广告、儿童谜语,总之每样都看,不忍释手。我甚至把连环漫画重看一遍,看有没有漏掉的。"(14)这种生活或许对他来说有些惬意,他认为在这方寸之间,他可以"打开窗户,考察天气;翻开报纸,认识世界。"(15)这种心领神会并发出由衷的对斗室的喜爱是约瑟夫短期生活的部分缩影。生活虽然琐碎,毫无波澜,但却是约瑟夫诗意的栖居。

贝娄认为仅仅直白地铺叙约瑟夫的生活似乎远无法传达日常生活的特质,他精心选择了日记这一体裁,进行别具匠心的投射。相较于小说、戏剧等具有较快节奏感和激烈阅读体验的文学题材,日记体是记载日常琐碎生活并反映个体内心世界的最佳途径。年轻的约瑟夫对自己的生活很满意,这种流水账似的记载是对日常生活碎片化的重现,也正是城市平民最真实的写照。狄尔摩·舒瓦兹就曾描述过贝娄《晃来晃去的人》中的各种经历其

① 欧文·豪:《父辈的世界》,王海良、赵立行译,上海三联书店1995年版,第18页。

实展现了一代人的生活特征以及一代人的情感:"唱片、长沙发、梵高的仿制品、自助餐厅;以及一些典型的关系:逐渐解散的小型知识分子圈、轻易得来而无意义的情事、既不重要也不必要的婚姻、以歇斯底里或内心苦痛收尾的聚会、将此代人与上一代人分开以及将此代人与家庭生活分开的隔阂。"①这种平民生活的松散、人际间的冷漠反而在约瑟夫看似美好生活的基础上增加了几分孤独而悲凉的基调。人文地理学家段义孚曾说:

> 少数民族居住区经常会给人一种带有欺骗性的、虚假的团结一致印象。房屋、街道、人们和活动都有独一无二的烙印,在局外人看来可能会认为这里存在一个利益共同体,一个广泛的社会纽带,而实际上这里并不存在。美国少数民族居住区的特点是,社会纽带破碎不堪,放任之心四下弥漫,后者可能会在分裂的群体中转化成公开的敌意。②

舒瓦兹对贝娄这部作品的概括与段义孚所指出的美国少数民族居住区的松散在特点上相照应,这种生活也正是约瑟夫孤寂、无聊生活的源头。一方面他生活的斗室让他觉得自己可以远离房外的喧嚣以及人们的猜忌,另一方面房间有时候带给他的又是惆怅,尤其是约瑟夫焦急地等待着部队通知的时候。"一般来讲,我迫不及待地想找个理由离开房间。一进屋子我就挖空心思搜寻理由。但当真出去,却不肯走远。我的平均活动范围仅限于三个街区。"(13—14)房间的亲切感让他回忆起自己快乐放松的童年时光:

> 周围摆着抹布、洗革皂和刷子——街上褐色的光线挤进窗户,麻雀在枯枝上啁啾——有片刻功夫,我感到非常宁静。我把艾娃的鞋子拿出来摆成一排,觉得十分满意。这是一种假借的满足,是由于我正在做孩提时做过的事情……褐色的雾弥漫在圣多明哥街上;然而在客厅里,炉火熊熊,火光映在长沙发上,油布上,照着我的前额,绷紧了我的皮肤,十分惬意。我擦皮鞋不是为了接受夸奖,而是由于我喜欢干这事儿,喜欢这房间的气氛。这房间和街上的潮雾完全隔离。街上家家户户门窗紧闭,沿着墙顶的金属管呈现出浅淡的绿色。什么东西也不能

---

① Schwartz, Delmore. "A Man in His Time." from *Partisan Review* 11.3(1944):348—350, quoted from Bach, Gerhard, ed. *The Critical Response to Saul Bellow*. Westport, Connecticut: Greenwood Press, 1995, pp.12—14.

② 段义孚:《无边的恐惧》,徐文宁译,北京大学出版社 2011 年版,第 151 页。

把我诱出家门。(84—85)

当一个人陷入现实的悲哀之中时,往往会产生对美好过去的回忆。童年的约瑟夫觉得呆在家里擦皮鞋是件惬意的事情。成年人的世界变幻莫测,总是掺杂了那诸多不无功利的内容,把一颗原本质朴无华的心灵一再地涂抹上世俗的尘埃,最终让它变得污秽不堪,满目疮痍。如果能够一直用儿童般天真无邪的心灵窥视这个世界,尽管会有些许虚假,却都是人内心深处的真实写照。然而长大后的现实又将约瑟夫拖曳回来:从以前如此依恋的房间,到如今觉得惆怅、充满烦恼的房间,约瑟夫越发觉得自己处境的艰难,尤其是这种"悬着"、充满"自由"的生活。这种"悬着"的境况与孤独感融合在一起,这都形象地展示了犹太移民不被别人认可接受的矛盾感受,正如卡津在自传《城市中的步行者》中所说:"最恐怖的单词便是孤独"①。这种孤独感让约瑟夫觉得受到禁锢,感到压抑。独处的可怕在贝娄中期和晚期作品中也有提及,比如在贝娄中期的小说《赫索格》中,赫索格的父亲说道:"孤独呀孤独,孤独呀孤独!像块石头一般孤独寂寞,虽有十个指头——依然孤独!"②他的收官之作《拉维尔斯坦》中就提到"自然与独处是毒药"③,"独处"是很多犹太移民面对无法适应的环境而产生的心理恐惧。因此随着日子一天天过去,约瑟夫没有工作,焦虑地等待着别人对他的"宣判",这是一种害怕被拒绝的恐惧和担忧,是一种发自内心的自卑感。这种悲凉的基调正是为了映衬无奈悲凉之后获得自由的狂喜。

除此之外,20世纪三四十年代的贝娄具有强烈的共产主义左翼思想,但是却频繁遭到父亲的批判,同时,二战时期的贝娄有着非常强烈的参军意愿,但遗憾的是整个贝娄家庭由于是从加拿大偷渡到美国,因而一直没有合法的美国公民身份,直到贝娄的第一任妻子阿妮塔(Anita)通过在移民署朋友的关系,才得以帮助贝娄家庭解决移民身份问题。小说中的约瑟夫就是一个异化的个体,跟当时的贝娄有几分的神似。与父亲、朋友、妻子、邻居等均有不同程度的隔阂,婚外情让妻子也与他慢慢隔开,妻子的独立意识越来越强,而贝娄自己的写作生涯也尚未完全开启,未来充满未知和迷茫。

从约瑟夫对房间的情感变化也见证了他自身心境的变化。房间作为一个他最为私密的空间,从起初能带给他远离喧嚣嘈杂的静谧之所,变成了一

① Kazin, Alfred. *A Walker in the City*. New York: A Harvest/ HBJ Book, 1951, p.60.

② Bellow, Saul. *Herzog*. New York: Penguin Modern Classics, 2001, p.135.

③ Bellow, Saul. *Ravelstein*. New York: Penguin Modern Classics, 2008, p.154.

个令他越来越感觉到孤独的空间，小说最后约瑟夫甚至把房间比成监狱，这都让读者感受到约瑟夫对禁锢的排斥和恐惧。而随着约瑟夫不断的等待，他越发觉得这种禁锢难以忍受：

> 而我只有这个六面体的盒子。善不是来自真空，而是从跟人的交往中得来的，由爱伴随着的。我呆在这个房间里，与世隔绝，不堪信任。对我来说，面对的不是一个开放的世界，而是一个封闭的、无望的监狱。我的视线被四堵墙截住，未来的一切都被隔绝了。只有过去，带着寒伧和无知不时向我袭来。有些人似乎明确知道他们的机会所在；他们冲破牢狱，越过整个西伯利亚去追寻这些机会，而一间房子却囚禁了我。(92)

他羡慕别人冲破牢狱寻求自由的勇气，而自己对这一切禁锢无可奈何，只是等待他人的解救。在那段时期，信奉共产主义的贝娄在墨西哥待了几个月，一直以来他都具有积极的共产主义信仰，他深受托洛茨基的影响，他带妻子在墨西哥度假，得知托洛茨基也在那里，就约好与仰慕已久的托洛茨基在墨西哥城进行会面，结果在预约日期的头一天托洛茨基遭到斯大林特工的暗杀，贝娄和他的朋友还被误认为是美国记者，因此得以在停尸房亲眼看见头缠绷带、血液和碘酒印记斑驳的托洛茨基尸体，这给贝娄以重大的打击。他和妻子回美国后，欧洲战事频繁升级，针对犹太人的迫害与日俱增，此时的贝娄认为不能再继续等待别人的救赎，强烈呼告自由的重要。

历史给予犹太人的也是同样的创伤，他们尽量减少与外界的接触，希望将受到伤害的概率降到最低。然而充满悖论的是无论犹太人怎样去规避风险，他们得到的似乎永远是一个受质疑的信任，是一个毫无机会的希望。因此这种平淡的生活事件与琐碎的生活细节以碎片化、流动的方式呈现在读者眼前，让人感受到约瑟夫的无奈，激起共鸣的回音。

二、城市漫游者的街道

所有的城市，其实都可以理解成地域、进程以及居住者心态的集合体，城市是“一种象征形式，象征着人类社会中种种关系的综合：它既是神圣精神世界——庙宇的所在，又是世俗物质世界——市场的所在”①，因此作家

① Mumford, Lewis. *The Culture of Cities*. New York: Harcourt Brace Jovanovich, Inc., 1970, p.3.

笔下的城市无疑也传递着诸多信息。自称为“城市业余研究者”的罗兰·巴特(Roland Barthes)[①]曾从符号学立场审视城市和城市文化:“城市是一个话语,而且这个话语实际上是一种语言:城市对其居民说话,我们通过居住、穿行、注视来谈论着我们身处的城市。”[②]走路行为之于城市体系,就如陈述行为(speech act)之于语言或者被陈述之物。米歇尔·德·塞尔托(Michel de Certeau)[③]认为这一行为有三重“陈述”功能:这是一个步行者对地形体系的适应过程(正如说话者适应并接受语言);这是一个某一地点的空间实现过程(正如话语行为是语言的有声实现过程);最后,它包含了不同位置之间的关系,也就是说行动外衣之下的事实“契约”(正如话语陈述是一次“简短演说”,“将对方置于说话者的对面”,并且调动了对话者之间的契约)[④]。

小说主人公约瑟夫正是这么一位观察者。作为一位多年生活在芝加哥的年青人,他对这座城市有着更多的思考。通过在城市中的行走,在以房间为主的私人空间,以及以街道和其他城市景观为主的公共空间中,约瑟夫越发觉得当下的自由令他窒息难耐。贝娄以城市“囚徒”的视角隐喻犹太人在现代城市下的历史重负,以及在城市漫游下的精神悬浮状态。正是这种悬浮,让约瑟夫希望拥有一种更有意义的生活。

欧文·豪曾从孩子的视角对犹太区的街道进行过如此描述:

> 街道属于我们。其他一切地方——家庭、学校、店铺——属于成人。但街道属于我们,我们要漫游全城,领略自由的喜悦,探寻父母怀抱以外的天地。街道教给了我们做生意的欺诈技巧,使我们感受到了性的躁动,训练了我们的生存技能,让我们初步明了在美国生活会有什么前景。我们可能继续爱自己的父母双亲,在学校和大学刻苦用功,但正是街道孕育了未来。在街头,真实的生活磨砺了我们,即便是从我们中间涌现出的知识分子或自由职业者,至今仍多少保留了我们特有的粗放,根深蒂固的怀疑主义。它不仅落在出租汽车司机和成衣商身上,

---

① 罗兰·巴特(Roland Barthes, 1915—1980)法国作家、思想家、社会学家、社会评论家和文学评论家,法国符号学理论大师,结构主义的思想家。

② 罗兰·巴特:《符号学历险》,李幼蒸译,中国人民大学出版社2008年版,第164页。

③ 米歇尔·德·塞尔托(Michel de Certeau, 1925—1986)法国当代著名思想家、历史学家,被福柯称为“那一代最出色、最有才气的人”。《日常生活实践1:实践的艺术》是关于日常生活理论的代表作,为他在国际学术界赢得了广泛和持久的声誉。

④ 转引自米歇尔·德·塞尔托:《日常生活实践1:实践的艺术》,方琳琳、黄春柳译,南京大学出版社2009年版,第174—175页。

而且留在出身犹太移民家庭的作家和教授身上。①

真实的街道带给人成长的空间,贝娄对不同空间/场景的取舍力图体现出他独具匠心的目的。房间、三个街区、街道以紧凑的方式呈现在读者面前。大多数美国城市的平面布局像一个棋盘,它的距离单位就是一个个方格式的街区。"城市作为一个客观可见的结构,体态巨大,结构复杂,这往往是它留给我们的第一印象。然而,这一结构却是发端于人性的,这一庞大的客观机制虽然是处于满足居民的实际需要而产生的,但是,它一旦形成,就会作为一种自然存在的外在事实加诸于他们身上,并反过来根据它内在的设计与利益塑造这些居民。"②宽敞的空间带给人的是自由的享受,而狭窄的空间往往体现人物拘谨的心境。段义孚曾指出"宽敞与自由感是紧密联系的。自由意味着空间;它意味着拥有更大的权力和足够的空间来表演。"③街道是城市生活中必不可少的一个场景,街道也有历史感悟,镌刻着沧桑。许多犹太移民认为他们是一帮从城市街道上走出来的孩子。他们在街上讲英语,回到家里讲意第绪语。这对于犹太移民来说司空见惯,更说明了街道对于犹太人的重要性。它是犹太人逐步完成城市化的必经之路。卡津在《城市中的步行者》中就提到过这种城市漫游状态以及犹太人的生活。城市漫游者通过在街道上漫步,感受着城市的变化。

城市漫游者(flâneur)的形象源于本雅明《巴黎,19世纪的首都》中对法国诗人波德莱尔的评价,这也是本雅明首次使用"漫游者"这个文化意象对现代性、现代城市以及知识分子进行解读。在波德莱尔描写巴黎的诗中,这位"流浪汉"主人公展现了矛盾的多面:他很闲散但细心地注视着城市的高速旋转;他处于以男性为主导的公共空间内,但却好奇地关注着陌生的下层女性的生活;他不痴迷于商品交易,但对琳琅满目的新型陈设钟情不已。他享受视觉上的消费,而非获得实物的快感。波德莱尔在本雅明看来是位天才寓言家:"当这位寓言家的目光落到这座城市时,这是一种疏离者的目光。这是闲逛者的目光。他的生活方式揭示了在那种抚慰人心的光环后面大城市居民日益迫近的窘境。闲逛者依然站在门槛——大都会的门槛,中产阶

① 欧文·豪:《父辈的世界》,王海良、赵立行译,上海三联书店1995年版,第243页。

② 罗伯特·帕克等:《城市:有关城市环境中人类行为研究的建议》,杭苏红译,商务印书馆2016年版,第8—9页。

③ Tuan, Yi-Fu. *Space and Place: The Perspective of Experience*. Minneapolis: University of Minnesota Press, 1977, p.52.

级的门槛。两者都还没有压倒他。而且他在这两者之中也不自在。他在人群中寻找自己的避难所。”[①]从这段评述中不难看出城市的闲逛者一方面有自己生活的窘境，并不断寻找避难所，另一方面也以超然而冷漠的疏离表情观察着所生活的城市，正如约瑟夫这样一位城市“囚徒”。乔伊斯笔下的都柏林、狄更斯笔下的伦敦、帕慕克笔下的伊斯坦布尔都从不同程度上展示了城市生活的窘境。

丹尼尔·贝尔(Daniel Bell)在《资本主义文化矛盾》(*The Cultural Contradictions of Capitalism*)一书中曾提到：“一个城市不仅仅是一块地方，而且是一种心理状态，一种独特生活方式的象征”，如果“要认识一个城市，人们必须在它的街道上行走”[②]。街道不仅是都市空间的一个重要维度，它更传递着城市生活者的思考。街道相对于隐私性更强的房间而言是一个公共空间，它体现着人与城市的关系，人与人的关系。犹太移民在美国的生活是艰辛的，由于反犹主义意识依然存在，因此很多工作岗位并不提供给犹太人，犹太人不得不上街兜售商品成为小摊贩，因此卡津曾描述自己在纽约的生活状况，行走在街道上，感觉“我们是城市的居民，但是我们并不属于这里”[③]，这极致地概括了移民的孤寂和游离心态。约瑟夫每日的无所事事，正反映出犹太居民的无归属感、不安定感以及精神漂泊的状态。

日记体小说摒除了扣人心弦的情节突变，可以自由地跳出只重情节发展的传统窠臼，将审美放在人物内心世界的情感脉络之中，以最大的可能倾诉着日记主体的情感世界，让读者随之感受着思绪的飘荡。日记体采用的是松散的结构，描写着隐约可见的事件，以日期的分割来进行整体的谋篇布局，展示着叙述者生活中的横切面，在看似切断过去与未来的联系中又将过去、现在、未来结合在叙述者的记录中，行云流水，让人不得不对海德格尔所说的“此在”产生共鸣。少不更事的约瑟夫通过观察自己所生活的贫民区街道发生的事情，了解着现实，认识着世界，也感受到自己的焦虑和不安。漫游者在城市中闲逛的心路历程也凸显了城市空间的抽象性和排他性。约瑟夫曾回忆童年时的街道，正如本雅明所说：“街道把游荡者领进了一段流逝的时光。”[④]

---

① 瓦尔特·本雅明：《巴黎，19世纪的首都》，刘北成译，上海人民出版社2006年版，第20页。

② 丹尼尔·贝尔：《资本主义文化矛盾》，赵一凡等译，三联书店1989年版，第155页。

③ Kazin, Alfred. *A Walker in the City*. New York: A Harvest/ HBJ Book, 1951, p.11.

④ 转引自海因茨·佩茨沃德：《符号、文化、城市：文化批评哲学五题》，邓文华译，四川人民出版社2008年版，第109页。

> 我从来也没有发现还有像圣多明哥街那样的街道。它坐落在一个市场和一所医院之间的贫民区。通常我老惦记着街上发生的事情，因此总是从楼梯和窗口瞅来瞅去……。还有那狭窄街巷里的阵阵微风，这一切都历历在目。有时候我认为，这就是我可以认识现实的唯一地方。父亲总是因为穷，而不得不在贫民区抚养孩子而严厉自责，他还担心我看见的东西太多。我的确看见了不少景象……(85—86)

这与长大之后约瑟夫通过读报纸来认识世界形成巨大的反差。以前约瑟夫认为他可以“认识世界的唯一地方”就是“楼梯和窗口”，他渴望更多地认识世界，但却被父亲严厉地管教着。长大后的约瑟夫反而没有了年少的好奇，避免与外界接触，尤其是取得这种自由之后，他在街上的闲逛仅限于三个街区，出于恐惧感，他尽量回避去更多的地方，见更多的熟人。街道由之前约瑟夫看到不少景象的地方转变为一个让他不愿意与之接触的空间，街道又变得陌生了，这种行为上的转变与心理的变化是分不开的。约瑟夫已不再去用心观察、思考，而只是完成最简单的日常行为：吃饭、理发、拜访亲友，仅此而已。他觉得自己无所事事，悬浮着的自由让他觉得恐惧。

这种晃来晃去也好，东闯西撞也罢，都反映出犹太人的一种“悬着”的境地，他们祈求找到安定的地方，一个象征稳固的地界，一个不再让他们感到恐惧不安的地方。犹太民族是一个倍感无奈的民族，几千年的颠沛流离，一直以来犹太人散居世界各地，因此他们往往被称为“没有国籍的犹太人”、“无家的犹太人”和“无根的犹太人”。犹太思想家桑福德·平斯克(Sanford Pinsker)就曾说过：“犹太人民没有他自己的祖国，虽然有不少他的诞生国。他没有集中一致的观点，也没有重心之所在；没有自己的政府，也没有被认可的全权代表。他在任何一地都是一个宾客，没有自己的家。各民族从未视其为犹太民族，而是视其为犹太人……为了寻求与其他民族的融合，他们在某种程度上故意放弃自己的民族特性。无论怎样，都难以成功地将他们作为一个同等的民族与他们的邻居区别开来。”①所以无论犹太人在哪，他们总是客民和外乡人。他们一方面极力保留自己的民族文化特色，但又不得不去迎合居住地的文化。在“无根”的状态下乐观而又焦虑地寻求“有根”，似乎是犹太人所生活的城市空间中最大的悖论。正如戴维·哈维(David Harvey)所说：

---

① 转引自刘洪一：《犹太文化要义》，商务印书馆 2004 年版，第 25 页。

> 移民的后代们试图把城市变成远离乡村镇压的避难所，在这种表达中，“城市”(city)与“公民身份”(citizenship)巧妙地结合在一起。但城市同样又是焦虑和混乱的场所。它是无名侨民、下层阶级(或者，我们的前辈们喜欢称之为“危险的阶级”)的地方，是不能理解的“他性”(移民、同性恋、精神错乱、文化上有很大差异、种族上有明显标志的人)的场所，是被污染的(物质污染和精神污染)并发生可怕堕落的地带，是需要封闭和控制的该诅咒的地方，它把“城市”和“公民”变成公共想象中的政治对立面，尽管它们在词源学上是连结着的。①

这也暗示出移民的后代也在努力寻找自己在城市中的一席之地，然而城市并不是一个让人乐观的栖居之所，尤其对于异乡人，边缘感和困惑感挥之不去地围绕着他们，这在贝娄笔下有着更为细致的刻画。贝娄笔下城市的街道如此荒凉、冷漠：

> 我向街道拐角走去，呼吸着湿衣服、湿煤、湿纸、湿土的气味，这些气息随着一股股雾气飘散。远方低洼处，一只号角发出低沉的声音，——静下来了——又响起来了；街灯弯向路边，有如一个女人，一只在寻找掉在冰上和水沟淤泥中的戒指或银币……也许这里根本没有城市，甚至连湖也没有，有的只是一片泥沼和穿过泥沼的令人绝望的呼叫声；没有房屋，有的只是使人感到荒凉、萧索的树木；没有电线，有的只是藤蔓弯弯曲曲的长茎，这并不难想象。(95—96)

这种荒凉的景象，绝望的呼声，在约瑟夫看来就是城市的象征，这种状态正是约瑟夫心境的投射，体现了他在等待的重负下孤寂惶恐的心理。“人类的精神思想是在城市环境中逐渐成形的，反过来，城市的形式又限定着人类的精神思想：因为空间——像时间一样——同样在城市环境中被艺术化地予以重新安排。”②这种孤寂与惶恐正是城市精神的一个表征，随着城市的发展，这种感受更加深刻更加明显。约瑟夫小时候对生活的城市理解甚少，只了解自己所居住的街角巷道、所生活的贫民窟。小说中多次提到了街道，但是往往都和雨天、泥泞、人际的冷漠联系在一起。这种冷清的景象与

---

① 戴维·哈维：《希望的空间》，胡大平译，南京大学出版社2005年版，第153页。

② Mumford, Lewis. *The Culture of Cities*. New York: Harcourt Brace Jovanovich, Inc., 1970, p.5.

约瑟夫内心的孤寂形成呼应关系。贝娄笔下的街道无疑是一种他者化的地方,一种让城市的漫游者觉得熟悉又很陌生的地方,一种愁绪蔓生的地方,一种既有怀旧又有牵绊无奈的空间。约瑟夫希望自己能尽快摆脱这种冷漠,能找点更有意义的事情去做。文前诸多铺垫帮助贝娄引出一个戏剧化又极具开放性的结尾:约瑟夫接到部队通知时发出如释重负的呐喊让读者突然从阴郁的氛围中也一并被解放出来。

三、合奏的其他城市景观

城市景观整体上是指由街道、广场、建筑物、绿化等方面共同形成的物理外形和进而产生的氛围。它不仅能展现出居住环境的先有和后造的美景,增添城市的多重感受,良好的景观亦可带来城市居民的舒适感和愉悦感。城市的公共环境、公共活动和人都是构成城市景观的要素。城市景观不单指城市的建筑或风景,它还暗含着人与自然关系的变迁,映射出人对生存空间和现代文明的理解,不仅是城市的象征符号,更是体现城市文化的形象载体。主人公约瑟夫喜欢透过窗户看着外面的世界:

> 我呆呆地望着窗外……从三楼的高处我放目远望,附近,有许多烟囱,冒出比灰色的天空更淡的灰烟,正前方是一排排贫民窟,仓库、广告牌、阴沟、霓虹灯暗淡的闪光、停放的汽车、奔驰的汽车,偶尔还有一两棵枯树的轮廓。我看着看着,不由得慢慢地把前额贴在窗户的玻璃上。观察着这眼前的一切,一个永恒的疑问又纠缠在我的脑海里,使人无法解脱:在过去,在别处,哪里还有一点点为人说好话的东西?可以肯定,这些广告、街道、铁道、房屋,看起来杂乱无章,但却跟人的内心生活有着联系。(24—25)

这些烟囱、汽车、广告、铁路等等都是城市的符号。然而贝娄以细致的意象传达出主人公真实的情感。"灰烟"、"贫民窟"、"暗淡的灯光"、"枯树"等都与感到异常压抑的约瑟夫的心境形成对照:感觉被囚禁了的约瑟夫看到的世界是灰暗的,如同他的内心世界一般。因此对新生活的渴望愈演愈烈,对改变的需求愈加显著。

除了约瑟夫记录了自己在城市里的行为之外,日记还通过约瑟夫收到的来信体现出他人对城市的看法。约瑟夫的好朋友约翰·玻尔想搬家,"剥皮家具,剥墙壁皮、刮鳞。我们搬到这里是为了省钱,但我觉得,我们最好还是省下我们自己,再搬出去。缺少树木,少得不能再少了。这种没有自然、人又太多的死气沉沉的景象使我伤心。”(153)约瑟夫也感同身受,约瑟夫在人太多的环境中感到缺乏人性的那种恐惧与危险,甚至认为前人在过去两百年内同样也发现了这种危险。“他认为在芝加哥他会安全一些,那里是他长大的地方。感情用事!他指的不是芝加哥。芝加哥同样没有人性。他指的是他父亲的家,和邻近的少数几个街区。离开了这些地方和其他寥寥几个孤岛,他会同样不安全。但即使是这样的一封信也鼓舞了我。它给了我这样一种感觉:也有人在对其他人来说完全是中性的东西——环境中,承认了困难,承认了悲哀。”(153)约瑟夫认为似乎在哪里都没有安全感,哪里都可能缺少人性,只有“他父亲的家,和邻近的少数几个街区”能让他感到安全,因为这是他长期生活的、最为熟悉的地方。

段义孚认为:“熟悉的环境通常是那种我们会变得被动并允许自己变得脆弱、可以接受怜爱、并体验新经历所带来苦痛的地方。”①由此可见,熟悉的环境是一个让人可以疗伤并且寻求精神慰藉的地方。而约瑟夫对家宅以及邻近街道的依恋感正是他抵制外界冲击的良方。这无疑体现了他毫无归属感和安全感的精神状态。这种对熟悉环境的眷恋以及家宅作为平抚心灵创伤的慰藉在贝娄其余的小说中也有体现,比如《赛姆勒先生的行星》里,阿特·赛姆勒先生在公共汽车上看到疯狂的小偷,而且小偷肆无忌惮地跟踪他至公寓,并将他的阳具无耻地展现给老赛姆勒看,赛姆勒顿时觉得人都快瘫痪了,唯一的想法就是躺在家里的床上。而这部日记体小说里贝娄笔下主人公这种凄凉的感受还伴随着各种冷清的城市景观:

> 灿烂的天空中,美丽的小云朵在滚动。相形之下,街道像烧毁了似的:烟囱张着大嘴,精疲力竭地指向天空。和人行道纵横交错的草皮被整个冬天的沉积物——枯枝呀、火柴盒片呀、香烟呀、狗屎呀、碎砖烂瓦呀——糟蹋得不成样子;木栅和熟铁花栏后面的草仍然发黄,不过有许多地方已被太阳晒成嫩绿:房屋门窗敞开着,吸入新鲜空气,像是老醉鬼和肺结核患者在接受治疗似的。的确,房屋的气氛——外面的砖、灰泥、木头、柏油、管道、栅栏、取水管,室内的帷幕、被褥、家具、条纹糊墙纸、角状天花板、残破的喉状门厅入口、肮脏的瞎眼似的窗户——我以

① Tuan, Yi-Fu. *Space and Place: The Perspective of Experience*. Minneapolis: University of Minnesota Press, 2001, p.137.

为这种气氛体现了一个无法实现的希望，不可能回春的希望。(172)

日记体小说生动的现在时时态的表现方式不仅还原了生活，更让读者与约瑟夫有了心灵上的接触，在这种景观的影响下似乎也感同身受。所有这些城市景观组成的和声传达出来的是约瑟夫的无奈甚至是绝望，但却为小说别出心裁的结尾做了难得的反衬和铺垫。

七八年前的约瑟夫是位一直按既定总方案办事的人，所有事情安排得井井有条，能在旅行社的工作和自己的学术兴趣上找到平衡，而如今的他总是无所事事，总是尽量将自己与外界隔离开来。他拒绝犹太朋友圣诞节晚宴的邀请，拒绝朋友提供的工作。他去西北区岳父家，去闹市区帮艾娃买东西，百般无奈地去朋友家做客，与情人在一个破烂房间的交流、去酒店吃饭、在公园闲逛，还有自己以前居住的贫民区的街道。所有这些对犹太底层老百姓日常生活的描述向读者展示了一个多维的景观，而约瑟夫不仅在晃来晃去的身份中迷失了自我，在这种不停地游走在公共空间和私人空间的日常景观中也找不到自己的根基，他甚至回忆自己的过去，呆在房间里擦鞋都让他觉得心旷神怡。而目前这种漫无目的的游逛和自由对他来说是种重负，即便冬天离去，春暖花开，约瑟夫也没觉得心情愉快，相反，天空的灿烂与街道的破败、房屋的腐烂形成巨大的反差，他只觉得金色的阳光把世界分成两部分——实体与阴影，而他在"自由"之下看到更多的是"龌龊、野蛮、短暂……"这一反复出现的精神和物质的双重景观。小说中出现的《都柏林人》正好也体现了约瑟夫在自由状态下的麻木和迷茫，这无疑隐射了约瑟夫的真实状况。乔伊斯笔下的都市人有着精疲力竭的焦虑、病态的冲动以及无法实现的欲望，这正是约瑟夫在等待的过程中感受到的。最后小说结局以约瑟夫欢呼自己的解放为结尾，他不愿意对自己负责，而更愿意被别人所掌握。

城市的喧嚣使人激动，也使人孤独。城市包含了双重特性，一方面紧张而又碎片化的城市生活带给人们孤独感，另一方面个体面对的各种刺激和经历不断增加。约瑟夫，一个少数族裔移民的代表，在一百多天的日记中言说着自己的无奈与无助，包括最后悲剧性的狂欢："我不再对自己负责了；我为此而喜悦。我掌握在别人手中，卸下了自决的包袱，自由取消了。为有规律的生活而欢呼！为精神监督而欢呼！兵团组织万岁！"(191)。在无力寻找本我的过程中，约瑟夫显示出太多的无奈和无声的抗争。"我们所追求的世界，永远不是我们所看到的世界；我们所期望的世界，永远不是我们所得到的世界。”(26)平民，尤其是犹太底层老百姓，他们卑微地活着，命运没有掌握在自己手里，他们努力在城市中寻求一席之地，就像鲍姆嘉登所说：“现代犹太文学中经典文本的多样题材都聚焦着一个给人启示的神话：来自犹太聚居区的边缘人在城市的更自由、复杂、国际化的生活中寻找一席之地”①。由于生活的艰难，犹太平民也只能逐步地疏离既有的社会环境，他们渴望安定。

詹姆逊曾提出：“平民主义在城市结构里的嵌入形成了集虚幻与补偿于一身的超空间……这正暴露了当今后现代社会典型的表述行为状态：没有深度、碎片、历史缩减为怀乡病，最根本的，对被征服的主体有计划地去中心化，以及忽然发现个体的人已经丧失了为自己定位，有意识地组织周围环境及在可以绘制成图的外部世界中准确找出自己所处方位的能力。”②这种自我准确定位的能力在以约瑟夫为代表的犹太人看来，决定权不是掌握在自己手里，而是掌握在自己所处的环境里，掌握在他人的手里，这也映射出长时期以来犹太人“悬浮”的处境，一个毫无归属感和安全感的环境。即便在极度自由的环境中，约瑟夫仍然觉得那是一种虚无缥缈的东西，更令他感到厌烦。开放自由的空间让约瑟夫感到的是恐惧，因此当接到部队通知的时候，他发出了悲剧性狂欢的吼叫，一种如释重负的呼喊声。这一呼喊声是城市人摆脱精神漂泊的呐喊，也是犹太人对“有所可为”生活来临的欢呼。它体现出贝娄早期的乐观主义态度，一种最终可以有所作为的感慨。这一欢呼也将在贝娄的《奥吉·马奇历险记》中继续得以体现。

第三节　“应许之地”的寻觅③

在出版于1944年的小说《晃来晃去的人》中，贝娄描绘出二战结束之后美好的幻想和憧憬被残酷无情的现实所打破，人们百无聊赖，精神极度空虚。20世纪中叶，犹太人主要围绕这三个大圈展开他们的生活：犹太家庭、

① Baumgarten, Murray. *City Scriptures: Modern Jewish Writing*. Cambridge: Harvard University Press, 1982, p.1.

② 转引自爱德华·索亚：《第三空间》，陆杨译，上海教育出版社2005年版，第251页。

③ 本小节所有相关小说引文均来自 Saul Bellow. *The Adventures of Augie March*. New York: Penguin Modern Classics, 2001。以下标出页码，不再一一说明。本小节的主要内容已经以《从城市社会学视角评索尔·贝娄的〈奥吉·马奇历险记〉》为题发表在《华中学术》2017年第4期，第65—73页。

大城市以及美国的文化精神。贝娄在第四部长篇小说《奥吉·马奇历险记》(*The Adventures of Augie March*, 1953)中,将犹太移民生活的未来予以定性,并赋予了乐观自信、积极向上的生活态度。《奥吉·马奇历险记》勾勒了一幅 20 世纪 30 年代以来到二战后的美国社会全貌图,此小说被认为是贝娄突破当时文学风格的开山之作。在此之前美国文学以福克纳、海明威的文学创作风格为主流特征,并且战后数十年间犹太作家创作的小说里几乎都是意志消沉、郁郁寡欢的主人公形象。而贝娄创作的《奥吉·马奇历险记》完全突破了这一传统,摒弃那些较为颓废的人物形象,取而代之的是积极向上、不断进取的形象,并被认为是贝娄摆脱陀思妥耶夫斯基和詹姆斯影响的里程碑式的作品。

贝娄在创作此部小说之前,就已经打算进行一次突破性的尝试,改变自己之前的创作风格[①]。贝娄在一次访谈时指出"海明威用小公众艺术的短篇和长篇小说赢得了广大的公众",他承认自己也受到这种"高雅手段"的影响,但是他在尝试突破,访谈中他提到:"《奥吉·马奇历险记》就代表了对小公众艺术及其强制性束缚的反叛。我真正的愿望是要打动'每一个人'。我找到了——或相信找到了一条'喷涌'的新途径。不管是好是坏,它把我分离了出来,或者说我希望这样认为。"[②]

马丁·阿米斯(Martin Amis)认为这是一部"伟大的美国式小说"[③]。罗伯特·彭·华伦(Robert Penn Warren)认为这是"一部思想丰富、变化多样、引人入胜并具有积极意义的小说,从此以后所有在我们这个时代探讨美国小说都不得不提及的著作"。[④]斯蒂文·格尔逊(Steven Gerson)认为贝娄笔下的奥吉是"新版美国亚当"[⑤]。《费城探寻者报》(*Philadelphia Inquirer*)

---

① 可参见 Saul Bellow. *Letters*. Ed. Benjamin Taylor. New York: Viking, 2010, p.xxii。

② 此部分引文来自贝娄"半生尘缘"的访谈,原载于《波士托尼亚》杂志,1990 年 11—12 月。可参见索尔·贝娄:《集腋成裘集》,李自修等译,宋兆霖主编,河北教育出版社 2002 年版,第 404 页。

③ Amis, Martin. "A Chicago of a Novel." *The Atlantic Monthly*, (Oct., 1995): 114—127. 马丁·阿米斯是贝娄的忘年交。在 2001 年贝娄第五任妻子弗里德曼编辑出版的《合集》(*Collected Stories*)里,弗里德曼邀请阿米斯为《更多的人死于心碎》撰写介绍部分。此外在贝娄儿子格雷格对父亲的回忆录中也提到阿米斯是贝娄在文学界的"儿子",可以说是对两者亲密关系的最忠实评价了,具体可参阅 Greg Bellow: Saul Bellow's Heart: A Son's Memoir. New York: Bloomsbury, 2013, p.2。

④ Warren, Robert Penn. "The Man with No Commitments", *New Republic* (2 Nov. 1953): 22—23, quoted in *The Critical Response to Saul Bellow*, Gerhard Bach ed. Westport, Connecticut: Greenwood Press, 1995, pp.49—52.

⑤ Ibid. 52—62,原文参见 Steven Gerson, " A New American Adam", *Modern Fiction Studies* 25.1(1979): 117—128。

曾于 2005 年贝娄逝世之后刊登了一篇《贝娄拯救了美国小说》的文章对贝娄作出过高度的评价："一部贝娄小说就是了解美国地貌、美国心灵的旅程，从往昔而来，又对未来无从掌控。他的小说助力于我们文化风貌的形成，完全有理由带给读者愉悦的感受。这就是贝娄的天赋。"①《奥吉·马奇历险记》一书正是这种了解美国地貌、美国心灵的好书。不过这部小说在犹太人中的反响不是很强烈，有的犹太人认为奥吉是一位美国化的人物，甚至批判了贝娄的同化趋向。但是不管怎么说这部小说的确给美国犹太文学注入了新的活力，同时也传达出移民的乐观向上精神。《奥吉·马奇历险记》里的主人公是一位贫穷的第二代犹太移民男孩奥吉·马奇。奥吉起初迟迟不敢步入社会，并对工作及社会充满了恐惧和不安。之后在哥哥和朋友的帮助下他开始认识自己，凭借自己的实力与韧劲，逐渐独立起来，闯出了一番事业。从起先不愿开创自己的事业到最后对自己的未来有着清楚的认识，奥吉展现出一种犹太移民与生俱来的坚韧性和奋斗不息的精神。奥吉前后换过二十多种工作，他拒绝接受别人为自己铺路，拒绝被收养，拒绝受制于人的生活状态，即便生活坎坷艰辛，奥吉一直保持着一种乐观向上的心态，并对美国这片土地充满无限的憧憬。该小说一出版便得到广泛的认可，贝娄在此小说里真实地再现了 20 世纪 40 年代以后美国城市的真实图景，并贴切地描绘出以奥吉为代表的"平民英雄"的奋斗史，以及在那个时代犹太移民对未来的乐观态度。

在 20 世纪 80 年代贝娄对《奥吉·马奇历险记》重新进行了评价，在一次访谈中他谈到这部小说的缺陷时提到："第一，它在我手里失去了控制。当时我找到了一种新的写作手法，我自己独特的方式，但是我无法控制它。我无法对任何过火的部分说不……读过这本书的美国人感觉正是这种过火把他们解放出来。但是我认为随着时间的推移，这本小说可能不会那么继续受欢迎。小说的另一个缺陷在于它不够真诚。我所了解的黑暗远比我透露的多。"②

值得一提的是欧文·豪在《大众文化和后现代主义小说》一文中提到在经历 30 年代经济大萧条之后，20 世纪 50 年代的丰裕社会带给人们另外一种焦虑：传统的风俗礼仪被忽视，固有的权威中心被瓦解，消极厌世成为常

---

① Ridder, Knight. "Saul Bellow rescued the American Novel." *Philadelphia Inquirer*, The (PA) (2005) on Thursday, April 7.

② Roudane, Mathew C. "An Interview with Saul Bellow," *Contemporary Literature*, 25 (1984), p.279.

态，牢固的理念和"事业心"荡然无存，消费主义盛行，国民富裕的城郊生活和美国超级大国地位的形成，美国开始实施组合主义（一种将整个社会纳入极权国家指挥下的各种组合的理论和实践）①。在这种相对安逸的体制下，民众开始变得被动，先锋和激进的时代一去不复返，在美国小说领域取而代之的是一批面对现实、勇于承担历史责任的小说家。贝娄在这部小说里不仅描写了犹太移民的城市生活，更开启了其作品中犹太人"自我"意识之门。

一、底层阶级②的话语言说

《奥吉·马奇历险记》不仅向读者展示了一个年轻男孩的奋斗史，同时也逼真地描绘出美国第一、二代以犹太移民为代表的底层老百姓的生活状况。开普兰·罗杰（Kaplan Roger）曾指出：之前贝娄的风格以人物刻画见长，在这部小说里贝娄展现出年轻人的朝气与活力，体现了20世纪30年代政治、服饰、行话、俚语、伤感相交融的社会全景图。③贝娄以细腻的笔触以及对人物身份精准的把握，体现出贝娄对城市复杂的情感。城市社会学家刘易斯·芒福德认为"城市既是人类解决共同生活问题的一种物质手段；同时，城市又是记述人类这种共同生活方式和这种有利环境条件下所产生的一致性的一种象征符号"④。城市作为符号，标记着不同阶层人民尤其是底层人民的生活方式和特点。"底层"作为一个社会学概念是指那些社会地位低下、收入微薄的商业从业人员、产业工人、农民以及城乡失业半失业阶层。作为流浪无根的漂泊者和异乡人，这些"底层"游走在城市的边缘地带，他们难以融入城市，也难以回归乡村，往往承受着物质贫困、精神失语、身份模糊等多重压迫。

贝娄在这部小说里通过各种城市符号传达出一种典型平民生活的讯息：低劣的居住环境、不稳定的职业、需要社会救济，等等，想方设法维持生存的最低限度。底层老百姓居住环境不好，同时经济的困窘让穷人们无法

① Howe, Irving. "Mass Culture and Postmodern Fiction." *Partisan Review* 26(1959): 426—436.

② 底层阶级（subaltern class）："底层"最早出现在葛兰西的《狱中札记》中，他指出底层是产业无产者的代名词，资产阶级通过国家机器强行获得支配地位，同时将社会文化制度和意识形态转化为对整个社会的领导权。他严厉斥责了欧洲马克思主义者无视农民的文化、信仰和实践活动，否定他们的政治潜力，当然他也指出了农民意识的被动性、狭隘性和破碎性的特点。

③ Roger, Kapalan. "'Augie March' Returns." *Washington Times*, *The*(*DC*), 07328494, Sep.21, 2003.

④ Mumford, Lewis. *The Culture of Cities*. New York: Harcourt Brace Jovanovich, Inc., 1970, p.5.

负担正规医院高昂的费用,因此往往去免费诊疗所就医,奥吉·马奇家也不例外,在小说里贝娄真实地描写出当时诊所的情景:

> 我们其余人看病也只能去免费诊疗所——那地方简直像梦魇,大得像座军械库,摆着许许多多牙医椅子,一大片全是,还有许多饰有玻璃葡萄图案的绿色盆盂,牙钻机的钻臂像虫腿似地成Z字形伸着,小煤气灯在旋转的瓷托盘上吐着火苗——这是哈里森街一个嘈杂喧闹而气氛阴沉的处所。在那条街上,沿街尽是石灰石砌的县级机关各部门的建筑,笨重的红色有轨电车车窗上装有铁格子,车身前后都有君的胡子般的排障铁帚。车子叮当叮当、蹒蹒跚跚地走着,在冬日的下午它们的制动箱对着满地褐色的雪泥直喘气;在夏天的下午,则对着洒满灰烬、烟尘和草原风沙的褐色石头冒气。汽车在免费诊疗所前总是停得很久,一边让那些瘸腿的、跛脚的、驼背的、装有腿支架的、拄着拐杖的、害牙痛眼疾的以及其他的病人下车。(7—8)

除了这种医疗条件非常差的免费医疗所之外,最让穷人们担心的还有工作问题,因为往往一家人的生计就靠一两个人的工作收入来维持,有时候甚至一家人都在工作,仍然难以过上温饱的生活。伯纳德·马拉默德(Bernard Malamud)的《店员》(*The Assistant*),卡津的自传《城市中的步行者》,以及欧文·豪《父辈的世界》中都对东欧犹太移民在美国的艰难生活有所描述。许多犹太移民无法找到正规体面的工作,大多数公司都不接受犹太人任职。犹太人便不得不从事许多其他人不愿意从事的工作,比如放贷、沿街叫卖、推销、走私等。欧文·豪曾说:"通向经济进步的一条艰难之路,是在'外面的世界'当职员和推销员。口音、手势、不熟悉美国人的举止、不信任异教徒、各种宗教习惯——全都与那个世界对犹太人根深蒂固的成见结合在一起,使移民一开始就难以在市政部门或百货公司柜台后面获得哪怕最简单的工作。"①豪所展现的无奈、无助和无望无疑显示了社会对移民的偏见以及移民生活的艰难。奥吉的处境正是如此,他被迫不停地更换工作,以临时工的身份从事了多种行业。奥吉自己说"各种各样的工作"事实上构成了他"整个一生的基础。"(28)这种对城市生活细致的描述,糅合了城市的噪音、公共交通、环境、人口的密集、早期的商业活动,等等,将城市生活中的各

① 欧文·豪:《父辈的世界》,王海良、赵立行译,上海三联书店1995年版,第159页。

种符号在这一段话中贴切地传达出来了。

正如帕克所说:“城市人口中的那些来去随意、流动性强的群体一直面临着无休无止的焦虑,他们不仅受到每一次新思潮的鼓动,还总感到一种持续存在着的恐慌,从而使社区始终处于某种危机之中。”①正是因为处在不断的身份焦虑中,奥吉时时刻刻有种危机感,希望能尽快地改变这种低人一等的生活。

安东尼奥·葛兰西(Antonio Gramsci)在《狱中札记》中说:“‘底层’是包括农民在内的从属阶级。”②他们无时无刻不受制于人。犹太移民就有许多受制于人的地方。他们经常被他人代言,处于失语的状态。劳希奶奶和艾洪都是为他们代言的典型代表。奥吉一家虽然有自己的房产,然而具有讽刺意义的是真正有决定权的是家里一位非犹太人的寄膳房客“劳希奶奶”。奥吉的母亲是劳希奶奶的佣人,用奥吉的话说“老奶奶来后,妈便拱手把权力交给了她,也许她根本没有想到自己还有权力,她整天辛苦操劳是在受罪。”(10)奥吉的母亲也从某种程度上象征着贝娄的母亲。贝娄母亲一直是位任劳任怨的主妇,她死于癌症之后贝娄一直郁郁寡欢。他非常怀念母亲对他那种保护性的毫无保留的爱。在失去母亲之后,贝娄曾和第一任妻子的母亲关系甚好,这也是一种对过世母亲的缅怀。

斯皮瓦克(Gayatri Chakravorty Spivak)在《属下能够说话吗?》一文中将“底层”理解为“属下”,并认为他们是一群极端贫困的人,他们是不能“发声”的③。小说也对这一问题进行了探讨。劳希奶奶喜欢跟马奇一家住在一起,因为她早已习惯于当家作主、总揽大权。这种人物关系的设置富有浓厚的隐喻色彩。具有讽刺意味的是奥吉一家虽然住在自己家里,但是寄宿的劳希奶奶却成了家里最有权力的人,而奥吉兄弟都得听从于劳希奶奶的安排。奥吉一家是典型的犹太移民,而劳希奶奶代表着美国白人。犹太移民不得不以随和、听从的方式融入美国社会,在夹缝中求生存。此外,劳希奶奶经常教导哥哥西蒙和奥吉如何处世:“除了尼禄那种在餐桌上用毒羽拂对头或眼中钉咽喉的行径之外,什么手段都可以。”(34)劳希奶奶教他们偷窃、撒谎等等,也教他们在社会上的生存法则,即便奥吉对这些都嗤之以鼻。

① 罗伯特·帕克等:《城市:有关城市环境中人类行为研究的建议》,杭苏红译,商务印书馆2016年版,第14页。

② 葛兰西:《狱中札记》,曹雷雨、姜丽、张跣译,中国社会科学出版社2000年版,第18页。

③ 斯皮瓦克:《属下能够说话吗?》,李应志编,《解构的文化政治实践》(斯皮瓦克后殖民文化批评研究),上海三联书店2008年版,第215页。

精神上的寄人篱下起初让奥吉觉得自己就是属于任人摆布、无从发声的那个群体,也潜移默化地造就了他乖巧讨喜的性格特点。

之后奥吉在艾洪那里做事情,有时寄宿在艾洪家,艾洪是那一区最大的地产经纪人,拥有和控制着许多产业。艾洪是个残疾人,只能双手活动,双腿已经完全丧失功能。过了段时日,艾洪已经离不开奥吉,因为奥吉"不仅是他的左右手,而且成了他的四肢了。"(60)艾洪经常使唤奥吉做这做那,甚至嫖妓都会带上奥吉,非常可笑地需要奥吉帮忙。艾洪是继劳希奶奶之后第一个给予奥吉教诲的人,"他使用的是循循善诱,因势利导的方法,妙语生花,令人钦佩,不是摆出父亲的架势。"(72)然而艾洪和他太太自私,精于算计,他们"处心积虑地要让我明白自己的地位"(72),这种精明令奥吉非常生气。之后奥吉离开艾洪,在闹市区一家服装店地下室的女鞋部卖鞋。一个机会让奥吉成为林伦先生的职员,夫妻俩让奥吉成为一个穿着讲究的人,亲自为他"挑选花呢衣服、法兰绒裤子、方格呢披风、丝绸领带、运动鞋、墨西哥式的编网皮鞋,还有衬衣和手帕——一切都是为了能博得一个通常有英国癖好的高雅顾客的好感。"(130)林伦夫妇总是让奥吉陪伴,带他去参加高级宴会,出席一些上流阶层的活动。然而奥吉逐渐对这种生活产生反感和厌恶,直到自己知道追求富家女的希望落为泡影之后,奥吉更加认清自己的身份和地位。他厌恶这种附着和依赖。精神和身体上的双重寄人篱下真实再现了早期犹太移民的心态和生活状况。一种他者的陌生感需要犹太移民更快地对新环境做出调适,这也是摆在犹太人面前不得不逾越的鸿沟和障碍。

在贝娄的现实生活中,艾洪可以找到原型,正如贝娄许多作品中的人物一样。在贝娄十二三岁的时候,两种相冲突的力量占据着他。一方面他如饥似渴地进行阅读,在图书馆度过许多闲暇时光。但另一方面,他被五光十色的街道为代表的城市生活所诱惑。他儿时的伙伴叫山姆·弗雷菲尔德(Sam Freifeld),特别聪明,深谙街道上的各种把戏,山姆的父亲本雅明(Benjamin Freifeld)拥有一个台球室,所以孩子们没课的时候就会去台球室打发时间。本雅明是位残疾人,不得不坐在轮椅上,但是他对生活的热情着实吸引着处于青春年华的贝娄,尤其是这位和父亲关系处理得并不是很好的年轻人。据贝娄的儿子格雷格回忆,父亲告诉他小说中的艾洪正是现实生活中的本雅明,他曾教给贝娄颇有价值的生活经验。贝娄称这批出现在他生命和小说中的像艾洪这样的人为"现实导师",这些人要么理解生活,感受城市生活的焦虑,要么努力去了解世界的运转机制,不断去适应它。

值得一提的是，在城市意识形态中，底层人民往往处于被启蒙的状态。底层通常都是无声的，并默默接受着更高一级阶层的教化和盘剥，有时甚至被他们代言，但是一旦底层开始“发声”，伴随城市发展给底层提供着越来越多的机会，底层开始从他者代言转向自我发声，逐步跨越贫困与愚昧，寻求新自我，实现从被剥削者、被代言者到参与者、发声者的身份飞跃。这种以苦难为形态的底层书写慢慢地在主人公奥吉的努力扭转下变成了具有进步和积极色彩的底层书写，这种积极与进步并非是对现实的妥协和苟安，并非是乐观精神的泛化，而是加之于坚忍不拔意志的再现和高唱，这无疑真切真实地传达出贝娄对犹太移民适应城市生活发出的发自内心的乐观主义的呐喊。

贝娄笔下的人物有着典型的流浪特征，此处的主人公奥吉也毫不例外。流浪是犹太人的一种生存状态，多年的颠沛流离让这一母题植根于犹太作家的心灵深处，成为贯穿犹太民族经验世界的精神主线，也带给世世代代的犹太人以思索、慰藉和警醒。贝娄不仅描写生活上漂泊的流浪汉，也描写思想上毫无归属感的流浪汉，这种精神流浪汉不仅反映了犹太平民城市生活中的精神困惑，也反映出现代人的迷茫、无助和无奈。在《圣经·创世记》中，上帝曾对犹太人的祖先亚伯拉罕说：“你要离开本地、本族、父家，往我所要指示你的地方去。”[①]于是亚伯拉罕带领家人四处游走，并由此揭开了犹太民族长达两千多年的流浪史。几千年来，犹太子孙追寻“应许之地”，不惜遭受诸多磨难。而进入城市的犹太人也成为城市的漫游者，他们既是城市的建造者，又是城市中的局外人，他们拼命实现自我的价值，进而努力将其附加在这一命运多舛的民族身上，成为父辈们摆脱耻辱的纪念碑，进而彰显犹太民族本身的价值。

艾德蒙·富勒(Edmund Fuller)在1958年的《现代小说中的人》[②]中认为，在战后一代重要犹太作家诸如梅勒、贝娄、马拉默德的小说中，突出的人物形象就是在大众社会中个人在哲学和社会的异化中瓦解的形象。贝娄小说的主人公奥吉追求自我，也是在自由主义的旋涡中进行自我身份定位的一个过程。“自我”作为现代文学中的一个中心主题并不陌生，早在启蒙主义运动时期，自我、自由主义和浪漫主义便融合成为一股革新的浪潮，对自我的寻求无时无刻不与自由主义精神相关联。浪漫主义时期华兹华斯

① 刘洪一：《犹太文化要义》，商务印书馆2006年版，第13页。

② Fuller, Edmund. *Man in Modern Fiction*. New York: Random House, 1958.

(William Wordsworth)的"原初的自我",惠特曼《自我之歌》(*Song of Myself*)中追求民主自由的自我,奥吉在这种精神诉求下,不得不极力抛弃旧式的稳固的"自我",进而寻求一种能适应新环境的新自我。

二、名流梦与现实的碰撞

"现代犹太文学中经典文本的多样题材都聚焦着一个给人启示的神话:来自犹太聚居区的边缘人在更自由、复杂、国际化的城市生活中寻找一席之地。"①值得一提的是贝娄的爸爸和哥哥都是崇美分子。他在随笔《半生尘缘》中提到父亲和哥哥时指出:"我父亲完全拥护崇美主义,他常常在饭桌上对我们说,这儿确实是充满机会的地方;在法律许可范围内,你愿意干什么就干什么;要么自己把事情弄糟,要么利用好机会,全看你自己。利用机会的原则就是由我父亲传授的,他当时英语还不怎么好。"②提到哥哥时,贝娄也丝毫不掩饰自己年轻时对哥哥的崇拜:"我大哥赞成完全美国化,他为移民的身份感到羞耻,他根本不想让人知道自己属于偷偷摸摸的移民。他到商业区都是抄近路。……我自己没有任何立场,不崇拜我大哥是不容易做到的,他的装腔作势对我们的感情有戏剧性的影响。他长得引人注目——高大、结实、聪明、好动——进一步增强了他的影响力。"③奥奇一家的生活跟贝娄家庭所折射出来的价值观在某种程度上具有高度的契合性。在城市生活中打拼,尽量尽快地融入美国社会,并寻求一席之地甚至出人头地是很多美国人和移民的梦想。

城市,是一种新型的具有象征意义的世界,它不仅代表着当地的居民,也代表着城市的守护神以及居民赖以生存的井然有序的空间。城市可以引起诸多思考:在个体被城市文化包容的同时,个体如何展开行动并帮助形成城市文化;个体如何将自我视为某种特定文化的一部分尤其是在社会发展的动荡期。此外城市还可以成为探索社会里各种联姻和排斥现象的汇聚点。《奥吉·马奇历险记》中人物众多,各具特色,可以说这部小说展现了比贝娄以前作品更宏大的场景。并且这些人物都具有典型的城市居民的精神特征,有的人物精于算计,有的人物非常孤独,还有的被金钱所蒙蔽。城市

① Baumgarten, Murray. *City Scriptures: Modern Jewish Writing*. Cambridge, Massachusetts: Harvard University Press, 1982, p.1.

② 索尔·贝娄:《集腋成裘集》,李自修等译,宋兆霖主编,河北教育出版社2002年版,第363页。

③ 同上书,第362页。

社会学家齐美尔曾提出工业社会城市人的人格结构,并认为货币哲学、劳动分工、城市这三要素决定了城市居民的精神生活特点。城市居民的精神生活具有“高度非人格化的”特征,并且有以下三种表现:理智至上,算计性格;自私冷漠,矜持浅薄;自我迷失和孤独[①]。毫无疑问,这些特点都在这部被认为是“最美国的小说”《奥吉·马奇历险记》中的诸多人物身上得以体现。这种人格特征上的表现既是现实与梦想对垒的结果,也是城市居民精神生活特点的展现。

所有来到美国的移民都有着自己的美国梦,这一梦想承载这希望、渴望以及欲望。凯瑟琳·休谟(Kathryn Hume)在《美国梦,美国噩梦》中指出“每个人都愿意努力工作,这是美国梦的一个重要组成部分,拥有一套自己的住宅则是一种象征。”[②]欧文·豪在《父辈的世界》中也谈道:“做一个美国人,穿得像个美国人,看上去像个美国人,如果想入非非的话,甚至说话也像个美国人,这已经成了集体的目标,至少对年纪较轻的移民是这样。”[③]芒福德曾对资本主义进行过深入的剖析,尤其是早期资本主义阶段,他认为“在一个宗教上分裂腐败的时期,资本主义显得似乎是一种健康的、解放的活动力,它追求的个人发财致富,最终将变成公共利益。……它的最终产物是一个孜孜求利的经济,它除了谋求自己更大的发展之外,没有别的明确的目的或宗旨。”[④]因此每个人自己的成功梦、发迹梦、名流梦也是“美国梦”在移民身上真实地体现,而城市则提供了真实而肥沃的土壤去孕育并滋养这些梦的实现。

美国梦中一个非常重要的部分就是心怀梦想的每个人都乐意奋斗,孜孜不倦。通常第一代移民心里清楚地意识到自己那一代人是最艰辛的,但他们坚信自己的下一代会生活得越来越好。他们认为在美国,自己的后代可以摆脱贫穷、宗教或政治上的迫害,可以获得种族的平等、信仰的自由、法庭的公正裁决,甚至是一个毫无阶级分化的社会,因此奥吉一家努力奋斗,希望能尽快步入中产阶级。西蒙曾经是奥吉最欣赏最佩服的哥哥,不管是生活、学习还是工作上都是奥吉心中的标杆,然而奥吉发现逐步步入社会的

---

① 格奥尔格·西美尔(即齐美尔):《大都会与精神生活》,见汪民安、陈永国、马海良主编:《城市文化读本》,北京大学出版社 2008 年版,第 132—141 页。

② Hume, Kathryn. *American Dream, American Nightmare: Fiction since 1960*. Beijing: Foreign Language Teaching & Research Press, 2006, p.3.

③ 欧文·豪:《父辈的世界》,王海良、赵立行译,上海三联书店 1995 年版,第 120 页。

④ 刘易斯·芒福德:《城市发展史——发源、演变和前景》,宋俊岭、倪文彦译,中国建筑工业出版社 2004 年版,第 431 页。

西蒙变了,用奥吉的话说:

> 就连西蒙也没能再接再厉。虽然他读书依然比我用心,可是自从那年夏天到本顿港去当侍者之后,回来时人就变了,不仅志向和以前有所不同,连对于品行也有了新的看法。他的改变有一个标记,我觉得很重要。他在秋天回来时,人长得更壮实,毛发也更金黄,然而有颗门牙折断了,变成尖尖的,在那一口完整、雪白的牙齿之间,显得有点变色,虽然依旧笑声爽朗,可是整张脸就因而变得不同了。(31)

这种直接的外表描述折射出城市生活对年轻人潜移默化的改造,它带来了西蒙心态上的变化,而奥吉隐约感受到了西蒙心中涌动的名流梦。能够步入中上流阶层是移民阶层心底里最辉煌的梦,早年凄惨而艰辛的生活,让第一代的犹太移民对子女寄予诸多希望。许多祖辈的老人会对孩子们说上这样一句鼓舞人心的话:只要我们有一把盐、几根蜡烛,就可以在一个陌生的国度克服生活的艰难。来美国时,他们怀着对集体价值的实现和个人上升的憧憬,他们希望通过诚实和勤劳,把精神上的圆满实现与物质报偿结合起来。子女们如果能过上中产阶级的生活意味着孩子的成功,家庭教育的成功,是几十年艰辛换来的成果。卡津就表达出回顾父辈心愿时的矛盾情感:"期望我出人头地,不是为了我自己,而是为了他们——为了报偿他们一生无时不在的焦虑。我是第一个出生在美国的孩子,是他们献给陌生的新上帝的贡品;我将成为他们摆脱耻辱的纪念碑。"①奥吉心中的梦既是自己的,也是家人的,步入社会的西蒙回家就会谈论自己工作时碰到的名流,奥吉观察到:"当他(哥哥)在饭桌上讲着这些事的时候,他心中燃起了一线希望,既然他已接触到这些名流,说不定有一天他也会出名,会进入名流的圈子。"(34)这种变化毫无疑问是西蒙在目睹了社会的功利现象之后做出的价值判断与价值取舍。小说中的西蒙和现实生活中贝娄的哥哥莫里很相近,莫里就是一位非常世故的人,经常会跟贝娄讲述社会上的问题,引导弟弟去感受现实的世界。

城市生活对人来说确实具有一种无形的塑形作用,每个人都潜移默化地主动或被动地受到影响,有的随波逐流,有的想方设法去逃避。物质社会对人的腐化已经到了无以复加的地步,尤其在资本主义发展到自由贸易阶

① 转引自欧文·豪:《父辈的世界》,王海良、赵立行译,上海三联书店1995年版,第241页。

段的时期。奥吉也发生着变化，随着他不断更换自己的工作，奥吉发现自己和哥哥西蒙“却日益粗俗无礼。声音愈来愈低沉，说话越来越粗鲁”(58)。物质社会腐蚀了人们的灵魂，家宅对于希望发财致富的人而言也变得无足轻重了，他们心里更希望能挤入上流社会，摆脱贫穷的生活。正如奥吉总觉得“我们觉得家里这所房子也变了，变得无足轻重，暗了，小了。那些曾是闪闪发亮、令人起敬的东西，已经失去了它们昔日的诱惑力、华贵和重要性……一切迷人的魅力，光洁的漆面，厚实的生活，兴盛的时日，都已荡然无存了。”(58—59)

芒福德曾经对工业社会的美国进行过描述：“假如想要苟活，你就要活得没头脑，活得不要去怀疑，活得无怨无悔，不要去怨天尤人；即使是你非常藐视你的同胞们的言谈举止、行走坐卧，你还是得活在他们之中；然后，设法从自己内心尽量洁身自好，以求弥补社会的种种丑行。”[①]在社会上遭遇颇多的奥吉也发现了自己的变化：“回顾起来，对于一丝不挂时的我，我还能认出自己，手脚有我自己和家族的特征，眼中绿中带灰，一头竖立的头发；可是对于衣冠楚楚、具有新的社会身份的我，则要细看才行。我不知道自己怎么会突然话多起来，爱说笑话，好发牢骚，还突然有了自己的看法。尽管有看法，可是不知道这些看法是怎么来的。”(125)奥吉非常质疑自己的社会身份，感觉迷失了自我，因而之后他四处奔波，不断寻求一个真实的自我以及一个终极的目的地。所有这些也都是早期移民生活的真实写照。此小说出版后得到诸多好评，也是因为众多读者都在奥吉身上看到自己的影子，也难怪这部小说被誉为“最美国化的小说”。

奥吉曾面临着诸多诱惑，他也有过跻身上流社会的机会。奥吉最开始在林伦的商店当销售员，由于他聪明的头脑和帅气的外形，林伦夫妇希望收养他为养子，但奥吉认为在林伦先生看来，“我是穷女人养的孩子，把我从疲于奔命的生活中拯救出来，并用慈爱来抚护我，这是我天大的福气。上帝能拯救一切，可是人能救助的只有少数而已。”(151)然而奥吉非常清楚地明白现实的真相。现实是他是犹太人，出生卑微，且必须依靠自己的力量去得到社会的认可，在城市生活中谋求一席之地而不是别人的施舍和庇护。奥吉在分析林伦夫妇要收养他的原因，在他看来：“最重要的一点恐怕是我本人具有某种可以让人收养的东西。毫无疑问，这与我们小时候多少有点像由

① 刘易斯·芒福德：《刘易斯·芒福德著作精粹》，唐纳德·L.米勒编，宋俊玲、宋一然译，中国建筑工业出版社2010年版，第343页。

劳希奶奶收养有关。为了讨好她和报答她，我得像个养子般听她的话，以示感激。如果说我并没有真的那么驯良温顺，那是因为我身上潜藏着会让人吃惊的反抗力。”(145)除了底层被迫接受启蒙教化以及被代言的窘境之外，这里还展现出奥吉身上暗藏的反抗力与代表着整个犹太民族拒绝被同化的集体意识的同构关系，这是一种希望保留自己身份的执着追求，即便几千年遭遇的不公都不能动摇奥吉的信念。就像奥吉所理解的：“这不仅是她(林伦太太)一个人，而是整个阶级都如此，他们深信他们是完全正确的，他们的思想就像在上面建了罗马城的七座小山那么坚实可靠，他们还要扩大自己的势力。”(151—152)这无疑清楚地表明了奥吉的民族立场和阶级立场。他并不愿意靠别人来改变自己的身份与阶级。为了自己的成功，奥吉依然坚持不懈，朝着目标奋斗。这里也跟现实生活中的贝娄很像，年轻时的贝娄高大帅气，给人非常好的第一印象，根据贝娄儿子格雷格的回忆，贝娄一生有许多贵人，他曾受到过许多人的帮助。

三、犹太人的“新大陆”

在经历大萧条之后，许多人似乎并没有放弃对美国梦的坚定信仰。虽然二战期间人们也体会到了法西斯主义的恐怖，感受到了只能在新闻报道和电影里才能有所耳闻的原子弹。“根据1945年盖勒普民意调查，三分之一的美国人受到战争的影响；大部分人‘没感觉到有很大损失或者权利被剥夺。’当战争结束后，《瞭望》杂志曾描述过美国的新疆界：现代化的房屋、自动洗衣机、高速公路、私人飞机、快速冷冻。”[①]由此可见，战后的美国社会对“美国梦”的追寻依然是个普遍现象。小说里这种对“应许之地”的寻觅表现在两个方面：第一，奥吉作为个体的坚持与执着。齐美尔在其《大都市与精神生活》中提出了客观精神和主观精神的说法。客观精神受制于文化环境，法律法规的约束，而主观精神往往是受文化、法律等规约的影响而具有个人独立特征的精神，第二，对未来充满美好的愿望与憧憬。正是在这两者的激励下，奥吉顽强，一直坚守。段义孚曾提出：“少数民族居住地的居民极少会走出他们所在的小世界去外面冒险。”[②]然而与之前贝娄的第一部小说《晃来晃去的人》中的约瑟夫不同，奥吉大胆地冲出家宅与街道的限制，甚至在

---

① 转引自 Richard Pearce, “Looking Back at Augie March.” Gerard Bach, ed. *The Critical Response to Saul Bellow*. Westport, Connecticut: Greenwood Press, 1995, pp.65—66.原文刊载在 *New York Herald Tribune Book Review*(20 Sep. 1953): 2。

② 段义孚：《无边的恐惧》，徐文宁译，北京大学出版社2011年版，第150页。

不同城市与国家间寻找应许之地。

在多个城市里遇到的亲友以及各种生活环境无疑给了奥吉诸多思考与成长的空间，他也有过沮丧与悲哀，但他依然坚定自己的信念，像哥伦布一般寻找新大陆，寻找心目中的应许之地。“应许之地”是上帝耶和华向犹太人的祖先亚伯拉罕许诺赐给他的后裔在中东从尼罗河至幼发拉底河的这块土地。《创世记》中耶和华与亚伯拉罕立约：“我要将你现在寄居的地，就是迦南全地，赐给你和你的后裔，永远为业。”(17:8)这种对“应许之地”的寻觅一直伴随着犹太人的民族历史。犹太人来到美国的早期，他们认为自己找到了这个心目中的“应许之地”。这种信念也是所有移民希望获得成功的信念，就像奥吉曾回忆自己进中学时的情景：

> 同学们都是来自各地的移民子女，有的来自“地狱的厨房”，有的来自小西西里，还有黑人区来的，波兰移民区来的，洪堡公园附近的犹太居民街来的，都经过各门功课的初步考试，同时也带来他们自己的聪明才智。他们把狭长的走廊和大教室都挤满了，带着各自的性格和细菌，经过熏陶锻炼，然后按计划成为美国人。(125)

奥吉的顽强根植于城市的土壤。奥吉顽强的品质是从小培养起来的。奥吉家庭条件很糟糕，母亲是劳希奶奶的用人，父亲也没能支撑养家的重任，不见踪迹。现实生活中贝娄的父亲认为美国是个更容易赚钱的地方，因此来到了美国的城市，之后举家从加拿大偷渡来美国。小说中奥吉从小生活的恶劣环境并没有动摇他乐观的生活态度。作为住在波兰聚居区的少数几户犹太人，奥吉说：“有时候，我们会被骂作谋害耶稣的凶手，受到追逐、吃石头、被咬、挨打，我们所有人，甚至包括乔治，不管我们喜欢不喜欢，都要受到这种莫名其妙的惠顾。不过，我从没因此感到特别伤心或者难过，因为总的说来，这玩意儿十分热闹有趣，我也就不往心里去了。”(12)

奥吉享受着人生，享受着生活，享受着与他人交往的愉悦与融洽。他认为美国的城市充满着机遇，连身体残疾的艾洪在美国也能发财致富。艾洪是奥吉年轻时期的雇主，他能够几次从衰败走向事业上的成功与辉煌，用艾洪的话说：“先是征服者，继为组织者，接下去便是诗人和哲学家，整个发展是典型的美国式，是在一片公正角逐之地，一个充满机遇的世界上，运用智慧和力量得到的结果。”(67)只要运用智慧和力量就能得到每个人想要的结果，这也一直激励着奥吉。

此时的贝娄毫不掩饰自己对芝加哥的喜爱之情以及对人生存意念的执着。该小说创作于20世纪50年代,是美国州际公路的建设开始提上日程并取得突飞猛进发展的阶段,这也使奥吉能够较为便捷地游走在不同的美国城市之间。1956年在总统艾森豪威尔的推动下州际公路网开始兴建,其目标是为了把美国的主要城市都用"超级公路"连接起来。高速公路的建设让汽车业得到了长足的发展,物资运输更加便捷,社会生产成本逐渐降低。快捷方便的交通使一个人能挑选更多更广的就业、教育机会,可以选择到一个社会福利、文化氛围等条件比较合适的地方去工作和生活,城市经济也更加有活力。越来越多的美国人在美国梦的刺激下纷纷外出追逐更好的生活。社会的机动性增加了,带来了更多创造性、竞争性和活力,这改变的远远不只是少数几个人的生活品质,带来了一连串的经济和社会效益。

20世纪50年代的美国对于犹太人而言是一个自由的王国,美国是"自由世界的捍卫者"①。回顾美国犹太人的发展,战后地位得到稳步的提高。学界认为1945年犹太人已经开始创造历史。1947年秋美国犹太档案馆建立使得美国成为全世界犹太人精神生活的中心。这也投射在小说中展现的种种向上的社会风貌。即便小说揭露了社会的矛盾,但是主人公奥吉坚定着自己美国身份的立场,"我是个美国人,出生在芝加哥——就是那座灰暗的城市芝加哥。"(3)经历了诸多变故之后,在墨西哥时,奥吉依然怀揣着对美国的眷恋,"还是回美国去的好。"(410)之后奥吉又跑去巴黎,但是巴黎也不是他理想的场所,"不论如何,我还是喜欢待在美国,生儿育女。可是我却一时仍被困在这异国他乡。这只是暂时的。我们一定会冲出去。"(523)奥吉·马奇在经历多个城市的流浪后依然选择回到芝加哥,"芝加哥张开它那喷着火焰和浓烟的大嘴吞噬着我们,如同那烟火弥漫的港湾颤抖着迎接回乡的那不勒斯人。我心里明白,我回来不会有安宁和好日子过。麻烦会相继而来。"(176)但是他依然选择回到芝加哥。这正是移民在追寻美国梦的过程中展现出的精神风貌,一种不离不弃坚守梦想的执着。

奥吉作为犹太移民后代中的一员,骨子里有着不服输、不受人摆布的韧劲。"犹太人不断地奋斗,都是为了更大程度上融入美国这个国度,融入美

① Goren, Arthur A. "A 'Golden Decade' for American Jews: 1945—1955." Ed. Meeding, Peter Y. *A New Jewry? America since the Second World War*. New York and Oxford: Oxford University Press, 1992, pp.3—20.

国的主流社会，并从客民身份转化为主人身份。”[①]奥吉不断地寻找自己人生的意义，他不断地奋斗，即便他可能无法得到自己梦寐以求的东西。“一个人的性格就是他的命运。不过显而易见，这个命运，或者说他感到满足的事情，也就是他的性格。因为我从来没有一个歇息的地方，其结果必然也就难以保持静止不动，而我的希望则全靠有这种平静，从而才能找到那些生命的轴线。一旦奋斗探索停止，真理便像礼物似的接踵前来——富足、和谐、爱，等等。也许我没法得到这些我梦寐以求的东西。”(514)在小说出版当年的一个文学评论中曾提到贝娄自己认为“奥吉·马奇是他最喜欢的幻想”[②]。因为与《晃来晃去的人》中那种焦虑的风格不同，《奥吉·马奇历险记》展现出更为诙谐幽默、轻松愉悦、乐观向上的氛围。

小说末尾，奥吉一想到雅克琳和墨西哥就忍不住想笑，但是他也在质疑自己嘲笑别人的这一怪举：

> 有什么值得这样好笑的呢？是笑雅克琳那样一个受暴力迫害、命运坎坷的人，仍然拒绝过一种失望的生活吗？还是嘲笑大自然——包括永恒——嘲笑它自以为能战胜我们和希望的力量吗？不！我认为，它永远不可能。不过，这可能是开个玩笑，笑这个或者笑那个，而笑正是涉及双方的一个谜。瞧瞧我，走遍天涯海角！啊，我可以说是那些近在眼前的哥伦布式的人物中的一员，并且相信，在这片展现在每个人眼前的未知的土地上，你定能遇见他们。也许我的努力会付诸东流，成为这条道路上的失败者，当人们把哥伦布戴上镣铐押解回国时，他大概也认为自己是个失败者。但这并不证明没有美洲。(536)

奥吉在小说结尾以自我反省的方式指出失败的人更不能丢掉对生活的希望与憧憬。所有被代言者的自我发声都是发自内心的，这些移民在艰辛生活的背后拥有着成功的基石与希望，美洲是存在的，梦想是存在的，希望更是存在的。因此奥吉以乐观的精神呼告了新生活的开始。正如在1976年给贝娄的诺贝尔文学奖授奖词中，授奖人对贝娄作品中的人物给予了精

---

① 张甜：《充满悖论的犹太田园曲——评菲利普·罗斯的〈田园牧歌〉》，《世界文学评论》2011年第1辑，第140—143页。

② 转引自 Richard Pearce, “Looking Back at Augie March.” Ed. Gerard Bach. *The Critical Response to Saul Bellow*. Westport, Connecticut: Greenwood Press, 1995, p.4。原文是 Bernard Kalb, “The Author,” *Saturday Review of Literature* (19 Sep. 1953): 13。

辟的概括："他们都在奔忙，不是逃离什么东西，而是奔向什么东西，奔向某个目的地，盼望在那里能获得他们所缺的东西——一小片坚实的立足之地。"[①]这一小片立足之地也是许许多多犹太移民的梦想之地，也是大家心目中的以"新大陆"图景展现出来的理想国。

这部小说当年被认为是贝娄突破当时文学风格的开山之作，他将早期犹太移民拘谨的心理转变为大胆的探索冒险精神。奥吉的探险是一个时代的烙印，他的城市足迹更象征着城市发展的图景和城市人的精神风貌，这诸多城市符号传达出早期犹太移民乐观自信、积极向上的生活态度以及贝娄本人对美国城市相对认可和接受的态度。

第四节　和平"共同体"的渴望[②]

贝娄的第五部长篇小说《雨王亨德森》(*Henderson the Rain King*)虽然与城市这一主题没有太明显的直接关联，且小说主要场景都脱离城市，但小说主人公依然是城市个体，并展现出贝娄一贯凸显的个人主义题材。该小说主要从城市与蛮荒之地的参照中体现作者的意图。该小说出版于1959年，出版以来褒贬不一，一直被视为贝娄最难读懂的作品之一，被评论界认为是"最令人费解同时也是讨论最少的一部贝娄创作的小说"[③]。1960年此书曾被普利策奖委员会推荐为候选作品，但最终遗憾未能获奖。由于其主题的不确定性以及涉及场景的不熟悉性，时至今日，该小说依然保持着它那种思想内涵复杂、让读者难以驾驭的魅力，这无疑也彰显了贝娄创作的功力。理查德·斯登(Richard Stern)认为该小说的"头四十页已经溢满了足够写两至三部小说的素材，包括夫妻间、父子间、雇主和佃农间的关系，以及所有令人焦虑不安的内容，然而这些内容都通过作家以诙谐、简单、机智的方式进行处理，并都展现在该小说的开篇部分，这些都最先带给读者们惊喜。而之后的三百多页从素材到领域的跨越更是让许多小说家望而却步，

① K.R.盖罗：《给索尔·贝娄诺贝尔文学奖的〈授奖词〉》，摘自索尔·贝娄著：《赫索格》，宋兆霖译，漓江出版社1985年版，第475页。

② 此部分基于笔者发表在《外国文学研究》2011年第6期的文章《〈雨王亨德森〉和贝娄的共同体思想》修改而成。

③ Michelson, Bruce. "The Idea of Henderson." *Twentieth Century Literature* Vol.27, No.4 (Winter, 1981): 309—324.

不敢涉猎。"[①]卡洛·史密斯(Carol Smith)认为这部小说展现了非洲野蛮与美洲文明的对照关系,此外还指出了黑人性被排除在美国性之外的特点[②]。从这一评论我们不难窥见这部小说在理解上的难度。厄斯比尔·罗德里克(Eusebio Rodrigues)认为此小说是"贝娄创作的小说中最充满智慧的一部,并卓有成效地展示出贝娄的创作功底以及他对自己想象力的组织能力"[③]。不少学者认为此部小说涉及的主题包括浪子回头,人生的黑暗走向光明以及在强大社会面前人的渺小与卑微,等等。

当然也不乏反对之音,在该书出版当年,《时代》杂志上就刊登了针对该小说的第一篇否定书评,普林斯顿大学教授卡洛斯·贝克(Carlos Baker)认为:"贝娄在强迫自己的作品具有创造性,他对非洲的描述与现实相去甚远。"[④]罗伯特·波耶斯(Robert Boyers)批评该小说:"《雨王亨德森》的结尾给出了一个决定,但这个决定不是从小说中自然引出的……它更是一种主观臆造而不是客观得到的结果,把它硬塞给读者的结果就是损害了小说展现给读者的现实的本质。"[⑤]上述不同的对立声音无疑增加了小说的阐释空间。

该小说的主人公是一位五十五岁的百万遗产继承者尤金·亨德森,由于对现代社会的反感、对家庭的失望、对自身的迷惘,他不愿与人为伴,更愿意与熊、猪、狮等动物为伍,因此他一心想离开美国踏上去非洲探险的征程。他来到所谓的"人类文明"无法到达的蛮荒之地——非洲。在这个落后却美丽的地方,他看到了纯真与善良,也感受到了恐惧与哀伤,他想通过自己作为文明人的身份帮助部落的人民。这些经历都充实了他自己,甚至改变了他诸多的想法。现代文明其实正是城市关照下社会发展的体现。在经历了失去自我到找回自我的心路历程之后,亨德森带着一个孤儿和一只幼狮重返美国。针对这部小说的国内外评论基本都围绕在主人公个人的精神之

---

① Stern, Richard. "Henderson's Bellow." *The Critical Response to Saul Bellow*. Ed. Gerhard Bach. Westport, Connecticut: Greenwood Press, 1995, pp.102—107.

② Smith, Carol. "The Jewish Atlantic: The Deployment of Blackness in Saul Bellow," in *A Political Companion to Saul Bellow*, eds., Gloria L. Cronin and Lee Trpanier. Lexington, Kentucky: The University Press of Kentucky, 2013, pp.101—127.

③ Rodrigues, Eusebio L. "Bellow's Africa." *American Literature* 43.2(1971):242—256.

④ Baker, Carlos. "To the Dark Continent in Quest of Light." *The New York Times Book Review*(February 22, 1959):4—5.

⑤ Boyers, Robert. "Nature and Social Reality in Saul Bellow's Mr. Sammler's Planet," *Critical Quarterly*, 15(1973), p.257.

旅、成长主题、美国梦等角度展开,这些思路无疑为帮助读者更深入地理解贝娄笔下的非洲和主人公起到了重要作用。

主人公尤金·亨德森虽然是贝娄笔下唯一一位非犹太人形象①,但是他展示出来的各种特征更像是一位"伪装的犹太人"②。亨德森本身的个人形象就极具基督教徒对犹太人形象的固化偏见,比如亨德森说自己:"偌大一颗头颅,凹凸不平,头发像波斯羊身上的毛;一双阴阳怪气的眼睛,常常眯成一条缝;举止粗野,还有一个大鼻子。"(8)③历史上基督徒对犹太人的看法便是如此,正如狄更斯笔下《雾都孤儿》中的费金,莎士比亚笔下《威尼斯商人》中的夏洛克,等等。小说开始亨德森与人类社会格格不入,这又与犹太民族的历史境遇比较相似。此外亨德森和犹太人一样踏上流放的历程,只不过前者是主动的自我流放,而后者是被动的群体流放。另外亨德森返回美国之后把自己的名字改成了更具有犹太意味的名字"里奥"(Leo)。意识到自己的责任之后,亨德森结束了自己的非洲之旅,他不仅回归了家庭,重新开始服务他人,以主动承担责任的方式来践行这种受难精神,而这种受难意识也是犹太精神中一个必不可少的特征,马拉默德的小说《店员》里的弗兰克就是如此。不少文学评论家都认为贝娄作品中往往体现出来的是两个世界和两种身份的融合④。

这部作品相对于贝娄其他诸多作品,是唯一一个与城市联系甚少的小说。但在原始蛮荒的背景之下,城市主题或明或暗地显露出来,着墨不用厚重,但其效果非比寻常。小说传达的思想与贝娄的城市诉求并行不悖,一是城市文学中对科学技术的蔑视,另一方面是逃离城市后的亨德森依然重返美国,在肃清自己的思想后开始一段新的城市生活。小说中的城市更多的是作为一种地理现象与非洲的异域进行并置,在并置中贝娄以空间想象的方式向读者展现真实的城市以及城市文明的美与丑,善与恶。但亨德森最终选择回归城市,无疑也是贝娄城市态度的一个极致体现。此外该小说展

① 莱斯利·费德勒(Leslie Fiedler)在1964年的文章"Jewish-Americans, Go Home!"中点名道姓地批评贝娄这部小说中的主人公亨德森。费德勒认为二战后一批犹太作家抛弃了犹太人物,而去刻意迎合美国主流文化。

② Axelrod, Steven Gould. "The Jewishness of Bellow's Henderson", *American Literature*, Vol.47, No.3(Nov., 1975):439—443.

③ 文中所有相关引文均出自 Saul Bellow, *Henderson the Rain King*. New York: Penguin, 1966.以下标出页码,不再一一说明。

④ 这些评论家包括 John J.Clayton 的专著 *Saul Bellow: In Defense of Man*, Leslie Fiedler 刊登在由 Irving Malin 主编的 *Saul Bellow and the Critic* 中的文章"Saul Bellow",以及 J.C.Levenson 的文章"Bellow's *Dangling Man*"。

现出城市社会学的另外一个概念，即现代社会人们在社会结构和个体形塑上一个非常关键的整体——共同体。共同体是一个社会范畴，不仅如此，还是各种团体、阶层的结合。这个整体何时可被称为共同体取决于它所聚合的社会关系的组合形式以及个体与整体的关系问题。赫勒曾指出“共同体是可以在其中获得相对同质的价值体系，以及个人必然从属于结构化和有组织的团体或单位。”①而小说中的非洲部落带给了亨德森和贝娄对共同体问题的思索。城市、共同体、犹太人通常是不可分割的三个部分。犹太人往往希望在城市生活中寻求栖息之地，而对共同体的向往是他们长久以来希冀的梦想，“‘共同体’意味着一种‘自然而然的’、‘不言而喻的’共同理解。”②随着资本主义社会的发展，非公社性质的社会共同体得以开始成立，它很大程度上有赖于人们的个人意愿，并从中获得价值和认同感。因为历史上犹太人总是被排除在外，成为被驱逐流放的对象：“犹太人一直生活在偏见之中，很少有基督徒不曾轻视过亚伯拉罕的子孙。传教士从来没有停止过对犹太人的强行要求，要求犹太人改宗，以拯救他们的灵魂——同时灭绝犹太教。”③正是在这种仇视与敌意之中，犹太人更加渴望在现代生活中能找到“共同理解”的基石，他们希望城市能成为和平生存的一个共同体。因此贝娄在这部小说中巧妙地将历史、犹太传统以及人道主义关怀糅合起来。此部分将从共同体以及犹太传统的角度探讨贝娄在该小说中体现的物种关怀，以及作者希望建立起跨越文化边界、种族边界以及物种边界、万物和平共居共同体的理念，这也是如贝娄这样处于风华正茂时期的年轻人对社会共同体的渴望。随着年龄的增大，相对于年少的无知，此时此刻这种融入主流的意识越发明显而急迫。

一、生命的赞歌

《雨王亨德森》的主人公尤金·亨德森来到非洲。在这个落后却美丽的地方，他看到了纯真与善良，也感受到了恐惧与哀伤，他想通过自己作为城市现代文明人的身份帮助部落的人民，结果未能如愿。在经历了失去自我到找回自我的心路历程之后，他带着一个孤儿和一只幼狮重返美国。小说从主人公寻求自我解脱为始，非洲两个部落的经历让他感受到生命的价值

① 阿格妮斯·赫勒：《日常生活》，衣俊卿译，黑龙江大学出版社 2010 年版，第 33 页。

② 齐格蒙特·鲍曼：《共同体》，欧阳景根译，江苏人民出版社 2003 年版，第 19 页。

③ 雅各布·马库斯：《美国犹太人，1585—1990 年：一部历史》，杨波、宋立宏、徐娅囡译，上海人民出版社 2004 年版，第 118 页。

与意义。

生命这一主题几乎体现在他的每一部小说中。究其原因，这种重视根植于犹太伦理传统以及贝娄对犹太历史的思考中。首先，生命是犹太伦理思想中的一个核心思想，在《雨王亨德森》这部小说里，贝娄在其在西北大学攻读的人类学学科的学术基础上，以非洲和原始部落为背景，传达出作者普世主义思想以及对生命的关怀。奥布里·罗斯(Aubrey Rose)在《犹太教与生态》一书的介绍部分中就对生命这一思想做过介绍。他指出在犹太教的宗教活动与犹太律法中频繁出现三个单词：生命(*chayim*)、安息日(*Shabbat*)、和平(或译成"安宁"，*Shalom*)，这三个词语综合概括了犹太教对环境的阐释，同时这也是犹太思想中最本核的内容①。生命是传统的犹太教育中最核心的内容，犹太教提倡尊重任何形式的生命。犹太人对生命的重视体现在诸多方面，比如犹太人端起酒杯时会说"为了生命干杯"(*Le chayim*)。以色列没有死刑，犹太人建国之后唯一一个获得死刑的就是被称为二战中屠杀六百万犹太人的"死刑执行者"阿道夫·艾希曼(Adolf Eichmann)②。在犹太教义里，对生命的敬畏是针对所有有生命的生物提出的，它不仅包括人类，还包括动物和植物，这体现了尊重生命的多样性特点。在《创世记》中诺亚方舟上载的多种生物就体现了这一思想，即：物种应该具有多样性，上帝是按照各自的类型把各种生物创造出来，它们都应该得到尊重与保护。

第二，犹太伦理中有一个重要传统，这一传统"概括了所有与动物相关的犹太律法和知识"③，即：在宰杀动物的时候要尽量减少生物的痛苦——"*za'arbaaleihayyim*"(the pain of living things)。"虽然这一准则非直接探讨对待自然环境的伦理方式，但可以被认定为是整个犹太生活中对动物道德对待的基础"④，而且这种行为方式已经内化到犹太人的日常生活习惯和生活态度中，符合犹太教"因行称义"的特点，因为犹太民族不崇尚信条和教

① Rose, Aubrey, ed. *Judaism and Ecology*. New York: Cassell Publishers, Ltd., 1992, pp.11—12.斜体字为希伯来语，chayim是指life，shabbat是指sabbath，shalom是指peace。

② 1942年阿道夫·艾希曼被希特勒任命为屠杀犹太人的"最后解决"方案的主要负责实施者。二战后被美国俘获，之后逃亡阿根廷。1945年二战结束后纽伦堡国际法庭公开对战争犯进行审判，没有艾希曼的踪迹，大部分人都认为艾希曼已经死亡。1960年以色列情报部门摩萨德宣布将其抓获，并于1961年在以色列受审，1962年获死刑。

③ Rose, Aubrey, ed. *Judaism and Ecology*. New York: Cassell Publishers, Ltd., 1992, p.65.

④ Katz, Eric. "Judaism", *A Companion to Environmental Philosophy*. Dale Jamieson, ed. Oxford: Blackwell Publishers, 2001, pp.88—89.

义，而更注重人的德行。而且这种尊重生命的犹太伦理与彼得·辛格(Peter Singer)提出的动物身份不谋而合。辛格是一位极力主张将哲学伦理学拓展到动物议题之上的哲学家。辛格一直都认为不应当把动物排除在道德考虑之外，并提出了“物种主义”(speciesism)一词，认为道德身份是所有物种成员应有的，并且任何有资格享有道德身份的生物“都不能另眼对待”①，这种对动物身份的认同与关怀充分体现在亨德森的非洲之行中。

再则，作为一位从小接受严格犹太传统教育的犹太人，索尔·贝娄在作品中体现的犹太性不容抹杀，越到其晚期这一特征越加明显。在母亲严格的教导下，贝娄 4 岁时便能用希伯来语和意第绪语背诵《创世记》。在如此浓厚的犹太熏陶下，贝娄在作品中不可避免地会传达出犹太文化及其内涵，难怪欧文·豪在《父辈的世界》中对贝娄作出如下评断：“在所有的美国犹太作家中，他最丰富地吸收了犹太文化”②，这无疑也说明了贝娄对犹太内涵的准确把握以及较真实地呈现在其作品中，尤其贝娄对生命这一主题的阐释更是入木三分，它与犹太历史、犹太哲学思想紧密联系在一起。

贝娄在小说中传达出深切的物种关怀，他不止一次地主张对各种形式生命的尊重。贝娄以人类对自身生命的尊重以及对动物生命的尊重为基础展开故事情节的构建。在他看来，现代城市社会带给现代人的是精神的摧残和肉体的折磨。以工业革命和工业生产为特征的城市已经消除了人们的特性、人性和个人性格上的倾向。人类沦为了工具和技术的奴隶。加上历史上犹太人的创伤和现代城市生活的快节奏，他认为所有的生命均应受到公平的对待。亨德森忍受不了在美国城市里富豪的生活，觉得自己快要死去，他被身边的事情弄得心力交瘁：“这样那样的事儿——我的双亲、妻子、女友、儿女、农场、牲畜、习惯、金钱、音乐课、酗酒、偏见、路盲、牙齿、面貌、灵魂——一窝蜂似的向我袭来，我忍不住大喊大叫：‘不行啦，不行啦，滚回去吧！他妈的，让老子清静一点！’”(7)因此亨德森的内心不停发出“我要，我要，我要”的呼声，总是以自杀来威胁妻子，希望妻子能给他理解和自由，让

---

① 虽然彼得·辛格还提到了“知觉”(sentience)这个词，即表达忍受或/及体验快乐的能力，任何有知觉的物体才有利益，任何有知觉的生物才有道德身份，人们应该用平等的道德观去对待他们。但是之后不少学者批判辛格的功利主义伦理观，认为他提出的所谓最小化宰杀动物时的痛苦仅仅只是提及了动物权利的一个方面，而未真正意义上批判利用动物的商业行为、科学研究、娱乐项目，等等。此处“都不能另眼对待”的原文是 counts for one and none for more than one。

② 欧文·豪：《父辈的世界》，王海良、赵立行译，三联书店 1996 年版，第 538 页。

亨德森去一个他想去的地方。他在法国的一个水族馆与章鱼有过一次奇特的接触,章鱼似乎在向他传达死亡的讯号。当亨德森看着玻璃缸里被困的章鱼,“我望着一条章鱼,它仿佛也在盯着我,把它柔软的头部紧贴在玻璃上,苍白的肌肤出现了银白色的粒斑。它那双眼睛像在冷静地和我交谈;比冷静交谈更具深意的是它那软软的布着粒斑的头部,以及那些粒斑正在进行的布朗运动。”(22)他顿时就感到无边的寒气,像是当场就要死去。他甚至觉得“这是活着的最后一天,死亡在向我发出警告了。”(22)章鱼被困玻璃缸无助的神态让亨德森想到了自己。它苍白的肌肤及布满斑粒的头部尤其引起了已经迈入老年的亨德森的共鸣感。这种在美国城市中被各种事务囚禁的毫无自由的生活也让亨德森厌烦不已。因此这个“我要,我要,我要!”的呼声不仅是发自主人公内心希望改变自己生存状态的声音,是一种厌倦生活希望去寻求新意的声音,是一位五十五岁的美国富翁困兽般挣扎的呐喊声,更是许多现代人面对异化而无法自拔的哀号声,是现代人希望坚强地活下去的声音。亨德森不断心理暗示着自己要去改变,因此这呼声在小说中出现过多次,并愈演愈烈,它让主人公亨德森陷入绝望中,甚至觉得如不采取及时的行动他会窒息而死,他还尝试了一切可能想到的办法来解脱自己,但于事无补。因此为了让自己的生命不停止下来,为了摆脱这个让他受不了的世界,亨德森开始了平抚内心躁动的非洲之行,开始了挽救自己生命的旅程。

以对动物生命的尊重为特点的自然崇拜体现得最淋漓尽致的就是亨德森非洲之旅的第一站——阿纳维部落。那里的人民对牛群有着特殊的情感,“它们几乎被视为亲人而非牲口。这儿不吃牛肉。牛群不是由一个小孩去放牧,而是每条母牛都有两三个孩子去陪伴;牲口要是受了惊,孩子总是追上去安抚它们。成年人就更眷爱这些牲口了”(48)。他们也从来不吃牛肉,除非是自然死亡,他们才会吃点牛肉,但即便这样,他们还是认为“这是同类残食,边吃边掉眼泪”(60)。这种人格化的或神圣化的自然物和自然力构成了原始崇拜的基本特点。原始群落的居民对动物的情感远非久居大都市之人能比。牛的地位甚至比人还高,这在亨德森看来这些居民是如此朴实,而人类却缺少道德底线,尔虞我诈。部落人民信奉一种诅咒,即“饮用的水中绝对不应当有动物”(58),因此一旦水池里有了动物,阿维纳人民不会去饮用这种水,因为他们认为“绝对不可以惊动饮用水里的动物”(58)。这次水池里有了青蛙,阿纳维人不让牛群去喝水池的水,他们认为牛群喝水池的水会惊吓到青蛙,所以即便牛群面临着干渴死亡的危险,部落人民都不会对水池里的动物下毒手。而“下毒手”的行为就落到了亨德森的身上，这也是他乐意干的。为了能让牛喝到水，亨德森不得不去结果那些水池里青蛙的性命。其实大多数情况下亨德森会采取宽容甚至是喜欢的态度，因为他一直认为青蛙是“了不起的歌手”(85)，但为了阿纳维的牛群，他最终不得不用人类的习气——暴力来帮助牛喝到水。这里的“暴力”显然不仅仅只是论述亨德森采取的行为，其实更深层次上暗示着犹太民族一直以来受到的不公正待遇。亨德森左手拿着炸药右手拿着打火机，希望能够解救阿纳维人民，他甚至还信誓旦旦对自己说：“我要是不能驱除那些青蛙，我宁愿死去。”(70)他以家族所“具有献身的服务精神”(82)希望尽自己所能来帮助整个部落，但事与愿违，由于火药太猛，整个水池都被炸垮了，大块大块的石头垮塌下来，池水和青蛙的尸体一起往外涌，而牛群由于干渴多日早已急不可耐地去喝着池水，当地人民由于害怕触动禁忌苦苦哀求它们，看着牛喝着“不洁净”的水，他们痛哭不已，同时整整一池水也被泥土喝干了，阿纳维人们遭受了一场空前的灾难。亨德森原本想以一个来自文明国度的文明人通过文明的方式来解救受难中的原始人民，但结局恰恰相反，他无功而返。

淳朴的阿纳维人民对生命的尊重，与亨德森鲁莽的行为形成鲜明的对比。在原始与文明的对比中，读者看到的是作者对以城市为代表的现代文明的蔑视。贝娄也借此嘲讽人类文明在自然面前的软弱无力，非人类的自然世界并不应该仅仅被看作是“可筑堤坝、可耕种、可榨汁、可屠宰”的存在物，自然世界应有特定的身份地位。除此之外，这也一次次地验证了一个非常重要的犹太伦理传统——“*Bal Tashhit*”[①]。“*Bal Tashhit*”的犹太传统最早出现在《圣经·申命记》第二十章里，上帝说：“你若许久围困攻打所要取的一座城，就不可举斧子砍坏树木；因为你可以吃那树上的果子，不可砍伐。田间的树木岂是人，叫你糟蹋吗？惟独你所知道不是结果子的树木可以毁坏、砍伐，用以修筑营垒，攻击那与你打仗的城，直到攻塌了。”[②]犹太律法非常反对肆无忌惮的或者毫无意义的破坏行为，这也是犹太教生态伦理上非常重要的一个传统。《申命记》中“‘举斧头’的这一提法可以运用到能够产生破坏的任何方式中，甚至是改变水源供应的方式。”[③]中世纪的犹太

① 希伯来语，意为“不要去破坏”。

② 《圣经·申命记》，20：19—20。

③ Katz, Eric. “Judaism”. *A Companion to Environmental Philosophy*. Ed. Dale Jamieson. Oxford: Blackwell Publishers, 2001, p.91.

哲学家摩西·迈蒙尼德[①]就指出阻止源流,浪费食物,或者是毁坏已经建好的建筑物都属于破坏行为,而这一原则也深深植根于犹太人的意识之中,尽可能地去尊重、保护身边的事物,不要去破坏干预事情的发展,而小说中违背了犹太传统伦理的亨德森注定要失败,他必须继续踏上自我流放的旅程。

二、万物共居的理念

贝娄并不是一个逃避现实的作家,他的诸多作品都是基于对人类社会的反思而进行创作的。1976年诺贝尔文学奖的颁奖词称其"融合了对人的理解和对当代文化的精妙分析",无疑是对贝娄最中肯的评价。大部分贝娄的小说都引起了读者的共鸣,同时贝娄也提出对人类社会的构想和展望。这部小说正是为逃避现实的主人公提供了一个自我成长的舞台,真切体现了贝娄的人道主义关怀。

上述对生命的赞颂与敬畏只是贝娄人道主义关怀的一个方面,即生命存在的价值与意义,然而贝娄希望进一步深化自己的理解,他将人道主义关怀放置在一个更加宽广的领域,一个跨越文化、跨越地域、跨越族群的体系下进行重新阐释,正如珍妮·布雷厄姆(Jeanne Braham)所说:"对于贝娄而言,个体生命在孤立中是无法定义的;要去证实这一意义,人必须尽量与社会相关联,与所在的体系和团体价值相关联。"[②]小说将亨德森这个个体与美国社会、部落社会以及动物的世界相关联,将贝娄的万物共居思想与《圣经》、犹太伦理相并置。在二战纳粹屠犹以及美国本土存在的反犹主义的背景下,少数族裔尤其是犹太人的生存也面临了极大的挑战。在这种背景下,民族大融合成为贝娄心中的期盼。

《雨王亨德森》向读者展示出一幅百兽图,其涉及动物数目之多,创下了贝娄小说之最,其中动物意象隐含的意义也被认为是最模棱两可、难以捉摸的。小说中出现了诸多动物,熊、猪、猫、牛、青蛙、狮,它们都与人类有着各种各样的联系,而与人相比,亨德森更乐意与熊、猪、猫、狮生活在一起,这无疑是逃避人类社会的一种方式,也暗讽着人类社会的虚伪。小说多次提及

① 摩西·迈蒙尼德(Moses Maimonides, 1138—1204)是中世纪首屈一指的犹太神学家、哲学家。迈蒙尼德在他的《迷途津指》(*The Guide for the Perplexed*)一书中藐视占星术。他还有其他不少著作是对犹太教中最重要的诫命即律法进行归纳和总结,并逐条作出解释在犹太哲学史上具有举足轻重的作用。

② Braham, Jeanne. *A Sort of Columbus*: *The American Voyages of Saul Bellow's Fiction*. Georgia: University of Georgia Press, 1984, p.2.

《圣经·但以理书》,其中希伯来先知但以理为巴比伦国王尼布甲尼撒释梦,根据其梦,但以理作出预测,他必被赶出离开世人,与野地的兽同居①,这也预示了亨德森一直的传奇经历,离开自己的国家,与兽为伴。亨德森年轻时与熊一起生活过一段时间,他也在美国的农场上养猪,并自称建立起了猪的王国,同时还喜欢猫和青蛙,他来到非洲对狮子更是有了超乎寻常的理解,在他看来,狮子唤醒了他沉睡的灵魂。返回美国的亨德森还带着一只幼狮为伴,他与所有这些动物建立了深厚的感情。其实所有这些,贝娄旨在说明不同族群可以和谐地生活在一起,暗示着犹太人应该享有与其他种族和平共处的权利,而不是同类相残。

与动物生活在一起,并不是建立在剥削或者是仇视的基础之上。《创世记》第一章第 26 节中指出人类可以统治其他生物,但这种统治是一种关心式的、有责任感的家长式作风,而不是残酷无情的剥削。与熊在一起生活的经历是亨德森年轻时最深刻的回忆,他和老熊斯莫拉克近乎兄弟。亨德森 16 岁那年,哥哥溺水身亡,由于受不了父亲成天愁眉苦脸的样子,自己便与父亲闹翻离家出走,于是他在加拿大安大略省的一家马戏团里面工作。亨德森睡在马棚里,夜间老鼠甚至会在他腿上跳来跳去,偷吃燕麦。白天饮马,还要与老熊斯莫拉克一同表演,在高速滑道上行驶的把戏。斯莫拉克牙齿快掉光了,但是马戏团老板尽可能地利用它为自己赚钱。亨德森来到马戏团之前,大熊骑过自行车,年纪大了牙齿差不多掉光后就被强迫表演和兔子在同一个盘子进食并啜吸奶瓶的节目,可以说完全没有了熊的尊严,没有熊的身份,仅仅是人类营利的工具。亨德森来后,可怜的心力交瘁的老熊又与亨德森一道在高速滑道上表演滑行。当转轮左右摇摆、忽高忽低的时候,斯莫拉克跟亨德森"互相紧抱一起,面颊对着面颊"(316),亨德森甚至对马戏团老板说:"我们是同类相怜,斯莫拉克被人遗弃,我则是一个以实玛利。"(316)②高速冲下的老熊有时会因为受到惊吓把自己尿湿,但从不会用爪去抓伤亨德森。亨德森也不会使用随身携带以防万一的手枪去射击斯莫拉克,他认为他俩是亲密无间的"兄弟"(316),不可能会伤害到对方,马戏团老板极力以老熊斯莫拉克牟利,即便斯莫拉克病入膏肓,却仍然毫无办法地表

① 但以理是因为巴比伦国王的暴政做出此断言,请求他接纳谏言,施行公义断绝罪过。

② 在《圣经·创世记》中亚伯拉罕之妻撒拉 75 岁仍未生育,撒拉便要求亚伯拉罕与其使女夏甲同房,以实玛利为亚伯拉罕与夏甲所生之子,那年亚伯拉罕 86 岁,之后撒拉也育一子以撒,撒拉为让其子独得遗产,也由于以撒是应许之子,因此撒拉要求亚伯拉罕赶走夏甲和以实玛利。故而以实玛利被喻为遭受遗弃之人。

演着毫无尊严的节目。而亨德森恰恰相反，他把老熊斯莫拉克当做兄弟，能和平地和它生活在一起。

除了不能剥削动物之外，人类还应该照顾动物的情感，正如《圣经·箴言》第十二章第 10 节中提到的"义人顾惜他牲畜的命"，即关心它的需求和情感。小说里与亨德森有过密切联系的动物还有猪，亨德森把"自己所有的漂亮的旧式农场，一间间用嵌板隔成的马厩房（旧时候富人的马被看作是歌剧院的演员一般），以及建筑精美、屋顶上有观景台的旧粮仓，统统都关进猪仔，俨然成了一个猪的王国，无论是草坪或是花圃，到处都立起猪圈。"并对他的妻子说："你可别伤害他们，那些畜生已经成了我的一部分"(23)，以前亨德森还为了他的猪和兽医打过架。与熊称兄道弟，与猪同一屋檐下，亨德森对动物的情感可见一斑。虽然贝娄并没有在小说中明确说明亨德森是犹太人，但是在犹太传统中，犹太人是不允许触碰猪或者是吃猪肉的。所以站在犹太文化的立场上看，如果亨德森是位犹太人，肯定是一位不受传统束缚且特立独行的人。在儿子格雷格写的回忆父亲贝娄的传记中，有一幕是描述贝娄父亲亚伯拉罕(Abraham)的兄弟威利(Willie)由于参加跟工会有关的左翼组织，被父亲贝雷尔(Berel)知道，作为惩罚，贝雷尔命令威利去给一位刷子制造商当学徒，被迫从事手工贸易已经是让犹太男孩感到非常羞辱的事了，可更受侮辱的是这些用来制造刷子的毛是猪身上的毛，这令威利非常沮丧，再加上其他各种原因，威利不得不离开父亲和俄国，来到了加拿大蒙特利尔贫穷的郊区拉辛，也就是之后索尔·贝娄出生的地方。①

亨德森非常讨厌人类对动物毫无怜悯心的行为，尤其是对自己饲养的动物不闻不问。在去非洲之前，亨德森还与猫结下了"仇怨"。当然其实并不是针对猫，而是针对那些饲养了猫却弃之不管的人类。为了让猫回到自己主人那里，亨德森写挂号信给猫的主人，当妻子莉莉想劝说他不要小题大做的时候，他叫嚷道"我的地产上不允许有任何被遗弃的动物。"(87)这种"被遗弃"也暗喻着犹太民族被遗弃的历史。亨德森甚至想通过偏激的方法——墨西哥式的射击法把猫打死——其实是为了威胁猫的主人把猫带走，因为这位获过美国紫色荣誉勋章的老兵在八英尺的范围内通过使用最精准的瞄准器都没能把猫杀死，这充分说明亨德森并不想置猫于死地，只不过他为了让猫要么回到主人那里，要么回到大自然里。这种看似对亨德森

① 此部分可以参见 Greg Bellow. *Saul Bellow's Heart*: *A Son's Memoir*. New York: Bloomsbury, 2013, pp.11—12.

荒诞的刻画，其实是贝娄希望通过使用夸张的手法表明自己的立场。不愿看到动物被遗弃，一方面体现了贝娄对动物生命的尊重，另一方面暗示着犹太民族被遗弃的命运。在他看来，任何生命都应受到尊重，而非任人宰割。

亨德森途经的第二个部落是瓦里里，在国王的要求下他学会了狮子的吼叫，"成了一只野兽，而且全力以赴，我的全部悲哀和烦恼都在吼叫时倾吐了出来。我的肺供给空气，但音调发自心灵……这便是我心里老嚷着要到的地方，我终于到达的地方。啊，尼布甲尼撒！我完全明白但以理的寓言了。"(250)与动物共居，体验动物的习性，这些都让亨德森得到成长，狮子唤醒了他内心的沉睡，而且不仅于此，达甫国王的"大自然也许具有心智"(254)的说教起初让亨德森不太明白，但是之后他发现"人类现在比任何时候更需要像国王这样的人"(258)，文明世界的人类需要像这样一位胸怀宽广、有远大见识的人，大自然具有心智，可以与人类进行交流，而不应只是受到人类的主宰。

在现实生活中，贝娄曾经受好友艾萨克·罗森菲尔德(Isaac Rosenfeld)的影响，对赖奇疗法(Reichian Therapy)[①]很感兴趣。心理医生维尔海姆·赖奇(Wilhelm Reich)晚年倡导一种宇宙精神和生物能的疗法，主张将身体和情感的力量最大化。当时贝娄的医生还鼓励他尽量去表达他的兽性冲动，比如学狮子吼就成为贝娄和儿子格雷格多年在家里最热衷的一项活动。因此对狮子的描写也是受到生物能疗法的影响。此外瓦里里部落的达甫国王更像艾萨克·罗森菲尔德，这位贝娄的挚友。在这部小说中，达甫国王是一位才华横溢、满怀梦想的年轻人，希望探寻人性最深层次的东西，而且他是少有的可以与亨德森进行愉快地交流沟通的人。1956年夏天的一个早上，贝娄接到电话得知艾萨克死了，这对他来说是个重大的打击，他觉得难以置信，甚至拒绝去出席艾萨克的葬礼，这让艾萨克的遗孀一直都心有芥蒂。但罗森菲尔德在小说中的投射，无疑是贝娄对这位挚友的敬礼。

狮子在犹太文化中有着非常重要的地位，希伯来语里就有六种不同的表达狮子的方式[②]，此外在《圣经》里，狮子出现了超过150次，往往都具有

① 赖奇疗法(Reichain Therapy)是一种主张生物能的疗法，其主要倡导者是赖奇博士。这是一种动态性治疗方式。此疗法认为肌肉的紧张以及身体部位的失衡与头脑的状态紧密结合，因而会显现出压抑的情绪、不快乐跟愤怒，从而阻碍能量流动并且引起身体疼痛。通过生物能练习，身体的疼痛可以被缓解甚至消除，并且舒缓情绪，从而产生出一种新的自信及健康。生物能强调根植于大地、正确的呼吸以及个别性人格结构的重要性。

② 这六种分别是：levi'ah, kefir, layish, shahal, gur 和 ari。levi'ah 表示狮子总称，kefir 指的年轻的狮子，layish 很多时候是一种诗性的语言，指年老的狮子，shahal 是诗歌中对狮子的总称，gur 是指狮子的幼崽。总体说来，ari 指体格健硕的大狮子，shahal 指中等身型的狮子以及 kefir 指小狮子。

比喻意义和寓言意义。在《圣经》里,犹大部落被比作狮子,犹大被认为是狮子的幼崽。犹太历史上最著名的大卫王被比作拥有狮子般的雄心,犹太圣殿里也有狮子的雕像。狮子和熊在犹太文化中均被认为是具有神力的动物。有句犹太古话:“像豹子一样强壮,像鹰一样轻盈,像雄赤鹿一样敏捷,像狮子一样勇猛去践行你在天国父亲的愿望。”①贝娄也希望所有人能有狮子的气魄,勇敢而刚毅。而主人公亨德森与所有野兽为伍,无疑展现的是这种物种之间毫无芥蒂、充满关爱的共存方式,这也是贝娄理想的万物共处的社会。没有贵贱、没有愤怒、没有仇恨。这一百兽图以隐喻的方式嘲讽了当下社会的混乱与无情。不同民族间缺乏认可与沟通、平等与发展,导致了人类社会畸形的发展,用亨德森的话,“人们不去发现自我,反倒畸形发展,无法无天”(312),因此贝娄希望倡导一种和平共同体的建立。这一共同体超越了物种、地理位置等因素而存在。

三、和平共同体的建立

在西方文明中,耶路撒冷、上帝之城、希腊城邦、罗马帝国中心都曾经以共同体最理想的形象展现在世人面前。共同体在绝大多数情况下像乌托邦一样承载着美好的希冀。共同体也是城市生活难以回避的问题,尤其是在城市化进程加速的过程中,这一议题不可不提。丹尼尔·福克斯(Daniel Fuchs)认为贝娄“希望让艺术在生活中成为可能。在艺术家英雄找到孤立的地方,贝娄的主人公便在那儿渴望着共同体的诞生”②。珍尼·布雷厄姆(Jeanne Braham)认为:“对于贝娄而言,个体的生活是无法在孤立中定义的;如果需要现实意义,个人必须将他与社会相关联,与制度及共同体价值相关联。”③共同体的一个重要特征就是压制共同体内部过于差异化的内容和主张。对于少数族裔而言,共同体里的差异就是指基于种族生理、宗教等差异而产生的对他们的歧视,将他们视为异类,将他们排除在大集体之外。同时,共同体又以良好的沟通与交流为基础,提倡个体与整体的和谐共处。此外个体的言说永远都有受众,并非一场独角戏的演出。因此,共同体的核

---

① 原文是“Be as strong as a leopard, light as an eagle, fleet as a hart, and brave as a lion to perform the will of thy Father who is in heaven.”

② Fuchs, Daniel. *Saul Bellow: Vision & Revision*. Durhan: North Carolina Press, 1984, p.9.

③ Braham, Jeanne. *A Sort of Columbus: The American Voyages to Saul Bellow's Fiction*. Georgia: University of Georgia Press, 1984, p.2.

心在于如何处理好个体与个体、个体与集体的关系。

谈到共同体以及犹太人的命运,就得了解犹太人的精神面貌以及他们对“和平”的理解。“和平”(或“安宁”,*Shalom*)是犹太教文化中的一个核心理念。“和平”一词主要与安息日相关联,安息日是犹太人休息的日子。根据《托拉》记载,上帝用六天时间完成创世,第七天歇息,并嘱咐人类要遵守安息日,安息日在《十诫》中也有明确说明,犹太人非常注重与上帝订立的契约,一般都会举行犹太仪式。而安息日在许多犹太教徒看来是为了“经历一下和平、安宁、祥和与世界的完满”①。因此和平与安宁对于犹太人而言是非常重要的,尤其是在经历几千年颠沛流离的生活之后,他们更加珍视和平、安宁的生活。

上述贝娄对生命的强调不仅是贝娄诸多作品中一个永恒的主题,它也是现代社会中个体自我认识的一种升华,是贝娄对犹太伦理道德观的继承与发展。贝娄对生命的尊重充分体现在他的万物共居理念中,贝娄希望城市中也可以建立起万物共居的共同体,一种可以以包容的心态对待不同种族的社会。这一共同体思想是基于对人类历史、现状以及犹太民族的历史境遇的反复思索而形成的。英国著名文学批评家朱迪·纽曼(Judie Newman)在《索尔·贝娄与历史》(*Saul Bellow and History*)一书中提到:“贝娄小说中的那种抽象的特质是一个重要的因素,在我看来,那是一种历史感。它以许多种伪装的形式,渗透在各部小说之中,左右着小说情节、人物以及主题的发展。”②这种历史感还与贝娄的人道主义关怀联系在一起。贝娄并不是一个逃避现实的作家,他的诸多作品都是基于对人类社会的反思而进行的创作。贝娄多次提到自己对美国的看法,并在自己的小说《院长的十二月》里提到美国是一片被诅咒的土地。他在《这个世界真让我们受不了》这篇散文中专门谈到了现代社会发展的弊端③。此外在诺贝尔文学奖获奖词里贝娄也指出:“我们天天为之担忧的是一切事物都在衰退和崩溃。我们既为个人生活而不安,又被社会问题所折磨”④。1976 年诺贝尔文学奖的颁奖词称其“融合了对人的理解和对当代文化的精妙分析”,这无疑是

---

① 魏道思拉比:《犹太文化之旅——走进犹太人的信仰、传统与生活》,刘幸枝译,江西人民出版社 2009 年版,第 148 页。

② Newman, Judie. *Saul Bellow and History*. London: Macmillan Press, 1985.

③ Bellow, Saul. “A World Too Much with Us.” *Critical Inquiry*, 2.1(Autumn 1975):1—9.

④ 索尔·贝娄:《集腋成裘集》,李自修等译,宋兆霖主编,河北教育出版社 2002 年版,第 117 页。

对贝娄最中肯的评价。大部分贝娄的小说引起了读者的共鸣,同时贝娄也间接提出自己对人类社会的构想和展望。而《雨王亨德森》这部小说正是为逃避现实的主人公提供了一个自我成长的舞台,真实体现了贝娄的人道主义关怀。人凭借理性不断认识自己和完善自己,因此"人不仅具有人类社会的善恶观念,而且还能够调节同动物界、植物界和生态环境的关系,做到同自己周围的世界和平相处、共生共存。"①

贝娄对美国的看法也投射在亨德森的思想中,在目睹了人类对大自然的破坏以及人类各种欲望的膨胀后,亨德森在小说中对美国人所谓的伟大作出了一次次辛辣而贴切的嘲讽。小说中亨德森提到"虽然有不少伟大的事迹是美国人创造的,但不是像我和我儿子这样的美国人,而是像修建大水坝的斯洛卡姆那样的人。大机械日日夜夜不曾停息,推倒一个个的山丘,铲走泥土,用成千上万吨混凝土把旁遮普谷地填平。"(116)通过对大自然的破坏,美国人创造了所谓的伟大,甚至迷失在自己创造的伟大之中。现代城市文明是以牺牲大自然为代价换来的。当"我要,我要"这样的呼唤不停地在亨德森心里呼唤的时候,他内心挣扎着,游走在纽约的繁华都市中,他感到自己躁动不安,甚至抓狂,"恨不得把整栋高楼吞进口里,咬成两半,就像莫比·狄克把船只咬成两半那样。"(115)正如赫尔曼·梅尔维尔笔下的白鲸也正是带着对人类行为的报复展开反攻的,亨德森内心多次的呼喊声折磨着他,在灵魂与肉体的矛盾中他选择了自我流放,期望尽早逃离这个让他厌恶并烦躁不安的地方。小说中对人类文明的讽刺还有多处,比如当亨德森来到阿纳维部落,看到可爱的孩子们,由于没有巧克力和花生米给孩子吃,而他又想让孩子们高兴下,于是出于好意的他拿出奥地利打火机用拇指转动火轮来点燃灌木,本想展示一下来自另外一个世界的现代文明,结果他小丑般的行为却引来了大火,直到灌木烧到尽头才熄灭。火其实也是人类文明的一种象征,人类驯化了火,火为人类服务,把人类引向文明,然而人类又迷失在火之中,正如同 T.S.艾略特在《四个四重奏》中对人类悲剧生活的描述:"我们只是活着,只是悲叹,不是让这种火就是让那种火把我们的生命耗完。"②因此亨德森的火并不一定就会带给原始部落进步,而之后阿维纳妇女的哭泣让他意识到自己身上的邪恶,认为自己应该"扔掉我的枪、头盔、打火机和所有的一切"(49)。这里的"一切"蕴含着非常深刻的哲理。海德格

① 聂珍钊:《〈老人与海〉与丛林法则》,《外国文学评论》3(2009):80—89。

② Eliot, T.S. *Four Quartets*. New York: Harcourt, Brace, 1943, p.38.

尔对“存在”的研究具有历史性的关照，身在非洲部落的亨德森其实更大程度上是一种“此在”，这种此在是受到他在美国“存在”的影响，他原本以为抛弃了美国文明下的“存在”身份，便能肃清自己“此在”的价值，然而事与愿违。

然而正是这种对美国若即若离的矛盾性的想法让亨德森坚定了决心。他通过动物意象以及在探寻生命意义的旅途中发现有必要建立一种共同体，这种共同体是在和平的基础上跨物种、跨种族、跨文化的并存秩序。在去非洲之前亨德森说：“没有谁真正在生活中占有一席地位。大多数人都认为自己占据了属于他人的正当地盘，到处都是不得其所的人们。”(35)他对自己也有这种评价，正是由于他心灵的居无定所，他踏上了寻求“居所”之路。如果放在历史角度看，这也正是犹太民族的写照，他们居无定所，惶惶不可终日，过着殚精竭虑的生活。尤金·亨德森在返回美国的飞机上对其他乘客只看书而对窗外美景无动于衷感到遗憾，还对一位随和的空姐说“人们不去发现自我，反倒畸形发展，无法无天。”(312)这一句话不仅是对自己的人生作一番反思，更是对整个社会的发展现状提出质疑，虽然亨德森最终还是返回了美国，但是与之前截然不同的是亨德森此时获得了“新生”，并满怀希望地迎接每一天，而不是去消极地逃避。

贝娄认为新秩序建立的基础就是每个人尽自己的职责，意识到自己是世界大家庭的一员，是共同体中的一分子，而不是逃避现实，囚禁在自己的空间之中，正如亨德森所说“大地是一个巨大的圆球，靠着自身的运动和磁场而独自悬在空中；而我们相信，居住在地球上具有意识的人，也必须在各自的空间里活动。我们不能听任自己躺着，百事不干，不去仿照更大实体的存在方式，尽自己的职责。”(76)这里的“更大实体”指的就是世界大家庭，职责便是每个人对社会应作的贡献。其实这种职责亨德森经过这段时间在非洲的经历已经有所领悟，非洲的几个月让他感觉成长了二十年，他带着一个孤儿和一头幼狮返回美国，带着新的责任回到美国——对家人、对他人、对动物的责任。小说末尾出现的孤儿和幼狮极富象征意义。小孩的父母都是美国人，但是小孩是由伊朗人抚养长大，一个英语单词都不会，只会波斯语。将一个不会讲英语却又有着美国国籍的孩子带回美国来抚养，这是一种回归，孤儿也和犹太人几千年的身份定位有几分相似，无人认领，身份也不明确，这也暗示着贝娄希望犹太人能远离迫害，回归到世界大家庭中，犹太人应该在地球上拥有自己的一片生存领地，而不是一再受到歧视。穿着一身非洲服饰的亨德森一直把他拴在皮带上一起旅行，狮子也是他返回美国携带的“唯一行李”(318)，在小说末尾亨德森说孩子是他的“一剂良方”，狮子令他欣喜若狂。这些都说明亨德森希望将一种新的秩序与生活方式带到美国城市之中。索尔·贝娄眼中的“职责”是希望每个人都能为新共同体的建立尽一份职责，希望通过亨德森极具犹太流放特征的自我“受难”经历来建议建立起一种跨越文化边界、种族边界、物种边界的共同体世界。这种受难犹太人一直视为财富，视为是上帝对个体的一种考验，也是个体实现自我的一种方式。难怪有评论家们认为亨德森是一个狂热的爱国分子，认为这位逃离者远走他乡的目的只是为了探寻自己的国家美国的命运：

> 亨德森希望的是唤醒主导的民族意识，达到灵魂真正的伟大。他不知道如何能达到这种伟大，但他确信专家们都错了。“专家”是那些毁灭论和荒原论的宣扬者，他们预言西方文明的坍塌和美国工业社会的崩溃。对这种简单排斥科技，预言绝望的观点，贝娄并不接受。他对当代文明怀有信心，相信人类最终可以渡过危机，这一点在《赫索格》中表达得很清楚①。

> 亨德森体现了一种形象，这是美国或者说美利坚合众国能够或者应当向全世界所展示的形象。它与早期的山姆大叔或是近期出现在小说中的丑陋美国人不同。后者是美国的敌人、叛国者以及绝望的朋友们所勾勒出的美国负面形象。贝娄的亨德森是对上述形象的颠覆，是正面积极的。他像觉醒的巨人，处于一个崭新意识的边缘，代表着人们的希望和决心。那些人仍然怀有美国梦，依然把美国看成是能最终把自由和爱带给世界的酵母②。

由此可见，亨德森对美国社会充满着希望，抱有一种乐观的精神。在这种乐观精神的关照下，贝娄也隐射出自己内心的理想社会。理想的万物共居社会是物种之间毫无芥蒂、充满关爱的共存方式，是一种跨物种、跨种族以及跨文化边界，并且没有贵贱、没有愤怒、没有仇恨的共同体。小说中的“百兽图”以隐喻的方式嘲讽了当下社会的混乱、冷漠与无情，由于不同民族

① Rodrigues, Eusebio. “Saul Bellow's Henderson as America,” *Centennial Review*, 20 (1976), p.191.

② Cecil, Moffitt. “Bellow's Henderson as American Image of the 1950's,” *Research Studies*, 40(1972), pp.296—297.

间缺乏认可与沟通、平等与发展，导致了人类社会畸形的发展，尤其是如果将犹太人放在历史语境下进行关照，此话更是意味深长。据此，贝娄倡导建立起一种万物共居的和平共同体，因为和平与安宁对犹太人而言至关重要，尤其是在经历几千年颠沛流离的生活之后，他们更加珍视和平、安宁的生活。而亨德森的回归城市一方面是责任心使然，而另一方面也反映出贝娄对城市生活的乐观接受态度，然而这一态度在下一阶段却发生了巨大的转变，贝娄希望逃到另外一个星球。

城市不会泄露自己的过去，只会把它像手纹一样藏起来，它被写在街巷的角落、窗格的护栏、楼梯的扶手、避雷的天线和旗杆上，每一道印记多是抓挠、锯锉、刻凿、猛击留下的痕迹。

——卡尔维诺 《看不见的城市》

第二章 20 世纪 60 年代初—70 年代末：城市噩梦——被围困的城市

第一节 贝娄中期城市小说创作特点[①]

贝娄城市小说创作的第二个阶段主要是从 20 世纪 60 年代初至 70 年代末。这一阶段创作的小说主要有《赫索格》(*Herzog*, 1964)、《赛姆勒先生的行星》(*Mr. Sammler's Planet*, 1970)、《洪堡的礼物》(*Humboldt's Gift*, 1975)以及一部非文学类的游记《耶路撒冷来去》(*To Jerusalem and Back*, 1976)[②]。此时期贝娄展现出诸多的城市文化符号，勾勒出一幅齐格蒙特·鲍曼称为“被围困的社会”[③]的图景。贝娄在 1980 年谈及自己《院长的十二月》时总结美国的现状时就提到：美国对现实是持否定态度的，我们

① 此节大部分内容已经以《被围困的社会：索尔·贝娄中期城市小说创作漫谈》为题发表在《外国语文研究》2017 年第 6 期，第 40—48 页。

② 《耶路撒冷来去》记录了贝娄在耶路撒冷三个月考察的所见所闻，体现出他对世界历史和世界政治的关切。

③ 可参见齐格蒙特·鲍曼：《被围困的社会》(第 2 版)，郇建立译，江苏人民出版社 2006 年版。书里鲍曼指出当前社会处于被围困的状态，它在两个阵线上遭受攻击：一是在全球前沿地带里旧的结构和规则已经无法保留，而新的结构尚未成形；二是流动的、不确定的生活政治领域。两者构成的空间将国家包围起来，而社会则被包围起来。本处借用此标题来说明此阶段贝娄笔下的城市以及城市人处于被围困的状态，被精神贫乏、物欲横流、金钱至上、家庭观念单薄等现状围攻下的焦灼与焦虑状态。

想办法回避它，我们拒绝去面对那些很明显并可触知的事实。①贝娄对他所处时代的各种社会经济文化力量间的真正矛盾作出了回应。他极其关心在业已面目全非的风景中如何保持人的善良和纯真的问题。贝娄早期的作品更多关注的是犹太平民琐碎的日常生活，到了中期，他的作品则更多地体现了城市公共性生活的意义化和组织化。张鸿声曾指出："日常性生活的意义化、超验化过程必须被引向一个'公共性'的路途，将生活细节整合成关于意义本源的元叙事，而克服现代社会应有的'公'与'私'的分离状态。"②第二阶段的主人公通常会积极投身到城市的建设中或献言献策，或担当起公共人物，或扮演社会热心人，而贝娄也扮演起对资本主义"公共性"进行反思的角色，审视整个社会结构、国家机器的运转以及官僚主义等问题。

早期的贝娄对共产主义充满信仰，曾是虔诚的托洛茨基的追随者，正如贝娄儿子所言，早期的贝娄正是在这种理想之下充满了乐观和人道主义的想法。到了20世纪60年代，贝娄在冷战中的立场鲜明，他从左派转向右派，思想变得极端，被部分人称为"种族主义分子"。他曾旗帜鲜明地批判60年代的新左派，称其为法西斯分子以及30年代苏联的斯大林分子。与此同时贝娄逐渐发现各种学生运动、民权运动、女性运动正在摧毁着他所珍视的一切事物。其他同时代的犹太知识分子大多和贝娄一样经历了从左向右的转变。由于他的态度强硬，因此60年代的贝娄也被贴上了"势利"和"刻板"的标签。值得一提的是此时贝娄的作品风靡美国和英国，不少大学和机构重金邀请他去做讲座，一场讲座的费用达到1 000—5 000美元不等。有一次贝娄做一场题为"大学里的作家都在干什么?"的报告时，就有听众质疑他对学生的轻视，指出他对此起彼伏的学生运动不闻不问，更是不在作品里提及这些学生运动，这令学生相当的不满③。由此可见贝娄当时对学生运动所持有的态度。

不少美国学者批判美国的60年代，并认为自由过度的精英主义和反主流文化的享乐主义都被揭露出来。这种风格和思想的转变也体现在贝娄中期的作品中。这个被不少知识分子诟病的年代以道德的缺失、不断攀升的

① Roudané, Matthew C. "An Interview with Saul Bellow." *Contemporary Literature* 25.3 (1984): 265—280.

② 张鸿声等：《城市现代性的另一种表述：中国当代城市文学研究（1949—1976）》，北京大学出版社2014年版，第162—163页。

③ 具体可以参见 Zachary Leader. *The Life of Saul Bellow: Love and Strife 1965—2005*. New York: Alfred A. Knopf, 2018, pp.46—48。

离婚率、城市暴乱、对权威的蔑视、不公平的战争、政治精英们的不作为等为标志。新保守主义奠基人之一的诺曼·波德霍瑞兹(Norman Podhoretz)认为60年代经历了一场不可逆转的文化终结,在"我们相应的60年代以及它不那么明智的希望不是关注于建设……而是着眼于毁灭——对组成美国生活方式的结构的毁灭。"[①]纽特·金格里奇(Newt Gingrich)认为美国历史所拥有的长达350年之久的叙事连贯性到了60年代被打破[②]。阿兰·布鲁姆(Alan Bloom)也提到"历史不断重演,60年代的美国大学经历着和30年代德国大学一样的变故,即:理性探寻结构的解体。"[③]除了对社会的失望,此时期对于贝娄而言最重要的事件莫过于获得诺贝尔文学奖,1976年,在诺贝尔文学奖获奖感言中贝娄指出当下的社会问题以及他对作家所面临的社会现实的清醒认识,他提到:

> 在个人生活方面,骚动无序或几近恐慌;在家庭生活方面——对丈夫、妻子、父母、孩子而言——混乱;在民众行为、个人忠诚、性爱方面(我不想背诵整个名单;我们不愿意再听这些了)——更是进一步地混乱着。我们正在努力生活在这样一种个人骚动无序、公众迷惑混乱的环境中。我们随时都会面临各种各样的焦虑。一切事情都在下降和坠落,让我们每天都感到畏惧担心;我们对私人生活兴奋不已,却备受公众问题的折磨。[④]

贝娄将现实的满目疮痍毫无保留地和盘托出,在自己长达半个世纪的创作之中,贝娄不遗余力地揭露人类社会的各种伪善、文明的堕落以及人类的邪恶。20世纪60年代末,贝娄认为自己是大学和高雅文学的捍卫者,因此对于各种堕落无法容忍。最具有人道主义关怀的贝娄还一再强调作家的立场问题,认为作家应该探讨人类灵魂深处的内容,应带着一种客观的严肃

---

① Podhoretz, Norman. "America at War: 'The One Thing Needful,'" Francis Boyer Lecture, American Enterprise Institute for Public Policy Research, Washington, DC, February 13, 2002.

② 转引自 Fred Barnes. "The Revenge of the Squares: Newt Gingrich and Pals Rewrite the 1960s," *New Republic*, March 13, 1995, 23。

③ Bloom, Allan. *The Closing of the American Mind: How Higher Education Has Failed Democracy and Impoverished the Souls of Students*. New York: Simon and Schuster, 1987, p.313.

④ Bellow, Saul. "Nobel Lecture", in Saul Bellow, *It All Adds Up: From the Dim Past to the Uncertain Future*, p.92.

感进行创作，进而渗透进人类生活的激情与纠结的最深处。他认为现代主义文学中有一种否定的传统，一种具有预见性的批判主义精神，一种对自身忠诚度的捍卫，因此在贝娄作品中往往展现的不是歌舞升平的盛世，而是对社会时弊的针砭，对人类文明谬误的批判。他曾评论："一战以后我们发现传统的观念已经被许多艺术家们颠覆了。现代公众已经形成了一种由好奇心驱使的被动接受事物的观众，疏离之前感同身受并给予信任的事物。它站在安全和免疫的立场毫无拘束地仔细审视着自己的人类。一个沉默寡言的、善于深思的反自我观察着这种情感马戏。"①他认为作家真正的创作主题不是政治而是"灵魂的力量"。他批判道德目标的无序以及作家们一味地仁慈。因此他用严肃的笔触掀开一层层体面的遮羞布，将破败腐烂展现在麻木不仁的现代人眼前，以期唤醒这帮行尸走肉。

如果说贝娄的早期创作处于美国犹太人发展的"黄金时代"②的话，那么贝娄创作的中期正处于一个对社会进行反思的年代，城市展现出歹托邦③的形态。正如贝娄在诺贝尔获奖演说词中指出："我们天天为之担忧的是一切事物都在衰退和崩溃。我们既为个人生活而不安，又被社会问题所折磨。"④现代城市被视为坟墓，康拉德和艾略特都曾对城市的荒原意象进行过描述。随着战后美国经济高速的增长，物质世界的膨胀并没有带给人类精神世界的充盈。工业社会的弊端日益凸显：机械化和自动化使人在机器铁笼面前无能为力；人们缺乏信仰，唯利是图。那个年代也是犹太人信仰受到冲击的时期。20 世纪 60 年代的美国处于一个反主流文化的阶段，在肯尼迪总统被刺杀、越战、水门事件之后，反权威的质疑主义盛行。大规模的学生骚乱和造反运动此起彼伏，宗教也逐步趋向世俗化。社会危机加重，美苏军备竞赛不断升级，冷战一直持续到 80 年代初。这 20 年的一个主流思潮便是文化激进主义，整体采取大批判、大拒绝的思想，整个社会呈现出病态的丰裕社会的状态。这种激进主义往往有以下特征：浓厚的乌托邦情结、不妥协的叛逆姿态以及非理性的激情。比如小说《赫索格》中诸多信件

---

① Bellow, Saul. "Skepticism and the Depth of Life" in *There is Too Much to Think About*. Ed. Benjamin Taylor. New York: Viking, 2015, pp.224—239.

② Diner, Haisia R. *The Jews of the United States, 1654—2000*. California: University of California Press, 2004. p.259.

③ 歹托邦(Dystopia)是相对于乌托邦(Utopia)提出的一种概念。Dystopia 又可被翻译为负托邦、坏托邦、敌托邦。

④ 1976 年 12 月 12 日获得诺贝尔文学奖并于斯德哥尔摩的演讲。可参见索尔·贝娄：《集腋成裘集》，李自修等译，宋兆霖主编，河北教育出版社 2002 年版，第 117 页。

都流露出主人公赫索格教授对现代社会的质疑和不满。《赛姆勒先生的行星》中的赛姆勒先生有着浓厚的乌托邦情结以及强烈的批判精神,然而在歹托邦面前,他不得不承认美国已经不是一个适宜人居住的星球,所以很可能最佳的选择是月球。《洪堡的礼物》更是明显,两代知识分子对社会的绝望,在艺术与金钱当中作出艰难的抉择,随后发现自己似乎不得其所,被迫放弃了最初崇高的理想和追求。

此时期贝娄创作的一个显著特征就是以城市知识分子为小说中的主人公。从某种程度上说,城市生养了现代知识分子,城市为知识分子提供了生存和成熟的空间。商业的发展扩大了城市的规模,城市也以其经济政治文化的可发展性吸引着更多知识分子的参与。知识分子不断涌向城市,这种向城市流动的趋势随着城市的发展、城市人口的增加有增无减。在此之前,描写美国知识分子的小说不占少数。在贝娄出版《赫索格》的前两年,也就是1962年,一本广受关注的探讨美国知识分子的书《美国的学院小说》(*The College Novel in America*)面世。作者约翰·里昂斯(John Lyons)就对该书中的学院小说(Academic Novel)作出定义,认为学院小说是指"该小说以严肃的态度对待高等教育,同时主要人物为学生或者教授。"[①]同年也有学者发表文章称"有关学院的小说没有创造出任何一个真实可信的教授"[②]。由此书引发的争鸣不难发现在那个年代以刻画知识分子为主的学院小说是比较风靡的一种创作形式。同时,受到此时期社会和文化背景的影响,知识分子在社会进程中扮演着重要角色。知识分子代表着社会的良知,他们必须参与社会的建设,必须具有很强的公众意识和社会意识。然而现实是一方面知识分子居住在介于他自己本身已经决定疏远的社会和他已经选择担当一个热心的代言人,而对方永远不会同意接受他为一个平等的伙伴的"榜样社会"之间的无人地带,另一方面,正是这种无人地带的存在,让知识分子感觉到疏离、孤独、无奈,甚至疯狂。知识分子的角色不应该仅

---

① 转引自 William Tierney, "Interpreting Academic Identities: Reality and Fiction on Campus." From *The Journal of Higher Education*, Vol.73, No.1(January/February 2002):161—172。关于 academic novel 的译法,也有学者译为"学人小说",college novel 也有人翻译成"校园小说"。国外其实还有 campus novel 的说法,但是并没有对它们进行详尽的区别。笔者根据个人理解将此处统一译为"学院小说"。笔者认为里昂斯的定义稍显局限,如何界定"严肃的态度"他也未明确说明,许多学院小说以诙谐的手法消解了这种严肃性,但是却又发人深省,不能据此就否认这些作品是学院小说。在这篇论文中提尔尼也指出里昂斯的定义应该具有更为宽泛的范畴,他认为这种小说应该面向大众,而不仅仅是学人。

② De Mott, Benjamin. "How to Write a College Novel." *Hudson Review*, 15(2), 1962: 243—252.

仅只是传授知识，知识分子应该履行社会批判的义务和责任，尽量多地承担起对社会的公共服务职责。按照爱德华·萨义德的观点："知识分子既不是调节者，也不是建立共识者，而是这样一个人：他或她全身投注于批评意识，不愿接受简单的处方、现成的陈腔滥调，或迎合讨好、与人方便地肯定权势者或传统者的说法或做法。"①

城市知识分子阶层形成后，便产生了某种具有现代导向的批判性公共领域。他们借助现代知识教育体系和出版传媒业，在城市空间里掀起一波又一波政治经济文化风浪。哈贝马斯指出："所谓'公共领域'，我们首先意指我们的社会生活的一个领域，在这个领域中，像公共意见这样的事物能够形成。公共领域原则上向所有公民开放。公共领域的一部分由各种对话构成，……他们可以自由地集合和组合，可以自由地表达和公开他们的意见。当这个公众达到较大规模时，这种交往需要一定的传播和影响的手段；今天，报纸和期刊、广播和电视就是这种公共领域的媒介……国家的强制性权力恰好是政治的公共领域的对手，而不是它的一个部分……自那以后，这种公共性使得公众能够对国家活动实施民主控制。"②这也正是小说主人公展现出来的积极参与到城市生活和建设中的方式，即自由公开地表达观点，抨击国家机器，批判官僚体系对公共利益的损害，批判激进的运动带来的毁灭性灾难。1968年的旧金山大学讲座上贝娄就毫不掩饰自己对激进分子进行暴动的鄙视和不屑③，这也引起一些黑人运动者的不满。

贝娄受到俄罗斯文学传统的影响，比如知识分子戏剧、陀思妥耶夫斯基的梅尼普体，他还深受托尔斯泰哲学的影响，注重精神和道德上的追求，因此他笔下的知识分子往往追求精神层面的更高境界。1968年法国爆发了"五月风暴"，这场运动波及欧美众多资本主义国家。西方知识分子直接参与社会政治的热情减退，大学校园里的知识分子利用理论话语来解读政治。《赫索格》中的摩西·赫索格教授，《赛姆勒先生的行星》中的阿特·赛姆勒先生，以及《洪堡的礼物》中的洪堡与西特林，都是知识分子的典型代表，并且他们都对社会的现状有一定的了解，有的希望能担当中流砥柱，参与到国

① 爱德华·萨义德：《知识分子论》，单德兴译，三联书店2002年版，第25页。

② 尤根·哈贝马斯：《公共领域》，载《文化与公共性》，汪晖、陈燕谷编，三联书店2005年版，第125—126页。

③ 具体可以参见 Andrew Gordon, "Mr. Sammler's Planet: Saul Bellow's 1968 Speech at San Francisco State University", in *A Political Companion to Saul Bellow*, eds., Gloria L. Cronin and Lee Trepanier. Lexington, Kentucky: The University Press of Kentucky, 2013, pp.153—166.

家建设中，有的通过对城市的细微观察，看到了城市的丑恶一面，为了履行自己的社会责任，他们提出了质疑和见解。摩西·赫索格作为一名典型的知识分子，他学富五车，受学生爱戴，在学术上扮演着非常重要的社会角色，他对浪漫主义的见解更是得到了多数人的认可，比如他曾代表纳拉甘塞基金会在欧洲进行文化访问。值得提及的是，正如前文所说，后现代城市化进程与浪漫主义也有一些联系："对细节、具体和真实的极其关注，对地方色彩的追溯；努力在想象中的清晰空间、时间和文化背景上，构筑人们千差万别的生活形态；对个性化、人性化和民族性的崇拜；对玄妙、情感、原始和超常的迷恋……无论是松散的标准，还是对新'共同体'的探索，在本质上都是浪漫主义的。"①由此不难发现贝娄小说里的诸多线索都或多或少投射出浪漫主义的色彩。只有一只眼的二战犹太裔难民阿特·赛姆勒先生就像一位自封的哲学家和社会学家收集着自己的记忆、经历以及社会的种种现实，并发表着自己的看法，一心想写书。而洪堡和西特林更是作家的代表，前者是著名诗人，后者是知名剧作家。

犹太人是个非常注重教育的民族。主知主义/主智主义(Intellectualism)是犹太人极为崇尚的一种生存态度。通常学者们谈论的犹太特性有三个方面：主知主义、意第绪语言习惯以及移民的关注点。而在犹太人中间，以学问为标识的主知主义最受推崇。在犹太教育理念看来学问是和上帝沟通的桥梁，因此比如犹太拉比这种具有广博学识的人在犹太人中就享有很高的地位。"使社会保持流动性的是知识，它对任何人都敞开大门，至少在潜在的意义上，知识不是任何群体或等级的专有财产。"②由于长期聚集在纽约大都市，那里人才济济，思想前沿，大批学者汇聚，20世纪30年代起就出现了由一批文学家和作家构成的"纽约知识分子"群体，尽管人数不多，但是这是第一个聚集众多犹太知识分子移民的主要群体。欧文·豪在1969年的著名文章《纽约知识分子》③中首次使用了这个称谓。纽约知识分子大多来自东欧犹太移民后裔，他们基本出生在20世纪前20年间，除了少部分人生活在芝加哥，大部分人以纽约为主要生活场景，其中就包括赫赫有名的《党

---

① 转引自南·艾琳：《后现代城市主义》，张冠增译，同济大学出版社2007年版，第18页。原文见Werner Cahnman. "Max Weber and the Methodological Controversy in the Social Sciences". In W. Cahnman and Alvin Boskoff, eds., *Society and History*. Glencoe: Free Press, 1964, pp.103—127.

② 欧文·豪：《父辈的世界》，王海良、赵立行译，上海三联书店1995年版，第8页。

③ Howe, Irving. "The New York Intellectuals," *Commentary* 46(Oct. 1968).

派评论》灵魂人物菲利普·拉夫、阿尔弗雷德·卡津、莱昂莱尔·特里林、索尔·贝娄、丹尼尔·贝尔、欧文·豪、苏珊·桑塔格(Susan Sontag)。《党派评论》这本杂志“不仅帮助创立了美国文学中的新流派,即城市‘疏离’小说以及犹太小说,而且还帮助形成了美国文学批评中的独特流派,即所谓的纽约社会批评家。”①阿尔弗雷德·卡津在自传中所回忆的犹太青年的经历或多或少代表了这段时期许多纽约知识分子的经历。欧文·豪曾评价:“卡津充满深情地强调其情感的犹太源泉,似乎主要是一种追溯性的观点,也就是五六十年代的一种认识:不管你怎样努力摆脱过去,它将仍然存在于你的一言一行、一举一动中;仍然以多种灵活的方法,影响着你行事及抚养孩子的方式。”②这批知识分子中大多数是反斯大林主义者,主张左翼政治,同时信仰托洛茨基主义。他们在信念风格上有很大的相似之处,他们思想开放,立场大多是世界主义,主张文化的多元,力图以人类的大视野来思考问题;此外他们有着公共知识分子的责任心,他们关注社会问题,始终保持批判性思维,不媚俗不盲从;再则他们大多富于创新精神,也深得欧洲文学传统的影响,在文学领域有相当高的造诣。因此贝娄在作品中探索诸多的社会问题以及他所关注的公共知识分子的责任问题也绝非偶然。

对城市的反思与批判是西方文化的一个传统,有着悠久的宗教和历史文化根源。在《圣经》中反城市的观点贯穿其中,对城市的叙述往往集中在堕落与毁灭之上。比如在《以赛亚书》中:“地上的居民被火焚烧,剩下的人稀少。新酒悲哀,葡萄树衰残;心中欢乐的俱都叹息。击鼓之乐止息;宴乐人的声音完毕,弹琴之乐也止息了。人必不得饮酒唱歌;喝浓酒的,必以为苦。荒凉的城拆毁了,各家关门闭户,使人都不得进去。在街上因酒有悲叹的声音,一切喜乐变为昏暗,地上的换了归于无有。城中只有荒凉,城门拆毁净尽。”③罪恶之城如索多玛、蛾摩拉、尼尼微、巴比伦等都被上帝所诅咒。城市往往因为遭受天灾人祸而变为废墟,甚至消失。

如果说贝娄早期作品还满怀对城市的乐观态度,将犹太移民美好的希望寄托在美国这片理想的乌托邦内,那么贝娄中期作品中已经开始流露出对以芝加哥为代表的大都市的厌恶和反感,他极力揭露城市的阴暗面,并展现出以纽约和芝加哥为代表的美国荒原。在20世纪六七十年代对城市中心有一种占主流的文化观点,即认为城市中心由“四种意识形态的领域组

① Howe, Irving. “PR”, *New York Review of Books* (Feb. 1963).

② 欧文·豪:《父辈的世界》,王海良、赵立行译,上海三联书店1995年版,第544—545页。

③ 《圣经·以赛亚书》24:6—12。

成：一个是充满了破旧房屋、废弃工厂和荒凉景象的外部环境；一个是对白人工人阶层生活的浪漫化的想法，它尤为强调以家庭生活为中心；一个是黑人文化的病态形象；一个是对街道文化的病态看法"[①]。基本上这四种意识形态中绝大部分都是带来负面情绪的内容。此外，当代城市乌托邦失控的途径也以多样的城市符号体现出来。

除了意识形态这一无形之手与城市化进程密切相关之外，另外一个有形之手也与城市化密不可分，这就是城市空间的再分配。城市学家大卫·哈维在他 1973 年出版的《社会正义与城市》中就曾指出：空间绝非绝对的物自体，而是同时依赖于环境的事实（即社会关系），因此，社会正义和城市就存在密切的关联[②]。城市化的过程就是空间生产重新构建城市空间的过程。当新的城市空间被建构出来的同时，也剥夺了一部分人应享有的空间权益，带来了一系列非正义现象的出现，比如代表着身份的居住区隔离，对城市公共空间的掠夺，城市人的社会心理发生异化，等等。

1977 年贝娄受美国人文学科资助基金会（National Endowment for the Humanities）邀请在华盛顿特区做题为《作家与国家的面面相觑》（"The Writer and His Country Look Each Other Over"）的两场杰弗逊报告。两场报告都涉及了贝娄对年轻时的自己所生活的芝加哥的回忆。他对比了海边海景房的富人区以及贫民窟的生活，并指出移民的孩子们嗅到了金钱和奢华生活的味道。第二场报告对现代芝加哥和美国的抨击格外猛烈，贝娄指出这个创造了奇迹般成功的国家也创造了邪恶，发动了战争，没有对一些弱小的公民履行应有的责任和义务，其中许多观众受到了刺激，因为女人和黑人被贝娄称为"弱小的市民"[③]。在演说中贝娄引用一位老芝加哥人给他的来信，此人指出"芝加哥是一个'白色关节的'城市。"[④]所谓"白色关节"是暗喻芝加哥文化氛围的压抑与贫瘠、粗俗和无聊。贝娄也非常同意这一见解，正如贝娄在其好友艾伦·布鲁姆《美国精神的封闭》一书的序中称："依照先进的欧洲思想家的见解，一个来自粗俗的物质主义中心——芝加哥——的年轻人，他的文化抱负必定要归于失望的。组成这个城市的屠宰

---

① 转引自沙隆·祖金：《城市文化》，张廷佺、杨东霞、谈瀛洲译，包亚明主编，上海教育出版社 2006 年版，第 41 页。

② Harvey, David. *Social Justice and the City*. Oxford: Basil Blackwell Publishers, 1973.

③ 详细内容请参考 Zachary Leader, *The Life of Saul Bellow: Love and Strife 1965—2005*. New York: Alfred A. Knopf, 2018, p.252.

④ 此部分引文来自贝娄 1977 年"杰弗逊讲座演说"。可参见索尔·贝娄：《集腋成裘集》，李自修等译，宋兆霖主编，河北教育出版社 2002 年版，第 165 页。

场、钢铁厂、货栈、简陋的工厂平房，还有灰暗的金融区、棒球场和拳击场、机器人般的政治家、不准打群架的禁令，把所有这些东西凑在一起，你就会看到一张文化射线穿不透的'社会达尔文主义'的坚硬黑幕"①。城里的盗抢、尔虞我诈、投机买卖、美色、金钱、欲望等交杂在一起，刻画出工业社会的种种弊端。贝娄极力声讨物质主义对人精神的摧残。在《赫索格》里，芝加哥被称为"该死的不毛之地"(74)。而且贝娄以细致的观察甚至以社会学家的敏锐多次描写着芝加哥的空间变化：

> 在这种混沌之中，他意识到芝加哥的存在，意识到这个三十多年来他所熟悉的地方。从它的种种景物中，通过自己独特的感官艺术，他产生了对芝加哥的印象。芝加哥有着厚实的墙壁，黑人住的贫民窟里散发着臭气，石板铺的人行道高低不平。较远的西部是工业区。在萧条的南区，到处是污水、垃圾，一层金矿的废矿泥发着闪光。原来的牲口围场已经废弃，一座座高大的红色屠宰场，在孤独之中破败腐烂。然后是呆板单调、有点嘈杂的平房住宅区和贫瘠荒凉的公园；还有一大片市郊商店区；这些过去是墓地——沃特海姆公墓，赫索格家的人就安葬在这里；供骑马游玩聚会用的森林保护区，野餐的地方，谈情说爱的小径，可怕的谋杀现场；飞机场；采石场；最后，是一望无际的玉米地。与此同时，还有无穷无尽的、各式各样的活动——这就是现实。赫索格不得不正视现实。也许，他多少有点被排除在现实之外，因此他反而能够把现实看得更清楚，而不至于在它那亲密的怀抱中堕入梦乡。(278)

从物质层面看城市景观如此破败不堪，那精神层面的城市意识又是如何呢？从主题上看，这一时期贝娄集中探讨了城市居民心中所谓的美国国家精神。如果说贝娄早期作品中反映的美国国家精神是新大陆的开拓精神，是以美国梦为寄托的乐观向上的精神，那么这个时候的国家精神已经被工业主义以及后工业时代洗刷得只剩下功利主义和物质主义的皮囊。"美好的自然景观变成了貌似城市的荒野，在上面摆上多车道的快速路、停车场、立交桥、垃圾堆、废旧汽车停放处；再加上高地杂乱的楼房，毫无秩序，毫不考虑人类生活的目的，却唯独关注如何吸引扩张经济的更多商品和产品；而这种经济带

① Bellow, Saul. "Foreword." Bloom, Allan. *The Closing of American Mind*. New York: Simon & Schuster Inc., 1987, p.14.

来的所谓繁荣，往往就是个高度组织化的废物”。[①]而且在这种国家精神下，往往牺牲了艺术家们的追求，正如《洪堡的礼物》当中的一段话所揭露的：

> 现在的一切都成了拙劣的模仿，亵渎，剑客的笑料。不过，还得忍受。二十世纪又为那些神圣的殉难加上了滑稽的殉难者。瞧吧，这就是艺术家。为了想在人类命运中扮演一个重要角色，他也就变成了无赖和小丑。作为自封的意义和美的代表，他遭到了双重的惩罚。当艺术家在磨难之中学会了如何忍受沉沦和毁灭，如何去拥抱失败，如何保持虚无和克制自己的意志，并接受了进入现代真理的地狱的任务的时候，也许他的俄耳甫斯的神力又恢复了。(437)

这正印证了肯·贝恩斯在 20 世纪 60 年代评论当时先锋派时宣称：“艺术家争取自由的勇敢呼号已变成小丑式的呐喊了。”[②]在城市化进程中艺术已经让位于物质主义和功利主义，审美已不再重要，艺术已经失去了其以往的价值和乐趣，收获的却是鄙视和遗弃。艺术作为公共服务的一个部分被国家所忽视。

20 世纪 60 年代美国进入了后现代城市的时期，一个表现为放弃、重塑和复兴城市的时期。这种后现代城市的时代特点体现在城市的扩张上。这种扩张不仅仅展现在城市的物理空间发展上，同时也体现在那些可以使城市生活变得舒适、便捷等技术服务的扩展和延伸上。公共设施得以安置并广泛使用，人们越来越多地依赖公共设施和基础建设。然而这种物理空间的延伸和商业用途上的发展，也同样不容置疑地引起了社会机制、城市发展和城市人格类型的变化。城市人口密度攀升，市中心人口急剧向外扩张，形成了更大的共同生活的整体。

扩张无疑会带来的城市人格类型和城市居民类型的变化。在美国城市这一共同话题中，人们达成共识的是美国城市发生的最重要的变化便在城市的种族问题上，种族和经济的纽带问题日益凸显，此时期的城市问题基本上可以等同为黑人问题。20 世纪，数百万人口从市中心迁至郊区，这一运动构成了“美国历史上的一次人口大迁移”。60 年代中期，人们创造了“城

① 刘易斯·芒福德：《刘易斯·芒福德著作精粹》，宋俊岭、宋一然译，中国建筑工业出版社 2010 年版，第 384 页。

② 罗兰·斯特龙伯格：《西方现代思想史》，刘北成、赵国新译，中央编译出版社 2004 年版，第 620 页。

市危机”这个新短语，用来指代居住在郊区的白人和集中在市中心的黑人相互隔离的极端地理分布。这一短语还可以高度概括为两大强势文化模式的碰撞：“黑人区”和有房有社会地位的美国梦。值得一提的是美国人习惯性地将事物一分为二：城市/郊区、黑人/白人、穷人/富人等，这种思维让城市总是处于各种质疑声之中。城市有绿地，有文明，城市也暗藏着黑暗和犯罪。到了70年代，关于谋杀、强奸等犯罪的报道成了地方新闻电视台提高收视率的一种手段，而对于美国白人而言，城市象征着暴力和不文明。

60年代出现的新问题还包括黑人斗士中存在的反犹主义，这也成为让犹太人提高警惕的一个方面。随着20世纪60年代中期到后期的城市暴动，白人店主和顾客纷纷离开不太平的居住区。60年代和70年代越来越多的黑人顾客拥有了权利，平等地进入白人老板开的各类商铺餐厅之内，昔日繁华的商业区也逐渐萧条，因为在郊区发展的过程中，越来越多的白人搬去了郊区，许多城市居住区充斥着黑人以及廉价的商品。由于犹太移民靠近黑人聚居区，通常也生活在半贫困之中，这同时也意味了如果犹太人的安全受到威胁，威胁往往也是来自城市黑人，他们极力破坏犹太人的地位和成就。美国学者艾米丽·巴蒂克(Emily Budick)在其著作《文学对话中的黑人和犹太人》中曾指出，在以美国黑人为中心的犹太作家创作的小说和以美国犹太人为中心的黑人作家创作的小说有一个共性，那便是陌生人的视角①。贝娄在《赛姆勒先生的行星》中的黑人小偷是以一个令人恐惧的陌生人形象出现在读者面前的，虽然他衣着光鲜，但赛姆勒时刻提防，不愿与他靠近。

70年代整体来说是对60年代的延续，凯恩斯主义②继续盛行，随着德国和日本的崛起挤占了美国的部分商业市场，美国竞争力开始下降，社会经济出现了滞胀的现象，美元在70年代开始贬值。六七十年代也是社会思潮此起彼伏的年代，是同性恋的美好时代，同性恋文化盛行，以艾伦·金斯堡(Allen Ginsberg)③为代表的一代人标新立异，特立独行。知识分子表现出

---

① Budick, Emily. *Blacks and Jews in Literary Conversation*. Cambridge: Cambridge University Press, 1998, p.121.

② 凯恩斯主义或称凯恩斯主义经济学(Keynesian economics)是建立在凯恩斯1936年出版的著作《就业、利息和货币通论》的思想基础上形成的经济理论，主张国家采用扩张性的经济政策，通过增加需求促进经济增长。凯恩斯的经济理论认为，宏观的经济趋向会制约个人的特定行为。他认为对商品总需求的减少是经济衰退的主要原因。

③ 艾伦·金斯堡(Allen Ginsberg, 1926—1997)是美国著名诗人，“垮掉的一代”的代表人物，代表诗作为《嚎叫》(*Howl*)。金斯堡的诗作在当时不被主流文化所接受，书商和他本人也因为诗歌内容的淫秽低俗而不得不接受当时保守派人士的审判，庭审之日万人空巷，此审判在当时引起了非常大的反响。

来的躁动不安，思想分化现象较为严重。70年代的人们普遍认为这是一个疯狂与政治真正超越个体范畴的年代。因此贝娄在他的《赛姆勒先生的行星》中浓墨重彩地对疯狂的人类进行了讽刺。

在叙事策略上，贝娄以较为激进而有新意的写作手法来传达出这一时期知识分子的思想困惑。这些写作手法包括第一和第三人称叙事、书信体、追述等，以奇特的方式展现出城市知识分子的二重世界以及社会错位中的精神困惑。比如赫索格先生回避与外界的直接沟通，而将精神世界寄托在写信之中。他写了119封信，其中43封连称呼都没有。信件有的写给报章杂志，有的写给知名人士，写给亲戚朋友，最后居然写给已经去世的人，先是写给和自己有关的无名之辈，末了就写给那些作了古的大名鼎鼎的人物。他甚至还随时提着箱子四处旅行，但是他无论跑到哪里，随身必定带着一只装满信件的手提旅行箱。这个时期另外一个非常有特色的叙述方式就是《洪堡的礼物》的叙事策略。从故事讲述者西特林于20世纪30年代拜访洪堡到70年代重新安葬洪堡，时间跨度三十多年。小说中间只有两个月是用现在时展现进行中的事情。小说由三条线索构成：现在、过去、过去的过去。小说以第一人称展开，主人公西特林回忆着发生在导师洪堡和自己身上的种种事情，叙述中的往事还有深一层的往事叙述。这种追思以及交叉叙事的方式反映出叙述者心理的沉重，精神的萎靡，尤其体现了作者沉浸在对过去美好的追思以及对现有生活的忏悔。《赛姆勒先生的行星》主要采用第三人称的叙事手法，将城市生活和城市体验真实地展现在读者面前。

总体来说这段时期的创作集中在对以芝加哥为代表的资本主义以及美国伪善的批判上。"'官僚制度'、'技术社会'、'消费主义'都成为猛烈抨击的对象。真正的'资本主义矛盾'是文化上的。理论家们指出，它在物质上取得的成功，打破了社会纪律，导致个人意识极度膨胀，与此同时，它又用集体顺从观念和官僚化管理来约束人们。"①在反智主义②的影响下，知识分子已经对社会现状无法忍受，最明显的就是对芝加哥③的批判，这在贝娄作

① 罗兰·斯特龙伯格：《西方现代思想史》，刘北成、赵国新译，中央编译出版社2004年版，第549页。

② 反智主义(anti-intellectualism)也称反智论，该词因美国历史学家霍夫斯塔特(Richard Hofstadter)于1962年出版的《美国生活中的反智主义》(*Anti-Intellectualism in American Life*)一书而广为人知。该书于1962年获得普利策奖。反智主义是一种存在于思想和文化中的态度，指对知识产生怀疑，对知识分子充满鄙视和不屑。

③ 值得一提的是对芝加哥的撰写贯穿于贝娄的一生，但是将芝加哥作为一个直接或者系统的调查研究始于70年代中后期以及80年代，此时期他的讲座被一些学者称为"芝加哥之书"，这本书从未正式出版，但是却糅合了贝娄70年代的"杰弗逊演讲"(Jefferson Lectures)以及80年代的"泰纳演讲"(Tanner Lectures)，还包括他在80年代所上的电视节目和出版的部分书籍。

品中屡见不鲜。比如《洪堡的礼物》中“芝加哥有的是美妙动人的事情,可是文化却不包括在内。我们这个地方是一个没有文化然而又渗透着思想的城市。没有文化的思想只不过是滑稽的代名词而已。你觉得怎么样呢?千真万确。然而,不管怎么样,长期以来我已经接受了这种状况。”(99)之后贝娄在1977年3月的“杰弗逊讲座演说”中批判芝加哥与心灵、艺术毫无关系之时指出:

> 芝加哥是工业区域的交会地,是一连串移民社区;德国、爱尔兰、意大利、立陶宛、瑞士等国移民的社区;德国犹太人住在南部,俄国犹太人住在西边,从密西西比州和阿拉巴马州来的黑人,住在阴郁的大片贫民窟里;而占地更大的,要算体面的中产阶级的那些社区。那里充斥着数也数不清的平房。除此,还有什么呢?还有市中的商业区。冒险的建筑家们,在那里开了修建摩天大楼的先河。另外,我们闻名于世的,还有塔楼、牲畜围场、铁路、钢厂,以及匪类歹徒和店铺扒手。奥斯卡·王尔德来过这里,还想装得老老实实的样子,鲁迪亚克·吉普林查看了我们一番之后,写了一篇叫人恼火的报道。在汽车生产线和高架火车上,叶克斯先生赚了成百万,尹瑟尔先生在公用事业上发了迹。琴恩·亚当斯在贫民窟里工作,哈里叶特·门罗则致力于诗歌。但是,贫民窟变大了的时候,诗人们却离开这里,到了纽约、伦敦和拉帕罗。在这里,要想寻觅莎士比亚、弥尔顿、华兹华斯、叶芝所描绘那种自然美,是永远找不到的。……对于艺术和文化,这个地方的精神会是友好的吗?大部分时间,你会认为,这些精神同你那阴柔的欧洲文化虚饰毫无关系。①

同时知识分子也认为美国是伪善的:“这就是历史在美国创造的新事物,即:带有自尊的欺骗,或者带有光荣的奸诈。美国向来是过分矜持的,讲道德的,堪称是世界的楷模。因此,它必须把一切伪善的观念通通消灭干净,而强制自己用诚实这一新准则来对待生活,而且它正在创造这一不可磨灭的业绩。”(285)

20世纪六七十年代也是西方倡导城市历史主义和新理性主义的时期,有的建筑学家极力批判城市的功用性,而忽略了城市作为凝聚集体记忆的

---

① 索尔·贝娄:《集腋成裘集》,李自修等译,宋兆霖主编,河北教育出版社2002年版,第151—152页。

场域功能。旧有的建筑被废弃,新的城市规划不断消磨着人们对历史的记忆。这也再次凸显出哈维所提及的城市新空间的建立与正义之间的失衡关系。

这一时期贝娄更多地探讨了城市规划的实施及其消极的结果。在他看来城市几乎成了社会经济和政治策略来说一个虚构的标记,城市被交付给了一系列相互矛盾的行为,这些行为在全景敞式权力之外相互补偿、配合。城市成了主宰政治传奇的主题,而不再是经过严格审查和筛选的场所。在种种城市话语之下,权力上的阴谋与苟合不断繁衍,不可掌控,毫无理性。位于城市核心的并为了控制这个核心的并非"权力中心"抑或"武力网络",而是不同因素组成的复杂网络:高强、空间、机构、规章。在这个时期贝娄创作的作品中,我们的确会看到各种各样消极的具有破坏力的现象,城市以及与建立起城市的各种程序同时在恶化:"大都市各种各样消极的生命力迅速地生长着。在这样的环境中被扰乱了的自然和人的本性,以破坏性的形式重现了:毒品、镇痛剂、春药、安眠药、镇静剂,都是这个恶化的状态下必需的陪伴物;费力地恢复健康身体和健康心理的正常平衡能力:靠着阿司匹林的拯救。"①这种混沌的生活带来了人们对价值判断的思考,以及对"美国噩梦"的感触。

在反智主义的影响下,他们奉行的是城市观念中价值相对主义和功利主义的做法,正如《洪堡的礼物》中对美国人的烦恼的归纳:

> 美国人啊,满脑子对于爱情的糊涂观念,满脑子家庭悲剧。在最残酷的战争之后,在横扫千军的革命风暴之后,到处是废墟、集中营,鲜血渗透了大地,火葬场的烟气仍然滞留在欧洲的上空,谁还有心思听这些呢?美国人的个人烦恼又算得了什么!他们真的在受罪吗?全世界在凝视着美国人的脸,说道:"别跟我说这些快乐富裕的人在受罪!"然而民主的富足有它自己的特殊困难。美国是上帝的实验。人类的许多旧痛消除了,这使新伤痛更加突出而且更加神秘。美国不喜欢特殊的价值,也痛恨代表特殊价值的人。然而,没有这些特殊价值——你该明白我的意思,洪堡说。人类的伟绩是在昔日的匮乏之中创造出来的。(213—214)

---

① Mumford, Lewis. *The Culture of Cities*. New York: Harcourt Brace Jovanovich, Inc., 1970, p.271.

这段陈述真实地再现了美国城市存在的问题以及带给当代人的烦恼。城市不断地分化成自然的经济区域和文化区域，这也给这些分化的区域确立了不同的城市群体，以及组成全体的个体在城市生活总体结构中的位置和所扮演的角色。如果仔细阅读这个阶段贝娄创作的作品以及其他作家描写此时期社会状况的作品，我们会发现城市的劳动分工也发生了严重的解体、重组甚至分化的现象。职业的选择很可能是按照民族来进行划分的，或者是由种族性情来决定的。比如当警察的爱尔兰人，开洗衣店的中国人，当搬运工的黑人，等等。这种由种族肤色带来的职业分工正是城市发展到一定阶段社会分工达到一定需求的产物。此外城市的发展吸引了越来越多的移民，城市中心不断扩大，大城市生活霓虹闪烁，新奇事物摩肩接踵而至，人们熙熙攘攘，当然犯罪也伴随着城市的发展。城市成为了最具冒险性的地方，集刺激与兴奋于一身的场所。

此时期贝娄笔下主人公的明显特征就是带着主观色彩识别着社会，其实对美国现代文学的理解已不只是作家与本土文化的隔阂，它还包括他们认识世界的方式。而美国犹太人具有不同的认知世界的方式，因为他们不仅是一个被迫流浪的民族，一个不被许多人接受的民族，一个在美国建立新家园的民族，一个注定捆绑在城市中的民族，一个即便找到安全港湾但仍然要谨言慎行的民族。因此这种独特的体验也形成了他们独特的认知方式，一种集观察者、见证者、质疑者、挣扎者、成功者等多种身份于一身的认知方式。

第二节　城市知识分子的二重世界①

城市是美国犹太人的一个主要生存空间，《幸福》杂志曾对犹太人的城市化特点进行过描述："犹太人……是一切民族中最城市化、最酷爱城市的民族；得天独厚的职业使他们同消费大众形成了最为直接的联系……而犹太人聚集在城市之中，这既是一个历史的事实，也是一个眼前的事实"②。穆雷·鲍姆嘉登（Murray Baumgarten）也指出"城市生活对于深入探讨犹

① 此部分主要内容以《城市知识分子的二重世界——评贝娄的〈赫索格〉》为题发表在《英美文学研究论丛》第16辑，2012年，第313—322页。

② 转引自杰拉尔·德克雷夫茨：《犹太人和钱——神话与现实》，顾俊译，三联书店1991年版，第32页。

太经历的历史性悖论提供了一个场景。在解放的过程中，城市也是一个连接传统与现代的桥梁。它让从社区状态到种族的个体身份成为可能”①。由此可见城市对犹太人起着巨大的作用，它不仅作为生活的场景，诸多文学想象也都以城市为依托展开。贝娄诸多作品的场景都设立在城市，他将城市视为“人类经验的表达，并包括了所有个体的历史”②。这个个体在贝娄笔下体现在诸多不同的人物身上，有平民，也有知识分子，每种不同类型的人物代表着不同的社会阶层与社会感悟，同时贝娄也通过个体历时的变化展现出社会历时的变化。

这个时期贝娄创作的主人公主要集中在知识分子身上。齐格蒙·鲍曼(Zygmunt Bauman)在《生活在碎片之中——论后现代道德》(*Life in Fragments*：*Essays in Postmodern Morality*)一书中指出知识分子：

> 同时具有(或自称拥有)担当国家的“集体良心”并由此超越自己阶层的专业区分和国内区域性的、同利益相联系的部门的能力和责任。他们所保护和倡导的是国家的高层价值。他们的特性是由他们所做的职业责任之外的事情决定的。作为一个知识分子意味着在整个社会生活中扮演一个特别的角色。正是这种行为使一个人成为知识分子，而不是因为他们提供专业而又精密而复杂的服务的事实；不只是因为他们作为一个“知识阶层”的成员在教育过程中已经获得了正式的凭证或已经获得某个专门的职业团体的成员资格的事实。③

其实鲍曼在这本书里呼唤个体道德意识的回归，摆脱由他律和他治带来的个人道德意识的丧失，主张崇尚责任和自由的后现代道德伦理观。而在这种个体道德意识能够得到最大限度强化的应该是受过良好教育的知识分子，因为知识分子往往引领着社会发展的潮流，在科技、文化、思想上影响着社会的方方面面，他们可以影响更多的个体。在城市学的框架下，不难发现，知识分子得以充分展示自我的平台绝对是在城市，因此城市构成多数知识分子生活的空间，也为知识分子提供更多施展才华的机会。正如《最后的

---

① Baumgarten, Murray. *City Scriptures*: *Modern Jewish Writings*. Cambridge and London: Harvard University Press, 1982, p.1.

② Bellow, Saul. *More Die of Heartbreak*. New York: Penguin Books, 2004, p.124.

③ 齐格蒙·鲍曼：《生活在碎片之中——论后现代道德》，郁建兴等译，学林出版社2002年版，第259页。

知识分子》的作者拉塞尔·雅各比(Russell Jacoby)认为“知识分子是都市的生物”[①],因此不难发现知识分子和城市的密切联系。此节将集中探讨贝娄笔下知识分子的精神状态,以及在城市空间下知识分子具有的独特特征。知识分子居住在介于他自己本身已经决定疏远的社会和他已经选择担当一个热心的代言人而对方永远不会同意接受他为一个平等的伙伴的“榜样社会”之间的无人地带。正是这种无人地带的存在,让知识分子感觉到疏离、孤独、无奈,甚至疯狂,而小说主人公摩西·赫索格正是这样一位大学教授。值得一提的是贝娄曾明确表示自己不喜欢知识分子,他说:“我如今用‘知识分子’一词时多半带有很轻蔑的意思,我从来都没喜好过做一名知识分子的念头。”[②]然而他自己是纽约知识分子这一群体的一分子,而且由于强烈的责任感和发自内心的人道主义关怀,贝娄依然将笔触放到了知识分子这一群体身上。

索尔·贝娄的《赫索格》(*Herzog*)创作于 1964 年,出版仅一个月编成为畅销书冠军,并荣登《纽约时报》杂志的最佳畅销书榜长达一年多,赢得了美国国家图书奖及法国国际文学奖。哈罗德·布鲁姆(Harold Bloom)曾认为该小说是贝娄的“最好同时也是最有代表性的小说”[③]。此时的贝娄开始了真正意义上的用创作来赚钱的生涯。新美国图书馆(New American Library)以 77 000 美元购买了贝娄《晃来晃去的人》以及《受害者》的平装本版权。福赛特出版社[④]支付高达 371 350 美元购买了《奥吉·马奇历险记》以及《赫索格》的平装本版权。

《赫索格》的创作是在贝娄遭受婚姻的重创以及对美国失去希望的背景下进行。小说从赫索格之口传达了贝娄对爱和被爱的渴望,结果却令他极度失望,最信任的妻子和朋友的背叛让贝娄内心充满了愤怒以及对人性的

---

① 转引自爱德华·萨义德:《知识分子论》,单德兴译,三联书店 2002 年版,第 63 页。书里萨义德认为雅各比在《最后的知识分子》中提出一个无懈可击的论点:在美国“非学院的知识分子”(the non-academic intellectual)已经完全消失了,取而代之的是一整群怯懦、满口术语的大学教授,而社会上没有人很重视这些人的意见。本章第四节中将对此进行进一步论述。

② 索尔·贝娄:《集腋成裘集》,李自修等译,宋兆霖主编,河北教育出版社 2002 年版,第 383 页。

③ Bloom, Harold. “Introduction.” *Saul Bellow* (*Modern Critical Views*). Ed. Harold Bloom. New York: Chelsea House Publishers, 1986, p.1.

④ 福赛特出版社(Fawcett Publications)是一家 1919 年成立于明尼苏达州的老牌出版社,最早以出版杂志和卡通连环画而声名鹊起。最著名的莫过于 Captain Billy's Whiz Bang 被称为最能反映一战后美国人民文化生活变化的杂志,目前流行的漫威里的惊奇队长(Captain Marvel)也曾在 40 年代出现在福赛特出版社的漫画上。

思考。该小说也取材于他本人的经历,第二任妻子(Alenxandra Sasha)与他最好的朋友(Jack Ludwig)坠入爱河,两人同时背叛了他。他虽然最终明白过来,但是已经是一头受伤的动物。与此同时该小说还体现了作者对背离犹太移民的梦想的控诉,体现出作者对生活在城市底层的移民阶层的人道主义关怀。

芝加哥是贝娄童年生活的城市,有他童年的回忆,但是贝娄笔下的芝加哥也是种族隔离最严重的美国城市,有全国最大的黑人居住区,警察系统贪污腐败,法律系统充斥着缺少道德的法官和一些市侩的律师,整个城市令人恐惧,到处弥漫着奸诈与不忠诚。因此在贝娄创作《赫索格》的过程中,他还撰写了一系列文章抨击社会现实①,这也正体现了乔国强教授所说:"美国犹太作家笔下的美国城市无一例外长着血盆大口,吞噬着犹太人的生命与尊严。对他们来说,美国的城市其实就是犹太人的'隔都',一个生活品质低下、人生价值失落的陷阱"②。贝娄以城市为背景进行创作,体现了贝娄作为作家的责任感,城市里的各种丑恶现象引起了贝娄的担忧,因此他借笔下诸多知识分子主人公之口控诉社会的黑暗。

贝娄创作的主人公摩西·赫索格便是这样一位知识分子,他具有典型的都市知识分子的特征:他是学识渊博的大学历史教授,以芝加哥大都市为生活的核心空间,参与构建城市社会的精神生活空间与文化空间,同时还不断地进行城市批判。知识社会学的创立者卡尔·曼海姆曾对知识分子的特征作出概括:作为社会的精英,他们具有一定的优越性;他们倾向于从职业和社会关系来构建世界的图景,因而具有一种脱离现实的偏好;而且他们具有一种向私密性隐退的特征,这也是城市的居住方式造就的,城市只有很少的共同事物需要每一个人自愿合作参与,因而知识分子往往单打独斗,拒绝与社会交往,因而构成了一种内向性趋势;此外,最后一个特征就是基于上述内容而形成的精神分裂③。此部分将从以赫索格为代表的城市知识分子的三个特征着手,剖析城市知识分子的二重世界以及社会错位中的精神困惑。

---

① Miller, Ruth. *Saul Bellow: The Biography of the Imagination*. New York: St. Martin's Press, 1991, p.142.

② 乔国强:《美国犹太作家笔下的现代城市》,《当代外语研究》2010年第1期,第30—34页。

③ 卡尔·曼海姆:《卡尔·曼海姆精粹》,徐彬译,南京大学出版社2002年版,第222—225页。

一、城市知识分子的社会角色

知识分子是参与思想的生产和传播的主力军，这一点无疑赫索格是十分契合的。作为大学教授，赫索格是知识分子的代表，尤其在现代社会中，大学教授更是成为了知识分子队伍里的主力军。“大学在技术专家治国的大众教育时代，已经将越来越多的知识分子作用吸收进了它的领域之中。当然，对现代化影响的感觉没有什么比在高等教育体系内更为强烈了。在高等教育体系中，作为古典学者、哲学家、牧师或文学人士的传统知识分子，已经被技术专家治国型知识分子所取代，他们的工作与知识产业、经济、国家和军队有机地联系在一起”①。这些知识分子具备了普通人没有的独特知识，并且在社会的物质建设与精神建设上起到了积极作用。

知识分子一词最早出现在爱弥儿·左拉（Emile Zola）1898 年致总统的一封公开信中，之后《文学之光》杂志编辑乔治·克莱蒙梭（Georges Clomenceau）开始在新闻媒体上使用这个词语，并且他认为一个新的、强大的政治力量已经诞生，这些知识分子围绕着一个理念团结在一起。知识分子具备独特的知识，接近中心价值准则，是真理和客观性的卫士，最前沿的实验者，同时知识分子也有责任监督和审查一切与公共价值相关的行为，并且如果他们发现哪些行为不符合标准，他们有义务去干涉并提出建议。正如同吕西昂·艾尔（Lucien Herr）所说，知识分子是一群“知道怎样将法律和正义的理想置于他们个人利益、自然本能和团体利己主义”之上的人②。爱德华·萨义德也同样认为“知识分子既不是调解者，也不是建立共识者，而是这样一个人：他或她全身投注于批评意识，不愿接受简单的处方、现成的陈腔滥调，或迎合讨好、与人方便地肯定权势者或传统者的说法或做法。不只是被动地不愿意，而是主动地愿意在公众场合这么说。”③知识分子往往具有“应用性”和当代性的特点。

如果说索尔·贝娄是一位极具人道主义关怀的作家的话，那么究其本源，这应该是源于贝娄作为知识分子与生俱来的责任感和使命感。贝娄非常反感社会上知识分子的无所作为，他曾在其杂文《作家·文人·政治：回

① 卡尔·博格斯：《知识分子与现代性的危机》，李俊、蔡海榕译，江苏人民出版社 2002 年版，第 121 页。

② 转引自齐格蒙·鲍曼：《生活在碎片之中——论后现代道德》，郁建兴等译，学林出版社 2002 年版，第 259 页。

③ 爱德华·萨义德：《知识分子论》，单德兴译，三联书店 2002 年版，第 25 页。

忆纪要》中批判国家机器对人文主义采取的实用主义态度仅仅是为了实现它诸多物质目标，而部分以作家为代表的知识分子充当了帮凶的作用，忽略了自身的责任，尤其是他们“容忍暴政来规定生存的基本法则”[①]，这些暴政在贝娄看来是一系列设置好了的磨难，顶上是集中营，底下是西方社会。因此他归纳出来反对无作为知识分子的理由是：“科学规定了一个不具灵魂的自然；商业则不同灵魂和高尚的希冀打交道——像爱和美等等问题，就不是它管的事；马克思从他的角度，也把艺术等等归诸‘上层建筑’。因此，艺术家就被灵魂残存下来的东西，以及其神秘所‘困惑’。”[②]贝娄认为知识分子应该履行自己的责任，而非无所作为，与商业获利共谋，为暴政出谋划策，知识分子应该有自己的评判标准，而非人云亦云，只追求物质上的贪欲。贝娄的这种思想充分体现在他所刻画的诸多知识分子身上，他作品中的知识分子很多都是痛苦的灵魂，他们寻求自我，也在物质与精神间徘徊，同时他们对社会提出质疑与批判，赫索格这一角色正是贝娄使用的利器，也是他对社会进行批判的一种尝试。

美国的早期犹太移民中，占犹太移民大多数的东欧犹太人在学术上取得成就的人寥寥无几，因为他们不得不花更多精力去应对生活的困顿和窘迫。20 世纪初以后，美国才开始涌现出一批犹太知识分子，但他们基本以意第绪语进行创作，并以复兴意第绪语为己任。此后几十年，犹太传统与世俗化意识形态的矛盾出现在这批人之中，他们只有在同仇敌忾之时才能达成短暂的一致，但往往也是昙花一现。那些背弃正统宗教的犹太青年知识分子，要么投身俄国革命，否定自己的犹太身份，要么追随一种政治运动或犹太社团。还有一批有着政治抱负的犹太青年充满着对犹太复兴的渴望，但在极力突破民族性和宗教性的同时，又不得不苟且于父辈信仰的阴影之中，这在欧文·豪以及阿尔弗雷德·卡津的部分著作表现得尤为明显。《赫索格》中的知识分子形象也侧面反映了当时犹太知识分子“何去何从”的境地。

小说主人公摩西·埃尔凯纳·赫索格（Moses Elkanah Herzog）[③]具有

① 索尔·贝娄：《集腋成裘集》，李自修等译，宋兆霖主编，河北教育出版社 2002 年版，第 142 页。

② 同上书，第 142—143 页。

③ 有关主人公名字的来历学者们有不同看法。大卫·加洛韦认为这个名字很有可能来自乔伊斯的《尤利西斯》中一个人物。可参见 David D. Galloway, *The Absurd Hero in American Fiction: Updike, Styron, Bellow and Salinger*. Austin & London: University of Texas Press, 1974, pp.127—129。另外还有学者认为这个名字同一位率领登山队攀登上喜马拉雅山的人莫里斯·赫索格有关。可参见 Toney Tanner, “Saul Bellow: The Flight from Monologue.” Encounter, 1965, 24: 65. Qtd. In David D. Galloway, *The Absurd Hero in American Fiction: Updike, Styron, Bellow and Salinger*. Austin & London: University of Texas Press, 1974, p.126。

明显的犹太文化内涵。有学者认为此名字代表着"奴役、自由和流浪的主题"[①]。小说主人公与《圣经》中的"摩西"(Moses)同名,在《圣经》中"摩西"是一位带领以色列人脱离埃及统治的圣人,而迁出埃及这一事件在犹太民族历史中具有划时代的深远意义。他中间的名字"埃尔凯纳"(Elkanah)也出自《圣经》,意思是"上帝创造或上帝拥有"[②]。作为一名典型的知识分子,赫索格学富五车,受学生爱戴,在学术上扮演着非常重要的社会角色,他对浪漫主义的见解更是得到了多数人的认可,比如他曾代表纳拉甘塞基金会在欧洲进行文化访问,"并在哥本哈根、华沙、克拉科夫、柏林、贝尔格莱德、伊斯坦布尔和耶路撒冷作公开演讲。"(7)[③]由于第二次离婚以及妻子和朋友的背叛,赫索格备受打击,他离开在芝加哥任教的大学,而"离开学术界,并非因为他在那儿混得不如意。恰恰相反,他的声誉极好,他的论文颇有影响,已被译成法文和德文。他早年那本出版时不大为人注意的书,现在已在多处被列入必读书目,受到年轻史学家的推崇,认为它是新史学的楷模,是'一本使我们深感兴趣的历史'。"(5)这无疑说明赫索格学术上的影响力,以及他作为知识分子在引导整个社会精神生活方面起到的重要作用。"他相信他现在做的,是有关人类前途的工作。"(125)因为他是摩西·赫索格,他希望自己拥有和《圣经》里的摩西一样济世的能力。

二、城市知识分子的隐退性

虽然知识分子被雅各比称为寄生在城市中的生物,知识分子在这一寄生环境中也并非就具有与生俱来的依赖感和无畏感。城市知识分子的一个典型特征就是隐退性,他们自我放逐,这是社会异化和自我异化的体现。《知识分子都到哪里去了》的作者弗兰克·富里迪[④]就用显微镜的方式,津津乐道于知识分子的分裂、重组和变异。他们逃避,藏匿在人流中,甚至躲在暗处。在他看来知识分子是个危险的种群,如今只剩下肤浅的专家、浅薄的演说家和骗人的医生。这种知识分子从公知到藏匿是一种异化的体现,这种异化的前提就是个人的价值标准与社会现实的相去甚远。坚强的人首

① Goldman, Leila. H. *Saul Bellow's Moral Vision: A Critical Study of the Jewish Experience*. New York: Irvington, 1983, p.116.

② Ibid, pp.117—118.

③ 本小节所有相关引文均出自 Bellow, Saul. *Herzog*. New York: Penguin Modern Classics, 2007。以下仅标出页码,不再一一说明。

④ 弗兰克·富里迪:《知识分子都到哪里去了:对抗 21 世纪的庸人主义》,戴从容译,江苏人民出版社 2005 年版。

先会积极抵抗想办法去应对,而内心脆弱的人往往会采取回避、隐退的方式。隐退是人类疏离社会与人际交往的一种方式,它可以包括精神上的隐退以及身体上的避世,而小说主人公赫索格的生活也是围绕这两方面的隐退展开的。

小说里多次出现过这首儿歌:

我爱小猫咪,身穿大皮衣,
我不伤害它,它不伤害你。
我在炉边坐,喂它吃东西,
我是好宝宝,猫咪笑嘻嘻。(220)

这首简短儿歌的反复出现不仅仅只是对小说内容的充实,而是深深印刻在犹太人心里的一首旋律,正是俄裔犹太人赫索格传统价值观的体现,他承袭了犹太教强调自律以及与人为善的犹太传统观念。正如大卫·加洛韦曾指出:"赫索格是一个犹太人,他的许多价值观直接来自其犹太移民背景,而并非来自他作为自由知识分子的成年经验。尽管他在一种异乎寻常的所谓'宗教'家庭中长大,但他仍然不断强调自己的犹太性"。①但是他的这种传统的犹太伦理观念似乎与社会现实差距甚远,甚至不被人理解。他的女友雷蒙娜将他的这种价值观称为"希伯来清教主义",妻子马德琳也斩钉截铁地告诉他:"你要的那种环境,你一辈子也别想有。那种环境十二世纪有过。"(124)而美国社会是一个纯粹的物质社会,传统的价值和道德体系被打破,取而代之的是:"在现代,在号称信奉基督的美国,又有什么值得祈祷的?正义——正义与仁慈?企图以祈祷来消除世间的罪恶?来消除人生的噩梦?他张开嘴巴,以减轻心头沉重的压力。他觉得一阵绞痛,又一阵绞痛,绞痛,绞痛。……躺下去做爱,站起来杀人。有的人,杀人之后哭几声;有的人,连哭也不哭。"(240)正是在这种状况下知识分子出现了身份上的矛盾,心理上的困惑,一种想逃离城市的冲动,正如萨义德指出当代知识分子生活在"困惑的时代":"对于当代知识分子而言,以往客观的道德规范、合理的权威已消失,他们生活在困惑的时代,只是盲目支持自己国家的行为而忽略其罪行,或者只是消极地说:'我相信大家都这么做,世事本来如此。'"②

---

① Galloway, David D. *The Absurd Hero in American Fiction: Updike, Styron, Bellow and Salinger*. Austin & London: University of Texas Press, 1974, p.137.

② 爱德华·萨义德:《知识分子论》,单德兴译,三联书店2002年版,第82页。

本雅明曾经这样评价知识分子:“知识分子以闲逛者的身份走进市场,表面上是随便看看,其实是在寻找买主。在这个过渡阶段,知识分子依然有赞助人,但他们已经开始熟悉市场。他们以波希米亚人的形象出现。与其不稳定的经济地位相适应的是,他们的政治功能也不稳定。”①这种双重的不稳定性会导致知识分子的自我异化,而赫索格正是在这种双重压力下选择逃离。

赫索格是城市文明下一个痛苦并饱受煎熬的灵魂,因此他通过不断写信这一疯狂的行为向外界倾诉自己的心理世界,他避免与外界有语言上的直接交流,转而求助于写信。这部小说与贝娄其他小说最大的差异就在于叙述方式的独特性,整本小说穿插了诸多的书信,这一方面显示出贝娄对小说形式创作上的注重性,正如贝娄在接受一次采访时提到:“一位作家应该能够用一种最能释放他心灵和精力的方式来非常随意、自在地表达他自己。”②无疑书信的形式赋予了贝娄这种宣泄的灵感。贝娄采用的这种体裁并非传统意义上的书信体,而是主人公赫索格通过信件方式与外界进行精神上的交流。而另一方面,只有通过书信的形式才能更加鲜活地展现出赫索格消极避世的心态。萨拉·科恩(Sarah Cohen)指出:贝娄让深刻的哲学思考与日常俚语并存、单纯的知识分子与世故的罪犯同现、真实情景与荒诞情节交错,此外贝娄还经常运用叙述声音和语调的来回转换、思想的跳跃、对话中不恰当的顺序等手法来塑造人物,凸显主题。③因此小说里这种书信的形式对揭示赫索格内心世界的混乱与无奈起到重要的作用。

知识分子的隐退性体现在小说主人公赫索格回避与外界的直接沟通,而将精神寄托在写信之中,他将真实的自己藏匿在一堆无人阅读的信件中。他写了119封信,其中43封连称呼都没有。信件“写给报章杂志,写给知名人士,写给亲戚朋友,最后居然给已经去世的人写起来,先是写给和自己有关的无名之辈,末了就写给那些作了古的大名鼎鼎的人物。”(1)他甚至还随时提着箱子四处旅行,“他无论跑到哪里,随身必定带着一只装满信件的手提旅行箱。他带着这只箱子,从纽约到玛莎葡萄园,但立刻又转了回来;两

① 瓦尔特·本雅明:《巴黎,19世纪的首都》,刘北成译,上海人民出版社2006年版,第20—21页。

② 转引自 Ruth Miller, *Saul Bellow*: *The Biography of the Imagination*. New York: St. Martin's Press, 1991, p.69。

③ Cohen, Sarah. *Bellow's Enigmatic Laughter*. Chicago: University of Illinois Press, 1974, pp.9—11.

天后，他飞往芝加哥，接着又从芝加哥前往马萨诸塞州西部的一个乡村，然后就躲在那里发狂似地没完没了地写起信来。”(1)书信无疑成为赫索格灵魂的一个部分，赫索格从公众视线隐退到书信中，他无力地言说自己的诸多思想，只能寄希望于信件。信件成为掩饰他知识分子躯壳的一个载体，但他又挥不去他作为知识分子的魂灵。

小说主人公的隐退还体现在物理空间上的脱离，将自己孤立起来。他将自己放逐到乡间，与城市生活隔绝开来，“赫索格带玛德琳搬到了乡下，试着过第二次的乡居生活。他是个在大城市长大的犹太人，对乡居生活却出奇地喜爱。”(118—119)乡居生活让他远离城市的纷杂、人性的贪婪，独自隐居在自己的方寸之间，对赫索格而言，这充满了愉悦与惊喜，乡间平静的生活能抚平他精神上的创伤。

三、疯癫与理智的二重世界

城市知识分子一方面希望能真正履行自己的社会职责，然而在世俗社会中他们不得不做出妥协，甚至让自己具有所谓的娱乐价值，以讨好如今的商业社会。契合当下的价值观念，但有时显得如此笨拙，格格不入。阿诺德·汤因比(Arnold J. Toynbee)指出：“知识分子作为一个‘联络官似的阶层’，更甚者，‘一个改革者阶层’，‘生来就是不幸福的’。他们在自己的国家必定被视为‘杂种，受到自己的人民的憎恨和鄙视’。”①齐格蒙·鲍曼也认为知识分子这种悲惨的命运是不大可能逆转的：

> “因为知识分子居住在介于他自己本身已经决定疏远的社会和他已经选择担当一个热心的代言人而对方永远不会同意接受他为一个平等的伙伴的‘榜样社会’之间的无人地带。边缘社会的知识分子发现自己实际上受到双重束缚：由于受到怀疑，经常受到他们曾选作耍弄对象的‘人民’的嘲弄。另一方面，他们帮助建立权威并认为其权威无可置疑的精英充其量不过是屈尊忍受着他们——他们最终定会希望灾难降临于双方的房子上。他们的批判立场，可以说是坚决的；他们也敏锐地觉察到自己的独特性和孤独。”②

① 转引自齐格蒙·鲍曼：《生活在碎片之中——论后现代道德》，郁建兴等译，学林出版社2002年版，第266页。原文可参见 Arnold J. Toynbee, *A Study of History* (*Vol.5*). Oxford: Oxford University Press, 1939, pp.154—155。

② 同上书，第266页。

正是在这种状况下，知识分子在面对双重束缚下展现出来的是具有矛盾性的二重世界。其中一种内心世界是精神分裂，或者说，一定程度上的疯癫。而另外一种世界则是保留自己对社会智性的批判。这个二重世界遵循了两套不同的价值评判标准，知识分子本身的责任感加上面临的压力让知识分子在二重世界中游走。而赫索格时而展现出的过度的理性与意外的疯癫，更是为整部小说增添了无穷的魅力。

赫索格是个疯癫的人物，这种疯癫的特征是许多知识分子在极度紧张不安状态下体现出的精神状态。弗雷德里克称之为“新的精神分裂症”，奥拉奎亚加称这种状态为“特殊的都市精神衰落”，贝娄在小说中给赫索格的一个评价是“妄想”，包括赫索格本人也认为自己是“一个意图宣扬自己的主张的特种疯子”(125)。他写的各种各样的信件是他疯癫与妄想的一种表现。赫索格也去咨询过医生，他对精神病医生的回答是“我总是胡思乱想，神游八方。”(13)赫索格曾经还请一位精神病医生开列一张妄想狂症状的单子，这个单子上面写着“骄傲，愤怒，过分的‘理性’，同性恋的倾向，好胜，对感情不信任，不能受批评，敌意的心理投射，妄念”(158)。之后这张纸条成为了他的书签，夹在他经常读的书里。赫索格一人独处时还有一种怪脾性：“有那么一会儿，赫索格居然冲动得在浴室肮脏的瓷砖上跳起舞来，……这是他一人独处感到孤寂时的一种怪脾气，突然唱起歌，跳起舞来，做一些和他平时那种严肃性格极不相称的怪事情。”(158)米歇尔·福柯(Michelle Foucault)认为：“就一般情况而言，疯癫不是与现实世界及其各种隐秘形式相联系，而是与人、与人的弱点、梦幻和错觉相联系。”①因此赫索格这种疯癫的异常举止也是主人公内心焦躁的一种外在体现。

疯癫与妄想是社会的产物。这种性格的分裂也是一种人格的分裂，正如同赫索格认定自己被另一个人依附着一般，贝娄将赫索格概括为：“对这些杂乱无章的笔记，连赫索格自己也不知道该作何感想。他只是屈服于一时产生这种想法的激动而已。有时他不禁犯起疑来：这也许就是精神崩溃的一种征兆吧？但这并没有使他感到害怕。”(3)他的妄想与无奈是自己内心世界的“嚎叫”，是一首人生的悲歌，是一个释放自我的方式，从而寻求心灵慰藉的港湾。

城市知识分子有分裂的人格，当然也有智性的一面。比如赫索格就经常在书信与自己的回忆中寻求一种平衡。回忆是美好的，摩西·赫索格童

① 米歇尔·福柯：《疯癫与文明》，刘北成、杨远婴译，三联书店2003年版，第22页。

年居住在拿破仑街，一个犹太人聚居区，但是赫索格从来没有认为自己居住的贫民区就是让他厌恶的地方，相反，随着城市的发展，各种社会矛盾的凸显、道德的沦丧，让他越发觉得儿时的生活是那么的美好。在那里，孩子们依然接受着传统的犹太教育，人们仍然坚守自己的信仰：

> 拿破仑街，这条发臭的、肮脏的、破烂的、千疮百孔的、玩具般的、饱经风吹雨打的街。私酒商的儿子们就在这条街上念着古老的祷文。赫索格心中对此依恋不已。他在这儿所体验过的种种人类感情，以后再也没有碰到过。犹太人的儿子，一个接一个，一代接一代地生下来，睁眼便看见这一个奇异的世界，人人都念着同样的祷文，深恋着他们发现的东西。这是个从未失灵的奇迹。拿破仑街有什么不好？赫索格想。他所要的东西全在这儿了。(140)

赫索格对童年充满了美好的回忆，而成年后所目睹的现代社会让他感到格外的反感。他宁愿从高校辞职，居住在乡间，并且他对批判社会表现出极大的兴趣。美国 20 世纪中期的高校教授不仅拥有一份让人羡慕的不菲的薪水，而且受人尊敬，然而赫索格毅然决然地离开，无疑传达出对生活的彻底绝望。这就如同《赛姆勒先生的行星》中老赛姆勒先生几次亲眼目睹公交车上公然的偷窃行为后，急切希望回到家里躺在床上，躲避那个跟踪并露出阳具来恐吓他的黑人扒手一般。同样的隐退性也发生在《院长的十二月》中主人公科尔德院长身上。在看透了疯狂的世界之后，科尔德发现可能最好的去所还是他那能够瞭望密歇根河的高层公寓，至少他可以短暂地逃离这个让他难受的世界。这种知识分子的隐退性在贝娄的作品中不一而足。贝娄本人也处在矛盾的夹缝之中。

城市知识分子的另外一个智性体现在对社会的批判上，赫索格像一位社会学家指出社会的问题，同时履行着知识分子进行社会批判的职责和作用。赫索格对社会有着自己的理解：

> 隐居路德村后，他对威胁凶险、极端主义，对异端邪说，对酷刑苛判也表现出极大的兴趣和才华，"破坏之城"对他特别有吸引力。他曾计划写一部如实总结 20 世纪革命运动和群众动乱的历史巨著，观点和法国政治学家托克威尔大同小异，认为人人平等和民主进步不仅会普及于全世界，而且还会永恒持久地发展。(6)

赫索格还认为:“城市中的贫民区,本身就是一项对比设施,因此是必不可少的。可以使他们想起既有富人也有穷人。由于有了穷人,富人才得以从骄奢淫逸的生活中得到无穷的乐趣,得到额外的收益。”(47)并总结道“我们的文明,是资产阶级的文明”(50)。他还写信给总统先生,给海德格尔先生,赫索格还曾经想署名“一个愤慨的公民”(11)来控诉社会的阴暗与不公。他写信给麦克西金,批判其论文《美国商业税的伦理观念》的不真实性,并建议他“调查一下美国会计制度中公私两方面的虚伪现象”(160)。他还对整个社会发展提出质疑:“是不是所有的传统都已走到穷途末路?信仰是否已经破产?群众的意识是否尚未成熟?尚未为下一步发展作好准备?这是不是毁灭前的最大危机?道德沦亡,良心堕落,对自由、法律、公德心等的尊重,都已沦为怯懦、颓废、流血——这种肮脏的时刻难道已经来临了么?”(74)赫索格批评夏皮罗不应该以美学的观点评论现代史,尤其是二战中犹太人所遭受的大屠杀的历史。

赫索格对人类历史的思考无疑反映了知识分子的社会责任,这更体现出索尔·贝娄的人道主义关怀,因此他以“对人类的理解和对当代细腻的分析”赢得1976年诺贝尔文学奖当之无愧。贝娄通过赫索格展现出来的不仅是现代社会知识分子的精神困境,更是城市知识分子群体的缩影,他们独特的生活背景与学术地位决定了他们的困惑与无奈。这本小说出版后,许多读者认为是贝娄自己精神生活的写照,这无疑也显示出这部小说揭露的人类精神与人类存在的共性问题,启迪读者去更多地思考生活。本雅明曾说:“大城市并不是那些由它造就的人群中的人身上得到表现,相反,都是在那些穿过城市,迷失在自己的思绪中的人那里被揭示出来。”①而这一思想又继续贯穿到贝娄的下一部小说《赛姆勒先生的行星》中。

第三节 城市挽歌

贝娄在他的几乎每部小说中涉及一个主题——城市喧嚣中的个体,《赛姆勒的行星》(*Mr. Sammler's Planet*)也不例外,他依然表达出个体在现代都市中的生活状况,但是这一时期贝娄对城市的态度发生了较大的转变,从

① 瓦尔特·本雅明:《发达资本主义时代的抒情诗人》,张旭东、魏文生译,三联书店1989年版,第100页。

早期的乐观和可接受的立场，明显地转变为厌恶及斥责的态度，这一态度的转变通过多样的城市符号传达出来。

T.J.英格里什在他的著作《野蛮的城市：种族、谋杀和边缘一代》①中记录了 1963 年至 1973 年这 11 年间纽约的变化。早在 20 世纪 60 年代早期，这座城市就弥漫着浓厚的不确定因素，紧接着随之而来的是城市犯罪率的迅猛攀升，这成了自经济大萧条以来纽约老百姓日常生活中不得不面对的现实。晚上市民不敢步行至黑暗的角落，公寓和办公室的屋顶上随时可能盘踞着小偷，强奸犯露出他们的阳具大摇大摆地走在街上，夜里警笛长鸣。犯罪似乎像病毒传染一般弥漫在纽约，同时裹挟着身体政治上演着一幕幕令人咋舌的剧情，城市居民感受到与日俱增的恐惧，到处充斥着妄想症般的情绪。犯罪率的攀升、小偷的肆虐、犯罪行为的传染性、妄想症、以阳具和体格为代表的身体政治、恐惧等都淋漓尽致地展现在贝娄的这部作品里。

从场景上看，该小说跟贝娄其他小说一样基本取材于他生活的年代和区域，正如欧文·豪所说，这部小说是按照贝娄自己生活的区域设计出来的场景，并构想出“与哈代的威塞克斯郡和福克纳的约克纳帕塔法镇相类似的一个想象之城”②。豪还对这个贝娄描写以及曾经居住过的上西区作出了自己的阐释：

> 上西区是一个肮脏的地区，曾经不适合人们居住，所呈现出来的景象，我认为，可以被称作先进的文明。它丑陋、污秽、危险；它到处散发着狗屎的臭味；街上到处都是社会的流浪者，比如酒鬼、吸毒者、你推我挤的人、妓女、小偷；这儿同样还有一些国际难民、古板的改良主义者、有文化的知识分子、热情洋溢的波多黎各人，还有许许多多被血汗工厂以及集中营的记忆萦绕着并将生命已经无法再视为奋斗不止的年长的犹太人。在这个同化、混乱以及自我感觉良好的动物园里，人们依旧努力去生存着。③

---

① English, T.J. *The Savage City: Race, Murder, and a Generation on the Edge*. New York: Harper Collins, 2011. T.J.英格里什是著名的记者、编剧，还出版过几本《时代杂志》畅销书。

② Howe, Irving. “Mr. Sammler's Planet”, from *Harper's* 240(Feb. 1970):106, 108, 112, 114.转引自 *Critical Response to Saul Bellow*, pp.170—173。威塞克斯郡(Wessex)是英国作家托马斯·哈代(Thomas Hardy)作品中经常使用的场景，而约克纳帕塔法镇(Yoknapatawpha County)是美国作家威廉·福克纳(William Faulkner)以自己家乡为蓝本想象构建出来的一个地方。

③ Ibid, p.170.

豪的描述正是小说中贝娄所呈现出来的真实状况。卡津认为这部小说看上去像一部政治小说[①],因为它展示出世界的非理性以及不公正,反映了贝娄作为知识分子的政治宣言。这些评论无疑传达出小说的可读性和政治意味,以及贝娄作为文人极强的社会责任感。

《赛姆勒先生的行星》讲述的是一位在二战大屠杀中幸存的知识分子阿特·赛姆勒先生在纽约的所见所闻所感。"Sammlen"在意第绪语里有"收集"(to collect)之意,只有一只眼的赛姆勒先生就像一位自封的哲学家和社会学家收集着自己的记忆、经历以及社会的种种现实,并发表着自己的见解。赛姆勒是二战中的难民,后来得到犹太人安纳德(伊利亚)·格鲁纳的帮助,从难民营里出来并来到了美国,一直受到格鲁纳一家的照顾。故事始于赛姆勒先生在公共汽车上亲眼目睹一个衣着体面的扒手行窃,然而正义的赛姆勒先生由起先的义愤填膺,给警察打电话要求指证罪犯,到之后被这个小偷尾随进入所住公寓并正大光明地掏出阳具羞辱之后,赛姆勒先生想尽量避免再次遇到这个小偷,觉得自己最好躲藏起来,以免惹来麻烦,同时也让自己内心平静下来。小说中间还穿插着赛姆勒先生一直以来希望建立理想城市的诉求,然而与现实相去甚远。赛姆勒先生逐渐感受到似乎只有在另外一个星球才可能存在一个理想化的世界。

贝娄揭示了一个卡夫卡笔下现代城市"公共人衰落"的历史现实。陌生人所聚集的城市,人们对自己以外的他人不信任、不关心,惧怕与其他人建立任何形式的联系,社会交往和公共事务已经变得可有可无,意义不大。卡夫卡为他笔下的这些内心敏感而孤独的主人公们找到了一个自我救赎的方式,即隐退到如同坟墓般死寂的地下世界,并通过象征性的死亡——睡眠——来抵制世界的荒诞和衰败。空间的封闭和心理的封闭的双重奏响构成卡夫卡小说的一个独特而显著的特点。贝娄也似乎在这点上借鉴了卡夫卡小说中的内封闭场景和意象,卡夫卡小说中的城堡、公寓、地下室、阁楼、自己的小屋等也给贝娄的作品提供了更多的想象空间。赛姆勒先生的躲藏是另外一种方式的求生,是对现世的回避,是自我归属感的丧失。这种隐退者通常沉迷于自己的对话和臆想之中,不断进行反思和自言自语。

此外这部小说也描写了街区,与贝娄早期作品《晃来晃去的人》中所描写的街区不同,《晃来晃去的人》中的主人公约瑟夫只是非常茫然地在街区中穿行,他等待着一种救赎,此外也不愿意更多地脱离自己的房间,作为城

① Kazin, Alfred. "Though He Slay Me." *New York Review of Books* (3 Dec. 1970): 3—4.

市人并未展现出强烈的责任心,贝娄只是揭示出当时年轻人的一种被悬着的没有归属感和认同感的心境。而这次的主人公赛姆勒先生则更积极地作为城市人参与到城市生活之中。他具有城市人的专注、责任心和安全意识。在城市街区中平常而公开的接触司空见惯,所有的事情都是个人自己去做或者完成,并非受他人强迫,这是城市人对公共身份的一种感觉,一种城市与城市个体间的积极互动,是一种信任的展现,"是公共尊重和信任的一张网络,是在个人或街区需要时能做出贡献的一种资源。缺少这样的一种信任对城市的街道来说是个灾难。对于这种信任的培养是不能依靠机构来进行的。总而言之,它并不意味着个人必须要承担的责任。"①

此时的行走更多构成了一种空间实践,赛姆勒先生生产着步行的意义以及词语的意义,这类似于德·塞托提出的步行与语义学的关系。步行的过程可以被呈现在城市地图之上,通过记录走过的痕迹以及行走的路线。"行走,就是地点的缺乏。这是一个关于缺失和寻找适合之物的不可定义的过程。"②

贝娄以赛姆勒先生求告无门并屡次受到羞辱的悲惨遭遇悲叹纽约的状况,解构城市个体对城市的信任。小说向读者呈现出城市生活的各种形态:疯狂的人类、官僚主义、作为病毒载体的公共交通、暴力犯罪等。虽然桑福德·平斯克曾将赛姆勒先生评价为"贝娄最爱胡思乱想的,却又最不懂得调节自己的主人公"③,这一评价既是对赛姆勒先生的调侃,也是对现代城市生活无奈的一种回避,但是这从另外一个角度反映了贝娄这一时期的批判性,一位执拗的古稀老人充分地展示出他对城市的所思所想所感,从期望到绝望,这无疑才是贝娄所想体现的真实。这位都市观察员企图将世界带回到注重道德并且以人为价值本位的体系中,然而事实并非如此。因此不难窥见贝娄此时期对城市的态度,他反对人类的毫无节制,反对城市里所谓的"文明",反对现代生活带来的人类精神的沦丧,并认为城市有必要提高安全措施,包括建筑围墙、护栏,加强巡逻和监视等环节,废除专业的官僚主义,进而发展一种可以保护自己的空间环境,这也映射出贝娄对犹太历史和犹太人境遇的关照。露丝·米勒(Ruth Miller)认为贝娄在赛姆勒身上加入了他自己的个人经验,比如在旧金山给学生讲座问答环节发生的冲突,以及

① 简·雅各布斯:《美国大城市的死与生》,金衡山译,译林出版社 2006 年版,第 49 页。

② 米歇尔·德·塞托:《日常生活实践:1.实践的艺术》,方琳琳、黄春柳译,南京大学出版社 2009 年版,第 180 页。

③ Pinsker, Sanford. "The Headache of Explanation," *Midstream* (Oct. 1987): 56—58.

在六日战争期间仓促成型的以色列之行，等等。贝娄与赛姆勒的互动展现得淋漓尽致，包括贝娄对汉娜·阿伦特①有关大屠杀的看法等。

一、世界都市下的疯狂人类

福柯曾说：死亡是人类生命在时间领域的界限，疯癫是人类生命在兽性领域的界限。死亡和疯癫、人性和兽性也都展现在这部小说里。贝娄非常巧妙地将赛姆勒先生所看到的现实都市与他所憧憬的理想世界进行并置对比，并通过现实都市里人类的疯狂行为揭露出现代都市的弊病。贝娄通过刻画二战大屠杀的谋杀行为、现代都市的偷窃行为以及畸形狂欢来展示出现代人类的疯狂。

赛姆勒先生积极地投身到理想世界的构建中，他曾参加过《世界都市》杂志组织的一个世界国的规划工作当中。同时他还给《进步新闻》及另一个刊物《世界公民》写过不少专栏文章，这些文章旨在解释这个世界国的规划是"建立在宣传生物学、历史学和社会学以及把科学原则有效地应用于扩大人类生活的基础之上的"(33)②。这个规划工作宣扬"建立一个有计划的、有秩序的、美好的世界社会；废除国家主权，宣布战争为非法；金钱和债权、生产、分配、运输、人口、军火，制造等等，由全世界集体控制，提供普遍的义务教育，最大程度的个人自由(与社会福利相一致)；一个以理性的科学态度对待生活为基础的服务性社会"(33)。这一理想世界的构想无疑反映了赛姆勒先生美好的愿望，然而随着他对社会认识的加深，以及自己二战中的遭遇，看到自己的亲人纷纷被夺去生命，他的这一美好想法开始动摇。正如小说所说，赛姆勒先生一方面怀着越来越强烈的兴趣和信心回忆着这一切，另一方面他深深感到"这曾经是一个多么善良而富有创造性、然而又是多么愚蠢的计划"(33)。随着赛姆勒现在看到社会的整个图景，他发现之前自己的憧憬是多么愚蠢，不切实际：在现实的比照下这种设想是远远不可能实现的。现实告诉赛姆勒先生：

---

① 汉娜·阿伦特(Hannah Arendt，1906—1975)犹太裔美国政治理论家，在马堡和弗莱堡大学读哲学、神学和古希腊语；后转至海德堡大学雅斯贝尔斯的门下，获哲学博士学位。其代表作品有《极权主义的起源》、《人的条件》、《精神生活》、《艾希曼在耶路撒冷》等。此时期贝娄非常质疑阿伦特提出的"平庸的恶"这一说法，认为其抹煞了二战历史对犹太人的毁灭性打击，阿伦特所采取的立场是匪夷所思的。下文会有进一步说明。

② 此章内容引自 Bellow，Saul. *Mr. Sammler's Planet*. New York：Penguin Modern Classics，2007。以下仅标出页码，不再一一说明。

> 纽约变得比那不勒斯或者萨洛尼卡还糟。从这一点来看，它好像是一座亚洲的、非洲的城市。就连这座城市的繁华区域也不能幸免。你打开一扇嵌着宝石的大门，就置身在腐化堕落之中，从高度文明的拜占庭的奢侈豪华，一下子就落进了未开化的状态，落进了从地底下喷发出来的光怪陆离的蛮夷世界。在这扇嵌着宝石的大门两边，很可能不论哪一边都是野蛮粗鄙的。(4)

现代社会下充斥着奇怪的现象，赛姆勒先生不禁发出质疑："是我们人类发了狂？"(75)在福柯眼里，人类头脑的错乱是人类盲目屈服自己的欲望所致。人类不能控制和平息自己情感的结果，由此导致了迷狂、忧郁、厌恶、暴怒、意志消沉以及引发疯癫这一最糟糕的疾病。在《赫索格》里贝娄已经提及了知识分子的疯癫，在《赛姆勒先生的行星》里贝娄展现出一群人的疯癫以及戏剧化的狂欢。贝娄分别从三个方面犀利地揭露了人类的疯狂：二战中对犹太人的大屠杀、不可思议的偷窃行为以及畸形的狂欢。正是赛姆勒所看到的这些疯狂而古怪的行为，越发让他觉得理想的适宜居住的地方应该是在另一个星球之上。

首先作为大屠杀的亲身经历者，作为一位新闻工作者，他感到人们的所作所为难以理解，尤其是种族之间的迫害和仇杀。赛姆勒先生在大屠杀中失去了一只眼，然而他用另外一只隐藏在太阳镜下的眼睛观察着身边发生的丑恶现象，亲眼目睹着罪恶无时无刻不在上演。正如贝娄描写的赛姆勒先生："他只有一只好眼睛，左眼只能分辨明暗。但是那只好眼睛却乌黑明亮，像有些品种的狗那样，透过垂挂下来的眉毛，观察力非常敏锐。"(2)赛姆勒先生觉得大屠杀的发生是匪夷所思的。正如赛姆勒先生反对汉娜·阿伦特"平庸的恶"的说法，他认为：

> 把本世纪的严重罪行变成了平淡无奇，可不是陈腐的观念……陈腐不过是伪装而已。要使行凶杀人不为人所诅咒，最高明的办法岂不就是把这种罪行变成看起来是稀松平常，使人感到厌烦或者老一套吗？他们以惊人的政治洞察力发现了一个伪装这个罪行的方法。知识分子不理解这一点。(13)

作为世界大家庭中的一分子，结果却是互相残杀，并被解释成"平淡无奇"，这在赛姆勒看来非常难以置信，因为他亲历过大屠杀的血腥，他回忆起大屠杀集中营的情景：

> 当他和其他六十或七十个人，身上都被剥得精赤条条，在给自己挖着坟坑，枪弹射来，跌进了坟里的时候。尸体压在了他的身体上，重重地压在上面。他死去的妻子就在附近一个地方。过了很久一阵以后他才从尸体的重压下挣扎出来，爬出了松散的泥土。把他肚皮上的泥土刮掉，藏身在一间棚屋里。找到一些蔽身的破烂衣衫。很多天都躺在森林里。(75)

这种死亡游戏是绝大多数美国人不曾经历的，简单地被归结为“平庸的恶”或者对那段历史进行否认或抹煞，赛姆勒先生认为那会是继二战大屠杀之后另外一个疯狂的行为。

第二个疯狂的行为是赛姆勒在纽约看到的公交汽车上的偷窃行为。当赛姆勒先生在公交上首次看到这个扒手偷窃时，小偷并未感到紧张，反而大胆地朝他转过去，此时赛姆勒先生比扒手还紧张，只见小偷脸上“流露出一只巨兽的厚颜无耻。”(2)之后这位黑人屡次公然的偷窃行为更让赛姆勒先生感到不可思议，尤其是这位黑人小偷发现赛姆勒先生几次都看到他偷窃得手之后，他尾随赛姆勒先生来到他的公寓，并掏出阳具来羞辱他。最后紧张而又极度无可奈何的赛姆勒先生也慢慢丧失了正常人的思维：赛姆勒先生首先迷上了观看偷窃这种行为，他“不得不承认，看见那个扒手偷窃一次，他就渴望再看一次。他不知道为什么。”(7)赛姆勒先生甚至认为小偷有某种奇怪的品质：“至于那个黑人，那个黑人是一个狂妄自大的人。不过他有某种——某种高贵的气派，那身衣服、那副太阳眼镜、那种奢华的外表，以及那种粗野庄严的神态。他大概是个疯子，但是疯狂得具有一种高贵的思想。”(243)到小说结尾赛姆勒先生目睹小偷挨打，此时的赛姆勒先生又非常同情小偷。

整个社会充斥着疯狂的行径，大家似乎都享受着这种疯狂带来的狂欢，赛姆勒先生身边所有的人，包括赛姆勒先生在内，似乎都有点疯狂。赛姆勒先生的女儿苏拉是位奇怪的女性。她有着古怪的行为和爱好，也让常人难以理解。她喜欢收集垃圾和废品。她同样也干着偷盗的行为，只不过形式不同罢了，初衷也不一样。苏拉跟公共汽车上的黑人小偷不同，赛姆勒先生的女儿偷窃的是令父亲着迷的知识。她喜欢听讲座，有一次就顺手把一位专家的手稿给偷走，她认为会对父亲的研究有帮助。小说中提到的另外一种疯狂是格鲁纳家人的疯狂行为。格鲁纳的儿子华莱斯为了得到父亲的财产，竟然将家里的水管破坏，造成一片汪洋，并希望水能把父亲藏匿的钱冲出来。此外格鲁纳富有而美丽的女儿安吉拉也疯狂得让人难以理解，她"给黑人杀人犯和强奸犯捐钱作辩护基金"(7)，她的理想对象是具备犹太人的头脑、黑人的行货、北欧人的俊美的男子。

贝娄所描写的这个病态社会正是20世纪60年代的不和谐乐章。正像金斯堡1959年在哥伦比亚大学的诗歌朗诵会上发出的《嚎叫》："我看到这一代青年精英毁于疯狂，/他们饥饿，歇斯底里，赤裸着身子，/在黎明时拖着沉重的躯体，/穿过黑人街巷，寻找疯狂的吸毒机会……/他们蓄长须，穿短裤，和善的大眼睛，皮肤黝黑而性感，散发着无法看懂的传单，/他们用香烟蒂焚烧苍白的手臂，对资本主义喷吐有麻醉品的烟雾表示抗议。"①这些年轻孩子的疯狂行为正是60年代反文化运动的一个显著特点。社会在自我繁荣的同时也创造了无聊、平庸、浅薄以及疯狂。

赛姆勒感觉到这是一个奇怪的社会，所有人生活的社会就像一个大游乐场，然而每个人似乎都享受着这种狂欢带来的愉悦：

> 他们全都玩得这么乐！华莱斯、弗菲尔、埃森，还有布鲁克和安吉拉。他们那样欢笑。亲爱的同胞们，让我们大伙儿一块儿都具有人性。让我们大伙儿全待在那座大游乐场里，彼此干着这种滑稽的死亡游戏，做款待你最亲近的人的表演者……当你考虑到事物的情况，生活的盲目性时，那就只是慈爱，全部绝对都是慈爱。这真可怕啊！令人承受不了！令人无法容忍！让我们活着的时候互相消遣娱乐吧！(244)

贝娄所提到的"大游乐场"就是人们生活的城市。城市是一个可以进行死亡游戏的地方，并且每个个体都是一个疯狂的"表演者"。迪克斯坦对类似于这些孩子们的疯狂举动曾作出如下的评述："60年代如此诸多的不满现状者并非为贫困所迫，相反，他们是富裕和教育的产物。他们的前辈——50年代的一代——为了取胜而拼力比赛，可是他们却在向比赛规则挑战，或干脆拒绝比赛。"②赛姆勒先生不禁发出哀叹，适宜人居住的星球到底在哪？他曾经还想着"离开这个为死亡压抑，腐朽损坏，受到玷污、破坏，令人

① Ginsberg, Allen. *Howl, Kaddish and Other Poems*. New York: Penguin, 2009, pp.1—11.

② 莫里斯·迪克斯坦：《伊甸园之门：六十年代的美国文化》，方晓光译，上海外语教育出版社1985年版，第70页。

恼怒充满罪恶的世界，同时朝月球和火星观望，计划创建一些新城市。”(276)然而似乎赛姆勒所倡导的世界都市在疯狂的人类面前变得遥不可及。在现代社会的物欲横流以及人类精神信仰的迷失之后，未来在何方是个不得不让赛姆勒反复思考的问题。

二、作为城市副产品的官僚制度

城市的发展必不可少的是其“公共性”的功能，同时这种公共性凌驾于私人性之上。这种“公共性”指的是机构化了的政治权力以及外在于国家控制的各种社会经济活动与社会文化生活。如果说贝娄早期的作品探讨的是日常生活的意义化，那么到了中期贝娄的作品更加侧重于城市公共生活的意义化和组织化。贝娄在这部小说中也传递出城市市政改革的迫在眉睫。在美国早期的市政改革运动中，“效率和经济”是优秀政府的代名词。西奥多·罗斯福总统在1894年举行的优秀城市政府首届年会上发表主题演讲就曾提出必须找到简化和改善政府效率的办法，而非只是在道德问题上的捶胸顿足，他说：“我一直想对改革者传授两条福音……第一条是道德福音，另一条是效率福音……我没有必要告诉你们要正直，但是有必要告诉你们要切合实际追求效率。”①

贝娄批判了城市市政的弊端，包括特权阶级、政府的无为低效，甚至是城市政府的极端无组织状态，等等。城市的发展离不开政治制度的完善，资本主义城市的发展也是官僚主义发展的温床。“大城市的发展是官僚主义的生长和影响扩大的副产品，官僚主义加强了对各方面的控制和严密管辖。”②社会学家马克斯·韦伯最先提出官僚体制的术语，并对其进行了详细的解释，他提出官僚体制的前提之一便是货币经济的发展。此外官僚体制的运作方式主要表现在：1.存在着固定的、通过规则即法律或行政规则普遍安排有序的、机关的权限的原则；2.存在着职务等级的和审级的原则，也就是说，有一个机构的上下级安排固定有序的体系，上级监督下级——一种同时给被统治者提供明确规定的由一个下级机关向它的上级机关呼吁的可能性；3.现代职务的执行是建立在文件(案卷)之上——档案保存着原始文件和草案——和建立在一个各种各样的常设官员和文书板子的基础之上

---

① Holli, Melvin G. “Urban Reform in the Progressive Era,” in *The Progressive Era*, ed. Louis L. Gould. Syracuse, New York: Syracuse University Press, 1974, p.144.

② 刘易斯·芒福德：《城市发展史——起源、演变和前景》，宋俊岭、倪文彦译，中国建筑工业出版社2004年版，第546页。

的;4.职务工作,至少是一切专门化的职务工作——这是现代职务工作的特点———一般是以深入的专业培训为前提的;5.职位得到充分发展时,职务工作要求官员要投入他的整个劳动力;6.官员职务的执行,是根据一般的、或多或少固定的、或多或少详尽说明的、可以学会的规则进行的。①

随着城市规模的扩大,其复杂程度也越来越高,暴力、犯罪和混乱的不断升级对城市居民的生活构成了巨大的威胁,而城市公共服务的不到位更会加重这一威胁感,带给居民无尽的烦恼和恐惧。在《赛姆勒先生的行星》中,贝娄展现了城市发展中的这种官僚主义副产品现象,以警察为代表的国家机器的不作为,让赛姆勒先生越发感到现实社会的无可救药。赛姆勒先生看到城市的不完善而去举报,然而他投诉无效,反而被斥责。城市的街道陷入了混乱之中,到处充斥着犯罪,城市的文明被瓦解,没有什么比一个孤立的城市街道在无力解决问题时所表现出来的那种孤独无助更加凄惨的了。老百姓们求助无门,本想改观一下城市的文明面貌,却事与愿违。有时候城市并不是一个潜在的帮助者,反而成为街道的反对者。城市的行政管理力量薄弱,贝娄在1977年“杰弗逊讲座演说”中提到当今社会的成功何在时指出:“今天,成功就存在于虚假契约,存在于欺骗,存在于借助诈骗有术之士来攫取总统职位本身之上。”他还指出社会的状况,司法机构的腐败、人性的沦落,孩子们甚至“疯疯癫癫地生活在心灵的狂乱和黑暗之中。”②正是在这种现实中,社会被各种堕落所围困,城市的发展停滞不前,人们生活的街区又是那么不堪一击,孩子们未来的生活玩耍空间毫无保障。

赛姆勒先生一再向警察报案,并提出可以指证这个小偷,结果警察搪塞他:“我们腾不出人到公共汽车上去。公共汽车那么多,阿特,我们的人手不够。有很多的会议、宴会、重要人物和高级将领,等等要我们去做保卫工作。”(9)公共交通,作为一个载客量较大的公共交通,它代表着底层人民最朴实的生活方式,照理作为管理公共事务的警察应该尽最大能力保卫社会上的普通百姓,然而警察却认为他们的时间并不应该更多地花在管理普通百姓身上,而应该去为上流阶层、统治阶层服务。这种功利主义心态正是官僚主义的一种明显体现,也是资本主义社会价值尺度被扭曲的一个特征。城市的行政管理被阶级化了。

---

① 马克斯·韦伯:《经济与社会》下卷,林荣远译,商务印书馆1997年版,第278—281页。

② 索尔·贝娄:《集腋成裘集》,李自修译,宋兆霖主编,河北教育出版社2002年版,第189—191页。

赛姆勒先生为了将小偷绳之以法,他展现出极强的社会责任感。他积极地向警察提出自己可以指证小偷,并指出自己清楚地知道小偷的容貌,结果警察的回答让赛姆勒感到晕眩,“像个摩托车比赛者给路上飞来的一块卵石打中了额角一样,微微感到晕眩,咧着嘴微笑。美国!(他自言自语)你在世界各处大肆宣扬,你是一切国家中最值得向往、最值得仿效的一个国家。”(9)这个最值得向往、最值得效仿的国家无非是另一个罪恶之地,一个让人失望甚至绝望的废都。贝娄以他的责任心在告诉读者:“在城市里,不管是街区还是地区,如果很多经过长时间发展起来的公共关系一旦被破坏,各种各样的社会混乱就会发生,如:社会不稳定,造成惶惶不可安居和孤立无援求助无门,又是似乎再长的时间也不能挽回这种局面。”①

此外赛姆勒先生对这件事情一直耿耿于怀,并告诉自己的侄女玛格特,玛格特让姑父想开点,向他解释社会存在的现实以及这种现实的本质所在:

> 在这里邪恶是没有伟大的精神的。那些人都是太微不足道了,姑父。他们不过是一些平凡的下层阶级的人物,是管理人员,小官僚,或者是“流氓无产阶级”。一个群众的社会不会产生大犯罪。这是由于遍及整个社会的分工打破了一般责任心的全部概念。代替这种一般责任心的是计件工作。这就像没有参天大树的森林,你只能向往那些根子扎得很浅的花花草草。现代文明再也创造不出任何伟大的杰出人物了。(11—12)

在这段话里,玛格特指出了现代社会的几个问题:第一,下层阶级不会产生大犯罪;第二,现代社会缺乏责任心;第三,责任心被工具理性和功利主义取代;第四,这种文明社会不可能培养杰出人物。玛格特的话似乎很有道理,她犀利地指出现代文明下的社会问题,然而她对群众问题的放任及忽视似乎与官僚主义的立场一致,认为群众阶层可以纳入次要考虑的管理范围。

不仅是警察机构,几乎所有的事物都处于无政府并缺乏管理的状态。因此,“赛姆勒先生对美国白人新教徒很生气,因为他们没有维持好较好的治安。他们像胆小鬼那样投降,不是一个坚强的统治阶级。反而以一种秘密的、丢脸的方式卑躬屈膝地急切去跟所有少数派的暴民混合到一起,尖声

① 简·雅各布斯:《美国大城市的死与生》,金衡山译,译林出版社 2006 年版,第 121 页。

叫着攻击他们自己。"(86)这种无为的体制体现在诸多方面。当赛姆勒看到小偷的时候，他准备打电话报警，可是他跑了三个街区还没有找到一架可以往里面安全地投进一枚一角硬币的电话，有的电话被砸烂，有的电话亭成了小便池，于是他沮丧地走回家去。在他家的门厅里，大楼管理处装了一道电视屏幕，方便门役监视犯罪。然而这样一个电视屏幕形同虚设，因为门役总是跑开到别的地方去了，"发光的长方形的嗤嗤作响的电子屏幕上是一片空白。"(8)整个城市毫无生命力，毫无生机，普遍缺乏责任感，让赛姆勒觉得这是一个无药可救的城市。这些细腻的笔触反映出贝娄对城市病态现状的深思与担忧。值得一提的是启蒙时期的小说家将城市看作资本主义罪恶的产物和源泉，换言之，资本主义的产物是城市，而城市又周而复始地制造着犯罪。

这种楼道里的监控系统和赛姆勒先生对黑人小偷的监视无疑让我们联想到米歇尔·福柯的《规训与惩罚》一书。在小说里，我们看不到福柯提出的全景敞视的建筑模式(panopticon)，但是我们发现贝娄将"惩戒"和"规训"作了城市化的话语改造。在贝娄笔下，小偷应该接受惩戒然而赛姆勒却遭受惩戒，被迫接受羞辱。应该去监控城市犯罪的监控设备却成为堂而皇之的摆设。如果说权力可以生产现实和真理的话，那么具有戏剧性场景的这一幕正体现了这一点，原本具有参与社会监管权力的赛姆勒似乎不得不放弃自己的权力，在无效的城市管理体制之下不得已委身于这位强悍的黑人罪犯，用自己的权力换来自己的生存。

福柯认为古代的文明是"使大多数人能看到少数的人"，现代社会正好相反，"使少数人甚至一个人能够在瞬间看到一大群人"。"我们的社会不是一个公开场面的社会，而是一个监视社会。在表面意象的背后，人们深入地干预着肉体。在极抽象的交换背后，继续进行着对各种有用力量的细致而具体的训练。交流的渠道是一种积聚和集中知识的支撑物。符号游戏规定了权力的停泊地。个人的美妙整体并没有被我们的社会秩序所肢解、压制和改变。应该说，个人被按照一种完整的关于力量与肉体的技术而小心地编织在社会秩序中。"①黑人展现自己的肉体，将自己的阳具展现在赛姆勒眼前，正是极力展现他充满力量的一面。惩戒不在，规训亦被颠覆，留下的是贝娄的感慨万千。

① 米歇尔·福柯：《规训与惩罚》(第2版)，刘北成、杨远婴译，三联书店1999年版，第343页。

此外,小说中谈到这种社会纪律的违背者黑人小偷也绝非是个体的产物,在他看来是主流人种和族裔人种关系的体现,是少数族裔间竞争的衍生物。几十年来,“美国黑人一直充当着犹太人的缓冲剂。”①换言之,当底层移民受到威胁的时候,只要来自白人的仇恨都发泄在黑人身上,那么犹太人往往能够躲过一劫。当小说最后黑人遭受攻击,而周遭之人均无动于衷的时候,赛姆勒又感到一阵同情,这种被攻击的遭遇让赛姆勒先生想到了犹太民族所遭受的不公正待遇。二战大屠杀没有声援者,只有众多的旁观者。这种求助无门的状况跟犹太人几千年遭受的迫害而毫无希望被解救的状况如出一辙。

20世纪60年代,美国大城市中除了黑人有时候会成为犹太人的替罪羊之外,大部分情况下黑人和犹太团体是一种若即若离的关系。在民权运动当中,犹太人支持黑人,然而黑人民权斗士却认为犹太人态度傲慢,训导鲁莽的黑人才是这些犹太人的任务。而犹太人也无法忍受黑人的学识浅薄。与此同时,南部黑人逐渐涌向美国的北方城市,他们遭受了一系列的难以解决的问题:居住区的经济困难,来自外部移民族群的歧视和攻击,内部的混乱和无序,无法快速适应城市生活,所有这些让他们意识到自己永远处于社会的底层,依然是饱受歧视的民族,民权运动的联盟开始瓦解,这些黑人斗士把犹太白人逐渐驱逐出自己的队伍,这也正是鲍曼所指出的由于城市转型或发展衍生出来的城市社会正义以及空间占有的问题。

在这篇小说里,贝娄展现出的是一个历史和社会的综合缩影,不仅有城市生活的无奈,也有战后利己主义驱动下人际关系的悲凉,同时更映射出历史的真相,将犹太人和黑人的分合关系展露无遗,是敌是友可能就发生在转瞬之间。社会的各种病态在贝娄的传神描写中得以彰显。

三、作为病毒载体的公共交通以及暴力犯罪

沙伦·祖金(Sharon Zukin)在《城市文化》一书中指出:“混迹在公共空间的陌生人的存在与对暴力犯罪的恐惧,导致了私人警察力量的增长,社区里铁门与栏杆的安装,也导致了在公共空间设计尽可能多的监视设备的运动。这些也是当代都市文化的一个来源。”②值得一提的是,启蒙作家们往往戴着批判的眼镜审视城市里的不完善之处,他们毫不犹豫地将城市看作

① 欧文·豪:《父辈的世界》,王海良、赵立行译,上海三联书店1995年版,第576页。

② 沙伦·祖金:《城市文化》,张廷佺、杨东霞、谈瀛洲译,包亚明主编,上海教育出版社2006年版,第2页。

是资本主义罪恶的源泉和产物，城市不仅是罪恶产生的地点，也是不断繁衍罪恶的摇篮。人性的贪婪和软弱在都市化进程中彰显得越发分明。

20世纪的七八十年代，美国出现了“新型城市贫困”，这一术语专门用来描述贫困地区高比例的男性失业者。这些贫困的隔离区生活的绝大多数成年人要么失业，要么被解雇，没有了工作就等于缺少日常生活的必要结构，他们在街上闲荡、吸毒、偷窃。小说中的黑人小偷很可能就是来自这样的家庭背景。这种非裔男性失业的现象很大程度上归因于美国当时制造业的急剧衰败。男性失业，很多非裔妇女不得不去从事低收入和季节性的工作，这让美国非裔几乎找不到脱离贫困的出路，情况只会每况愈下。

资本主义靠城市的组织机构来运作，大资本家有能力突破机构的限制，正如罪犯可以突破法律的限制，就像巴尔扎克和狄更斯将城市的丑恶展现在读者面前一样：城市不可能只有富裕没有贫困，不可能只有成功没有失败，资本主义更不可能没有犯罪。大都市带给人们生活的便利，沟通的畅通，表面上看一切井井有条，但是资本主义内部已经矛盾重重，问题诸多。尤其城市规模扩大带来的不断升级的暴力、犯罪和混乱加剧了这一状况。

公共空间是公共文化的主要场所，是城市灵魂的窗口，同时也是构建城市社会视觉生活的一个重要手段。在公共空间里大家可以自由地相互交流，虽然它也在不断确定着人类社会的分界线。公共交通是公共空间和城市基础设施的重要组成部分。在《发达资本主义时代的抒情诗人》一文中，本雅明两次引用了齐美尔的名句：“只看而不去听的人要远比只听而不去看的人来得不安。……大都市的人际关系鲜明地表现在眼见的活动绝对地超过耳闻，导致这一点的主要原因是公共交通工具。”①正是通过交通工具，每个人成为看的主体的同时也成为被看的客体。贝娄在小说中，通过公共交通工具来表达赛姆勒先生作为城市漫游者的洞见，但是在渲染城市色彩之上又不能太过直白地展现他所看到的罪恶，所以贝娄以公共交通拥挤的状况作为入口，引导读者一起去参与赛姆勒的观察与思考：

> 公共汽车到站时，足足喷了一分钟的气。一向如此。接着，赛姆勒先生上了车，像一个循规蹈矩的公民那样向车子后部挪动，同时希望自己不要被人们挤过后门，因为他只有十五个街区的路程，加上车子又很

① 瓦尔特·本雅明：《发达资本主义时代的抒情诗人》，张旭东、魏文生译，三联书店1989年版，第34页。

挤。车子里散发着通常闻到的长期给乘客坐过的座椅的气味,散发着酸臭的鞋子气味,烟油味儿,廉价的雪茄烟味儿,科隆香水味儿,香粉味儿。(35)

这种看似有秩序而又拥挤的状况也为扒手打开了方便之门。城市里和平景象的下面涌动着不安定的因素:

一个人走去乘公共汽车时,在百老汇大街上看到了些什么呢?他看到了复制出的各种各样的人:有外国人、印第安人、斐济人、纨绔子弟、水牛猎手、暴徒、同性恋者、性空想家、印第安老婆子、女学士、公主、诗人、画家、勘探人、行吟诗人、游击战士,那新的托马斯·艾·贝克特、切·瓦格纳。商人、军人、教士和古板的人全没有人模仿。标准是美学的。(120)

"大都市表面上是一片和平景象,一切运转得井井有条,但暴力的深度和广度突然加大了。随着这些力量的发展,大都市越来越变成了增加各种各样暴力经验的温床。而每个市民变成了死亡艺术的鉴赏家。"①赛姆勒就作为鉴赏家亲身经历了这表面和平景象下的暴力与罪恶。一连几天傍晚,赛姆勒先生从第四十二街的图书馆回家时,在他平常搭乘的公共汽车上总看到一个扒手在扒窃作案。这个人在哥伦布园广场上车,到第七十二街附近下手。而且他衣着雅致,戴着迪奥的太阳镜,身穿骆驼毛的大衣,领口还系着别针,散发着法国香水的气味,他丝毫没流露出生活的窘迫。然而就是这么一个黑人,反复偷窃多次,并屡屡得手。"有四次使人着迷的时刻,他(赛姆勒)曾看过扒窃是怎么干的。"(6)然而经历过无数事情的赛姆勒,已经无法行动。他之所以犹豫不决是因为对自己身份和地位的迷茫和不知所措。正如他自己所说:"有时我怀疑在这里,在其他人中间,我是否占有任何地位。我自以为我是你们中间的一个,但是又不是你们中间的一个。"(189)这种是彼非彼的态度,让赛姆勒先生在履行自己市民职责上也作出让步。因此当赛姆勒在公共汽车里碰见这个优雅的畜生时,看着这个黑人扒手扒窃一只仍是打开着的钱包时,"他还是采取了一种英国风度。一张毫无表情

① 刘易斯·芒福德:《城市发展史——起源、演变和前景》,宋俊岭、倪文彦译,中国建筑工业出版社 2004 年版,第 545 页。

的、洁净的、一本正经的脸,宣布一个人没有逾越任何人的界限;一个人管好自己的事情就心满意足了。”(4)

“躲藏”曾经是一个赛姆勒认为离他非常遥远的词语,自从经历了二战犹太大屠杀之后,赛姆勒认为自己不可能再遭受同样的经历。然而进入战后的美国社会,他需要再次面临不得已的“躲藏”。贝娄将赛姆勒遭遇战争创伤前后的精神状态描写得淋漓尽致。在一个冷酷无情、极度缺乏安全感、人人自危的世界里,贝娄为这样一位内心敏感而孤独的老者找到了一个保存自我的方式:躲藏到一个安静且无人会发现的世界,以避免见人这种方式来抵抗这个世界荒诞的生活逻辑。小说中提到,要是从前的赛姆勒,他会是一位“在哥伦布园广场跳下公共汽车,愚蠢而热情地想瞥见一个恶劣罪犯的、从伦敦和克拉科夫来的赛姆勒。”(96)而现在,经历了战争的洗礼和二战大屠杀创伤的他,对待暴力态度完全不同,“他不得不避开公共汽车,生怕再一次碰上那人。他受到了警告,收到了肯定的通知,叫他不要再出现。”(96)担惊受怕且年事已高的赛姆勒承受不了再一次的恐吓和威胁,他开始变得更加小心谨慎,希望能躲藏起来不再见到那个扒手。尽管他装作没有看见,而且当这个窃贼瞧着他的时候,也决定不转过头去,但是他那上了年纪的、结实的、有教养的脸却涨得通红,短短的头发竖了起来,嘴唇和牙龈都感到刺痛:

> 这时赛姆勒最大的需要是他的床榻,但是他懂得一点儿怎样躲藏。他曾经在大战中,在波兰、在森林里、地下室里、在过道里、墓地里学会了怎样躲藏。这是一些他经历过一次就足以彻底消除正常情况下想当然的看法的事情。一般人认为你只管大胆地走上街去,没人会开枪打你;你伛着身子小便,也不会给棍棒打死,也不会像耗子一样在巷子里给人追捕。这种平民老百姓的界限一旦消除,赛姆勒先生就再也不相信它还能复原。他在纽约很少有机会使用这种躲藏和逃跑的艺术。(38—39)

躲藏作为一种行为的隐喻传达出以赛姆勒为代表的老百姓在面对现实与历史的双重无奈。此处的躲藏更有隐喻的意味在其中。隐喻是一种修辞手段,是表达词语的替代。隐喻的本质是通过另一类事物来理解和经历某一类事物。隐喻可以是一种文化现象,还可体现人们的生活方式,暗示宗教信仰,等等。这种非常戏谑的隐喻以嘲讽的口吻让读者感受到贝娄幽默的笔触下暗藏的辛辣讽刺。这位曾经在二战中死里逃生的知识分子赛姆勒，为了能活下来，“在波兰、在森林里、地下室里、在过道里、墓地里”等许多地方学会了躲藏。本来在可以得到解脱的美国本以为可以不必再用这种躲藏的艺术，可惜在今天的纽约，他依然不可避免地要去使用“这种躲藏和逃跑的艺术。”并且赛姆勒先生早就学会了在纽约谨慎小心，“因为那里一成不变地总是彻底道德败坏的。”(86)这种隐藏，象征着从空间形态到心理状态的内封闭，体现了主人公主动地和外界进行物理上的分离，展现出赛姆勒的极度无助和恐惧。恩格斯曾说过大城市几乎是相类似的，用来形容伦敦的词语也能用来描绘曼彻斯特：

> 在任何地方，一方面是不近人情的冷淡和铁石心肠的利己主义，另一方面是无法形容的贫困；在任何地方，都是社会战争，都是每一个家庭处在被围攻的状态中；在任何地方，都是法律庇护下的互相抢劫，而这一切都做得这样无耻，这样坦然，使人不能不对我们的社会制度所造成的后果(这些后果在这里表现得多么明显呵！)感到不寒而栗，而且只能对这个如疯似狂的循环中的一切到今天还没有烟消云散表示惊奇。①

现代生活的弊端又一次展现出来，那就是城市人容易失去自我藏匿性，而不得不冒着“裸身”在外的风险。个体永远处在尽量保持私密性、自主性，但又不得不频繁暴露社会公共生活中，这种矛盾无法调和。这种恐惧的心理也正是20世纪中期萦绕在美国白人心中的一个梦魇。随着郊区的快速发展，郊区化逐渐被视为一种种族术语，“白人逃离”这一说法开始流传，它暗示了郊区发展在某种程度上是受种族主义的影响。郊区居民越来越将城市视为黑人的保留地，许多黑人已经完全与其他美国人隔离。这种隔离导致了城市中更多消极力量的增长。“大都市中各种各样消极的生命力迅速地生长着。在这样的环境中被扰乱了的自然和人的本性，以破坏性的形式重现了。”②然而如果说公共交通是城市病毒的载体的话，那么让这个病毒蔓延的是城市人的那种冷漠心理。正如赛姆勒所说：“灵魂的这种贫乏，它的抽象状况，你从街道上的面孔上就可以看出来了。”(232)当赛姆勒看到黑

① 恩格斯：《大城市》，转引自《西方都市文化研究读本》第1卷，广西师范大学出版社2008年版，第318—364页。

② Mumford, Lewis. *The Culture of Cities*. New York: Harcourt, Inc., 1977, p.271.

人小偷,并极力让周围的人扯开正在扭打中的弗菲尔和小偷时,“周围至少有二十个人,更多的人正停留下来,但是没有一个人准备劝架。”(237)这种冷漠的人际体现了现代文明中的弊病,当赛姆勒先生再一次提出这个要求时,旁人依然无动于衷。突然间,赛姆勒先生“觉得自己完全是外来的——嗓音、声调、说话的句法、态度、脸庞、思想、一切,全都是外来的。”(238)因为这些人甚至不理会他的要求。然而当黑人转过脸望着赛姆勒先生时,他发现“在杭堡帽僵硬弯曲的帽檐下,眼睛的晶体里反映出了纽约市景”(238)。这种纽约市景是一种萧条与冷漠,是一种无动于衷,是一种袖手旁观,更是一种现代文明下的麻木与僵化。这就是现代社会,赛姆勒先生认为这些无动于衷的市民非常奇怪,“他们的迟迟不采取行动具有一种多么奇怪的性质啊!他们正指望满足于,啊,最终满足于受到戏弄、欺骗和挨饿的需要。有人就是要得到它!不错。”(239)

赛姆勒先生认为这个集腐败黑暗的官僚政权、疯狂的道德堕落以及血腥暴力于一体的城市正在毁灭,贝娄也借赛姆勒先生之口传达出自己对城市的见解与看法。正如赛姆勒所说:“至于这个世界,它当真就要改变了吗?……唉,是因为世界正在崩溃吗?唔,是美国,即便不是全世界的话。唔,摇摇晃晃的,即便不是破裂的话。”(235)不仅如此,身在纽约的赛姆勒会情不自禁地把末日与纽约联系起来:“纽约使人想到了文明的崩溃,想到索多玛和蛾摩拉,想到世界末日。在这儿,末日的到来不会令人惊诧。许多人已经挨近它了。”(252)而印度人V.高文达·拉尔博士关于月球的讲义《月球的未来》中提到的“这个地球,作为人类仅有的家园,还将持续多久呢?”更是体现出贝娄对城市以及整个人类社会何去何从的思考。

小说中反复提到赛姆勒与英国科幻作家威尔斯①的关系问题。赛姆勒受到威尔斯作品的影响,也期待着另一个星球的出现。未来虽然美好,但人类变得弱小且弱智。科幻小说里往往是由网际空间操纵者创造出一个新的社区,这种结局通常都是人类希望逃避现实的投射。当观念不断衰退,解决方法又无从发现之时,人们产生了对空白的恐惧,会变得越来越脆弱,如同福柯笔下的作为某种知识形态或观念形态的“人之死”(death of men)。在小说结尾,赛姆勒先生的恩人格鲁纳医生离去,他的离去让赛姆勒悲痛万分,“他感到自己正在破裂,内部的一些不规则的大片段正在溶化,闪耀着痛

① H.G.威尔斯(Herbert George Wells, 1866—1946)是一位著名的英国小说家,尤其擅长写科幻小说,最为著名的作品是出版于1895年的《时间机器》(*The Time Machine*)。

苦，漂浮而去。”(259)格鲁纳的离去让他感到自己又被剥夺去了一个亲人。活下去的理由又失去了一条。赛姆勒敏感、退缩、缺乏生命力，他在小说末了也陷入了更加绝望的感情漩涡。他那颗永远无处安放的灵魂，以及他对周遭一切事物的鄙视和厌恶，在他激烈的内心活动和软弱的实际行动中形成了鲜明的对比。他只能接受这些挫折和失败。平静地认命似乎是结尾处传达出来的讯号：

> 格鲁纳的灵魂，他尽可能乐意地，在力所能及的范围内，甚至到了难以容忍的极限，甚至在窒息中，在死亡即将来临时，还热切地，或许孩子气地(愿主宽恕我这么说)，甚至带有某种卑躬屈膝的心意，做着要他做的一切。这个人在他最好的时刻，比我在最最好的时刻曾经做到的或者可以做到的还要慈祥很多。他知道自己必须符合于，而他也的确符合于——通过我们正在迅速走过的这个生活的种种混乱和令人丢脸的玩笑胡闹——他的契约的条件。每个人在他的内心里全都知道这些条件。就像我知道我的，就像所有人全知道他们的那样。因为，这就是它的实情——这一点我们全都知道，主啊，这一点我们全都知道，这一点我们都知道，我们全都知道，我们全都知道。(260)

小说结尾提到的“契约”，是犹太人赖以生存的一种根本理念，是“理解犹太宗教发展的一个基本的先决条件”①。犹太教认为上帝与以色列人自古就订立了约定，犹太人可以通过与上帝订立“契约”以获得上帝的保护。《圣经》中记载在犹太民族历史上有着重要意义的三次立约。第一次是创世契约：上帝与人类通过诺亚在大洪水后订立的第一份契约。第二次为先祖契约：上帝与犹太祖先亚伯拉罕订立的双方各自享有一定利益并承担一定责任的约定。上帝许诺将迦南许给亚伯拉罕及其子孙。第三次是西奈山约：摩西率领犹太人出埃及，在西奈山上与上帝订约，犹太人必须遵循“摩西十诫”②。因此犹太人一直认为犹太民族是上帝的“选民”。贝娄在此为了告诫所有人，每个人身上都肩负着一种契约关系。这种契约不仅是与上帝

① 转引自乔国强：《辛格研究》，上海外语教育出版社2008年版，第99页。原文可参见Ben Isaacson, *Dictionary of the Jewish Religion*. New York: A Bantam Book, 1979, p.47。

② 有关三次立约的内容可参见陈贻绎：《希伯来语圣经——来自考古和文本资料的信息(至公元前586年)》。昆仑出版社2006年版，第19—20页。有关“契约论”的详细内容还可参见乔国强：《辛格研究》，上海外语教育出版社2008年版，第99—102页。

订立的，也是与别人、与社会、与国家订立的契约。城市的发展需要这种契约，社会的进步更离不开这种契约。

第四节　最后的知识分子①

《洪堡的礼物》(*Humboldt's Gift*)创作于1975年，一经问世便好评如潮，被美国《时代》周刊推选为当年十大优秀著作之一，并于次年帮助贝娄赢得普利策文学奖以及当年的诺贝尔文学奖。这部小说被认为是一部"其他同时代小说家无法像贝娄这样收放自如的作品。"②迈克·格兰迪(Michael Glenday)认为这部小说里贝娄极力寻求一种生活的基本原理，并为从这种生活中撤离而提供载体，小说在超验与现实中展开。③

《洪堡的礼物》是贝娄最重要的代表作之一，通过对两代作家命运的描写，揭露了物质世界对精神文明的压迫和摧残以及当代社会的精神危机。在小说中，曾两获普利策奖并获封法国骑士勋章的中年作家查里·西特林一切都在走下坡路，前妻丹妮丝要刮尽他的财产，流氓也砸烂了他的奔驰车，现有的情妇莱娜达是个敛财娘，并对艺术一无所知，最重要的是他泉思枯竭，写不出有价值有创造力的作品。他对穷困潦倒而死的导师挚友洪堡一直心怀歉疚，洪堡是位有抱负的才华横溢的诗人，并曾教他认识艺术的力量，告诫他要忠于自己的创造性精神，然而西特林在洪堡贫病交加、流落街头时却并未伸出援助之手。最后在面临物质和精神双重破产的窘境下，西特林终于借助洪堡留给他的一份礼物——一个剧本提纲——摆脱了物质危机，同时他也深深体会到洪堡当年的精神苦痛。

该小说虽然出版于20世纪70年代，但淋漓尽致地传达出雅各比《最后的知识分子》中的社会困境。在前言中雅各比提出自己的焦虑："年轻的知识分子在哪里？这是我全部问题的出发点。美国的'最后'一代知识分子，也就是那些出生于20世纪最初几十年的知识分子，他们的存在以及发出的

---

① 此处标题借用雅克比的著作《最后的知识分子》(*The Last Intellectuals: American Culture In The Age Of Academe*)中的提法。

② Shattuck, Roger. "A Higher Selfishness?" from *New York Review of Books* (18 Sep. 1975): 21—25.

③ Glenday, Michael K.. *Saul Bellow and the Decline of Humanism*. London: Macmillan, 1990, p.124.

独特声音,是那些比他们更年轻的知识分子无法比拟的。”[①]那个时期的美国,知识分子们著书立说,挥斥方遒,他们的主要生活空间就是城市的大街和咖啡馆,写作的对象也是具有教养的一批公众读者。《洪堡的礼物》无疑也在隐射社会的变迁、文化的接受以及知识分子的苦楚与悲凉。

小说中的美国是一个充斥着金钱、美色、生意经、爱欲以及犯罪的地方,在精神生活的匮乏以及物质主义的盲目崇拜下,这个社会让人窒息,甚至是心烦意乱,不堪忍受。两位作家身边又鲜有志同道合的艺术挚友。社会让他们的性格也发生了扭曲。该小说不仅描写了城市的变化,城市人生存的精神状态,而且选择两代知识分子的遭遇来烘托出战后30年艺术如何在物质主义的诱惑面前变得软弱无力。城市已经呈现出枯萎病的状态,人们也在这种纷繁杂乱的生活中变得狂乱不堪。小说以丰富的城市符号传达出战后美国从商业化城市向工业化城市的转变。在这种转变中,城市灵魂是封闭的,被压抑的。贝娄一再强调作家应该描写精神层面的东西,而非浮华缥缈的物质,小说将对精神世界的致礼与讴歌做到了极致。

一、大城市的考古学

贝娄是一位对“传统”有着深厚感情的作者,不少作品中可以领略到他的怀旧情结。从小就接受犹太文化洗礼和熏陶的贝娄一直对犹太文化和传统采取不离不弃的态度和方式,他对犹太传统有着非比寻常的依赖。希尔斯在他的名著《论传统》中曾指出:“传统——代代相传的事物——包括物质实体,包括人们对各种事物的信仰,关于人和事件的形象,也包括惯例和制度。它可以是建筑物、纪念碑、景物、雕塑、绘画、书籍、工具和机器。它涵括一个特定时期某个社会所拥有的一切事物,而这一切在其拥有者发现它们之前已经存在。”[②]敏感的作家最能够在内心世界去感受巨大的社会变迁,小说中最显著的特征便展现出贝娄对个体记忆的挖掘,对传统事物的大段回忆描写凸显了作者的意图。本雅明曾把记忆的运作比作考古学:

> 凡是寻求接近自己已经被埋葬的过去的人,自己都必须扮演一个动手挖掘的人……必须不惧怕一而再、再而三地返回同一件事……因

① Jacob, Russell. “Preface” in *The Last Intellectuals*: *American culture in the age of academe*. New York: Basic Books, 2000, p.ix.

② 希尔斯:《论传统》,傅铿、吕乐译,上海人民出版社1991年版,第16页。

为这一件事本身仅仅是一个矿藏、一个层次，它只对最精细入微的考察者显露出构成隐藏地下的真实珍宝的元素：被从全部早先的联系分割开来的形象（就像收藏家展览馆里的珍贵片段或者胴体一样）伫立在我们滞后理解力的平庸展室之中。①

贝娄无所畏惧地亲手挖掘着历史的废墟，这体现在贝娄小说别致的叙述方式上。小说主人公西特林在自己的回忆中收拾起记忆的片段，并将它们重新拼贴在一起。小说叙述者是西特林，西特林在回忆中讲述着发生在他和洪堡之间的故事。此外，这种回忆不是单一的对过往事情的简单描述，而是包含着多重层面的回忆，比如对往事的回忆，以及对往事中的往事的回忆，这种回忆更多采用了“巡礼”的方式进行传达。从故事讲述者西特林于 20 世纪 30 年代拜访洪堡到 70 年代重新安葬洪堡，时间跨度 30 多年。小说中间只有两个月是用现在时展现进行中的事情。小说由三条线索构成：现在、过去、过去的过去。小说以第一人称展开，主人公西特林回忆着发生在导师洪堡和自己身上的种种事情叙述中的往事还有深一层的往事叙述。这种追思以及交叉叙事的方式反映出叙述者心理的沉重，精神的萎靡，尤其体现了作者沉浸在对过去美好的追思以及对现有生活的忏悔中。正如一位评论家认为，记忆是西特林“唯一否认城市及其几百万人口的匿名性以及悄无声息的人。对于贝娄笔下的生存者而言，生活的每个片段都是独特而又珍贵的；如果没被记住，就如同从未存在一样。”②

这种回忆往往也夹杂着故事叙述者对不同城市场景的评述，并且场景的切换自由而流畅。整部小说的场景设置在芝加哥，一个贝娄再熟悉不过的城市，芝加哥“并不只是一个背景，而是一个满载着各种关系的人和地点的生气勃勃的城市。”③虽然小说情节当中也还穿插着纽约、马德里、巴黎等城市，但是往往这些城市只是充当小说人物的背景，并没有包含太多作者和故事叙述者太多的情感。芝加哥代表着一个它自己的角色，有着令人兴奋的物质存在。即便它没有心灵，但至少它充当了一个人物。城市以隐喻的

---

① 转引自斯维特兰娜·博伊姆：《怀旧的未来》，杨德友译。南京：译林出版社 2010 年版，第 88 页。

② Rovit, Earl. “Saul Bellow and the Concept of the Survivor”, in *Saul Bellow and His Work*. Edmond Schraepen, ed. Brussels: Vrije Universiteit Brussel, 1978, p.103. Quoted from Michael K. Glenday, *Saul Bellow and the Decline of Humanism*. London: Macmillan, 1990, p.128.

③ Shattuck, Roger. “A Higher Selfishness?” from *New York Review of Books* (18 Sep. 1975): 21—25.

方式作为人物参与到情节的构建中,它以一种异己力量与主人公在抗衡。

小说通过"历史叙述"的方式来展现城市的变迁,尤其是城市里过去的建筑、制度、文化等。在现代化背景下,不少作家都有一种"怀旧"情愫。"怀旧"不仅包含对过往生活的眷恋,对现代的反讽,也暗含着对未来生活的展望之意。具有都市经验的作家会从自我的经验出发回忆城市、想象城市,并将城市作为一种独立的审美和想象对象去构建。城市的历史经验给贝娄提供了怀旧和进行主体想象的资源,可以说,贝娄在重新编排"城市史",他对历史的真实事件和趣闻进行了回忆、收集和再处理。谈及贝娄小说中的历史问题,不得不提及学者朱迪·纽曼的著作《索尔·贝娄与历史》,在本书论述《雨王亨德森》的时候也提到过这位英国著名文学批评家。她曾说:"贝娄小说中的那种抽象的特质是一个重要的因素,在我看来,那是一种历史感。它以许多种伪装的形式,渗透在各部小说之中,左右着小说情节、人物以及主题的发展"①。文中还援引了桑福德·平斯克对贝娄作品中的社会和历史本质的评价:"在贝娄晚期作品中,主人公更像历史学家完全占据了舞台的中心,而不是'历史小说'的传统关注。"②纽曼还认为贝娄作品中的历史感如同第六感般地存在着。她认为"贝娄对历史的兴趣在其创作初期便初现端倪。"值得一提的是历史的主题反复出现在贝娄的作品中,他的第二篇短篇小说《墨西哥将军》将托洛茨基在历史上的伟大地位与马克思主义历史背景相关联。《晃来晃去的人》以二战为大的时代背景,《奥吉·马奇历险记》展现出人的本性与历史的关系,不一而足。

贝娄的描写具有高度的历史写实性,二战后的30年被看作是美国经济发展的黄金年代,它为美国迅猛发展并成为世界霸主提供了重要的历史契机。小说展现出小商业化城市向工业化城市转变的过程,贝娄还向读者描绘出汽车郊区的图景。20世纪中期以后,随着大规模生产方式在发达资本主义国家的扩散,发达资本主义呈现出福特主义的典型特征。福特主义在20世纪30至50年代,伴随着世界经济危机和世界大战的进程在美国开始形成。福特主义(Fordism)③一词起源于安东尼奥·葛兰西,他使用"福特

① Newman, Judie. *Saul Bellow and History*. London: Macmillan Press, 1985, p.1.

② Ibid, p.5.

③ 亨利·福特(Henry Ford, 1863—1947)是第一位将大众消费和大规模生产结合起来指导庞大企业的企业家,他开辟了现代社会工业史的新纪元,使美国的社会经济从以生产定向转向了以消费定向的经济模式。福特主义的真正意义和影响远远超过了个体生产者当下的经济要求,大众化生产在制造出大批产品的同时,也引起了一系列对整个现代社会有着深刻影响的事件。比如,工薪阶层生活方式的结构性变化、销售和消费观念的变化等等。这些事件不仅改变了经济部门本身,也改变了随后几十年整个社会的价值取向和生活方式。

主义”来描述一种基于美国方式的新的工业生产模式，这种刚性生产模式以市场为导向，以分工和专业化为基础，以较低产品价格作为竞争手段。福特主义首先在汽车工业中展开，随后对整个美国经济产生巨大的影响。汽车刚问世的时候主要是富人的奢侈品，汽车工业逐步改变了城市景观，汽车为越来越扩大了美国中产阶级的郊区边界。小说中有个场景是在1952年9月的一天洪堡开着四缸车去接西特林，洪堡“自称是美国第一个拥有机动制动器汽车的诗人。”(20)①这一方面体现了汽车的发端，另一方面也体现出知识分子的前卫和洪堡的经济收入丰厚。洪堡的家坐落在新泽西州边区，靠近宾夕法尼亚州州界。“这样的边远地区，除了用来做养鸡场外，别无用处。”(22)然而开着车横冲直撞的洪堡开始讲述着自己一生亲眼看到的泽西沼地的巨大变化。“五十年前，在这里，就连这种装有机动闸和动力转向的别克车都是无从设想的；而如今，道路啦，垃圾堆啦，工厂啦，比比皆是。”(21)几十年后，城市完全展现出工业化的景象，“高耸的烟囱就像一尊尊生锈的大炮，静悄悄地向星期天的天空喷吐着美丽的烟团。煤气加工厂的酸臭气味直刺人的肺腑。灯芯草像洋葱汤一样，呈现着深褐色。远洋油轮缩在水道里。狂风骤起，涌起一堆堆大块大块的白云。远方鳞次栉比的平房看起来像未来的墓地，或人们在惨淡的太阳下走过街道去做礼拜。”(22)简单的生活被打破，取而代之的是工业和后工业社会带来的种种标记。“煤气加工厂”、“烟囱”等正是工业化城市的突出符号，而人们也正在这种后工业状态下逐步丧失自我，开始寻求更高的生活目标和自我价值，洪堡也不例外。在回忆过去的过程中，“他大谈机械、豪华、控制、资本主义、技术、财富②、俄耳甫斯③和诗歌，以至人心的复杂、美国的状况和世界的文明。而他的任务就是要把这一切的一切，甚至更多的东西都结合在一起。”(22)这也导致了洪堡日后的悲剧，这种悲剧贝娄在《杰弗逊讲座演说》一文中对社区毁灭带来的三种后果的描述中做过说明：“美国城市里温暖街道生活的消

---

① 此小节的小说引用均来自 Saul Bellow. *Herzog*. New York：Penguin Modern Classics，2007。以下仅标出页码，不再一一说明。

② 原文此处为 Mammon，古迦勒底语，意为财富。它是新旧约时代之间在犹太人间兴起的恶魔名号，又名 Amon、Amen、Amun、Aamon、Mammon、Maymon、Amaimon，是古叙利亚语“财富”之意。《新约》中耶稣用该词来形容并指责门徒们的贪婪。也被称为财富的邪神，诱使人为财富互相杀戮。在《失乐园》中，被打入地狱的众天使们便在玛蒙的指挥下发掘无数的珍宝以建造自己的圣殿。

③ 原文此处为 Orpheus，俄耳甫斯，又译奥路菲，奥菲士等。他的父亲是奥阿格罗斯，母亲是司管文艺的缪斯女神卡利俄帕。俄耳甫斯凭着他的音乐天才，在英雄的队伍里建立了卓越的功绩，伊阿宋取金羊毛时，正是靠了俄耳甫斯的琴声，才制服了守护羊毛的巨龙。

失；从不断扩张的巨大郊区升起的、文化霉菌的阴冷而压抑的气味；豪放不羁的艺术家从贫民窟向大学的转移。”[①]一切已不再温暖，人的心灵受到了极大的压抑。

长久以来美国人一直生活在乡村社区中。20世纪头20年才开始有了较为明显的改变，他们根深蒂固的个人主义[②]气质也发端于他们的土地情结。先前以家庭、邻里为纽带的社会关系逐步随着城市的发展而变得脆弱不堪，甚至这种以家庭和邻里为基础所进行的社会控制也慢慢被削弱，取而代之的是劳动大分工，以及交通和通讯方式的多样化。罗伯特·帕克曾说：“当代文明中摧毁性最强、最带来风俗败坏的事物大概要数汽车了。”[③]

西特林生活在芝加哥，他的梅赛德斯车被砸之后，他拦了辆出租车，在车上他也看到了城市的变化：“芝加哥的大部分地区都破烂不堪。有的地方在重建，有的地方还是老样子。这个城市就像电影的蒙太奇，升起，倒下，又升起。”(71)在西特林途经的迪维仁街以前是波兰人聚居的地域，现在几乎全是波多黎各人。“在波兰人居住的时候，那里小小的砖房都漆成了鲜红色、栗色和糖果绿。草坪都用铁管围起来。”(71)西特林还回忆到若干年前他曾领着洪堡来看过芝加哥的情景。那时候洪堡是为《诗刊》举行诵诗会的。西特林“带洪堡乘高架铁去过屠宰场，也观看了闹市区。洪堡的兴致主要在于这里古老的街道。漆成银色的烧水罐柳钉和显眼的波兰天竺葵触动了他的感情。他听着旱冰鞋在坚硬的水泥地上发出的声音，深受感动，脸色都苍白了。”(102)这段刻画使西特林深深感受到当年的平凡，与现代的潮流比起来，那种感觉与回忆是美好的，令人感动的，而如今，盛行的是一些卑劣的东西，平凡似乎被赎回了。正如卡尔维诺所说：“城市不会泄露自己的过去，只会把它像手纹一样藏起来，它被写在街巷的角落、窗格的护栏、楼梯的扶避雷的天线和旗杆上，每一道印记都是抓挠、锯刻凿、猛击留下的痕迹。”[④]西特林喜欢回忆过去的岁月，也难怪西特林8岁的女儿玛丽都知道自己的父亲“爱好个体发生史和种系发生史”，因而“总想听听过去的生活是什么样的。”(72)

---

① 索尔·贝娄：《集腋成裘集》，李自修等译，宋兆霖主编，河北教育出版社2002年版，第184页。

② 美国的个人主义主要受四个方面的影响：清教思想，民主政治，自由市场经济制度以及西部拓疆。

③ 罗伯特·帕克等：《城市：有关城市环境中人类行为研究的建议》，杭苏红译，商务印书馆2016年版，第124页。

④ 伊塔洛·卡尔维诺：《看不见的城市》，张宓译，译林出版社2006年版，第9页。

地点是碎片而又久远的故事，是被人遮住视线的往昔，是堆积起来的光阴，因为等待而存在。当人们思考着“这里曾经有……”的问题时，一方面指出了可见之物的不可见特征，同时也隐射着地点的位移和结束，象征着痛苦和愉悦的情感，展现着城市空间的故事和传说。“城市里的地点不仅仅是建筑学上的比喻；也是城市居民的屏幕记忆，相互竞争的种种记忆的投射。在这里，令人感兴趣的不仅仅有建筑的项目，而且还有所感受到的环境、城市居民的日常方式、遵循和偏离规定、城市身份的传闻和城市生活的故事。”①西特林不想在街道上闲逛，只想到处看看。他细致入微，过去的记忆历历在目，结果却发现这些都是现代文明的副产品：

在过去半年内，更多的旧街道被拆掉了。这本来没有什么了不起。然而，说不上为什么这却对我产生了一种影响，使我感到十分激动。我仿佛觉得，自己像一只小鸟，在汽车后座上扑腾着飞起来，重游它昔日栖息过的红树，可是眼前却是一堆堆破汽车。我激动地从污迹斑斑的车窗向外凝望。整整一条街被拆掉了。罗维的匈牙利餐厅被清除了，还有本的台球房和砖砌的古老车库，还有格拉齐的殡仪馆。我的双亲都是从这里抬出去埋葬的。这里永远不会有美好的间歇。时间的废墟都被推到了，而且被堆积起来，装上卡车，然后当垃圾倒掉了。新的钢梁正在竖起来。肉铺的橱窗里不再悬挂波兰式香肠。肉铺里的香肠成了加勒比海式的了，紫色，发皱。旧的商店招牌不见了，新的写着：今天。搬迁。教堂。(75)

历史遗迹、古旧的街道、荒凉的坟场墓地、砖砌的古老车库，这些意象，作为伟大时间和人为作用的产物，体现了不可抵挡的衰朽。废墟一方面是历史感的体现，另一方面又是人为破坏的结果。在强化观者失落感受的同时，也证明美好往往只存在于过去的记忆中，任何人、事均难逃时间的侵蚀。在这些细致的描写中，我们发现了完全超越了作家而成为城市社会学家的贝娄。他在建筑的真实与虚假中作出价值判断，他极力寻求建筑逻辑和建筑的形式语言，以及建筑美学在后工业化时代发展下的窘态。他对比了不同时期的城市景观，又希望从中间找到两者的对话点、契合点，他写下了历史的肌理，但对历史的真实与物理再现的真实持保留意见。贝娄的历史意

① 斯维特兰娜·博伊姆：《怀旧的未来》，杨德友译，译林出版社2010年版，第88页。

识和时间意识都在这种具象的空间变迁中展现出来。城市作为一个复杂的符号集合,其间的每座建筑、每条街道、每条河流都作为符号彰显着城市的文化内涵。旧街道、餐厅、车库的拆除带走的是往昔的城市,取而代之的是新都市的面貌,正是这种留心的观察突出了西特林怀旧的情愫,对如烟往事的追思。这种对故国的思念也是西特林的导师洪堡一心向往的。随着轿车的行进,西特林看到了自己熟悉的地方:

> 老街现在是一片残垣断壁,等待清理。透过那些很大的窟窿,我能看到一些公寓。我曾在那里睡觉,吃饭,读书,和姑娘们亲嘴。你真该痛恨自己,因为你竟然对那种破坏漠然置之,甚至因这些曾寄托着中产阶级柔情的场所如今遭到蹂躏而感到高兴,因为你看到历史把它们弄成一堆瓦砾而欢欣。实际上我是了解那些铁石心肠的人的。这一带正是出这类人物的地方。他们之中了解我的人,一定会把我告发给玄学历史的卫道者,因为我这样的人对过去的灭亡感到痛心。的确,我来这里为的就是诉说自己的忧伤。(75—76)

其实老建筑对于城市是不可或缺的,如果没有它们,街道和地区的发展就会失去活力。在《美国大城市的死与生》中,雅各布斯提到了老建筑的必要性,在她看来,"所谓的老建筑,我指的不是博物馆之类的老建筑,也不是那些需要昂贵修复的气宇轩昂的老建筑——尽管它们也是重要部分——而是很多普通的、貌不惊人和价值不高的老建筑,包括一些破旧的老建筑。"① 贝娄无疑也表达了自己的遗憾之情。贝娄所指的老建筑并非具有文物价值的精致古建筑,而是年头较久,对他生活区域具有特殊意义的建筑。城市虽然在发生日新月异的变化,老建筑被取代,但是带给人的没有欣喜若狂的兴奋,而只剩无限的哀伤和忧愁。贝娄发自内心地想捍卫历史的真实存在,但是却只能扼腕叹息。芝加哥的变化不止于此,贝娄还更加细致地描写着城市的变化:

> 在闷热的夜气之下,芝加哥人用他们的身心体验着这个城市的一切。屠宰场没有了。芝加哥不再是一个杀戮的城市了。可是,昔日的气味在闷热的夜气中又复活了。当年,和铁路平行的数英里大街上,曾

---

① 简·雅各布斯:《美国大城市的死与生》,金衡山译,译林出版社2006年版,第170页。

经充满了红色运牛车,等着进屠宰场的牲畜,哞哞的叫声和冲天的臭气嚣然尘上。昔日的恶臭仍然不时地从这个地方散发出来,弥散在四方,使我们想到在屠宰技术方面芝加哥一度领先世界,千千万万的牲口在这里死掉了。……昔日芝加哥的气息又透过门窗在鼓荡。耳旁一阵阵救火车和救护车歇斯底里的哀号使人肝肠欲断。每到夏天,附近黑人贫民区就发生纵火事件。据说这是精神病理学的标志;虽说嗜火也有宗教色彩。……那一年天旱得很早。芝加哥在夜幕之下气喘吁吁,这个巨大的城市的引擎在运转。橡树街的公寓着火了,像披着火焰的披巾。汽笛尖叫着,救火车、救护车、警备车犹如狂乱的疯狗。(115)

在20世纪40年代以前屠宰业是芝加哥的支撑产业,几乎每个人都或多或少地和屠宰业发生关联,但是一切已逝。被取代后的城市现状并未让人深感愉悦,反而充满了焦虑、担忧与疯狂。在回忆了当年平凡的平民的生活之后,贝娄还不忘精心设计一下金钱物欲下的城市景观,欠钱的西特林与债主罗纳尔多·坎特拜尔约定在狄维仁街碰头,之后西特林坐着坎特拜尔的时髦白色蓝鸟车来到花花公子俱乐部,西特林发现了现代城市的另外一个特征:

现在我们处于芝加哥最迷人的一角,我得描述一下周围的环境。湖岸的景色十分壮观。我虽然没有看到这里的一切,但对这一切我非常熟悉,而且对它们有着深切的感受——密执安湖金波潋滟,浩淼的湖水岸旁是闪闪发光的马路。人已经驱走了这片土地的空旷,而空旷的土地对人的回报只有微乎其微的善意。我们坐在这里,周围充斥着美女、醇酒、时装,以及戴着珠宝、洒着香水的男子,一片财富与权势的阿谀奉承。(93)

现代废墟与精神的荒原均是现代文明和腐败都市政治的产物。在贝娄看来,这是发达工业社会的缩影,是耶和华在愤怒中所颠覆的罪恶之城的景观,更是罪与罚的见证。城市里旧有的公寓被新的房屋所取代,美女与美酒让人们忘乎所以、流连忘返,整个社会出现的是财富与权势的肮脏交易。而这种肮脏与清澈的湖水以及与西特林对过去芝加哥的记忆形成鲜明的对比。过去的生活更加美好而宁静,现代城市人在物欲下变得抵抗不住各种诱惑。贝娄传达出他对现代文明的进一步反思和对现代化的否定。

二、艺术与金钱的博弈

广义的艺术最能表现一个时代的精神。尼采认为艺术创作是最高贵的人类任务。艺术是日常生活中不可分割的组成部分,它必不可少。在所有的时代里,人们边工作边唱歌,在歌曲、诗歌和绘画中传达爱情和歌颂,表达心愿与感伤。艺术是所有人宣泄情感的最有感染力的方式。通过诗歌和音乐,人们得以了解逝去时代人们的欣喜与悲哀。通过绘画,所有美好、神圣、重要的东西成为不朽并流传至今。

然而现代社会,艺术作为人类意识的作用已经慢慢在淡化。"工具信仰"现象成为时代的通病,人类过分迷信物质文明而忽略了人性完美和谐的发展。著名艺术评论家希尔顿·克雷默评论说:"我们的文学,就像我们的政治一样,已经分裂成许多争吵不休的利益集团。"①而这种艺术支离破碎的现象也正反映了当今西方文化的境遇。在这个过程中,艺术家感受到的痛苦超过了任何人,包括诗人、戏剧家、小说家、画家在内的不少艺术家的悲剧生活揭示了这一点。20世纪六七十年代一些伟大艺术家发疯、酗酒甚至自杀,比如厄内斯特·海明威、田纳西·威廉斯、约翰·贝利曼等。肯·贝恩斯在20世纪60年代评论当时的先锋派时宣称:"艺术家争取自由的勇敢呼号已变成小丑式的呐喊了。"②艺术在物质和商业面前似乎失去了其应有的特色。贝娄曾说:"没有艺术,就不可能去阐释事实,……艺术和语言的倒退会导致判断的衰退。"③贝娄在谈到《洪堡的礼物》时,对美国社会与艺术家及作家之间的关系提出了自己的看法:"美国社会喜欢其艺术家与作家,当然,它为有他们而自豪,给他们以回报,但是它不知道他们到底是做什么的——在美国社会与其艺术家及作家之间的关系里有一种粗俗的找乐因素。一些作家也如此。有时他们利用这一因素。想一想艾伦·金斯伯格的诗句'美国,我在格外努力。'"④

在城市的漩涡里金钱是基点,斯宾格勒把城市归结为"一个点":它聚积

① 转引自罗兰·斯特龙伯格:《西方现代思想史》,刘北成、赵国新译,中央编译出版社2004年版,第622页。

② 同上书,第620页。

③ 转引自 Michael K. Glenday, *Saul Bellow and the Decline of Humanism*. London: Macmillan Press, 1990, p.1。

④ Brans, Jo. "Common Needs, Common Preoccupations: An Interview with Saul Bellow." Gloria L., Cronin and Ben Siegel, pp.151, 140—160.

能量，吸收它周围的一切，并且这个点离不开金钱。[①]而政府和国家也没有把以作家为代表的艺术放在重要地位。贝娄在《作家文人政治：回忆纪要》中指出：

> 我们的政府，根本不把作家放在心上。[国家的]奠基者们，为了平等、稳定、正义，以及消灭贫困等等，策划出了一项开明计划。艺术、哲学和人类更高的关注，并不是国家的事情。这里所强调的，在于福利，在于一种实用的人文主义。凭借着科学，我们将会征服自然，迫使它赡养我们。匮乏将得到消除。总的说来，我原来是相信这项计划取得了成功的。在商业社会，没有什么妨碍人们创作小说，或者用水彩作画，然而，文化所得到的关注，与稼穑、制造或银行却不尽一样。[②]

小说中一个非常明显的特征便是贝娄塑造了以作家为代表的两代知识分子形象，两人都有伟大的抱负，洪堡是位诗人，西特林是位剧作家。两位作家都有着理想和艺术追求，并在艺术殿堂里取得了不俗的成就，并对改造社会有一定的期望，尤其是诗人洪堡，然而在社会的影响下，两位都不约而同受到物质社会的影响。

洪堡这位"先锋派作家，新一代的奠基者"(1)最初的伟大理想就是要当一位美国诗人，他于22岁时便出版了自己的第一部歌谣集。他的诗集在20世纪30年代一问世，便立即引起了轰动。他一直都"认为富丽堂皇、纷纭万状的人类事业必须由非凡的人物来安排管理。而他自己恰恰就是这样一位非凡的人物，而且也是一个合格的当权候选人。"(29)洪堡思想深刻，胸罗万卷，"他的歌谣节奏明快，妙趣横生，纯正而富于人道主义气息。"(11)洪堡诗歌创作的"主题之一就是一种永恒的人类感觉，认为有一种失去了的古国旧土"(24)。他甚至还会"把诗比作仁慈的埃利斯岛，在那儿一群异邦人开始改变国籍。洪堡把今天的世界看成是昔日故国旧土的一种令人激动的缺乏人性的摹仿。他把我们人类说成乘船遇难的旅客"(24)。因而他认为自己应当承担起改良社会的责任，他积极地投身于政治之中。

然而洪堡这种美好的理想其实是与社会现实相矛盾的，正如他诗歌的

---

① 转引自理查德·利汉：《文学中的城市：知识和文化的历史》，吴子枫译，上海人民出版社2009年版，第283页。

② 此部分原载《国民权利》，1993年春季号。可参见索尔·贝娄：《集腋成裘集》，李自修等译，宋兆霖主编，河北教育出版社2002年版，第139页。

超然脱俗,很难与社会现实相融合。贝娄曾经批判知识分子的不切实际,他说道:"知识分子最具戏剧性的一面存在于'心'中那个理想国里,我指的是那些喜爱绘画、诗歌或哲学,且被小说所包围和滋养的男男女女们。也许,他们指望危机、战争、革命会把他们再次引向'现实'。希特勒、斯大林、死亡集中营、恐怖活动——这些东西曾经是针对'小说'鸦片的'现实'解毒剂。"[①]在西特林看来,洪堡的诗歌是一种柏拉图式的诗歌,即饱含着一种"全人类渴望回归的原始的完美形态"(11)。这种平和的理想化的方式又与美国当时狂乱的状态无法融合,因此洪堡也陷入了思想上的困境。在声名鹊起和锦衣玉食之后,洪堡开始寻求自己的政治梦想。正如西特林回忆的:"要当一个美国诗人的崇高思想,有时使洪堡觉得自己是个可笑的角色,像个孩子,像个小丑,像个傻瓜。"(5—6)正如贝娄在《自我访谈录》中提到的:"美国作家并没有完全受到冷落;他们间或混迹于大人物之中,甚至可能应约去白宫,不过在那儿,谁也不跟他们谈论文学。尼克松先生不喜欢文学,直截了当地拒绝他们到白宫来,但福特先生对作家之温和,一如他对演员、音乐家、电视新闻播音员以及政客。"[②]艺术家在社会上似乎用处不大,在这种高级宴会中,作家与大人物们谈论的也不会是语言或风格问题,小说结构等,借用西特林的理解:"我们都像流浪汉和毕了业的学生一样,在浑浑噩噩地打发日子。或许美国是不再需要艺术和内在的奇迹了,因为它外在的奇迹已经足够了。美国本身是一宗大投机买卖,很大。它掠夺得越多,我们剩下的也就越少。"(6)这种投机风气盛行之下的美国社会也让洪堡逐渐放弃艺术,转而寻求投机的方式来实现自己的理想。"洪堡起初只谈靴子、号角、野营什么的,而到了后来,便也谈起佛罗里达的轿车、豪华旅馆和娱乐场所来了。"(4)

"有时候,他自己都可笑地谋算着发财。然而他真正的财富就是文学。他胸罗万卷。他说,历史是一场噩梦,他只想在这噩梦之中好好睡一夜而已。失眠使他更加博学。"(4)因而他策划出各种行动,并一步一步地实施着。首先他怂恿西特林为他去游说普林斯顿大学的文学教授职位,之后以兄弟情义骗取西特林的空白支票,之后又竭力希望弄到基金的资助,他与政

① 取自《半生尘缘续》,此部分原载《波士托尼亚》,1991年1—2月合刊。可参见索尔·贝娄:《集腋成裘集》,李自修等译,宋兆霖主编,河北教育出版社2002年版,第401页。

② 此次围绕艺术家、文学家、科学家的访谈颇具讽刺意味,被称为贝娄的"自我访谈录",可见贝娄对艺术问题的重视。该访谈原载于1975年第4期《安大略评论》。可参见索尔·贝娄:《集腋成裘集》,李自修等译,宋兆霖主编,河北教育出版社2002年版,第101页。

客走得很近。当20世纪40年代末他事业走下坡路，而50年代西特林名声大振之时，洪堡极力地借机攻击西特林的人品。在事业低谷时期他经常疯疯癫癫，想着疯狂的举动。

评论界一般认为洪堡的原型来自两位美国诗人：施瓦茨[①]和贝利曼。贝利曼被认为是"自白派"[②]的奠基人之一，曾出版《梦想歌谣集》等一系列作品，但1972年他从明尼阿波利斯的一座大桥上纵身跃下，结束了自己的生命。阿特拉斯在《贝娄传》里也提到这次事件：

> 1972年1月7日，约翰·贝利曼从明尼阿波利斯的一座大桥纵身跃下，扑向了死亡。贝利曼一直受酗酒的困扰，多年来罹患重度抑郁症。其父也死于自杀。在外人看来，贝利曼有很多需要活下去的理由。他的第三次婚姻刚开始不久（其妻为一名年轻的爱尔兰女士），他们刚有了女儿；他自己是明尼苏达大学备受尊重的特设基金教授。作为世人，只有罗伯特·洛威尔与他比肩。"让我们共同携手吧……"他在1971年夏天颇为得意地在给贝娄的信中写道："我们大有希望。"[③]

贝娄曾经评价贝利曼："情感很丰富……他是一个真正的人。我觉得作为作家，约翰和我在精神层面很相似。……约翰把自己奉献给了文学，全部身心毫无保留地奉献给了文学。"[④]洪堡的死在西特林看来是场悲剧，因为洪堡没能力挽狂澜，由于他的初衷与现实社会的狂乱现实相去甚远，"因此，

---

① 戴尔莫·施瓦茨（Delmore Schwartz，1913—1966），美国作家和评论家。他以辛辣的讽刺诗而闻名。但也有一些评论家更认可他的短篇小说和批评性随笔。施瓦茨出生于纽约市布鲁克林区，1935年毕业于纽约大学。他最早获得认可的作品是《责任始于梦中》（*Dreams Begin Responsibilities*，1938）。施瓦茨曾担任过《党派评论》的编辑（后来成为副主编）以及《新共和周刊》（*The New Republic*，1955—1957）的诗歌编辑。他的作品还有：诗体剧《仙纳度》（1941年）；诗歌《第一章：创世记》（*Genesis*，Book I，1943），《演给公主的杂剧》（*Vaudeville for a Princess*，1950），《夏日知识》（*Summer Knowledge*，1959），《戴尔莫·施瓦茨后期的诗歌》（*The Last Poems of Delmore Schwartz*，1979）；故事集《成功的爱情》（*Successful Love*，1961）以及文学评论集《随笔选》（*Selected Essays*，1970）。

② 自白派诗歌产生于美国20世纪50年代，倡导以轻松、日常化的语言来揭示自我和生活，以第一人称视角为主，叙述者与作者间无太远距离，多为自传体诗歌。具有代表性的诗人有Sylvia Plath，John Berryman，Randall Jarrell，Adrienne Rich和James Wright等，不一而足。其中Ted Hughes的妻子Sylvia Plath也是自杀身亡。

③ Atlas，James. *Bellow*：*A Biography*. New York：Modern Library，2002，p.424.

④ Brans，Jo. "Common Needs，Common Preoccupations：An Interview with Saul Bellow." 转引自Gloria Crolin and Ben Siegel，eds. *Conversation with Saul Bellow*. Jackson：University Press of Mississippi，1994，pp.140—160。

洪堡的所作所为势必成为离奇滑稽的笑料。”(6)西特林认为“洪堡在苦苦思索着，如何在过去与现在、生与死之间周旋，才能使某些重大问题得到完满的回答。然而，苦思冥想并没有使他头脑清醒。”(6)西特林在洪堡死后也回忆着洪堡的一生，他对作为诗人的洪堡作出了评论：

> 由于某种原因，这些可怕的事却得到了商业与技术高度发达的美国的特别赏识。这个国家为它死于非命的诗人而感到自豪。而这些诗人却证实美国太粗，太大，太多，太坎坷了。美国的现实是如此冷酷无情，而这个国家反而从中获取令人寒心的满足。当一个诗人，要干学者的事，女人的事，教会的事。精神力量的软弱在这些殉难者的幼稚、疯狂、酗酒和绝望中得到了证明。俄耳甫斯感动了木石，然而诗人们却不会做子宫切除术，也无法把飞船送出太阳系。奇迹和威力不再属于诗人。诗人之所以受到爱戴，正是因为他们在这方面无能为力。他们的存在，只是为了反映那种无边的纷乱，为某些人的玩世不恭辩护。那些人说：“如果我不是一个寡廉鲜耻的下流坯，不是一个讨厌鬼，不是一个贼和贪得无厌的人，那么，我也不会取得成功。看看那些善良温顺的人吧，他们虽然堪称我们中间的精华，但他们却都被挫败了。可怜的傻瓜们！”因此，我所沉思的，是他们的飞黄腾达、冷酷无情以及吃人者如何耀武扬威。这也是《时报》所选登的那种洪堡的照片所反映出来的东西。这是集疯狂、堕落、庄严于一身的那种照片之一——像幽灵似的，毫无幽默感，怒目瞪视，紧绷着嘴唇，有如生着淋巴结核的面颊，留着伤疤的前额，狂怒、潦倒而又天真的表情。这就是要阴谋、搞暴乱、控告别人而肝火旺盛的洪堡，贝莱坞医院里的洪堡，能讼善辩的洪堡。因为洪堡好打官司，所以我为他创造了这种言词。(118)

在这段话里，贝娄感叹艺术家地位的日益低下，尤其在美国这个不重视艺术的国度里。在艺术和物质之间，知识分子不得不作出妥协。西特林说：“我对钱的认识仍然停留在最初的水平上。我不知道有多少人，他们孜孜以求，精明能干，热情满怀。在他们看来，他们理所当然地应该占有你全部的钱。洪堡坚信世界上是有财富的，尽管不是属于他的，而他对这些财富拥有绝对的要求权，同样他也坚信自己一定能弄到手。”(159)洪堡曾经对自己的金钱追求进行过解释：“如果我还有一点诗人不应该有的财迷的话，那是有原因的。”“其原因是我们毕竟是美国人。我问你，如果我不在乎钱，那我还算什么美国人呢?”(159)因为美国就是一个让人丧失理性的地方。按照西特林的回忆,洪堡一贯坚持说,“在无意识之中,在物质的无理性的核心中,金钱就像血或浸润着脑组织的液体,是一种有生命的物质。”(242)因此对金钱的追求已经渗透到每个现代人的血液中。

西特林自己也为自己的行为百般开脱:

> 我并不热衷于金钱,啊,老天,对啦,我一心想的是做好事。我想做好事想得要命。这种做好事的情感,可以追溯到我早年对生存的意义的独特感受——我好像陷进了透明的生活深处,激奋地、拼命地摸索着生存的意义。我清楚地感到,瑰丽的纱幕、虚幻的境界,以及玷污着永恒的白光的五彩玻璃的圆顶,而我就在紧张狂乱之中哆嗦。对那些事情,我是着了迷啦。洪堡是明白这一点的,然而到后来他却一点都不同情我了。他自己病愁潦倒,对我也毫不宽容。他一个劲地强调瑰丽的纱幕和巨额金钱之间的矛盾。其实,我赚的那些钱是钱自己赚来的,是按照资本主义那些说不出来的古怪道理赚来的。世道就是这样嘛。(3)

这种资本主义的“古怪道理”就是违背人性、违背艺术、违背本心的处事方法。正如同西特林声称“我赚的那些钱是钱自己赚的”,他忽视了金钱运作背后人的主观作用。然而在看到洪堡的失败以后,尤其是自己纠缠在与妻子的离婚诉讼以及情人的敛财中时,西特林才真正感受到人类生存的问题,尤其是作家在选择艺术与金钱里所应该持有的态度。因此成名后的西特林在看到世界的狂乱之后,他一心想写有关“厌烦”的巨著。“我最后的一本书《一些美国人》,副题是《在美国的生存感》,很快就被廉价出售了。出版商曾经乞求我不要继续印行了。他们答应,如果我愿意把这本书搁置起来,就可以免去两万元的债务。可是我现在仍然在坚持写第二部。我的生活真是一团混乱。”(43)

具有讽刺意义的是洪堡和西特林的婚姻都受到金钱的左右。他们心中的情人似乎都对自己的艺术追求毫无兴趣。比如西特林的妻子丹妮斯总要问西特林什么时候立遗嘱。他的情人莱娜达也沉迷于锦衣玉食之中。西特林年少钦慕的对象对西特林的爱好似乎毫无兴趣,始终认为自己无法理解他所写的内容,这些人里也包括西特林的哥哥。尤其在目睹了洪堡的离世以及自己的诸多遭遇之后,西特林最后总结出艺术家的最终价值以及最终归宿：

> 现在的一切都成了拙劣的模仿、亵渎、剑客的笑料。不过，还得忍受。只是世界又为那些神圣的殉难加上了滑稽的殉难者。瞧吧，这就是艺术家。为了想在人类命运中扮演一个重要角色，他也就变成了无赖和小丑。作为意义和美的自封的代表，他遭到了双重的惩罚。当艺术家在磨难中学会了如何忍受沉沦和毁灭，如何去拥抱失败，如何保持虚无和克制自己的意志，并接受了进入现代真理的地狱的任务的时候，也许他的俄耳甫斯的神力又恢复了。(345)

西特林不得不替洪堡追问诗的价值何在、艺术的价值何在：

> 难道在重要的知识发展时，诗真会落在后面吗？难道思想的想象形式真的属于人类的童年时代吗？一个像洪堡那样的人，充满了激情和想象，像过着一种以美好的天边为界的、似有魔法保护的生活，到公共图书馆去，阅读对于人生极有价值的经典著作，满脑子的莎士比亚。在那里，每个人周围充满着有意义的空间。在那里，说话算数，就连表情和姿势也是有意义的。啊，多么和谐，多么甜蜜，那是什么样的艺术啊！但是统统完了。有意义的空间缩小了，消失了。这孩子来到这个世界，学会了尘世间害人的卑鄙伎俩。魔力完结了，然而这就是那消除了魔力的世界吗？(364)

洪堡由于心脏病而死在鲍里街，他死得无足轻重，在物质世界与精神世界的双重折磨下他走向灭亡。华尔街和鲍里街隔得如此之近，然而却代表着两种完全不同的生存状态。诗人已经等同于贫民、乞讨者，并不是他们没有追求，而是他们似乎与社会相去甚远、不合时宜，正如西特林总结的：

> 野蛮的华尔街是权力的代表，而离它如此之近的鲍里街则象征着无力的控诉。贝莱坞也是这样。到那里去的都是些穷愁潦倒的人们。……诗人就像醉汉和不合时宜的人，或者精神变态者，可怜虫；不论穷富，他们毫无例外地都处于软弱无力的地位——是不是这样呢？……哪里有能力，哪里就会吸引人。在古代，诗是一种力量，在那个物质世界里，诗人真是有力量的。当然，那时的物质世界跟现在大不

> 一样。可是，洪堡能引起什么兴趣呢？他处于软弱的境地，成了一个低贱的角色。他同意由金钱、政治、法律、理性、技术来垄断权力，并由它们主宰人们的兴趣，因为他找不到适合于诗人干的别的事情，新的事情和必要的事情。(155)

洪堡凄惨的下场也是社会的悲剧，因为他不得其所，他希望成为时代的弄潮儿，在学会了政治里的阴谋诡计、尔虞我诈之后，他放弃了自己的原初本行，从起初的道路上渐行渐远。贝娄在这里不仅嘲讽作家们的生活态度和处事方式，更嘲讽了整个没有文化内涵的民族。他在一次访谈录里批驳美国是一个带着贪婪低级趣味的民族：

> 我们自己的美式生活，在于我们的激情，在于衬托于全世界背景之下，我们社会和民族生活中的诸多问题。这是每日由报纸和电视网络所呈现出来的巨大奇观——也就是我们的城市、犯罪、住房、汽车、体育运动、气候、技术、政治、性别、种族和国际关系等问题。这些事实确凿无疑。然而，大众传媒所采用的行话套语——那些叫人激动的虚构事件[小说]，那些经过渲染和戏剧化以后，向广大公众报道，而又几乎让人人信以为真的捕风捉影的事件——又怎么样呢？对于一个心灵上带着这种趣味的民族，谈得上读书吗？①

三、都市状态下的厌烦与狂躁

贝娄评价美国的状况时称："我们的处境是特别革命的，是处于危机状态的，是一种永无休止的焦虑。"②齐美尔也曾描述目前这种生活状况，他指出"现代生活最深层次的问题来源于个人在社会压力、传统习惯、外来文化、生活方式面前保持个人的独立和个性的要求。"③而这种独立和个性的要求与社会现实的冲突之中会带给现代人厌烦与狂躁。就像西特林所说："我的心理处于一种芝加哥状态之中。我该怎么描绘这种现象呢？一处于芝加哥状态，我就模模糊糊地觉得一种无名的空虚，心在扩张，感到一种难以忍受

① 索尔·贝娄：《集腋成裘集》，李自修等译，宋兆霖主编，河北教育出版社2002年版，第103页。

② 同上，第102页。

③ 格奥尔格·西美尔："大都会与精神生活"，《城市文化读本》，汪民安、陈永国、马海良主编，北京大学出版社2008年版，第132—141页。

的渴望,灵魂的知觉要求表现自己,有些像服用过量的咖啡因的那种症状。同时我还有这样一种感觉,觉得自己成了外力的工具。这些外力在利用我,或者把我当人类错误的实例,或者仅仅当做未来的称心如意的事物的影子。"(66)这种"要求表现自己"的状态正是为了"保持个人的独立和个性",但是由此而生的空虚和烦躁成为城市精神的一个最显著的特征。

洪堡也曾表示过对城市生活的厌烦,他曾经逃离喧嚣的生活,选择去宁静的地方去生活。"洪堡的脸色还清楚地表明他清楚他需要干什么,而又没有着手去干。他也提醒我注意风景。40年代末期,他和凯丝琳,一对新婚夫妇,从格林尼治村迁居到饶有田园风光的新泽西州。我去拜访他时,他大谈土地、树木、花卉、橘子、太阳;大谈天堂、大西洋神岛、阴曹判官;一直谈到威廉·布莱克在费尔彭和弥尔顿的伊甸园,他离开了城市。城市令人厌恶。"(17)

成名后的西特林,在目睹了工业主义中的各种狂躁之后,他"开始苦苦思索不朽的精神问题"(109)。最直接的精神状态就是对生活的无奈与烦躁,因此"厌烦"也就成为了他最想写的主题:

> 在艾森豪威尔执政的最后几年里,我的主题是厌烦。芝加哥正是写我的杰作"厌烦"的理想的地方。在粗俗的芝加哥,你可以审视工业主义下人的精神状态。如果有人要带着信仰、爱情、希望的一种新的幻觉起来,他就必须懂得他要把这种幻觉交给谁——他就一定要懂得我们称为厌烦的那种深沉的痛苦。(108)

西特林对"厌烦"有着自己的理解,他甚至从社会学家的角度给他下了定义并进行了一番历史上的考究:

> 人类一开始就经历了种种厌烦状态,然而从来没有人把它作为一个正式的课题从正面来触及它的核心。而在现代,这个问题是被作为资本主义劳动条件的后果,作为在群体社会里趋于平等的结果,作为宗教信仰衰落或者神授或预言因素的逐渐消失,或者对无意识力量的忽视,或者在这个技术社会里理性化的增加,或者官僚主义加强的后果,用"社会反常"或者异化处理的。但是在我看来,一个人可以从对当代世界的信念开始——要么燃烧,要么腐烂。(198)

西特林进而解释了厌烦的特征和来源,厌烦是一种痛苦,厌烦的产生主要是因为人们的期望太高,甚至感觉怀才不遇:

> 假设你从这样的命题开始:厌烦是由未被利用的力量引起的一种痛苦,是被埋没了的可能性或才华造成的痛苦,而这种痛苦是与人尽其才的期望相辅相成的(在这些理念范畴,我竭力避免落于社会科学的俗套)。凡是实在的东西,都不符合纯粹的期望;而期望的纯粹性正是厌烦的主要源泉。所以,多才多艺的人,性感强烈的人,思想丰富的人,善于发明的人,凡是天赋高超的人都觉得自己数十年来怀才不遇,颠沛流离,囿于樊笼。想像企图通过迫使厌烦屈服于兴趣的办法解决这些问题。我把这种洞见归功于冯·洪堡·弗莱谢尔。(200)

西特林最后将厌烦的根源归结到堕落的世界之中。这个堕落的世界让许多心怀憧憬的天真之人希望破灭,并热衷于阴谋诡计、尔虞我诈,结果就是付出沉重的代价:

> 我由于自己变得如此天真,并且指望得到这种不够纯洁的人的保护,得到这种混迹于这个堕落的世界而如同鱼之得水的人们的保护,而要付出代价,这是完全对的。我把这个堕落的世界强塞给别人,而我又逃向何方呢?洪堡在放弃诗人生涯以后,还曾利用过他诗人的信誉;不过那只是热衷于搞阴谋诡计罢了。而今,我恰恰干着同样的行当,因为我的确太狡猾了,不具备那种天真无邪的品质。我相信这个说法是不真诚的。(222)

厌烦的结果就是城市的枯萎病,人们变得麻木,一味追求物质、金钱、欲望以及享受的同时,丧失了自我,灵魂也在枯竭,放弃了自己的初衷和梦想:“最壮观的事物,生活最需要的事物,已经退缩了,隐没了。人们对目前的生活的确烦得要命。人们正在丧失一切属于个人的生活。千千万万的灵魂正在枯萎。大家都可以理解,在世界上的许多地方,由于饥饿和警察转职而失去了生活的希望。但在这儿,在自由世界里,我们有什么借口呢?在社会危机的压力下,个人的领域正在被迫放弃……”(250)而洪堡和西特林就是这千百万“正在被迫放弃的人”中的成员。美国这个畸形的社会到处充斥着小丑。西特林认为他们家兄弟俩就是最好的代表。哥哥尤利克非常具有经商的才能，瞧不起弟弟的作为，而西特林自己则对经商毫无天赋，“我们旧世界堂堂正正的父母可真是生下了一对美国小丑——一个是恶魔似的百万富翁小丑，一个却是高超思想的小丑。”(391)

因此小说结尾意味深长，当西特林被问及路边的小花是什么花时，西特林的回答是：“我可不知道，我是自小在城里长大的。”(487)“城里”是个桎梏人思想的地方，这一结尾传达出城市是个巨大的未知数，未来在何方，将有如何变数，都是不可预计的。这也从另外一个角度展示出现代美国精神的封闭以及人们的无知。人们大多时候是随主流，在主流价值观面前丧失了自己的立场。

在此创作阶段的最后一部小说里，贝娄将成功与堕落、友谊与财富、艺术与金钱进行并置，并以最为犀利的口吻得出他的结论：“所有伟大的成功——经济、技术和组织上的成功——的代价，就是人类的谦卑，就是人们在芝加哥(或者纽约，或者罗马，或者基辅)所见到的那种堕落。要想回到人类原来的样子，就不得不回到《圣经》那儿去，回到柏拉图那儿去，回到莎士比亚那儿去。”①

① 索尔·贝娄：《集腋成裘集》，李自修等译，宋兆霖主编，河北教育出版社 2002 年版，第 191 页。

把城市归类为幸福还是不幸福是没有意义的。应该是另外两类：一类是历经沧海桑田而忍让让欲望决定面貌的城市，另一类是抹杀了欲望或者被欲望抹杀了的城市。

——卡尔维诺 《看不见的城市》

第三章 20世纪80年代初—2000年：城市再接受——多样性的大都市

第一节 贝娄晚期城市小说创作的特点

20世纪五六十年代的福特主义高峰为美国带来了巨大的经济繁荣，到70年代中后期福特主义已经显露出越来越多的弊端。福特主义以标准化、批量生产、垂直一体化的组织结构为基本特征。卓别林曾在影片《摩登时代》中嘲讽福特制刚性生产对人性的蹂躏。在这种制度下，人完全成了生产线机器的附属品，随着机器的运转动作，丧失了基本生活的自主。而整个流水生产线也是被严格管理着，缺乏灵活性。六七十年代后，福特主义更是受到消费市场多元化的冲击，让它不得不退出历史舞台，取而代之的是后福特主义时代。后福特主义(Post-Fordism)的主要特征是弹性专业化与精益生产，它以满足个性化需求为目的，以信息和通信技术为基础，生产过程和劳动关系都具有高度的灵活性。这个时期也是大都市特色最为鲜明的时候，全球涌现出许许多多的国际性大都市。这种国际性大都市的都市性涵盖多个方面，比如宽敞阔气的马路，琳琅满目的街道，鳞次栉比的建筑物，拥挤的人群，密集的车辆，高速发展的通信网络，日益完善的精细化生产和服务等。当然，大都市的特点不止于此，齐美尔也曾指出："现代都市的供应几乎完全来自市场，藉此种匿名性，每一团体的利益都带有残酷的务实性，而且由于个人间的各种关系无法加以衡量，双方经济上的利己主义都不用担心任何偏斜。货币主宰着都市，它完全取代了家庭生产和直接的实物交易，它显著地把顾客订购的工作量减缩到最低。"[①]货币的确成了市场上最方便也最残酷的流通方式，此外人际交往也变得越来越功利化，精明算计成为都市人群的另一个典型特征。贝娄后期的创作在都市阶层的描写上有所突破，一改往日城市知识分子的人物形象，补充了投机分子。

如果说六七十年代是以歹托邦作为整个公共话语的宣传修辞方式的话，随着80年代强烈主张经济增长和城市的后现代，城市衰退主义的话题渐渐淡出人们视野，从以前报章杂志上对二战后城市的激进且不均衡的发展规划展开的批判，转变为一场华丽的转身，将全社会的重心转移到采取一系列得到政府认可并鼓励的城市发展政策和策略上来，包括对城市景观的改造等。20世纪七八十年代最流行的城市设计包括历史主义、地方主义、防卫性城市主义等。一方面需要满足对城市共同体和安全性的渴求，另一方面又要满足对秘密性和探索性的渴求。所有这些城市政策的诉求、变化以及社会变迁的图景也不可避免地体现在贝娄的作品中。

20世纪的最后20年是贝娄创作生涯的第三个时期，继1976年获得诺贝尔文学奖后，停歇了6年后的贝娄于1982年出版了《院长的十二月》(*The Dean's December*)。这一时期他的创作重点集中在中、短篇和散文随笔上。除了出版长篇小说《院长的十二月》、《更多的人死于心碎》(*More Die of Heartbreak*, 1987)以及《拉维尔斯坦》(*Ravelstein*, 2000)外，还出版了短篇集《口没遮拦的人》(*Him with His Foot in His Mouth and Other Stories*, 1984)、中篇小说《偷窃》(*A Theft*, 1989)和《贝拉罗莎暗道》(*The Bellarosa Connection*, 1989)以及散文集《集腋成裘集》(*It All Adds Up*, 1994)。第三阶段贝娄创作的特点转向多样化的都市，这种多样化的都市首先是国际性、全球性场景的设置。贝娄在1984年接受的一个访谈中所提到的："不管喜不喜欢，下一阶段的写作是国际性的——大都会的、星际间的"[②]。此外，全球化、中心商业区的复兴、娱乐业的发展、会展中心和运动场馆的建立等都是大都市以及都市中心生活方式的象征。这些城市符号在现代性的包裹下华丽地出现了，它的灯红酒绿、霓裳靓影、觥筹交错都已经

---

① 西美尔：《大都会与精神生活》，收入《时尚的哲学》，费勇等译，文化艺术出版社2001年版，第188页。

② Roudané, Matthew C. "An Interview with Saul Bellow." *Contemporary Literature* 25.3 (1984): 265—280.

淋漓尽致地彰显出大都市的魅力与活力。旧的商业区被新的商业区所取代,甚至观念也日新月异。

这一时期贝娄着重强调的一个特点便是"国际性"。值得一提的是这个也跟犹太文化高度相关,正如摩迪凯·开普兰(Mordecai Kaplan)所说:"犹太人是一个国际性的民族。"①犹太人的祖先希伯来人原是古代闪族(Shem)的一支,约在公元前2000年越过幼发拉底河进入迦南地区,即现在的巴勒斯坦地区。之后由于迦南的饥荒,希伯来人不得不进入埃及,在受到法老的迫害下,不得不离开埃及重返迦南。之后扫罗于公元前1028年建立了统一的希伯来王国。然而好景不长,由于内部分裂,北朝以色列和南朝犹大对峙而立。公元前722年北朝以色列被灭,而南朝犹大首府圣城耶路撒冷也两次沦陷,公元前597和前586年两次圣殿被毁,犹太人沦为"巴比伦之囚"。此后迦南地区先后被波斯帝国、马其顿、塞琉古王朝和罗马帝国统治,犹太人也进行过两次犹太战争,但均以失败告终,他们又被迫离开迦南,开始了漫长的大流散时期。他们开始涌向西亚、北非和南欧等地区。多个世纪以来,犹太人一直处于边缘地带,始终被排挤被迫害,反犹主义此起彼伏,在二战时达到极点。二战中六百万犹太人被屠杀,在巨大的舆论压力下,1948年以色列得以建国,大批欧洲犹太人陆续移民以色列。

此时期谈及的"国际性"主题是伴随着城市化进程,尤其是城市化进程发展到较高阶段的产物。随着国家间政治、金融、文化的交往,世界性的国际大都市是大城市发展的方向。此外,来自亚洲、非洲和拉丁美洲的移民潮也不断成为新的城市力量,因为多数移民青睐于城市生活的便捷,以应对初到异地的不适应,因此在廉价房租的吸引下,他们往往选择生活在各项成本低廉的"种族"居住区,其后诸如唐人街、柬埔寨区、小哈瓦那区等具有种族身份标签的新空间得以建立,来自世界各地的移民瞬间成为了街区商业的主力。这也成为贝娄后期作品各国人物众多的一个原因。

在贝娄早期作品里小说场景的变化相对较为单一,最明显的莫过于出版于1944年的《晃来晃去的人》,主人公不停徘徊在家宅和街道之间,即便《奥吉·马奇历险记》中开始尝试脱离狭窄的空间,小说主人公奥吉突破了家宅的樊篱,在城际间穿梭,但是在不同地域里文化上的交融较为缺乏,仅仅只是为奥吉的奋斗史提供一个背景。贝娄中期的创作《赫索格》、《赛姆勒

① 摩迪凯·开普兰:《犹太教:一种文明》,黄福武、张立改译,山东大学出版社2002年版。

先生的行星》以及《洪堡的礼物》无一例外地传递出相对单一的地理空间以及文化空间。而此阶段贝娄的这种突破显而易见，贝娄开始以更广泛的视野进行创作。比如在《院长的十二月》里贝娄开始有所突破，他以不同国家不同意识形态下的现代“双城记”展示出他晚年对城市的看法。小说《更多的人死于心碎》中此特征更加明显，小说人物较多，生活环境和性格特征各不相同，但是主人公几乎都具备着不同的文化背景，或者说每个主人公都不是单独处在一个地理空间或者文化空间之中。他们互相交织成一个地域网和文化网，传递着后现代社会的城市文化特征。

“大都会”，很明显是指对大城市的描写，对摩登生活的刻画。而此时的大都市已经不是贝娄早期创作下的一般意义下的城市，从贝娄对城市景观的描述上看就能感受到明显的城市变迁，在《更多的人死于心碎》中贝娄描述主人公本恩教授看到城市变迁时的无奈：“他坐在餐桌的角落，百般无奈地望着窗外绵延几十英里的城市。所有这一切被遗弃了的工业正等待着电子业予以复兴，衰落地带十分广阔，昔日高耸入云的烟囱已不再冒烟。如果你有家财万贯，你便有权一睹大片荒凉凄怆的景色。你若登上电子塔楼的顶部，见到的情景会更令人难忘。”(162)这种对城市往昔的记忆镌刻在每一个对城市生活有着敏锐洞察力以及有着浓厚情感的居民的心底。大都会的发展伴随着以摩天大楼取代破旧瓦房的进程展开，在这种背景里人际关系更多地以金钱来维系，人与人的关系建立在货币的基础之上，都市人形成了一种天然的戒备心理，大都市的人格进一步扭曲，如齐美尔在《货币哲学》里指出的，货币社会里人们是精于算计的。①这带给主人公的是无声的反抗和无奈的绝望。然而，贝娄并没有像中期那样一味否定城市的变化，转而采取一种模棱两可的方式，以悖论性的手法展示出其态度的变化。正如罗马尼亚学者诺曼·马内阿在贝娄访谈集的序言里说的：“在他(贝娄)的都市世界中，犹太精神找到了自己新的、自由的、美国的声音，找到了其新的安宁与新的不安，找到了一种新的幽默和一种新的悲哀，最后，还找到了一种前所未有的方式，提出生活中无法解答的问题。”②

大都市具有隐匿性，隐藏着让人迷失自我的巨大潜力。城市带给女性更多自由的同时，也带给女性诸多物质上的诱惑，正如美国自然主义作家笔

① Simmel, Georg. *The Philosophy of Money* (Third Enlarged Edition). Ed. David Frisby. Trans. Tom Bottomore and David Frisby. London and New York: Routledge, 2004, pp.448—449.

② 诺曼·马内阿：《索尔·贝娄访谈录：在我离去之前结清我的账目》，邵文实译，中国出版集团2015年版，第8页。

下的女性形象。本身被人们认为有厌女症的贝娄无疑将女性的物质拜金与城市的隐匿性结合起来,在《更多的人死于心碎》中勾勒出一个对财富非常迷恋的新女性形象。她不仅有才华,学历高,有自己独到的见解,但是同时她也不能置身于物欲的横流之外,独善其身。在与本恩的对比中,新女性的形象更加得到彰显。

贝娄提到的这一时期的另外一个主题"星际间",读者对于这一提法不会太陌生。因为在创作的第二阶段贝娄已经初步尝试这种创作的主题。比如在《赛姆勒先生的行星》中,赛姆勒先生极力想离开这个星球,"当我们有了一个住满了圣人的地球,而我们又一心想着月球的时候,我们就可以登上航天机器,飞上天去了……"(236)到了第三阶段,即贝娄的创作晚期,这种"星际间"则体现在不同天体、不同研究领域、不同意识形态以及不同生活地域之间的并置与碰撞。《院长的十二月》无疑具有上述特征,比如院长科尔德的夫人米娜所从事的星际科学研究,以及欧洲的布加勒斯特与美国芝加哥的并置。

贝娄晚年作品展现出一个更大的城市共同体,一个各种城市社区的结合体,在这个大共同体里文化是互相补充、互为参照的,读者可以看到德国人、波兰人、意大利人、希腊人、爱尔兰人以及犹太人,甚至还有黑人、印度人、中国人、波多黎各人等。与早期《雨王亨德森》中不同物种共居的共同体不同,此时的共同体明显具有更加宽广的国际视野,这种共同体也是全球化(Globalization)的一个体现。城市的高度发展走向更密切的交往与融合,城市不再是孤立的个体,而是在全球框架下的城市交融群以及人种混居体。20世纪80和90年代以后地球上最重大的政治、经济、文化现象便是全球化,全球化一词用来描述地球上不同地区、国家和个人在政治、经济、文化等领域联系越来越密切的现象。吉登斯把全球化定义为:

> "世界范围的社会关系的强化,这种关系以这样一种方式将彼此相距遥远的地域连接起来,即此地所发生的事件可能是由许多英里以外的异地事件而引起,反之亦然。这是一个辩证的历史过程,因为有这种可能,即此地发生的桩桩事件却朝着引发它们的相距遥远的关系相反方向发展。地域性变革与跨越时-空的社会联系的横向延伸一样,都恰好是全球化的组成部分。因此,今天无论是谁,无论在世界的什么地方研究社区问题,他都会意识到,发生于本地社区的某件事情,很可能会受到那些与此社区本身相距甚远的因素(如世界货币和商品

市场)的影响。”①

地区间的隔阂、人与人的隔阂、民族间的隔阂、国家间的隔阂被逐渐打破,取而代之的是世界交流的顺畅化和“一体化”。虽然人们越来越期盼着“大同世界”的梦想能够得以实现,然而乌托邦想象似乎不那么容易实现。

正是受到全球化现象的影响以及贝娄晚年心境的改变,这段时期贝娄作品中慢慢体现出一种对城市生活的开放性和包容性,正如他在一次访谈中提到的:“每个人都不得不去探究这些事物的表象,而不是向自己的‘丰厚’的生长环境不断祈祷,这种哺育环境坚持向善的成功以及爱的胜利。而我自己的追求是美好与解放。我尽力自己尝试着去坚持这些信仰。但是那仅仅只是我年轻的时候。最终每个人都只能接受那些能真正承受住最艰辛测试的东西。”②因此在黑人问题、共产主义问题上贝娄不再是采取过去激进的批判或者是站在全盘否定的立场上,其中最明显的例子表现在对黑人的描写上。在贝娄中期的作品《赛姆勒先生的行星》里,贝娄批判黑人的毫无教养,并谴责他们是社会的毒瘤,一位衣着光鲜的黑人在贝娄笔下是个张狂到无耻的小偷,这也部分体现了西方一直以来对黑人形象的偏见。传统西方的观念中黑人就是原始的、未开化的、野蛮的、动物性的象征。尤其是20世纪60年代美国的黑人民权运动取得长足发展之时,贝娄依然以这一主题进行创作,实则是抵抗60年代黑人民权运动对犹太人的诋毁,这无疑也给贝娄打上了种族主义的标签。而到了创作《院长的十二月》,贝娄能较为理性地对待种族问题,在这部小说里贝娄主动去描写大都市空间下底层黑人的社会问题和生存问题,他以同情者、理解者、安慰者的立场去创作这部小说,同时小说里黑人形象也发生了巨大转变,黑人可以是形象和蔼、举止得体的大使,这完全摆脱了《赛姆勒先生的行星》中黑人窃贼的形象。因此如果说贝娄第二阶段的创作具有“抗议小说”的特点的话,那么到了最后一个阶段贝娄相对来说是以较为包容的心态对待身边的人和事。

贝娄晚期创作的另一个特征是贝娄犹太性的转变以及历史主题的凸显。贝娄创作思想中的一个重要因素便是他的犹太性。曾有学者认为犹太人的城市性就是其犹太性。犹太性是指犹太人所独有的犹太民族特性。有的犹太教评论家认为:“一个人的犹太性既不会因为选择参加较多的犹太活

① 安东尼·吉登斯:《现代性的后果》,田禾译,译林出版社2000年版,第56—57页。

② Roudane, Matthew C. “An Interview with Saul Bellow.” *Contemporary Literature* 25.3 (1984):265—280.

动而有所增加,也不会因为参加较少的犹太活动而有所减弱。没有哪个犹太人比其他犹太人更具犹太性,也没有哪个犹太人的犹太性会因为与非犹太人通婚而有所消减,因为这种犹太身份是自在的,独立于一个人的人生之外。"①这主要是从血缘的角度在探讨犹太性。文学中的犹太性是指作家在创作过程中直接或间接运用犹太生活素材,并对犹太传统和文化以及历史事件进行更深层次的加工,将其镶嵌在其作品的精髓之中,而作品也渗透出犹太文化和品性的肌理。

在贝娄创作之初,他曾经不愿意被贴上"犹太裔美国作家"的标签②,宣称"这不是我的主要义务。我的主要义务是我所从事的职业,而不是某个具体的族裔集体"③,并认为这是"一种暗含的贬低"④。然而贝娄又是矛盾的,在多种场合他曾公开表示"充分意识到自己是一个犹太人"⑤。其实这种矛盾并不止出现在贝娄一个人身上,这在不少犹太作家中具有普遍性,犹太民族的历史遭遇浓缩了全人类的共同命运,这就更加促使犹太作家尽力摆脱犹太人可能具有的狭隘性,而往往把犹太人作为"选民",作为全人类的代表,并借助犹太因素的特殊性表现形而上的普遍性。用普遍性来掩盖特殊性,同时也求得在大熔炉的生存,这种方式的确必不可少。美国学者桑福德·平斯克曾说:"美国犹太作家首先具有'美国性',其次才具有'犹太性'。"他还补充道:"严格地说,美国并无犹太文学。而我们说的只不过是文学内容中的'犹太性'。"⑥

伴随着城市发展的进程,当人们更多地迷失在物欲社会中,精神面貌上展现出更多虚无主义的时候,美国的城市所缺乏的真实性更让人无所适从,贝娄认为有必要提醒整个人类对历史应该具有的正确态度,尤其是犹太人在对待自己民族身份以及民族历史应具备的立场。在一次访谈中被问及大屠杀问题时,贝娄指出:

① 魏啸飞:《美国犹太文学与犹太特性》,广西师范大学出版社2009年版,第2页。

② 贝娄曾经解释自己拒绝"犹太作家"称谓的原因是他所居住的那个美国犹太社区要把他列入社区名册。他顾忌世界如何看待自己,尤其在那个犹太作家往往被误读的年代。

③ Kulshrestha, Chirantan and Saul Bellow. "A Conversation with Saul Bellow", in *Conversations with Saul Bellow*, p.91.

④ Miller, Ruth. *Saul Bellow: A Biography of the Imagination*. New York: St. Martin's Press, 1991, p.43.

⑤ Pinsker, Sanford. "Saul Bellow in the Classroom", *College English*, 34. 7(April, 1973), p.982.

⑥ Pinsker, Sanford. *Between Two Worlds: the American Novel in the 1960's*. New York: The Whiston Publishing Company, 1998, p.29.

> 有许多东西我还未能吸收，许多东西从我身边溜走了，大屠杀就是其中之一。我了解的情况确实还很不完全。我甚至有可能部分地受到封锁，因为我在巴黎居留时确实遇见过大量经历过那场屠杀的人。我了解发生了什么，可不知为什么，我无法从我的美国生活中挣脱出来。……是后来，一九五九年去奥斯维辛时，我才充分意识到那场浩劫的分量。我从来没有把描写犹太人的命运看做是自己的职责，我没有必要承担那份义务。……不知什么原因，我竟然没有注意到一些大事的重要意义。我没有抓住它们，现在看本来是可以抓住的。直到《贝拉罗莎暗道》以前，我一直没有做到。所以，活到现在这个年纪，我早该履行几项被忽视了的使命了。①

对缺失历史和历史大事件的思考，让贝娄在晚期创作中不断强化对犹太历史、犹太文化传统、反犹主义、屠犹事件展开深入的探讨。贝娄没有经历过大屠杀，美国成为他们躲避这场浩劫的避难所，因此一批作家②都因为自己的不在场而有所遗憾，时隔30年后才纷纷动笔写下这段惨绝人寰的历史，字里行间流露出他们的焦虑与自责。其实贝娄年轻时就已经对反犹主义有着强烈的抵触情绪。从他被英语系主任以他的犹太身份为由拒绝接收开始就已经在他的心灵深处打下了刺骨的种族歧视烙印。在贝娄的《书信集》里，不难看出从1982年起贝娄在信件中谈及反犹主义的话题变得更多③。他在纪念美国犹太作家马拉默德的悼词中坦言："我们是同类人，都是东欧犹太移民的儿子，我们都早早地来自各自的街道上，被学校、报纸、地铁、公交车、市郊的沙地美国化了。大熔炉孩子。"④此外在写给辛西娅·奥齐克(Cynthia Ozick)的信件⑤中，他也明确提及犹太人以及犹太地位。不得不承认贝娄晚年开始对犹太性给予更多的关注和审视。有学者曾称：《拉维尔斯坦》是贝娄最具有犹太性的一部小说⑥。的确如此，小说里没有种族身份

---

① 这次访谈是在1990年进行的。详细内容可参见索尔·贝娄：《集腋成裘集》，李自修等译，宋兆霖主编，河北教育出版社2002年版，第387—388页。

② 这样的犹太作家包括 Adrienne Rich 以及 Louis Zukofsky 等。

③ 详情可参见 Saul Bellow, *Letters*. Ed. Benjamin Taylor. New York: Viking, 2010, p.559。

④ Bellow, Saul. "In Memory of Bernard Malamud", in Benjamin Taylor (ed.) *Saul Bellow Letters*, p.435.

⑤ Ibid., pp.454—456.

⑥ 比如乔纳森·威尔逊曾出版过一本有关贝娄的论著。Wilson, Jonathan. *On Bellow's Planet: Readings from the Dark Side*. Rutherford, New Jersey: Fairleigh Dickinson University Press, 1985.此处转引自 James Atlas, *Bellow: A Biography*. New York: Modern Library, 2002, p.598。

含混不清的人物，这跟贝娄以往的小说有着很大的不同。小说里的主人公拉维尔斯坦和齐克是具有明确犹太身份的城市人，此外两人在死亡面前非常认真地探讨犹太历史、犹太灵魂、以色列的命运、经历过大屠杀的犹太人民等等。乔国强教授曾指出："贝娄借写传记这一时机和形式，来总结自己对人生的一些重大问题的思考，特别是为自己对反犹主义和'大屠杀'的认识作最终的定位。"[①]小说正是通过描写即将踏入死亡之门的两位主人公来探讨死亡与犹太性的关系，而这种关系的探讨又在城市发展之下各种矛盾的对峙中凸显出来。

贝娄晚期作品中更多提及的是对人生、历史、死亡、家庭等问题的思索。美国城市的缺乏地方性以及缺乏真实性不可避免地带给犹太移民痛苦的感受，因此历史、传统、集体记忆以及与之相伴随的归属感和认同感对犹太移民尤其是经历过大屠杀创伤的犹太人而言是复杂的。贝娄不仅思考死亡的问题，还对犹太身份和犹太性给予了更加明显的关注。与其早年在作品中隐晦地提及大屠杀不同，晚年的贝娄则毫无顾忌地提出自己的看法。将死亡与历史主题进行杂糅是晚年贝娄进行创作的一个鲜明特征，而实现这一主题的一个直接的途径便是城市场景的切换，将经历二战的城市与美国芝加哥进行对照，在城市现实中重构历史[②]。总的说来，晚年的贝娄对后现代城市的思考充满了理性和理智，一味否定的态度在实证主义的影响下被功用主义所取代，贝娄抛弃了他之前强调的历史主义观点，不可否认，这一改变离不开全球化以及后现代各种"转向"思潮的影响。贝娄跨越了政治和种族的藩篱，变得更加宽容，他突出显现多元化的国际性大都市，批判的笔触不再那么犀利与尖刻，留给读者更多思考的空间。

第二节　现代城市意识形态下的"双城记"

《院长的十二月》（*The Dean's December*）出版于1982年，是贝娄获得诺贝尔文学奖六年后的第一部小说。由于小说创作手法和主题与之前的小说相去甚远，有的学者甚至认为贝娄"不再是原来的贝娄"[③]。此部小说出

---

① 乔国强：《从小说〈拉维尔斯坦〉看贝娄犹太性的转变》，《上海大学学报》（社会科学版），2011年第2期，第63—76页。

② 有关贝娄与历史的问题在本书第二章第四节里有论述，此处不再赘述。

③ Bloom, Harold. ed. *Saul Bellow: Modern Critical Views*. New York: Chelsea House Publishers, 1986, p.5.

版的早期得到的否定评价多于正面的积极评价。有的评论家认为这部小说情节不够紧凑,不像是一部小说,而且认为该小说从文学风格上与贝娄式的艺术特色相去甚远,缺乏贝娄式的幽默、流畅的情节以及他辛辣的笔触①。其中也不乏肯定的评价,比如西摩·贝斯基认为这是贝娄最有力的作品之一②。约瑟夫·科恩(Joseph Cohn)认为:"阿尔伯特·科尔德,贝娄的院长,看上去似乎没有任何英雄主义的倾向,可能是他最为均衡的英雄,也就是说,他最具有人性并因此成为最吸引人的人物。"③朱迪·纽曼通过结合尼采的思想认为该小说体现了贝娄的虚无主义。④贝娄本人也承认最开始想写一部有关芝加哥的非虚构作品,但之后觉得以新闻手法来写这个题材似乎过于拘谨,于是便写成了一部推理小说。也有评论家认为这部小说是关于现代都市芝加哥和社会主义首都布加勒斯特的一部"双城记",芝加哥有点类似《赛姆勒先生的行星》里的纽约,城市里弥漫着恐怖、种族迫害、道德败坏、官僚腐败,而在布加勒斯特则充满着威胁、人身迫害、官僚腐败等⑤。

小说主人公科尔德原是《论坛报》的一位记者,后来依靠父亲朋友的帮助赢得了国际声誉,但他宁愿归隐到大学寻找栖身之所。在成为一所著名

---

① 代表性的否定的评价如下。Beatty, Jack. "A Novel of East and West." Review of *The Dean's December*. *New Republic* 3 Feb. 1982:38—40.其中认为此部小说缺乏以往小说的凝练,更为糟糕的是,知识分子的那种执着并没有得到戏剧化的描述。Walter Clemons 在书评"A Tale of Two Cities." Review of *The Dean's December*. *Newsweek* 18 Jan. 1982:86.中认为该小说是贝娄作品中最无趣的一部。此外最让贝娄难受的一篇书评是牛津大学的 Owen Barfield 所著,发表在 Towards 杂志上,题为"East, West, and Saul Bellow"。Barfield 是人类哲学领域的知名专家,他把贝娄介绍到芝加哥人类哲学分支机构。正是读了 Barfield 对 Rudolf Steiner 的论著,贝娄对 Steiner 的精神疗法兴趣更浓,而 Barfield 在书评里毫不留情地指出贝娄的自我意识太过于浓厚,充满了对结构和形式的敌对和抵触。贝娄认为因为自己是美国人、犹太人、小说家和现代主义者,而 Barfield 是英国人、古典主义者、更老的一代人并饱读英国文学,因此后者对贝娄作品有发自内心的抵触。

② Besky, Seymour. "In Defense of Literature: Saul Bellow's *The Dean's December*." *Universities Quarterly: Culture, Education and Society* 39.1(1984—1985):59—84.此外还有 John Updike 认为该文行文流畅,具有神秘主义色彩,形象生动且充满智慧。可参见 John Updike, "Toppling Towers Seen by a Whirling Soul." Review of *The Dean's December*. *New Yorker* 22 Feb. 1982:120—128。

③ Cohen, Joseph. "Saul Bellow's Heroes in an Unheroic Age," *Saul Bellow Journal* 3.1 (1983):53.

④ Newman, Judie. "Bellow and Nihilism: *The Dean's December*." *Studies in the Literary Imagination* 17.2(1984):111—122.该文还指出跟以前贝娄的小说不同,在该小说中,真理和智慧来自女性人物。

⑤ 可参见乔国强:《索尔·贝娄笔下的"双城记"——试论索尔·贝娄的〈院长的十二月〉》,《当代外国文学》,2011 年第 3 期,第 29—35 页。

学院的院长之后,他不顾自己的身份和地位撰写了一系列文章来揭露社会,并使学校陷入丑闻和尴尬境地之中。一桩意外事件让科尔德陷入种族分子的诉讼当中。科尔德的妻子米娜是一位天体物理学家,单纯而不问世事。科尔德院长陪伴妻子去布加勒斯特看望行将就木的岳母瓦勒丽亚。在两个同样令人感觉冰冷的城市里,科尔德思索着现代城市文化带来的诸多社会科学与应用科学的关系问题、意识形态问题以及黑人问题。此外"双城记"不仅是指两个城市的并置,还指代现代社会中的两种城市意识形态的矛盾冲突,以及人文精神与科学精神的博弈。在贝娄看来科学技术扮演着操纵人们并充当统治阶级政治活动帮凶的角色。

一、人文主义与自然科学的对垒

科学、艺术和哲学是人类知识和实践经验的总结。大致说来,现代西方思潮分属于两种思想传统:人文主义和科学主义。人文主义主张一切以人为中心,强调社会和人生问题的特殊性,不能简单地采用现代科学来研究。而科学主义以现代科学的基本原则、观点和方法来研究哲学和社会问题。人文主义者往往擅长抽象的思辨,不大重视科学的方法、语言和规律,通常会以精神贵族的姿态高踞于物质和功利的考虑之上。而科学主义者崇尚理性,重视逻辑方法的运用,强调实证研究的重要性。长久以来,两者中就出现了互不理解的鸿沟。自然科学的发展促进了近代科学的飞速进步,这无疑加剧了双方的对立关系。而科学主义和人文主义的关系也是贝娄着力探讨的问题之一。

贝娄中期和后期作品中的主人公几乎都是知识分子,比如中期创作的《赫索格》中的赫索格教授,《洪堡的礼物》中的作家洪堡和西特林,《赛姆勒先生的行星》中的一心想写H.G.威尔斯传记的赛姆勒先生。而这部小说的主人公科尔德教授也不例外,他不仅是位知识分子,还是一位集作家、记者、理智主义者以及反思者于一身的人。

贝娄早期和中期创作中鲜有作品直接将应用科学和人文社会学科进行过对比,通常提及较多的是人文艺术在物质社会中应具有的社会价值以及应承担的社会责任,典型代表就是《洪堡的礼物》,通过探讨作为作家的两代艺术家在物欲社会中如何严守艺术殿堂而作出的努力和对艺术的思考问题。而在这部小说里贝娄开始修正了之前仅仅只对艺术进行单一强调的主题。在这一阶段贝娄深化了这一理解,将其归因于人类的淡漠以及对科学的过度重视而忽略文学在帮助构建社会生活和性格方面起到的巨大作用,并指出现代人更加急功近利，在书本中仅寻求实用的内容。艺术与文学已变得越来越不重要。正如本·西格尔所说："贝娄认为美国艺术的孤立是本世纪最后十年最糟糕的文化境遇。"①贝娄着重于强调在工业资本主义之下，尤其是应用科学和人文社会科学的对垒中，人文社会科学已经很明显地被远远地甩在了应用科学之后。在西方思想界，对于现代社会中应用科学的重要代表"技术"一词的理解有着"技术中性论"和"技术决定论"两种思潮。越到晚期，后者的呼声越高，甚至认为技术塑造人类的发展，而并不是服务于人类目的。贝娄无疑也在批判这种人类受技术牵制的思潮。

小说中应用科学和人文社会科学的博弈始于科尔德院长最亲密的人——夫人米娜。米娜是一位出生在布加勒斯特的美国天体物理学家，"在米娜看来，研究行星比研究贫民窟、犯罪和监狱要好得多。"(25)②科尔德提到米娜在布加勒斯特上中学的情景：

> 在那道铁幕背后，历史和文学不过是装点门面而已，而数学和物理科学则立于不败之地。……在米娜看来，研究行星比研究贫民窟、犯罪和监狱要好得多。如果你能写一写像比契这样的地质物理学家，那么何必自找那类事情的麻烦呢？她承认她不明白《哈珀氏》的文章何以搅动那么多人的心弦，文章里都说了些什么？……她承认她不甚理解这种语言，词语在他笔下变得怪异了。(25—26)

这段话很明显地反映出自然科学和人文主义的地位区别，而米娜的这种真实感受正说明了人文社会科学和应用科学的割裂。这位一心沉浸在天体应用科学的美丽女学者，对许多事情不予理睬，也不了解整个社会的变化。"用科尔德的暗喻来形容，米娜在把处于宇宙一端的一根针与处于另一端的一根线串在一起。"(14)科尔德院长认为自己的"特殊才能就是把像摘自《哈珀氏》的这种文章为一般读者拼凑起来"(14)。但是这种"才能"在许多人看来毫无价值可言。科尔德认为现在整个社会的风气便是更强调具有应用价值的科学技术，而忽视一般的艺术。科尔德院长在《哈珀氏》上发表的两篇披露社会现实的论文却招来不少骂名。30 年前他的竞争对手斯潘

---

① Siegel, Ben. "Still Not Satisfied: Saul Bellow on Art & Artists." *Saul Bellow and the Struggle at the Center*. Ed. Eugene Hollahan. New York: AMS Press, 1996, pp.203—230.

② 此节选文均出自 Saul. Bellow. *The Dean's December*. New York: Penguin Modern Classics, 2009。以下只标出页码，不再一一说明。

格勒认为:“科尔德放弃了掩盖,跑出来对大家大发雷霆,到处树敌,尤其惹怒了新闻界——对自己的职业的背叛——实际上是主动让人扫地出门,这是一种非常奇怪的发展。最最奇怪的是科尔德的倒退,斯潘格勒就是这样描述他的。科尔德已经倒退到很久以前的标准上来,倒退到他和斯潘格勒一起在林肯公园阅读雪莱和史文朋的时代。”(69)并且在他离开芝加哥之前他已经接到了《哈珀氏》的编辑们转来的一批“像洪水一样的信”。这些信件无非传达出这样的声音:自由派认为他反动,保守派说他疯狂,职业城市专家说他太急躁。甚至有读者劝慰他说:“在美国城市里事情总是这样,丑恶,可怕。科尔德先生应该读些历史,做做准备。”“这位作者是一位知识贵族。知识贵族教我们憎恶城市,于是这些城市变得可厌了。”“科尔德先生信仰总体精神甚于信仰公共福利。是什么使他相信拯救小黑孩的办法是让他们读莎士比亚……”(187)总体说来,这些声音是对科尔德文章尖锐的否定和斥责,是对科尔德的讥讽和嘲弄,他们认为科尔德过于小题大做、无中生有,并且认为他过于天真。然而“院长相信,现代成就、飞机、摩天大楼、高科技是对智力的极度耗费,尤其是对判断力的极度耗费,最重要的是对个人判断力的耗费”(259)。科技的发展抹煞了人们的判断力,让所有社会的丑恶都埋葬在摩天大楼、飞机等高科技之下,他非常憎恨这种不负责任的社会现实。这些技术都是工业时代的产物,构成了工业形态的要素,在这些高科技下的确都隐藏着罪恶,因为人性在慢慢被抹煞,取而代之的是工具理性①。卢卡契也曾经谈到机器生产对人的影响,认为人是“被结合到一个机械体系中的一个机械部分……无论他是否乐意,他都必须服从它的规律”,工业生产“存在着一种不断地向着高度理性发展,逐步地消除工人在特性、人性和个人性格上的倾向”②。韦伯在《新教伦理与资本主义精神》(*The Protestant Ethic and the Spirit of Capitalism*)中指出,新教伦理强调勤俭和刻苦等职业道德,通过世俗工作的成功来荣耀上帝,以获得上帝的救赎。这一点促进了资本主义的发展,同时也使得工具理性获得了充足的发展。但是随着资本主义的发展,宗教的动力开始丧失,物质和金钱成为了人们追求的直接目的,于是工具理性走向了极端化,手段成为了目的,成了套在人们身上的铁的牢

---

① 工具理性(Instrumental Reason)是西方哲学概念,也是发源于古希腊的一种思维方式。西方的学问先论方法,再谈学术的改进。因为只有方法上的改进,学问才会有新的进展。自亚里士多德起,就把自己关于思维改进的书称为《工具论》,后来英国的培根延续这一传统,将自己发明的归纳法称为《新工具》,表明有别于亚里士多德的演绎法这种传统工具。

② 卢卡契:《历史阶级意识》,张西平译,重庆出版社1993年版,第97—99页。

笼。而科学技术不仅给宗教信仰带来了巨大的颠覆，此外还抹煞了宗教的积极作用。科学技术以新的所谓的技术神话和“专家”神话取代了古代的神话，由于其特殊的逻辑性和严谨性，往往排斥了个体在意识形态或政治问题中做出的道德决定。这也体现了工具理性。而以艺术、哲学为代表的人文社科是人类的记忆，是人类的自我意识，可以保护人的个性，在精神上带给人类享受和愉悦。凭借人文艺术我们得以去学习所生活的社会的价值判断和意识形态，并不断汲取养分来欣赏美、感悟美，并不断丰富自我、装备自我、净化自我。人文艺术可以为人类生活提供尺度，提供情感和理智的支持，而非冰冷的工具和冷漠的理性。

米娜对纯人文社科的语言并不感兴趣，并且觉得词语在科尔德笔下变得怪异，但是她非常认可用科学的语言来解释事物的真相以及揭示社会现象。比如米娜对自己同事著名地质学家比契的研究颇感兴趣。比契是科尔德的一位同事，一位著名的纯科学家，并在伟人堂里占有显赫位置，他曾请求院长帮忙把他的一项研究公之于众。比契的研究是以科学测算的方式对铅的危害进行评估。他以另一种直接的数据和实验测量向公众说明问题的实质，并给公众开启了另外一部启示录。比契向科尔德解释贫民窟里发生的事情：

> 成千上万吨难处理的铅残留物毒害着穷人的孩子们，他们最为脆弱。在那些破旧的贫民窟四周，浓度已相当高，在那儿已经堆积了数十年之久。钙吸收了这些铅。如果从临床的角度观察这些孩子的行为，就会看到慢性铅损伤的经典症状。……城市中心人口中的犯罪和社会无序状态都可以追溯为这种铅导致的结果。它最终造成神经疾病和大脑崩溃。(137)

比契进一步解释这种结果的源头主要是来自工业化进程：“三百年的工业化进程大大增加了铅的发掘和熔化，不可避免地将铅排入空气、水流、土壤中，人们对此却几近无知……现在铅的含量是史前自然时期的五百倍。这些真实数据是通过分析骨化石、通过检验淡水、咸水、远古树木、北冰洋的雪层、格陵兰岛冰块等的沉积物才确立的。”(138—139)比契的研究表明这种应用科学的细致实验和分析也让科尔德“既激动又感动”(139)。至少还有人跟他一样关注民生，关注人类的进程。这无疑是知识分子参与并服务于公共领域的一次举动，尤其当比契提出各种社会问题的出现与铅的过量

摄入有着不可分割的联系:

> 比契说,承担测量和控制人物的政府机构力量太小。它们缺乏必要的仪器和正确的方法。只有通过地质年代学、宇宙论和地球化学的纯科学研究,才能真正了解对水、植物和空气的毒害已经到了多么可怕的程度。只有通过探查微量铅的真正精确的方法,才会发现地球里的铅循环已被严重扰乱了。结论是:铅损害已影响到全人类。生物机能失调在人口密集的地区尤为显著,应被看作是引起战争和革命的原因之一。铅中毒导致的脑紊乱反应在恐怖主义、野蛮主义、犯罪、文化堕落上。于是到处可见动不动就发怒、情绪不稳、普遍的躁动、理性能力变得迟钝、注意力难以集中,等等,临床大夫很容易辨别诸如此类的病症。(139)

科尔德院长听完比契的解释后,认为比契和自己有相似之处,不仅两人都是长相平庸的中西部人,年龄相仿,而且两人都怀抱着改善人类境遇的崇高目标以期实现自身的价值,他感觉到了这位物理科学家"已经将自己最深厚的感情汇入了这颗星球,好像它是一个哺育了生命的生命存在"。(141)这和他自己一样,怀抱着对所生活的地球高度的责任感而披露各种社会问题。比契的无助以及向自己的求助让科尔德院长认为如果要解救这个星球,最好的办法可能是科学与人文进行联姻:

> 科学本来是为了实现更为深层的东西,然而在这里却经历了最彻底的失败。邪恶的天才在于它们有能力创造出无法理喻的区域,它们毫无遮拦地让你看不见它们。显然,比契已经开始感觉到了它们的力量。他穿不过去,得不到知音,因此来找阿尔伯尔·科尔德,找对了。健全的本能使他请求在《哈珀氏》上写了那些文章的奇人来领他穿过堵死的这些区域。如果我被说服了的话,我可以为他做这事。不是宣传鼓动,不是蛊惑人心,不是高谈阔论,不是广告推销,也不是秘宗邪术,不是最高力量,都不是,只是像古舟子那样的毫不动摇地真挚执著,用炯炯目光盯住它们。(140)

贝娄借科尔德院长之口一方面说明科学在城市进程中起到的不可磨灭的重要作用,另一方面也在强调人文科学不应该被忽视。社会发展的进程离不开两者共同的努力。

二、共产主义与资本主义的并置

如果说在贝娄创作的中期更多体现的是对共产主义的反感的话，贝娄曾借西特林之口在《洪堡的礼物》中提到厌烦与权力关系的时候，就明确指出斯大林的统治是一种纯粹权力的统治，并称那个社会是“历史上最令人厌烦的社会。窝囊破烂沉闷的货物沉闷的建筑令人厌烦的不安令人厌烦的管理沉闷的报刊沉闷的教育令人厌烦的官僚主义强制性劳动无时不有的警察无处不有的刑法令人厌烦的党务会议等等。永久的东西却是兴趣的失败。”①这种词语的重复以及毫无停顿的语言给人以厌烦、无趣、沉闷的感觉，正显示出贝娄在创作的第二阶段对苏联“共产主义”的反感。这种反感与贝娄昔日在俄国的苦难生活不可分割。正如贝娄曾回忆童年的生活：“我们搬到芝加哥居住之后，我就能开始读马克思和列宁的书了。但父亲却说：‘别忘了廖娃出了什么事——我有许多年没有我姐姐的音讯了。我不需要你的那些俄国和列宁。’”②父亲对苏联的看法也会影响到贝娄对共产主义的看法，虽然贝娄年轻时充满了诸多憧憬和好奇，对托洛茨基满怀崇拜，在贝娄儿时曾希望阅读更多的社会主义书籍，结果被父亲否定了。

在《院长的十二月》里，贝娄虽然也对集权制国家进行了批判，但是这种批判与对芝加哥的批判并行不悖，不存在此消彼长的色彩，而且甚至有的时候科尔德院长还传递出些许的对共产主义的同情与理解，在两者的比较之下，他更着重强调芝加哥的无可救药。从贝娄的笔触中不难发现他借主人公科尔德之口表达自己的立场，他逐渐认识到虽然布加勒斯特在一定程度上代表着集权主义的政体，但是从某种意义上说布加勒斯特为代表的共产主义社会是个乐园，贝娄一再通过科尔德院长的感受来抒发自己对共产主义社会的看法③，相对于贝娄以前的作品而言，他对共产主义的批判得到了缓和。

在下一部小说《更多的人死于心碎》中，贝娄对俄国的批判进一步得到

---

① Bellow, Saul. *Humboldt's Gift*. New York: Penguin Modern Classics, 2007, p.200.

② Cf. Bellow, Saul. “Writers, Intellectuals, Politics: Mainly Reminiscence”, in Saul Bellow, *It All Adds Up: From the Dim Past to the Uncertain Future*, pp.98—114.

③ 也有一些学者认为这部小说是贝娄反共产主义的小说，认为此部小说揭露了贝娄对东西方文化没落的批判，比如 Levine, Paul. “*The Dean's December*: Between the Observatory and the Crematorium.” *Saul Bellow at Seventy-five: A Collection of Critical Essays*. Tubingen: Narr, 1991:125—136。

缓和:“苏联人民是一个沉闷的实体。这不是他们自己的过错,我可以保证。主要的问题是人类精神受到了所谓革命的压抑。然而,俄国有它自己特有的财富,即相信俄国才是深沉而真挚的感情的故乡。陀思妥耶夫斯基与其他人一起促成了这种绵绵深情的好名声。西方不过是一所医院,专门接待感情受到创伤的病人和其他伤残者。”①

首先科尔德对芝加哥有着非常犀利的批判,他认为芝加哥已经得了“枯萎病”:

> 城市是情绪,是感情状态,大部分是集体的扭曲。在这里,人类茁壮成长,又受苦受难;在这里,他们把灵魂投注到痛苦和欢乐之中,把这些痛苦和欢乐当做现实的证明,这样,“该隐的城市在谋杀中建成”。其他城市则由神秘、骄傲建成,所有这些都是感情状态,是欺骗、束缚和死亡的伟大中心……这个城市是一种什么情绪……没有人受到太大的影响,除了他自己。所以,他面前是一片空虚,水;而他身后的空虚则拥挤不堪,贫民区。(285)

城市是一个大容器,盛放着所有人的痛苦和欢乐,成长和苦难。城市又蕴含着各种情感,每个人都有自己心目中的城市。城市还是一个充斥着谋杀的地方,是大家扭曲了灵魂进行狂欢和自我放纵的地方,城市同时也是欺骗与死亡的中心。

在共产主义体制下,虽然有独裁的压迫带来了低效,但总体上人际关系和谐友好。贝娄曾在一次访谈中提到《院长的十二月》中体现的东欧的情感纽带关系,当问及布加勒斯特场景的设置与芝加哥的对应关系时,贝娄承认这种对应关系,并指出:“因为在布加勒斯特和东欧,人们可以看到一种更为老式的人际依附关系。”②这种依附关系在贝娄看来是芝加哥不具备的。芝加哥冰冷甚至对立的城市人际关系让科尔德这位院长也觉得难以忍受。因此出生在布加勒斯特而在美国学习工作的妻子是那么单纯,不问世事,许多事情她都需要求教于她这位知名的院长丈夫。“科尔德在美国过着一位政务官的生活——难道一位学院院长不是一位政务官吗?他发现自己已距大本营有六七千英里之遥,来到了冬天的布加勒斯特,将自己关闭在一座老式

① Bellow, Saul. *More Die of Heartbreak*. New York: Penguin, 2004, p.91.

② Roudane, Matthew C. “An Interview with Saul Bellow.” *Contemporary Literature* 25.3 (1984):265—280.

公寓里。这里的每一个人都善良友好,无论是家人还是朋友,都是热心肠,他非常喜欢他们,在他眼里他们就是'旧欧洲'。但他们都有自己的紧张事务。"(1)科尔德院长"在空中行驶了数千英里之后,他又感到困惑。虽说身边都是外国人,但却给他一种亲切感。"(19)回过头来看看贝娄对芝加哥的描述,贝娄进一步抨击美国的目光短浅以及城市的枯萎病①,嘲笑他们认为社会问题只是短暂的一瞬,终会消失,尤其认为美国奉行的自由主义太过于理想化:

> 我说自由主义没有接受列宁关于战争和革命时代的前提。在共产主义者看到阶级斗争、内战和灾难的地方,我们只看到了暂时的失常。在灾难性的前景,资产阶级民主永远不会对其感到舒适自在。我们习惯了和平和富足,我们争取一切美好的事物,反对残酷、邪恶、狡诈和丑恶。作为进步的崇拜者,它的从属,我们不愿考虑邪恶和厌世,我们摒弃可怕的事物——也就等于说我们是反哲学的……现代商人和政客,如果愿意把数十亿的金钱贷给对方,就不会去设想一个战争和革命的时代。他们需要考虑契约的稳定性,因而就得接受共产党国家权威的基本严肃性。他们的不同名称的对应物,政府官员,像他们自己一样是讲究实际的人们。(199)

随着科尔德在布加勒斯特的逗留,他愈发发现"他在东欧养成的习惯有着奇怪的约束力"(283)。而美国虽然有着民主,但是到处是种族问题和官僚主义。"科尔德很早以前就断言芝加哥是美国的蔑视中心。"(42)贝娄进一步展示这个美国的蔑视中心所囊括的系列问题,这种丑陋的现实还体现在国家机器里。比如参与这次审判的法官所罗金先生:"所罗金是个小法官,前任区警队队长,多亏了国家机器他才得到这个职位。芝加哥有许多官员并不在乎为机器所拥有。每个人都得受到机器的检疫。如果机器不把你放在那儿,你就得不到选票。然而,在这台机器内部,各种关系是等级制的和封建制的,而不是奴隶制的。"(88)

贝娄以犀利的笔触抨击国家机器的虚伪,这种国家体制下的官员任命

---

① Marcus, Steven. "Reading the Illegible: Modern Representations of Urban Experience." *The Southern Review* 22.3(1986 Summer):443—464.在这篇文章中作者仔细分析了贝娄对古典城市理论的回应,并且认为贝娄对城市的看法有着一种动态的观点,从早期作品对城市的不确定性的描写,到之后愈加灰暗的描写。

是按照传统封建制度进行的,并且严格遵守等级制,这种谬误式的任命以及官员的官僚化让这个城市及国家应该受到蔑视。扎赫那是科尔德妹妹的丈夫,一个在拉萨尔街行法40年之久的律师,他甚至委婉地告诉科尔德自己在这行漫天要价。科尔德认为"正是像扎赫那那种人过着这个城市和这个国家所特有的生活,与这个城市的运作、它的历史地位、它的权利——实际的美国货色有着真切的联系。他们才是中心。"(91)科尔德越发觉得自己与这个城市格格不入,正如同他所说:"这个衣着破旧的院长他妈的算得了什么!"(91)"黑的或白的或赭的或绿的,在芝加哥没有多少人不怕麻烦思考正义的问题,真令人迷惑不解,太少了。你甚至没有意识到这一点,直到你遇到一个把正义作为基本兴趣而思考的人,然而,你豁然明朗这样的基本兴趣是多么罕见啊……"(101—102)当米娜母亲的葬礼结束,科尔德夫妇需回美国时,科尔德甚至觉得回美国"仿佛不是回归秩序、美丽、平静和和平中去"(286)。

贝娄将两个城市并置在严寒的冬天,虽然两个城市在专制制度和社会犯罪上多少有些相似之处,正如贝娄所说,他只想真实地展现出自己看到的东西,他认为这就是一名作者应该完成的使命①,但是这还不是小说最终的结局。小说上半部分集中在对两个城市的批判上,但到了小说接近尾声之时却是意味深长。科尔德辞去院长职务,读者可以感受到贝娄的妥协状态,他借科尔德之口表达自己对城市生活的让步:"我不会再写关于芝加哥的那种文章了,除非某种特殊的方式震撼了我。这种情况并不经常发生。一般说来,我是相当安静的。我不喜欢争论,在我这行我干得够好了。"(307)科尔德的这一席话表达出他已经彻底放弃就城市问题的争论。就如同小说结尾科尔德发出如释重负的心声:"自由了!紧缩在你体内的每一种病症都被这喷薄而出的旭日解放了。你无法说清谁是不垂直的,船,你自己,还是倾斜的大海——但是自由了!这一切无关紧要,因为你自由了。"(311)

三、黑人、犹太人、城市人

城市的多样化是自然天成的,因为城市是由无数个不同的部分组成的,每个部分还展现出无穷的多样化。城市里的多样性不管如何,都与一个具体事实有关,即人口众多,每个人的兴趣爱好、品味、需求均不相同,可谓千

① Miller, Ruth. *Saul Bellow: A Biography of the Imagination*. New York: St. Martin Press, 1991, p.268.

姿百态，因此构成了城市布局、城市文化、城市行业、城市建筑、城市经济活动的多样性，不一而足。小说《院长的十二月》展示出美国大都市多样化的另外一个特征：种族多样性及其问题。美国犹太人和黑人面临着同样的社会地位问题。他们总是会被打上这样或是那样的具有偏见色彩的烙印。瑞典自然学家以及现代生物学分类命名的奠基人卡尔·林奈（Carolus Linnaeus）将对动物以及植物的划分上升到对人类的划分上，他将人类划分为五种不同的类型：第一类是野人，他称为“无声的”；第二类是美国人，“是受风俗习惯规范的”；第三类是欧洲人，“受法律控制的”；第四类是亚洲人，“受观点左右的”；第五类是非洲人，“受任性控制的”①。按照上述划分，很显然在所有“有声的”人种中欧洲人是居于理性的最高地位，而非洲人是不具有理性思维能力的，这无疑暗含着对黑人的歧视。也难怪弗兰兹·法农在《全世界都在受苦》一书中指出：“那些对种族思想或至少对这种想法产生的第一次运动应负有责任的人现在是并且依然是那些从未停止过将白人文化填充到其他文化缺席的缝隙中，这是千真万确的。”②

“如果说现代性体现在集权和等级制度上，那这种所谓自然科学的划分方法则为这种偏见的存在提供了科学上的依据，也为欧洲人自我优越的意识形态以及之后各种等级划分制度甚至是集权统治埋下了伏笔。”③而犹太人同样也受到集权统治或者等级划分迫害的影响。犹太人长期受到反犹主义者或者反犹主义机构的迫害。而对种族关系问题的思考也伴随着贝娄步入晚年不断思索犹太历史以及移民生活状况而提上日程，虽然在贝娄早期的作品《雨王亨德森》中已经传达出较为粗浅的轮廓：小说主张以建立起跨物种跨文化的共同体④。此小说刚出版不久，受到了许多否定的评价。贝娄曾收到罗伯特·博伊尔斯（Robert Boyers）的来信，告知贝娄西北大学的学生认为此部小说“扭曲事实”⑤。欧文·巴菲尔德（Owen Barfield）曾发表对《院长的十二月》的书评，认为该书是“自我意识的极端”，并称这部小说是

① Goffman, Ethan. *Imaging Each Other: Blacks and Jews in Contemporary American Literature*. New York: State University of New York Press, 2000, p.4.

② 转引自 Sallie Westwood and John Williams, eds. *Imaging Cities: Scripts, Signs, Memory*. London and New York: Routledge, 1997, p.85。

③ 张甜：《美国非裔与犹裔的生态文学批评之维》，《在全球语境下：美国非裔文学国际研讨会论文集》，华中师范大学出版社 2011 年版，第 45—50 页。

④ 可参见张甜：《〈雨王亨德森〉与贝娄的共同体思想》，《外国文学研究》2011 年第 6 期，第 105—110 页。

⑤ Bellow, Saul. *Letters*. Ed. Benjamin Taylor. New York: Viking, 2010, p.393.

贝娄的自传。当然这也激起了具有犹太身份的贝娄极大的不满，他回信道："我感觉当我读你的评论时，你觉得我事实上是一个非常奇怪的人。在我们第一次会面时我就意识到你对我的那种异类感远远超过我对你的感受。美国人、犹太人、小说家、现代主义者——当然我的确具备所有这些特征。"[①]由此可见贝娄在创作晚期非常强调自己的身份问题，并置身于美国的大环境中思考种族问题。

芝加哥这样的国际性大都市接纳着来自世界各地的居民。在黑人问题上学界对这部小说有着截然不同的两种观点，有的学者认为这是贝娄对黑人问题的拨乱反正，而有的学者认为这是贝娄的一种种族倾向[②]。与贝娄第二阶段创作的作品相比，后者对黑人的态度往往是否定的，比如在他中期的作品《赛姆勒先生的行星》里，贝娄批判黑人的毫无教养，并谴责他们是社会的毒瘤，一位衣着体面的黑人在贝娄笔下是一个张狂到无耻的无赖，这也体现了西方一直以来对黑人形象的偏见。尤其是20世纪60年代美国的黑人民权运动取得了长足发展之时，贝娄依然以黑人是毒瘤这一贬损形象进行创作，无疑有种特殊的内涵[③]。

值得一提的是60年代的贝娄被贴上了"种族主义者"和"厌女症"患者的标签。对于美国的民权运动，贝娄起初对自由乘车运动[④]尤为支持。他对在密西西比被杀害的三个年青人深表同情，对非裔的非暴力运动和叙述

---

① Bellow, Saul. *Letters*. Ed. Benjamin Taylor. New York: Viking, 2010, p.400.

② McGuinness, Martin J.. "Invisible Man in Saul Bellow's *The Dean's December*." *Saul Bellow Journa*l 16.2/17.1—2(2001):165—185.文章认为贝娄似乎对美国非裔视而不见。该文认为在此小说中，当人的权力被滥用的时候，剥削者和被剥削者都丧失了他们的人格尊严。科尔德本身对美国非裔持有一定的偏见。

③ 其实美国历史上犹太人和黑人的关系也经历了分分合合的局面。20世纪30年代以前犹太人害怕与黑人成为盟友。1934年爆发了一场反对犹太人剥削的行动，40年代的二战以及受到三K党的极大威胁，双方结成暂时的同盟，这种有利关系一直持续到50年代末60年代初。60年代美国黑人社会对美国犹太人产生了一种普遍的敌对情绪，一些黑人领袖也承认黑人团体中存在的反犹主义情绪。到了20世纪70年代，黑人的激进主义开始令犹太人感到恐惧，黑人憎恨白人，尤其是犹太人。进入80年代，这种紧张关系相对缓和。贝娄不同创作阶段的黑人形象或多或少受到这种政治背景的影响。有关美国历史上的犹太人与黑人关系问题可参考：Greenburg, Cheryl Lynn. *Troubling the Waters: Black-Jewish Relations in the American Century*. Princeton, New Jersey: Princeton University Press, 2006，以及 Sundquist, Eric J. *Strangers in the Land: Black, Jews, Post-Holocaust America*. Cambridge, Masachusetts: The Belknap Press of Harvard University Press, 2005，还可参见 Hasia R. Diner, *The Jews of the United States*, 1654—2000. Berkeley & Los Angeles, California: University of California Press, 2004中的第七章和第八章。

④ 自由乘车运动(Freedom Ride, 1961)是为了检验美国最高法院取缔跨州通行时种族隔离制度的执行效果由黑人发起的一系列公交车之旅。

方式表示认可，但是随着之后黑人民权运动的不断升级，贝娄认为美国非裔太过激进，甚至为了政治权利和权益采用暴力的方式，而且大肆发扬反犹主义言论，企图转移矛头的指向，这一切都极大地刺激了贝娄。

在创作《院长的十二月》之时，贝娄开始重新审视种族问题。在这部小说里黑人摆脱了之前谋杀者、莽汉抑或强奸犯的形象，变身为体面的大使或者是行善之人，而且贝娄在收官之作《拉维尔斯坦》中甚至赞颂黑人为美国文化作出的杰出贡献，“篮球和爵士乐一样，是黑人对于这个国家高尚生活的重要贡献——他独有的美国特色。”[①]小说中的黑人问题主要是通过一桩杀人案展开的，院长科尔德也因此被卷入其中。科尔德所在学院的一个白人学生里克·莱斯特被洗碗工卢卡斯·伊布里和妓女瑞吉·海因斯先割下耳朵，之后被捆绑着抛出三楼的窗外，活活地被摔死，死亡现场惨不忍睹。读者只知道谋杀发生在炎热夏天的一个晚上，莱斯特无所事事地冲进了黑人聚会的一个酒吧，惹恼了伊布里和海因斯。莱斯特并未意识到自己已经惹恼了这两位黑人，便邀请他们去自己家做客，结果发生了惨剧。小说始终没有讲到最后庭审的结果如何，但是小说暗示出黑人的这种过激行为有其根源，那就是因为他们“社会地位低下或者他们铅中毒或者来自边远地区”，这种工业社会以底层人民为牺牲品，以及政府对他们生活的不闻不问，才是问题的症结所在。通过这种方式贝娄借科尔德之口阐述自己对社会、对城市现实的看法。黑人问题并非只是黑人自身的问题，而是一个涉及城市诸多方面的问题。

在后来出版的《更多的人死于心碎》中，贝娄也提到过黑人问题：“黑人长期以来养成的惰性在人权运动中摒弃了，黑人也就加入了觉悟的群体，从而创造出一种‘理想的语言’。”[②]正如贝娄在评价《院长的十二月》时所声称的：“(这部小说)是对大城市里黑人的去人性化的一种抗议。我代表这些底层黑人阶级发言，并且告诉白人们他们没有正确处理好这个问题。”[③]贝娄在这部小说中正是要将这一问题凸显出来。“芝加哥的真实声音——发自最低音区即社会最底层的时代精神。”(42)这无疑正是贝娄的心声，他希望把这种低音区的声音带到地上，让所有人去聆听。1983年芝加哥迎来了历史上第一位黑人市长哈罗德·华盛顿(Harold Washington)，贝娄此时完全

---

① Bellow, Saul. *Ravelstein*. New York: Penguin, 2000, p.56.

② Bellow, Saul. *More Die of Heartbreak*. New York: Penguin, 2004, p.8.

③ 转引自 Liela H. Goldman, “*The Dean's December*: A Companion Piece to *Mr. Sammler's Planet*”. *Saul Bellow Journal* 5.2(1986):36—45。

支持他,并声称黑人应该拥有“城市机器”。

这部小说曾被认为是贝娄失败的作品,还有评论家认为这是一部热情沉思的推理之作,主要原因是由于贝娄并未对许多问题表明自己清晰的立场。这部充满沉思和推理的作品对民主制度、种族问题、人的存在问题并没有作出终了的判决。小说主人公科尔德性格过于复杂,甚至他对许多问题不置可否,并不予回应。科尔德在外人看来是傻瓜、白痴、门外汉,比如教务长韦特认为科尔德是个傻瓜,不可调教之人。与科尔德一同长大并一起共事过的杜威·斯潘格勒认为他过于天真,妹夫扎赫那认为他是位涉世不深的傻瓜,美国的书呆子,外甥梅森认为科尔德是位种族主义者。继发表在《哈珀氏》上的文章之后,科尔德收到编辑的来信,告诉他“自由派认为他反动,保守派说他疯狂。职业城市专家说他太急躁”(187)。但是在妻子米娜眼中,科尔德是位可以将任何事情解释给她听的学者丈夫。然而科尔德对所有这些贬损和褒奖从不发表自己清晰的见解,也不去反驳别人对他的恶意攻击。

这种处事态度与贝娄之前诸多主人公的人生态度截然不同,而且也与小说后半部分对城市缥缈的态度相吻合,正如小说中对城市的悖论性描述,科尔德一方面认为城市得了“枯萎病”,但是另一方面他对芝加哥的历史和文化有着深厚的感情,同时觉得芝加哥不会走向灭亡:

> 于是,他就针对芝加哥的枯萎病来检验他的真理。绝不是所有的一切都患了这种病。芝加哥还有摩天大楼里的商业活动,有雄伟不朽的银行业,有计算机化了的电子联合体。芝加哥还有它的历史,关于这部历史他写过许多奇妙的东西——提到过老邻居、周围的气氛、它们的建筑样式,那个地方的树、土、水以及意想不到的多变的阳光。他整理过来访这里的名人们的观感——奥斯卡·王尔德,鲁德亚德·吉卜林以及著名的斯坦德,他的那本《假如基督来到芝加哥》有一些生动而很有价值的章节。科尔德既不直捣枯萎凋零之处,也不是因为这些方面能引发浪漫的情怀才去写它们,他也没有中产阶级的那种雅颂意识或伤古情绪。他甚至觉得,从这些凋敝之地迁徙出去的人们会在新的环境里更好地提高自己。但是迁徙而去也是害怕的表现。而且,荒凉被留在了身后,那是茫茫无边的废墟。(164)

从这一段我们了解到科尔德鼓励人们“迁移”出去,认为很可能人们到了新环境会有更好的发展，另一方面他又认为人们如果真正迁移出去，其原因肯定是出于恐惧，而且搬迁出去之后，城市也会变为被荒凉笼罩着的废墟。因此，乔国强教授评论其中的悖论时指出："贝娄在小说中花了那么多的笔墨来建构科尔德眼中的城市，即贝娄借科尔德之口对城市进行了无情的批判，怎么到了小说后半部分似乎又把科尔德，其实也是把他的城市观给解构掉了，变成了人应该适应城市，而不是城市适应人的主题。这其实正是贝娄叙事的狡黠之处。贝娄自身对城市是抱有复杂态度的，城市的腐朽令他痛恨城市，但人类不可能和城市割裂开来的现实又使他不能判处城市死刑。"①

其实这种悖论性或矛盾性也是犹太民族几千年来的一种认知方式和文化现象。从种族问题上看，犹太人为了保持民族内部的认同和团结，必须强调并严守种族的纯洁性，甚至禁止犹太人与非犹太人的通婚，但为了在各种文化同化和迫害下得以生存下去，他们被逼采取变通的做法，容纳"变种"了的犹太人。此外在经济理念上，这种矛盾性也很明显。一方面是受到犹太教僵化刻板的生活方式及信仰教条的影响，另一方面又是极为务实而又精明的理财和交际能力。因此犹太民族中的悖论性文化不可不提②。诸多学者对犹太人的矛盾性以及矛盾身份进行过论述，艾萨克·巴舍维什·辛格(Isaac Bashevis Singer)就以"谜"③来解释犹太人对事物真义的顿悟、疑惑与矛盾。大卫·布鲁纳(David Brauner)也指出犹太人的矛盾性，并指出他们既感到充满力量，又有时会觉得力不从心。如果说战前不少美国犹太人是游离于犹太本根之外的话，二战中同胞被屠杀让他们感觉到了身份上的矛盾性，他们渴望有根，因此犹太复国主义以及支持以色列的建国并发展壮大成为多数犹太人生活的另一种信念④。阿利格拉·古德曼(Allegra Goodman)就曾指出过美国犹太作家在融入美国主流社会时采用将犹太性普遍化或者泛化的方式，她指出"所有创作都是族裔创作，所有作家都是族裔作家……以另一种语言和文化进行创作。"⑤其实这种泛化从某种程度上

① 乔国强：《索尔·贝娄笔下的"双城记"——试论索尔·贝娄的〈院长的十二月〉》，《当代外国文学》，2011 年第 3 期，第 29—35 页。

② 详情还可参见顾晓鸣：《犹太——充满"悖论"的文化》，浙江人民出版社 1990 年版。

③ 参见 Richard Burgin, "The Sly Modernism of Isaac Bashevis Singer," in Brace Farrel, ed. *Critical Essays on Isaac Bashevis Singer*. New York: G. K. Hall & Co., 1996, pp. 46—47, 50—52。

④ Brauner, David. *Post-War Jewish Fiction: Ambivalence, Self-Explanation and Transatlantic Connections*. New York: Pilgrave, 2001, p.9.

⑤ Ibid., p.25.

说就是对犹太传统以及美国文化的再生性融合。因此这种对于悖论的思考无疑构成了这部小说的基调，其结果留待读者自己去判断。

第三节　植物王国与城市迷宫①

继《院长的十二月》(1982)之后，1987年贝娄出版了第十部小说《更多的人死于心碎》(*More Die of Heartbreak*)②。这部小说创作的背景是1985年贝娄得知自己第一任妻子和哥哥莫里斯相继去世的消息，这让贝娄处于心情的低谷。1986年只比贝娄大一岁的挚友马拉默德也随之离世，加之自己第四次婚姻走向末路，更让贝娄感受到一股悲伤与无奈。“四次婚姻之后，贝娄开始被迫意识到自己作为丈夫的缺点，但是他依然认为自己是受害者。”③此部小说出版后得到了广泛赞誉，这也令贝娄心情舒畅许多，该小说荣登最畅销小说榜长达13周之久。

这一作品再次沿袭了贝娄一贯的风格，依然传达着作者人道主义关怀，并展现出作者强烈的社会责任感。作为贝娄晚期创作的作品，其特点较上一阶段较为鲜明，已经摆脱了沉闷的抗议式的题材④。贝娄在1984年接受的一个访谈中所提到的：“不管喜不喜欢，下一阶段的写作是国际性的——大都会的、星际间的。”⑤“大都会”，很明显，是指对大城市的描写。而此时的大都市已经不是贝娄早期创作的一般意义下的城市，从城市景观上看就能感受到明显的城市变迁。而“星际间”，这一提法，相对来说读者不会太陌生。因为在创作的中期，贝娄已经尝试这种主题，比如《赛姆勒先生的行星》，而这一阶段这种“星际间”则放置在更大的场域之下，体现在不同研究领域、不同城市意识形态以及不同生活地域之间的并置。小说展现出城市的全球化和国际化进程、城市建设中土地倒买倒卖的投机现象以及大都市人的城市人格等问题。

---

① 此节大部分内容已经以《心醉·心碎：植物王国和城市迷宫——评贝娄〈更多人死于心碎〉》为题发表在《英美文学研究论丛》2015年第23辑，第200—211页。

② 1987年出版的译本翻译为《愁思伤情》，本文所有引文均选取自 Saul Bellow. *More Die of Heartbreak*. New York: Penguin, 2004。以下仅标明页码，不再一一说明。

③ Atlas, James. *Bellow: A Biography*. New York: Modern Library, 2002, p.530.

④ 有评论家将贝娄70年代创作的作品称为“抗议小说”。

⑤ Roudane, Matthew C. “An Interview with Saul Bellow.” *Contemporary Literature* 25.3 (1984): 265—80.

一、美国梦浸萦的国际化都市

作为近30年来最具有影响力的政治、经济和文化现象之一的全球化得到了广泛的关注,而与之相对应的便是全球城市理念。据全球化的权威社会学家沃特斯,“全球化”(global)这个术语已经有400年的历史,但是直到20世纪60年代以后,“全球化”(globalization)才成为一般性用语。他详细解释道:“就像后现代主义是20世纪80年代的概念一样,全球化也许是20世纪90年代的概念,是我们赖以理解人类社会向第三个千年过渡的关键概念。”①另外一位全球化研究专家罗伯森在其著作《全球化》中指出:“作为一个概念的全球化,既指世界的压缩,又指作为整体的全球意识。”②学者阿尔布劳认为“所有世界各民族融合成一个单一社会、全球社会的过程”③即是全球化。贝娄的这部小说并非拘泥在一个城市或者一个国家,他无疑也将全球化的现象融入了虚构的人物和虚构的现实之中。

与贝娄之前的小说展现的相对狭小的空间不同,在《更多的人死于心碎》中贝娄实现了他的一个“国际化”的主题。从贝娄早期小说开始,场景的变化相对较为单一,最明显的莫过于出版于1944年的《晃来晃去的人》,地点局限在家宅和街道之间,即便《奥吉·马奇历险记》中开始尝试脱离狭窄的空间,小说主人公奥吉突破了家宅的樊篱,在城际间穿梭,但是在不同地域文化上的交融较为缺乏。贝娄中期的创作《赫索格》、《赛姆勒先生的行星》以及《洪堡的礼物》无一例外地均勾勒出相对单一的地理空间以及文化场域。而到了此阶段贝娄的这种突破显而易见,在《院长的十二月》里贝娄以不同国家和不同意识形态下的现代“双城记”展示出他晚年的城市观。而小说《更多的人死于心碎》中人物复杂,主人公几乎都有着不同的文化背景,或者说每个主人公都不是单独处在一个地理空间或者文化场域之中。他们互相交织成一个地域网和文化网,传递着后现代社会的城市文化特征和城市发展机理。

小说故事的叙述者肯尼思·克拉奇登伯格是本恩·克拉德的外甥,他因为钦佩舅舅,而不顾父母的反对离开法国来到美国教授俄国文学,一方面他是本恩故事的见证者,另一方面他也感受着舅舅的情感变化。从地域文

---

① Waters, Malcolm. *Globalization: Key Ideas*. London: Routledge, 1995, p.1.

② Robertson, Roland. *Glabolization*. New York: Sage, 1992, p.8.

③ Albrow, Martin & Elizabeth King. *Globalization, Knowledge and Society: Readings from International Sociology*. New York: Sage, 1990, p.9.

化上看肯尼思是连结欧美文化甚至是东西文化的桥梁,他的生活和教育背景具有典型的国际性的特征。正如肯尼思描述自己:

> 记得小时候,俄国人对我很有吸引力,使我总是设法同他们交往。我利用父亲的关系,常去造访鲍里斯·苏凡林,斯大林的传记作家。我知道要学好一门课,最快的方法是同该学科的专家建立良好的私人关系。苏联的黑格尔专家亚历山大·考基夫也常到苏凡林那里来。这些伟大人物的谈话使我受益匪浅。我当时根本没意识到自己在受教育,只是对俄国感兴趣。我很早就开始学习俄语,长大后成了一名专家。我到舅舅所在的大学任教,移居到中西部。这使我父母十分气恼,因为他们最不愿意呆在这块土地上。看来我是个逆子,他们唯一的儿子老是同崇拜欧洲的父母作对。(18)

当提及自己对美国的经历时,他用心描述着自己感受到的这个异乡国度。这个国家到处都是各种各样的移民,肯尼思细致地描述着各种移民:"实际上,这儿有伊朗人在开出租车,有韩国人和叙利亚人在经营蔬菜市场,墨西哥人在当餐厅侍者。给我修电视机的是埃及人,听我俄文课的有日本学生,至于意大利人,移居此地已整整五代人了。"(18)所有移民来到这个国度,追寻着自己的美国梦。

肯尼思之所以离开法国——他出生的地方,主要原因就是自己风流成性的父亲。贝娄也不惜笔墨多处对肯尼思的父亲进行描述:"父亲是个亲法的美国人,出生于印第安纳州的瓦尔帕莱索市,却一直想做个法国人。二战推迟了他赴法的计划。战争一结束,他便迫不及待地赶赴法国。那时他刚从海军退役。我母亲也乐意住在法国,只是雇佣人有点儿不方便。"(16)此外父亲"享有联合国教科文组织丰厚的退休金,还持有一家匹兹堡公司的股票。他住的那个地区的政府官员中,凡是在法国受过教育的,都希望有机会听父亲谈谈加缪的最新剧作,或是盖诺的《扎齐》。……非洲和东南亚的许多亲王和军事独裁者都是他的朋友。"(21)

母亲当然也受不了父亲的性嗜好,只好"顾自离去,为了抗议父亲让她过这种糟糕的生活。"(21)"母亲离家后加入了一个志愿医疗小组,在索马里的吉布提附近工作。那里每天都有数以千计的人饿死。母亲穿着廉价的斜纹布裙子,不再穿时髦的开司米或丝绸衣服,不再去女装店,再也不像巴黎的妇女一样,同丈夫的女友一起去参加茶会。"(21)

肯尼思的舅舅本恩·克拉德是位国际著名的植物学家,"舅舅是俄籍犹太人,有一张典型的俄国人的脸,短鼻子,蓝眼睛,脑袋上长着稀稀拉拉的黄头发。"(6)舅舅本恩是一个四处奔波做研究的学者。"印度的森林,中国的山川,巴西的原始森林,还有南极。"(42)最后小说结尾舅舅还去了北极,去核查两极的苔藓。

舅舅的第二任妻子玛蒂尔达·拉亚蒙是位攻读博士学位的美国丽人。虽然这位优雅的女士研究的内容在肯尼思看来是奇怪的,但是她所具有的与人交际的特性却是本恩完全不具备的:

> 玛蒂尔达来巴黎是为了收集纳粹占领时期文化活动的资料。她对那些名人尤感兴趣,譬如德国方面的厄内斯特·容格儿,法国方面的塞利纳以及德里欧·拉罗舍尔、巴西利亚克和费尔南德斯(真遗憾,费尔南德斯这位天才竟然加入了法西斯文学家的行列)。母亲成功地将玛蒂尔达介绍给玛格丽特·杜拉斯(在杜拉斯成名之前很久)。玛蒂尔达花了好几个星期做笔记,为她的博士论文做准备。对于一个大学生来说,她的法语讲得相当好;作为美国人她有第一流的关系网。她长得漂亮;她又能全神贯注听人谈话,这使她最受饶舌者的欢迎。……这些人大都是骗子,他们都有一个坏念头,即把战争时期的暴行和法国文明的崇高目标混为一谈。例如,为了给抵抗运动获取情报而去与一个勾结敌人的家伙睡觉,色情画,柔肠寸断,丑恶的爱情,爱国主义,还有高雅的文字风格,就这样法国文化的纯洁获得了保护。真是伤风败俗到了极点,理智的人谁也不会研究这个题目。(106)

本恩有着明确的犹太身份,他迎娶了这位美国丽人,似乎暗示着他在实现自己的美国梦,作为教授和学者,他知识分子的身份已经能让他在美国社会立足,但是仅此不够,他与非犹太人的通婚,更加表明他美国梦实现得彻底,象征着他在逾越宗教和种族的鸿沟上更进一步,这点与菲利普·罗斯《田园牧歌》里的"瑞典佬"赛莫尔有点相似,都迎娶了美国丽人,但都没有拥有幸福的婚姻生活,反而离他的犹太身份和犹太文化越来越远,这位丽人只是崇尚欧洲的名人,更加沉迷于欧洲的精英文化。

"国际化"充分不仅表现在文化研究的跨地域性,还暗示着现代城市人巨大的人际关系网。随着现代通讯交通的便捷,生活速度的加快,生活质量的逐步提高,这种国际化伴随着全球化会越来越明显。这种类型的人物设置扼要说明了贝娄国际化的主题,而国际化又是城市发展的一个阶段,这也暗示着此时期工业化城市已经发展到大都市的阶段,随之而来的也是大都市图景下的社会问题,比如消费主义、拜金主义、精神困惑等。

二、犹太人的"金枝"①

现代人类学的奠基之作《金枝》由英国人类学家詹姆斯·弗雷泽(James Frazer)爵士撰写,主要探讨的是宗教起源与巫术的关系。"金枝"缘起于古罗马一个古老的习俗:在罗马附近内米湖畔的阿里齐亚丛林中,有一座森林女神狄安娜守护的神庙,按照习俗,这座神庙的祭司是由一名逃奴来担任,而能够担任这个祭司职位的逃奴将不被追究,并被称为"森林之王"。然而问题并非如此简单,因为他要担负起保护和守卫这棵圣树的责任,他手持"金枝"来对抗外来入侵者。如果入侵者胜利了,就可取代祭司,并成为继任祭司和"森林之王"。这种原始的竞争生存方式与贝娄 1959 年创作的《雨王亨德森》中描述的瓦里里部落有几分相似,不可否认贝娄受到了人类学大学背景的影响。

这部小说里本恩教授的植物王国就是他自己的"金枝",一个可以捍卫他利益的场所,同时又是一个可以保护他的象征。植物世界往往与人类世

① 西方普遍认为目前的人类中心主义或者哲学思想中的二元对立都来源于犹太教-基督教传统(Judeo-Christian Tradition),这源于 1967 年 Lynn White 发表的一篇引起轰动的论文:"The historical roots of our ecologic crisis",文章认为目前的人类中心主义与基督教有关,这一论断也引起诸多学者的参与讨论,之后涌现了一批犹太学者对犹太教与环境的真实关系进行分析的论著,因为基督教所说的《圣经·旧约》又称希伯来手稿,是犹太教经书的主要组成部分,可以说是犹太人早期生活的百科全书,也从宗教经文角度传达出犹太人被流放的早期历史。Andrew Furman 的"No Trees Please, We're Jewish"对美国犹太小说家涉及环境问题的部分作品作个罗列并进行简短介绍。Furman 认为犹太哲学中就没有环境意识,因此这影响到美国犹太作家在环境方面的创作较少,笔者认为此论断较为偏颇,就笔者对诸多文献的考察,如今越来越多的学者意识到之前认为的犹太教与基督教是人类中心主义的起源虽然有一定的合理性,但是仍有不少学者提出质疑,尤其是许多犹太学者指出不论是《圣经》还是犹太教最重要的两本经籍《密西拿》和《塔木德》中都或多或少地指出犹太人与自然、与上帝的关系。Eric Katz 在 *A Companion to Environmental Philosophy* (2001)中认为 Judaism 其实是非常注重环境的宗教,"自然独立于人类利益之外有其价值,并且是上帝创造力的表现"(93),此外"在犹太传统中,自然既不是抽象物也不是一种理想,而是人类与上帝进行交流的一个领域",而人类社区之外的"未被驯服的世界则不断提醒着人类他们并不是世界的主宰而仅仅只是有特权的因此对其负有责任的居住者"(94)。Jeremy Beinstein 在论文"'One, Walking and Studying...': Nature vs. Torah"(1995)、David Ehrenfeld 在论文"Judaism and the Practice of Stewardship"(1985)中都对犹太传统和环境意识展开论述,两者分别从历史语境、犹太经文、安息日、风俗礼仪等角度阐释了犹太教对环境的看法。Martin D. Yaffe 主编的 *Judaism and Environmental Ethics: A Reader*(2001)也有诸多论据表明犹太教并非一个没有环境意识的宗教,而美国犹太作家也并非一群不注重环境意识的文人。

界相去甚远，在传统二元论的观点下，人类是凌驾于植物世界之上的物种。而小说主人公本恩·克拉克则一心沉浸在自己的植物王国中。植物王国其实是他心目中远离城市喧嚣的田园之地。彼得·马里内利在他的《田园》(1971)一书中指出田园的主导思想就是一种逃离复杂性追求简单性的寻求过程，这种复杂性可以由具体的地理位置来表示，逃离这个地理位置可以去乡下或偏远地区，或者把个体生存(成年时期)的一个具体实践作为避难场所，还可以把童年时期的幻想作为逃避繁杂人生的方式①。因此所有的"田园"都是寻求原初的美好和壮丽。特瑞·吉福德也在同名的专著《田园》(1999)中区别了文学传统中三类不同的"田园"思想：第一种是从城市逃离到乡村，第二种是通过对乡村的描写隐性或显性地与城市进行对比，第三种是对乡村生活的理想化②。

本恩·克拉克的职业是一个令犹太人难以理解的职业，连本恩的外甥肯尼思也有过同样的疑问：

> 我常问舅舅，为什么一个年幼时常在杰弗逊大街人行道上玩耍的孩子长大以后会对植物着迷呢？如果你不将牛蒡和豚草、矮苦花烛草及长在货场场院里的那些杂草计算在内的话，那个贫民区里就别无植物可言。我的外祖父克拉德连莴苣都不吃。外祖母每次上这个菜时他都不高兴。他那张知识分子的脸因固有的偏见和狠毒的讥讽而变得咄咄逼人。他会抬起头说："拿去喂猪去。"老人虽然教希伯来文，但他并不遵守犹太人的规矩。对于神秘的传统倒是感兴趣的，常喜欢与人探讨"生命之树"和"智慧之树"。奇怪的是，(以科学的形式)拥有"智慧之树"的都是非犹太人，"生命之树"则百分之百地是犹太人的财富。科学和生命最终将结合在一起。我问过他，这些书是否影响了舅舅对职业的选择。他说连他自己都不知道。(48)

并且许多人甚至瞧不起本恩把心思全部放在植物上面："在我(肯尼思)父亲眼里，他是个傻乎乎的科学家。"(15)本恩的第二位妻子拉亚蒙家族也认为这似乎毫无用处，而且本恩一年 6 万美金的收入也无法负担起玛蒂尔达的生活。

---

① Marinelli, Peter V. *Pastoral*. London: Methuen & Co. Ltd., 1971, p.11.

② Gifford, Terry. *Pastoral*. London: Routledge, 1999, pp.1—2.

但肯尼思是最了解本恩的人,他也欣赏舅舅的研究,虽然“普通大众关心的是心脏移植,是治疗艾滋病的新药,是返老还童。他们对植物的结构丝毫没有兴趣。”(7)但是肯尼思认为他和舅舅“在各方面互相依赖,无法分离。除了对方,几乎没有别的什么朋友。”(7)并感到不能失去舅舅。为了本恩他愿意脱离自己的家庭来到美国。肯尼思认为舅舅是个“神奇人物”(15),舅舅身上有一种“魔力”(15),肯尼思细致地观察到舅舅与植物之间超出一般研究的关系:

> 有那么一位犹太人进入了植物王国,潜心在那儿研究叶子、树皮、树根,研究心材树、边材树以及花朵。这有点儿古克尔特人占卜的味道。当然,舅舅并不崇拜植物,只是对它们沉思默想。其实,沉思默想也需要一定的资格。舅舅有本事看透植物。他把植物看成自己的机密。机密不同于一般的秘密,那是你在追求中创造、发现,并为心灵的交往做准备(原谅我用词欠妥,但实在是匆匆写来,无暇精心选词)。如果我是个画家,我将把舅舅和一棵树画在一起,成双成对,互为伙伴和兄弟……(19)

正是因为舅舅的执着与率真,肯尼思喜欢与舅舅呆一起,因为他“每天都在舅舅身上看到那种生命的力量,希望自己在他的影响下逐渐地拥有这种力量。这也就是我(肯尼思)搬来这里的目的所在”(25—26)。

在众多人的非议中,舅舅选择了一个很少会有犹太人去涉足的一个领域。在犹太教的传统思想里,异教徒喜欢偶像崇拜。在辛西娅·奥齐克(Cynthia Ozick)最著名的短篇小说《异教徒拉比》(1971)中曾讲述一位犹太拉比艾萨克·科恩菲尔德与树发生了感情的故事。才华横溢、受人尊敬的科恩菲尔德拉比,受到树精的引诱,他摒弃了一神信仰,开始质疑摩西律法的权威,并秘密成为异教徒,沉溺在对自然的崇拜中,然而这种“偶像崇拜”(idolatry)在摩西十诫中是被禁止的,因此这位拉比最终走向不归路,自己吊死在树上,以期去追寻脱离肉体凡胎的自由灵魂。而科恩费尔德的遗孀是犹太传统的坚决捍卫者,她讥讽丈夫留下的遗书为一封写给树精的“情书”,对他的变节者身份深感不齿。奥齐克虽然旨在说明现当代的犹太传统以及宗教信仰被逐渐淡化甚至抹杀,号召人们深思犹太传统精髓的问题,但是据此不难看出,在犹太传统里,与以树为代表的植物进行过密的交往是一种需要审视并且深思的行为。这也是为什么肯尼思提到:“在巴黎时,我曾听人提出过一种聪明的意见:犹太人集居地是朱丁沙漠的翻版;犹太人由于缺少植物成分而避免了堕落。他们的生存并不依赖树液,因此他们也不会萎缩。”(49)肯尼思也对舅舅作出这一选择,提供了如下解释:

> 舅舅年轻时就找到了对付美国城市的方法:在杰弗逊大街,他干净利落地站在一边,躲开社会发展的重压对灵魂的影响。他把人生的最大兴趣转移到植物内部。在单调乏味的野草中,隐藏着空气、土壤、阳光、繁殖的奥秘。所以他从城市的街边石转到那些长在空地和货场的沙果草、桑树和牛蒡草。……那么,可以说,舅舅十分体面地经受了现实与虚伪的考验。(271)

利奥·马克思(Leo Max)曾提出“飞离城市”①的主张,他认为这是表达人类内心所期望的一种更和谐、更简单的生活方式,并期待与大自然更密切接触的时刻。而肯尼思认为舅舅是在以最为明智的方法逃离这种城市的丑恶与纷争,即便这种方法可能与大多数人的想法不同,与犹太教的传统理念不同。

三、从超空间到城市迷宫

伴随着城市空间规模的无限扩大、人口的急剧膨胀、城市社会结构的复杂,大都市进入了后现代阶段,其发展已经超出人类的生理和心理限度,越过了个体可能的认知范围和认知能力,变成一种如同迷宫一样的神秘般的存在。詹姆逊认为后现代空间是一种“超空间”,是一种全球性、整体性的全新空间,它超越了个人身体和认知能力,被高度碎片化,并被加以多重符码,伴随而来的现象是新的大众商业文化文本随意的、无原则地、充分地拆解了以往的一切,并把它们结合在新的整体性中。空间在后现代社会的构建过程中起了“至关重要的调节作用”,在后现代社会的日常生活里,人们的心灵经验和文化语言都已经让空间范畴而非时间范畴支配着。这种都市空间的新形式,需要借助全球性的“认知绘图”,即以当前的空间概念为基本依据的政治文化模式,来理解现代空间环境,恢复批判性意识②。

小说中的植物王国其实是本恩自己生存的“超空间”。很显然,本恩的

---

① Marx, Leo. *The Machine in the Garden: Technology and the Pastoral Ideal in America*. Oxford: Oxford University Press, 1964, 2000, pp.5—6.

② http://www.9van.com/action/viewnews/itemid/324226/page/1/php/1.

植物王国所构建的世界是一个离群索居的世界，是一个不被大多数人接受的超空间。对于肯尼思而言，本恩舅舅“躺在大自然的怀抱之中。整个植物王国是他的服装——他的外套、上衣——这对我来说意味着脱离了人类的低级趣味，意味着一切”(111)。在这个超空间里，他构建着自己的理想王国，他自由自在地与这些植物进行交流，没有任何恐惧和担忧。这个超空间脱离于城市而存在，成为他“对付”美国城市的方法，它让本恩避免与社会丑恶的碰撞。

> 舅舅相信，坚决相信，自然有其内部结构，喇叭藤也罢，狗也罢，都有其内部结构。……我们每个人身上都有一个小小的冰川，需要我们加以融化。既然人的胸中有着这样一个小冰川，人们自然会受到植物树液的吸引。舅舅就常常这样说。树液是一种诱惑，因为它没有感情，它能对你提什么要求呢？有限得很。血液充满着期望。红色的血液是利己主义的，有着可怕的权力，充满欲望和邪恶的冲动。他也带着需要净化的奇异废物。自我生存在血液之中。使各种各样的王国保持平衡是舅舅“陌生论”中的一个因子。(120)

在舅舅的思想里，人类红色的血液充斥着利己主义，是一种可怕的东西，让人充满欲望并有着邪念。“使各种各样的王国保持平衡”就是舅舅执着与植物世界的原因所在。他希望自己的邪恶与欲望能够被涤荡。然而他最终还是被性和婚姻拽入城市的迷宫之中。马丁·阿米斯[①]曾评论过这部小说，他认为：“可能这部新小说体现出来的一点就是人需要心碎，才能让你保持人性。”[②]本恩正是在心碎中逐渐成熟起来。

小说一个很明显的特征在于前后两部分的现实主义描写。小说前三章是对植物学家本恩和叙述者肯尼思的生活现状进行写实的描述以及家人对他持有的怀疑态度，其间穿插一些对往事的回忆。本恩超脱世俗的处事态度让肯尼思不仅为他着迷，更为他担忧。小说第四章至第十章讲述了本恩第二段婚姻的遭遇以及这桩婚姻背后暗藏的陷阱。

前三章里本恩可以认真地关注于自己的领域，虽然也有与女人的缠绵

---

① 马丁·阿米斯(Matin Amis，1949—)是贝娄的一位忘年交，也是一位才华横溢的英国作家。英国《泰晤士报》称其为 1945 年以来最伟大的五十位英国作家之一。贝娄曾在阿米斯的创作道路上寄予他很多帮助。

② 转引自 Atlas，James. *Bellow*：*A Biography*. New York：Modern Library，2002，p.536。

悱恻，但是本恩一直以来都怀着一种包容之心对待身边所有的一切，因此可能在外人看来他很古怪。“他喜欢以天真无邪的形象出现，一副天真无邪、不知所措、甚至呆头呆脑的样子。这样对所有人都有好处。这种故意的，或者说精选出来的‘纯真’显得非常奇怪，但我在此不想多加探讨。”(7)在外甥肯尼思看来，舅舅甚至对社会一无所知：“他只是献身于植物学的研究，此外什么都不懂。除了和植物有关的满足之外，他还希望有一些常人的享乐，正常的、一般人的享乐。于是，他便去争取了，可接踵而来的是一个接一个的痛苦。”(9)因此肯尼思也萌生了要保护舅舅的意愿：“我一直密切注意着他，保护他，监视他，研究他的需要，替他排除威胁。作为一个奇才，他需要特殊的照顾。怪人有怪人的需要，我的任务就是保护他可贵的怪诞。我千里迢迢地从欧洲赶来，就是为了这个目的，就是为了接近他。”(7)早期的本恩在肯尼思看来“见多识广，但也许看得不透，或者说，没有带着现实的目的在观察。”(2)因此整个社会在他看来是美好和谐的，因此本恩具有可爱而率真的天性。

然而“超空间”的美好并不能让他置身于城市的个人体验之外。本雅明曾说：“城市是古老的人性梦想得以实现的地方，是一座迷宫。正是现实让这个城市漫游者不知不觉地陷入其中。”①“迷宫”(labyrinth 或 maze)一词最早出自古希腊罗马，当时被认为是由错综复杂的通道和死巷构成的体系，之后作为古埃及的建筑形式，迷宫既是埃及行政区的会场，也是跟丧葬有关的场所。现代城市小说中的“迷宫”叙事展现出现代都市中错综复杂的社会关系、人际关系以及空间关系，暗示着人的堕落迷茫与无助，体现了缺乏中心、迷失方向的一代人的生存困境和精神萎靡。城市既自由积极充满尊严，但又是禁锢个体的牢笼，甚至将人带向堕落的深渊。

城市的迷宫在小说的前半部分已经出现，在第二次婚姻之前本恩就已经堕落到了城市的迷宫之中了。在第二段婚姻开始前的若干年里，“他就一直没有停止与女人发生瓜葛：如调情、追求、渴望、入迷、遗弃、侮辱、折磨、性奴役，等等。从狂喜到崩溃全都经历过，无一遗漏。重新结婚是为了结束这些情况对自己的折磨。”(42)他的第二桩婚姻其实只不过是一个以美色为诱饵、以金钱为筹码的陷阱。但是到了后一部分，随着本恩不得不面对现实世界，这个迷宫以更加可见的姿态呈现在本恩面前。这所迷宫是他不想面对

① 转引自 Simon Parker, *Urban Theory and Urban Experience*. London and New York: Routledge, 2004, p.18。

但又不得不去直视的城市体验和城市经验，也是不断和他进行交锋的对手。城市迷宫往往隐喻出小说叙述者或隐含作者或主人公的生存形态，身处迷宫中的人总是在"十字路口"和"分岔路"难以作出选择。本恩的超空间和城市迷宫生活让人不得不联想到卡尔维诺笔下的城市。卡尔维诺将城市生命化、幻化，城市中的个体似乎永远找不到也看不到它。欲望和恐惧蒙蔽了寻找美的双眼。城市里的恐惧和欲望披着秘密交流、荒谬规律和虚假比例的外衣。

除了作者精心构思出来的"超空间"和"城市迷宫"为代表的天真与世俗的博弈之外，小说淋漓尽致地展现了这一迷宫里后福特主义时代的城市建设和土地征用的图景。旧有的城市格局逐步被蚕食，新的城市规划取而代之。在资本主义体系里城市的衰退和再生均会受到资金的影响。城市里存在三种资金，由它们给住宅和企业提供金融支持，并成为不可忽视的极具影响力的手段和机制。第一种是借贷机构的信贷，第二种是政府提供的资金，第三种来自非官方、非正式的投资，也就是"地下世界"的现金和贷款，这些资金在城市的急剧性变化方面起着决定性影响。而小说就间接探讨了这第三类资金的运作方式。随着城市的不断发展，城市进入了改善期。当土地因城市改造或开发被征用的时候，这种行为是通过土地征用权来实施的，这种权利只属于政府。土地征用权可以用来作为获得公共用途土地的一个途径。但是在城市改造的法律框架内，它却被扩展到对用于私人用途和利益的财产的征用上来。这一点却往往被认为是城市改造和重新开发中符合宪法的地方。但是在政府征收土地和房产过程中有两种与此截然不同的人群，第一种是在土地和房产中蒙受巨大的损失的一类，第二类是通过土地和房产征收攫取大幅利益的一类，两者均受到城市重建的混乱与无序的影响。在雅各布斯的著作中，她引用了一份纽约住宅和重建的混乱状况的报告，报告作者安东尼·J.邦奇提供了一个具体的例子：

> 一位经营杂货店的人买下了一个杂货店，花费4万美元。几年后，他的店所在的这个建筑被政府依法征用了。他最终得到的是3 000美元，作为对房屋固定投资的赔偿，而且这笔钱还只是以动产抵押的形式支付。这样，实际上他的整个投资完全泡汤了。①

① 转引自简·雅各布斯，《美国大城市的死与生》，金衡山译，译林出版社2006年版，第286页。

这种悲剧在重建区屡见不鲜，然而为了城市的发展，政府有时候高价收购一些地皮进行新一轮的建设，而土地的倒买倒卖成了第二类人攫取利润的手段。在小说中拉亚蒙家族的如意算盘正是代表了第二种人群，他们投机获利。当政府急切需要土地的时候，往往会采用激进的方式。同样根据邦奇的报告，房子的售价与三个因素密切相关：房产的评估价格、房产的赔偿价格以及房产目前的盈利能力，因此拉亚蒙家族看中的这套房产具有非常大的发展潜力。贝娄的这部小说无疑在对政府在城市重建过程中的不合适行为进行揭示和批判，这位业余城市社会学家洞察着肮脏的经济交易并将其融入作品之中。

多年前，本恩的舅舅维里茨曾从本恩和肯尼思的母亲那里低价买来他们所居住的那块地皮，而当时正是作为城市规划委员会成员的维里茨事先获得了有关这块地皮的情报，他低价买入，然后再通过自己成立的公司对地皮进行倒卖，从中获取巨额利润，而支付给姐弟俩 30 万美元的房款。事情过去之后，拉亚蒙家族得知这场交易的始末，并在维里茨接受检察官调查的同时，想方设法让女儿嫁给本恩。当拉亚蒙家希望以婚姻为赌注让本恩像自己的舅舅维里茨索取回几百万美元的卖房款时，这场婚姻也注定要蒙上悲剧的阴影，因为金钱是本恩永远不太理解的一个东西。下面这段拉亚蒙医生与本恩的对话在两个心境完全不同的人物中间展开，一个过于精明，一个则过于感性，颇具讽刺效果：

“我不告诉你这一消息的来源，但我知道你父母那贫民窟似的旧房产至少值一千五百万美元。”

贝恩不予理睬。数目无关紧要。这不过是那些经常被人引用的数字中的一个而已，就像美国有多少人服用可卡因，多少人死于内战，或者每天多少脑细胞死亡一样。

医生又说：“一千五百万哪，你听见没有，孩子？”他希望对方听懂自己的话。

“我听见了。你刚才说契尼克过去是维里茨的人。是过去的事情吗？他们什么时候终止这种关系的？”

“那是在本地区的美国检察官开始认真追查契尼克的时候。知情者会告诉你，要不了几个月联邦政府将对他提出起诉。阿曼多自己也有丑事需要遮盖。司法部……这已经不是什么新鲜事，共和党政府总是千方百计搞地方上的民主党人。所以现在你去与你舅舅谈谈这件事十分有利。”

“不,不行。我不会这样干的。他已有八十多岁了。”

拉亚蒙医生脸上的皱纹动了动,容貌也随之起了变化。他似乎没有听到对方的讲话。“一个精明的起诉人全力以赴出击时,他会操纵大陪审团甚至报界,掌握好发布公告的时机,并及时向电视台的人透露消息。他死死抓住对方,几乎要扭断那可怜虫的脖子。这样他就能当上州参议员,那个做坏事的家伙则以进牢房而告终。所以你可以使维里茨银铛入狱,同时扫清通向美国参议员宝座的道路。要不你就当州长,甚至被提名为总统候选人。我们的现任州长就是这样上来的。”

医生完全可以上一堂公开课,给人讲解凝视的重要性。牛排和酒都被推到了一旁。他等着贝恩对他作出特别的赞语。你可以从这里看到他真正热衷的是什么。他从来就认为自己的医学方面的成就远比不上在政治上的造诣。(159—160)

这部分对话有几个值得关注之处。首先,当拉亚蒙医生说房产值一千五百万美元时,本恩并没有放在心上,他“不予理睬”,他更关心的是舅舅维里茨与当检察官的阿门多·契尼克。这充分说明本恩不是看中金钱的人。第二,当本恩拒绝再次起诉舅舅维里茨时,他指出原因是舅舅已经高龄,无法承受住这种压力。而拉亚蒙医生却大谈自己为本恩设想好的政治坦途。在这段话之前,为了掩饰自己对本恩家事情了如指掌的事实,他甚至以保护女儿婚姻为由,称雇用私家侦探对本恩进行调查,其实事实是,拉亚蒙家族的致富也是在巧取豪夺之上进行的,“这儿赚一点,那儿赚一点。”(139)根据肯尼思的推断:

他(拉亚蒙医生)自己不花一个子儿便可以使玛蒂尔达致富,把女儿许给植物学家克拉德这样一个时代落伍者并非门不当户不对。相反,这个可以带来巨额外快的夫婿正是拉亚蒙一家长期梦寐以求、几已绝望得到的人。世界上最大的择偶电脑也找不到这样理想的男人。他身上有着数不清的长处,其中之一是此人在金钱上是十足的马大哈,此外,由于自己得到数百万美元,他将对欺诈成性的岳父母感激不尽。至于别的事情,你尽可以交付玛蒂尔达办理。她会制造种种机会,把一切安排得妥妥帖帖。(188—189)

从这一推断上读者们很容易在拉亚蒙家的市侩与本恩的单纯间作出区分。

当本恩住在拉亚蒙家，他感受到最大的乐趣就是隔着玻璃观赏一盆摆在拉亚蒙太太办公室的杜鹃花，但结果却发现一心迷恋的杜鹃花竟然是盆假花，一旦失去了先验的意义，本恩完全失去了对城市生活的把握以及对自己的信心。人的价值在他看来变得含糊，爱情沉没在了深渊之中。这也正反映出迷宫往往被作为城市的一种形象展现在其居民面前。城市迷宫让人难以掌控，它掩藏着诸多欺骗，尔虞我诈，它更作为一种警示预示着危险的世俗之城。下面这段本恩倾诉给肯尼思的愁思正是他对城市的绝望与无助：

> 一盆假扮的杜鹃——一个替代，一个圈套，一个骗子，一种摆设，一个引人上当的赌棍！几个星期来，我竟是从这个人造产品上汲取精神力量。每当我需要对付一种困境，同人打交道或应付川流不息的来客时，我总是来到它眼前。想一想，肯尼思！在我同植物友好、和睦相处了这么些年之后，竟发现自己受骗了。……我唯一的依靠，是我的职业，我的本能，我的联系……一切都完了。(292)

这就是城市生活带来的无尽深渊，人的信念被完全打倒，肯尼思也被本恩舅舅的遭遇弄得思绪越来越乱："没有这种精神支柱，我就快活不起来，这个城市就成了一种累赘。美国也是一样。这个决定我们命运的巨大的史后社会就会失去它的能量，坍塌下去，成为稀泥一团。"(293)本恩对人群的惧怕与无言也象征着对城市的恐惧。小说末了，城市的力量之强大，以至于失去了人性的尺度，因此主人公本恩不得不向那个充满强烈诱惑同时也是巨大陷阱的体系重新投入能量，他逃避了城市的迷宫，在变得警觉、幻灭之后，重回自己的植物王国。

小说里浓墨重彩地勾勒出地产投机商们巧取豪夺的丑态，但并未让这些人的野心得逞。这无疑也蕴含着贝娄对城市与政治、经济的共谋关系所持有的立场。贝娄此时的处理方式不再是一味地像其中期创作的作品那样控诉城市的弊端，揭露城市的伪善，抑或是像赛姆勒先生那样去抗争，而是赋予了主人公另外一种选择：离开。

第四节　大都会下的思想者

与贝娄之前创作的小说相比，创作于 2000 年的被认为是贝娄参悟生死之作的《拉维尔斯坦》(*Ravelstein*)阅读难度不是很大，平实的语言中流露出作者对友情、爱情、犹太性以及死亡的看法。小说主人公拉维尔斯坦被许多评论家认为就是贝娄的挚友、同事艾伦·布鲁姆。索尔·贝娄曾鼓励布鲁姆将自己的思想编写成书籍，并为艾伦·布鲁姆出版于 1987 年的新书《美国精神的封闭》作序。此书一度成为纽约《时代杂志》畅销书。当布鲁姆成名之后，贝娄并未嫉妒他，反而告知布鲁姆该如何应对突然成名后的各种状况。两人真挚的友情已经成为海德公园的一个传奇故事。贝娄比布鲁姆年长 15 岁，而布鲁姆却成了贝娄"在扮演伟大书籍推介导师的角色里继哈罗德·罗森堡(Harold Rosenberg)以及爱德华·施尔(Edward Shils)之后，最新也是最后一位心智上的导师。"①而小说的叙述者齐克，则是贝娄自己本人。小说向公众揭示了大家所不为人知的布鲁姆，包括他同性恋的性取向，以及死于艾滋病的事实②。但是从贝娄如此亲切的展示里，读者感受到的是一个格外亲近、分外真实的主人公，他有缺点，但是他独特的人格也具有极强的魅力。

虽然是以布鲁姆为原型进行创作的传记小说，但是小说通过对历史事件以及历史人物的回忆，贝娄勾勒出一个地域、记忆、情感等多种景观相融合的画卷，城市作为拉维尔斯坦生活的一个基本场景，逐步向广度、向深度进行辐射。大都会的精神生活作为大图会绕不开的结也影响着城市居民，定义着个人的价值。而在城市生活的片段中，融合了集体对大屠杀历史的记忆与感悟。《拉维尔斯坦》围绕着三个主题展开，分别是友情、爱情以及死亡，而其中最引发读者思考的是死亡问题，这本作品不仅让我们看到贝娄对死亡的恐惧，也看到贝娄对任何行将就木人的同情与理解，还包括曾经历经大屠杀苦难的犹太人，以及现代社会中仍遭受种种反犹主义倾向的犹太人。此外贝娄还展现出大都会的后现代性，全球化和数字文化等摩登城市符号及城市特征呈现出一种消费多元化、物质至上、文化多元化、知识分子与政治的图景。

---

① Atlas, James. *Saul Bellow: A Biography*. New York: Modern Library, 2002, p.531.

② 在贝娄用两年时间完成这部小说并将其付梓之时，出现了诸多状况。2000 年 1 月，即小说出版前三个月，《多伦多星报》曾在报纸上提到这部即将出版的小说。贝娄曾在公开场合也暗示这本书的原型取自生活中的朋友，《星报》则以此推断拉维尔斯坦和布鲁姆是同一人，并指出"贝娄第一次揭露出布鲁姆是个同性恋者。"之后全美国的记者们，正如《纽约日报》所描述的，认为贝娄"出卖了"布鲁姆。贝娄一方面一再强调自己是出于对布鲁姆真实情感的流露，而另一方面他自己也有点难受，感觉自己可能真的"越界了"。更糟糕的是人们开始围绕艾滋病是否导致布鲁姆死亡展开各自的说法。因此，贝娄也把小说中拉维尔斯坦的死因部分做了部分调整。

一、大都会与精神生活①

虽然这部小说被不少评论家视为是贝娄好友布鲁姆的传记，但是小说的主题远不止缅怀布鲁姆。小说有两条主线，一条是齐克对拉维尔斯坦的回忆，对他的精神生活以及性格进行了非常生动的描绘，第二条主线则是齐克的生活以及齐克在面临死亡时的感受。两条主线又在犹太问题上得以交汇，成为了贝娄所有作品中最具犹太性的小说。

城市社会学家芒福德曾说："终于，城市本身变成了改造人类的主要场所，人格在这里得以充分的发挥。进入城市的，是一连串的神灵；经过一段长期间隔后，从城市走出来的，是面目一新的男男女女，他们能以超越其神灵的禁限。但是，人类起初形成城市时是不曾料想到会有这种后果的。"②显然在城市环境中两位主人公受到了社会的洗礼，分别表现出不同的价值取向和精神生活。拉维尔斯坦是一位哲学教授，他能"带着你从遥远的古代到启蒙运动时期，然后——经由洛克、孟德斯鸠和卢梭，直至尼采、海德格尔——再到现在法人公司的、高科技的美国，它的文化和娱乐，它的出版，它的教育制度，它的智囊团和它的政治。"(19)但是拉维尔斯坦对物欲和政治有着浓厚的兴趣，还是一个有着特殊性嗜好的人，而齐克谨慎、孤独、多愁善感，对政治没有太多兴趣。借用他的原话，即沉浸在内心"秘密的形而上学"之中感悟生活。小说里展现出来的特色鲜明的两个人物均有着多重人格。

拉维尔斯坦所展现出来的消费主义以及物质至上是贝娄以前小说中主人公极少具备的性格，但是在其他小说人物身上可以有明显的感受。正如S.里连·克莱默所指出的，贝娄笔下的美国人"生活安逸，享受着个人自由和高水准的生活，却受到虚伪的物质主义的威胁。"③比如贝娄早期作品《奥吉·马奇历险记》中奥吉的哥哥西蒙，中期作品《洪堡的礼物》中的希特林，《赛姆勒先生的行星》中的格鲁纳医生一家，晚期作品《更多的人死于心碎》中的拉亚蒙一家以及舅公维里茨等。社会学家齐美尔曾在其代表作《大都会和精神生活》一文中，分析了城市环境与城市人的行为、态度以及经历的

① 本处借用齐美尔的文章《大都会和精神生活》的标题。

② 转引自张鸿雁主编：《城市·空间·人际——中外城市社会发展比较研究》，东南大学出版社2003年版，第31页。

③ 转引自 Allan Chavkin and Nancy Feyl Chavkin, "Bellow's Martyrs & Moralists. The Role of the Writer in Modern Society." *Saul Bellow and the Struggle at the Center*. Eugene Hollahan ed. New York：Ams Press，1996，pp.13—24。

关系。由于城市人口多、密度大，个体不断受到外界环境的刺激，而城市与个体的互动就是在个体接受刺激然后作出反应来进行的。齐美尔认为这种刺激的一个最重要原因就是货币经济的出现。货币经济把城市中的一切通则化为可以购买的东西，不仅包括物质的商品，还包括人的服务。因此，个体外在的特征包括服饰、汽车、日用品等类似的符号则变成别人对他人评价的依据①。这也能从一定程度上说明拉维尔斯坦对物质生活的高要求。

首先从个人生活上看，拉维尔斯坦是一位物质欲望极为强烈的人，他热衷于各种奢侈品，他可以借钱度日，但一定得过上像样的生活。他非常喜欢城市文明，喜欢巴黎这个古典大都市，而拒绝生活在大自然中，并认为“自然和独处是毒药”(154)。比如拉维尔斯坦成名之后到了巴黎要住最豪华的酒店：“他靠着饭店管理人员的关系，才住进这个人人都觊觎的顶层套房。这可使在巴黎——克里戎大酒店。带足了钱破例住在这里。再不住那个飞龙旅店的臭烘烘的房间，或者不管别人叫它什么名字的旅店，在龙街上；也不住圣贤街医学院对面的学院饭店。没有比克里戎大酒店更富丽堂皇，更豪华奢侈的了。第一次世界大战后，参加和谈的美国高层人物就住在这里。”(3)此外齐克还评价道：“在他突然交好运之前，从来没有一个人对他的需求产生过疑问，那些阿玛尼的西装，威登的箱包，美国搞不到的古巴雪茄，登喜路的配饰，纯金的万宝龙金笔，还有巴卡拉或拉利克的水晶玻璃器皿，用它们盛葡萄酒招待客人——或者由别人帮着斟酒。”(3)而齐克则认为“出生于大萧条时期的我，只要得到中等的回报，便觉得很幸福。我的生活标准确立于缺吃少穿的30年代。一千五百块钱应该可以买到一套定好的衣服。就是在我衣着讲究的时候(我曾经有一段很短的时间穿着比较时髦)，也从来没有买过超过五百块钱一套的衣服。”(32—33)

同时城市也在精神生活上影响着它的居民。在精神生活上拉维尔斯坦有很强的政治理想和抱负，他崇尚对个人自由的追求。这种自由包括精神层面和身体层面。它不是极端的个人主义式的自由，而是更多地探寻自我价值并努力展现自身的重要性，做着有意义的事。他“对所谓的伟大的政治有着特殊兴趣。”(31)拉维尔斯坦无疑展现出后工业时代大都市生活下公共知识分子的社会责任感。根据理查德·波斯纳的分析，公共知识分子的作品类型包括：“将某人的学术作品转换成接收普通教育的社会大众能够理解

① 齐美尔：《大都会与精神生活》，选自《西方都市文化研究读本》第2卷，薛毅主编，广西师范大学出版社2008年版，第91—102页。

的形式(我们姑且称之为自我大众化);基于某人的学术专业提出特定的政策建议;政治色调的文学批评;政治讽刺作品;对公共问题的悲观主义预测以及其他的预测性评论;一般的社会批评或者专门的社会批评;在某人专业领域之外提出社会改革建议;'即时'评论;以及最无关紧要的向法庭提交的专家证言。"[①]30 多年来将他的思想传播给他的研究生,很多学生成为他的信徒,他"被他所教导的年轻人视为知识界的乔丹"(57)。这些学生后来成为历史学家、教师、记者、专家、智囊团成员,已有三至四代。他的学生有的在海湾战争中扮演重要角色,甚至还有的在国务院任职。最为重要的是他的学生毕业后依然与他保持着长期的联系,甚至把重要的军情也告诉拉维尔斯坦,在这种交流中,拉维尔斯坦使自己的思想得以延续并贯彻下去。多年来他乐此不疲,并喜欢以此来向齐克以及身边的挚友进行炫耀。他还可以专门从巴黎飞回芝加哥,参加市长为他设的晚宴。拉维尔斯坦曾经劝告齐克:"多出头露面,从私人生活中抽开身来,用他自己的话说,就是让我把兴趣放到'公众生活和政治'上来。"(5)公共知识分子们通过著作、杂志文章、公开演讲以及电视节目露面等方式与社会公众就智识主题进行交流。

对政治给予更大的关注并实现自己的价值,展示个体的无法替代性也是大都市生活的一个重要特征,即便拉维尔斯坦走向死亡,他似乎也没有什么惧怕,正如齐美尔所说:

> 大都会最有意义的方面在于它在功能上的重要性越过了实际的物理界限,而这种效果对后者起作用,给予它生命、分量、重要性和责任。一个人并不结束于他的肉体生命或直接限制其实际活动的范围,而是包含着在时间上和空间上,从他身上散发出来的整个有意义的影响。同样,城市也存在于超越其当前范围的整体影响。实际上这些才是表现它们的存在的真实范围。这已经表现在这一事实:个人自由是这种范围的逻辑的、历史的补充,它不仅仅被理解为消极意义上的单纯的行动自由,并从偏见和庸人习气中解脱出来。它的本质特征更在于每个人最终以某种方式具有的特征和无与伦比,真正地在生活中得到表现,并给生活赋予形式。我们服从我们的内在本性的法则——而这也就是所谓自由——这一点只有当这种本性的表现与其他表现区分开来,才

① 理查德·波斯纳:《公共知识分子——衰落之研究》,"引言",徐昕译,中国政法大学出版社 2002 年版,第 8 页。

能得到感知，也使我们信服；只有我们不能被别人替代，才能表明我们的生存模式不是从外面强加给我们的。①

无可替代正是拉维尔斯坦一生的特征，他对身边人的影响、分量、责任、重要性不会因为他生命的逝去而消失。

二、双重忠诚的自由思索者

城市生活的同质化趋势变得越来越不可阻挡。菲利普·罗斯(Philip Roth)曾说过："拥有两种传统，对犹太人(不仅限于犹太人)来说，是一笔财富，对于作家(还不限于作家)来说也是如此"②。如果说艾贝·拉维尔斯坦是一个具有典型大都会特征的人物，那么从更深层次上看，这位犹太知识分子其实是一位具有双重忠诚度的自由思索者。这种双重忠诚体现在这位思索者身上的美国特性和犹太特性。

从美国特性看，拉维尔斯坦是深受美国精神影响的一位学者。他衣着服饰的讲究、对科技产品的喜好以及对爱情的理解上完全是美国化的。用齐克的评价："他是个彻头彻尾的美国人。"(60)穆雷·鲍姆嘉登在《城市手稿：现代犹太写作》一书当中指出："当犹太主人公通过妆扮自己来整理自己的外在，那他已经和那些寻求发现自身和道德准则是否仅仅只是受制于环境的清教英雄并无二致。"③由此可见，服装并不仅仅只是装点门面的东西，它暗含着不同心理。拉维尔斯坦对服饰的高要求一方面体现出他对美国文化的接受和认可，另一方面也在一定程度上体现出他对自我价值的重新塑造。拉维尔斯坦对时装的要求颇高，可以花几千美金买一套朗万西服，这在齐克看来，完全不可理解，但是齐克的评价却将拉维尔斯坦的爱好与美国的文化完美地结合起来：

> 朗万时装专卖店的那件高级外套，是用美丽的法兰绒做的，质地结实，像丝绸般光滑闪亮。它的颜色使我联想起拉布拉多犬——金黄色，折皱处流光溢彩。"这种外套的广告刊登在《名利场》和其他一些印刷

① 齐美尔：《大都市与精神生活》。选自薛毅主编：《西方都市文化研究读本》第 2 卷，广西师范大学出版社 2008 年版，第 99 页。

② 菲利普·罗斯：《行话：与名作家论文艺》，蒋道超译，译林出版社 2010 年版，第 4 页。

③ Baumgarten, Murray. *City Scripture*: *Modern Jewish Writing*. Cambridge, Massachusetts: Harvard University Press, 1982, p.36.

> 精美的时尚杂志上，那些给它们做模特的人，通常胡子拉碴，样子粗野，看上去就像是搞同性恋的硬汉，或是十足的强奸犯，除了炫耀他们的肮脏的自恋癖以外，其他什么事情——不论什么事情——都不会干。”你压根儿就没有想过把这样的衣服穿在笨拙的知识分子身上。不过胸部有点肥肉，腰上长点儿赘肉，看上去其实挺顺眼的。(34)

他将自己的智慧与才华与美国的物质与精神社会结合起来，用自己的精神财富换取了物质享受：

> 他写了一本书——深奥难懂却广受欢迎——一本生动活泼、才思敏捷且富于挑战性的书，在东西两半球和赤道的两边，销路都很好，印了一版又一版。书虽然写得很快，态度却是认真严肃的：没有廉价的让步，没有大肆吹嘘，没有心智上的骗人把戏，没有护教学，没有贵族气派。……他靠自己的才智成为百万富翁。名利双收而又不必妥协，说自己想说的话——用自己的语言，这可不是无关紧要的小事。(4)

拉维尔斯坦也乐于接受着美国的潮流文化。“在家里，他总是坐在宽大的黑皮沙发上接电话，沙发旁边的电子操控板他用来得心应手。我可没这个能耐。我对于高科技的东西是门外汉。拉维尔斯坦的手虽然不是很稳健，但操纵起这些仪器来，就像普洛斯彼罗变魔术一样。”(12)此外，他看到迈克尔·杰克逊时，“一时间浑身都充满着快乐。”(28)每当有重要比赛时，拉维尔斯坦还会邀请他的研究生到他的公寓来边吃披萨边观看比赛。在爱情上，拉维尔斯坦认为“一个清心寡欲的人的灵魂是畸形的，被剥夺了最美好的东西，会抱憾终身。摆在我们面前的是一个生物学的典型，即抛弃灵魂，强调纵情享受的重要性，从紧张（生物静力学和生物动力学）中解脱出来。”(15)因此在爱情上他的情感往往更多的是满足自己的需求与爱好，而非压抑自己同性恋的性取向。直到他生病的时候，他“仍然坚持，一遍又一遍地反复告诉我，爱情是什么——是需要，是意识到的不完全，是渴望完整的一体，是如何将厄洛斯的痛苦和欣喜若狂结合在一起。”(95)他的这种直白甚至露骨的爱情观是一个普通的犹太人尤其是齐克这样含蓄的人所无法理解的。

然而拉维尔斯坦在现实生活中又以犹太式的幽默方式消解着非犹太人对他的歧视。有一次拉维尔斯坦被邀请去参加一个招待 T.S.艾略特的午

宴,按照邀请人葛利夫夫人具有嘲讽意味的说法,拉维尔斯坦对着瓶口喝可乐,宴会结束后拉他还弄得满地狼藉:

> 洒的,溅的,打碎的,他用过的肮脏的餐巾,餐桌下东一块西一块掉下的熟肉,听到俏皮话大笑时喷出的葡萄酒,尝了一口觉得不合口味而乱扔到地板上的菜。有经验的主人会在他坐的椅子下面铺上报纸,他一点也不在意。他不太注意这些事情。当然,我们每一个人都以自己的方式来关注身边发生的事情。艾贝很清楚——他知道什么应该全神贯注,什么可以置之不理。不喜欢艾贝在餐桌上的举止等于承认自己心胸狭窄。(37)

为此,拉维尔斯坦还调侃地说:"她(葛利夫夫人)不会让任何犹太佬在她的餐桌上举止如此不检点。"(38)他还会对齐克说"你永远可以拒绝被同化。"(49)

在拉维尔斯坦看来,不尊重、不认同犹太人的葛利夫夫人不值得得到他的礼遇,因此他夸张无礼的行为正是以荒诞的形式对葛利夫夫人的回应,是宣泄的一种途径,也是以犹太人固有的幽默方式消解非犹太人对犹太人的敌视。加之艾略特本人也具有浓厚的反犹主义情结,曾经成为二战纳粹的帮凶,拉维尔斯坦的这一举动也是对所有反犹分子的回击。

此外拉维尔斯坦对身边犹太人和非犹太人的关系有着敏锐的直觉。当齐克与一位曾经为纳粹效力的格里来斯库关系较为密切时,拉维尔斯坦一再提醒齐克二战中这段惨绝人寰的历史。对齐克和他那非犹太人的妻子薇拉之间的婚姻关系他也发表了自己的见解:"她完全属于一个不同的世界。而你属于第三世界,一个正在消失的老式犹太人世界。他人的灵魂是一个黑暗的森林,像俄国人说的那样……"(88)换言之,在犹太人和非犹太人通婚问题上拉维尔斯坦持怀疑态度。因此在他看来,在犹太人和非犹太人之间依然存在着微妙的不可调和的关系。"在他看来,耶路撒冷和雅典是文明的两个发源地。"(15)雅典是西方文明的发源地,正是美国文明汲取养分的圣地,而耶路撒冷是犹太人心目中的圣地,因此这也充分体现出拉维尔斯坦的双重忠诚。这种思想在某种程度上是所有犹太人的精神负担,一方面在美国文化充斥的面前,犹太人不可能无动于衷,但又有着犹太的根这一不可割舍的情结。随着大都会精神、后现代城市以及全球化进程的加剧,这种分离性越发明显,这正是阿德里安·里奇(Adrienne Rich)一篇著名的论文中所提到的“分裂的根”(split root)。

三、历史重负下的墓志铭

贝娄在创作的早期和许多美国犹太作家一样,不喜欢被贴上犹太作家的标签①。随着城市的发展,当更多的人迷失在物欲社会中,精神面貌展现出更多虚无主义的时候,贝娄认为有必要指出并提醒人类历史的重要性以及个人身份归属的重要性。城市里的个人身份包含身份的本体意义和认同意义。前者确认某人之所以为某人的事实依据及其表征。后者是经由外人确认。前者是身份的外在表现,后者是身份的内在逻辑,这与城市历史主义的诉求并行不悖。1965 年,在一次采访中,贝娄明确表示:“我有充分理由担心我会被当作一个外国人,一个闯入者。我在大学读文学的时候,有人就明白地告诉我,作为一个犹太人,一个犹太移民的儿子,我可能永远都不会找到对盎格鲁·撒克逊传统以及英语文字的正确感受。”②1971 年他声称:“我自己从来没有刻意地以犹太人来进行创作。我只是作为索尔·贝娄来写作。我从来没有试图让我自己具有犹太性。我也从来没尝试过要去吸引这个群体。……我认为我自己是一个有着犹太渊源的人——既有美国的也有犹太的——一个有着一定人生经历的人,而他恰好又有一部分是犹太人。”③贝娄的这一说法在捍卫自己双重的身份特征,他似乎强调自己不需要来自他人和本族人的认同。

然而到了 84 岁高龄之时,贝娄的诸多思想发生变化。乔纳森·威尔逊(Jonathan Wilson)④曾称:《拉维尔斯坦》是贝娄最具有犹太性的一部小说⑤。按照一些犹太教评论家的观点,一个人只要是犹太人,就摆脱不了其与生俱来的犹太性:“一个人的犹太性既不会因为选择参加较多的犹太活动

---

① 有类似想法的作家还有菲利普·罗斯,保罗·奥斯特(Paul Auster)、查尔斯·伯恩斯坦(Charles Bernstein)等。

② Atlas, James. *Bellow: A Biography*. New York: Modern Library, 2002, p.54.这个故事在 Ruth Miller 写的贝娄的传记(*Saul Bellow: A Biography of the Imagination*. New York: St. Martin's Press, 1991.)中也有说明。1935 年贝娄从芝加哥大学转到西北大学的时候,从小就有作家梦的贝娄希望能转到英语系,结果被系主任告知上述一番话。详情可参见该书第 9 页。

③ Kulshrestha, Chirantan. "A Conversation with Saul Bellow," *Chicago Review* (Winter 1973), pp.7—15.该访谈于 1971 年 1 月 12 日进行。

④ 乔纳森·威尔逊曾出版过一本有关贝娄的论著,可参见 Jonathan Wilson. *On Bellow's Planet: Readings from the Dark Side*. Rutherford, New Jersey: Fairleigh Dickinson University Press, 1985。

⑤ 转引自 James Atlas, *Bellow: A Biography*. New York: Modern Library, 2002, p.598。

而有所增加,也不会因为选择较少的犹太活动而有所削减。没有哪个犹太人比其他犹太人更具犹太性,也没有哪个犹太人的犹太性会因为与非犹太人通婚而有所削减,因为这种犹太身份是自在的,独立于一个人的人生之外的。"[①]美国社会学家威尔·赫伯格(Will Herberg)认为"嵌入在宗教和文化策源地并融为一个单一的宗教与文化的统一体就是犹太性。"[②]乔国强教授认为:界定文学作品中的"犹太性"这一词语应避免强调"共性",而应充分考虑到这个词语所具有的"个性"品质,即所处的时代、所涉及的领域以及其所具有的质地与所呈现的形式。[③]但是是否会在文学作品中表现出犹太性,则因人而异了,并非所有犹太作家都会坦然面对自己的犹太性。辛格一生都用意第绪语进行创作,女作家奥齐克坚决捍卫犹太文化传统,马拉默德侧重于探讨犹太传统中的受难主题,并将犹太传统泛化,认为"人人都是犹太人",菲利普·罗斯则在多数作品中讽刺犹太传统,诺曼·梅勒则较为彻底地接受了美国的同化。贝娄在创作的晚期表现出极为强烈的犹太性,他进一步反思犹太传统和犹太历史。这部小说与贝娄以往的小说有着很大的不同,小说里没有含混不清的人物身份,主人公拉维尔斯坦和齐克具有明确的犹太人身份,此外,两人在死亡面前非常认真地探讨犹太历史、犹太灵魂、以色列的命运以及经历过大屠杀的犹太人,等等。乔国强教授曾指出:"贝娄借写传记这一时机和形式,来总结自己对人生的一些重大问题的思考,特别是为自己对反犹主义和'大屠杀'的人做最终的定位。"[④]小说正是通过描写即将踏入死亡之门的两位主人公来探讨死亡、反犹主义与犹太性的关系。

贝娄一直非常关注反犹主义,这一主题在他的小说中也有多次体现,比如在《受害者》、《赛姆勒先生的行星》中。贝娄坚决捍卫犹太人的立场,审视二战时期对犹太人的惨绝人寰的行径,他曾在谈及爱这一主题的时候提到:"我认为,犹太人拥有一个小民族的适度的弱点。弱小、卑微的民族,对世界没有要求,除非我们堂而皇之地声称——'我们给了你们宗教,我们给了你们正义,没有我们,你们将不会拥有这些事物。你们的宗教是从我们的宗教中偷来的,你们有关正义的观念始于《圣经》。'情况也许足够真实,但无论对

---

① Cohen, Steven and Arnold M. Eisen. *The Jew Within: Self, Family, and Community in America*. Bloomington, Indiana: Indiana University Press, 2000, p.23.

② Herberg, Will. *Protestant-Catholic-Jew: An Essay in American Religious Sociology*. New York: Anchor Book, Doubleday & Company, 1960, p.183.

③ 乔国强:《辛格研究》,上海外语教育出版社2008年版,第68页。

④ 乔国强:《从小说〈拉维尔斯坦〉看贝娄犹太性的转变》,《上海大学学报》(社会科学版),2011年第2期,第63—76页。

谁而言,都很难令人满意。但它是犹太人与非犹太人之间的战争的一部分,在我看来是这样。它是种非常难以负荷的包袱——对于这些充满爱意的温柔感情的责任,入境,对我们而言,那种柔情有一种神圣的特性。尤其是你不得不面对此类来自你的敌人的残暴行径。”[①]在《赛姆勒先生的行星》中贝娄通过赛姆勒先生躲藏的隐喻将犹太人一直以来的历史境遇与二战中受到的不公正待遇展现在读者面前。这种情节的源头便是反犹主义。反犹主义(anti-semitism)作为专门的术语是在 1879 年由一位名叫威尔海姆·马尔(Wihelm Marr)的德国人正式提出。“从广义上而言,所谓反犹主义指的是一切厌恶、痛恨、排斥、仇视犹太人的思想和行为。……即认为犹太人从本质上、历史上、种族上、自然属性上就是一个能力低下、邪恶、不应与之交往、理应受到谴责或一系列迫害的劣等民族。”[②]20 世纪 30 年代,反犹主义思潮在美国曾占据统治地位。贝娄从来就不是一位面对困难就表现出怯懦的作家,因此他总是适时对反犹主义苗头进行反击。贝娄曾指出庞德的反犹倾向特别突出,并提出庞德的诗歌中宣扬仇恨和屠杀[③]。除此之外,贝娄还在小说《赫索格》中间接提出对斯宾格勒《西方的没落》一书[④]中种族歧视的声讨。在贝娄看来,犹太人所遭遇的残酷对待是与一定的社会互动模式相对应相关联的。就残酷的本源而言,其社会性远多于个体的性格特征。以个人仇恨为基础而不断甚嚣尘上的反犹主义是对犹太人最大的不公。当城市经济趋于萎缩,社会发展停滞不前,统治者往往会采用极端的手段或者是寻找一些替罪羔羊来转移社会矛盾的聚合点,从而转嫁罪名,加上宗教迫害,犹太人成为这一进程中最受欢迎的受害者。

贝娄和拉维尔斯坦有着一些共同点。创作此小说的时候贝娄已是 85 岁高龄,身边亲朋好友离他而去,而拉维尔斯坦也病入膏肓,但是两人都展现出对死亡的坦然。拉维尔斯坦从来不会在医生面前低头,不会放弃自己

---

① 诺曼·马内阿:《索尔·贝娄访谈录:在我离去之前结清我的账目》,邵文实译,中国出版集团 2015 年版,第 142 页。

② 徐新:《反犹主义解析》,上海三联书店 1996 年,第 2 页。

③ Atlas, James. *Bellow*: *A Biography*. New York: Random House, 2000, pp.248—249.庞德还因为为法西斯主义宣传而在二战后被判叛国罪。此外《纽约日报》也刊登过一篇文章说明庞德是个憎恨犹太人的诗人。具体可参见:http://www.nydailynews.com/blogs/pageviews/ezra-pound-jew-hater-blog-entry-1.1637470。

④ 根据贝娄小说《赫索格》中描述的,“一个犹太人是一个残遗种,就像蜥蜴是伟大的爬虫类时期的残遗种一样。我也许可以骗过非犹太人获得虚假的成功,但我仍然是一个衰亡没落的文明所残留的劳力而已。总之,这是一个精神力量已经全部耗尽的时代——所有古老的美梦都已经做完了。”

的爱好,正如齐克所说:“总而言之,他根本不在乎医生。医生是怕死的资产阶级的盟友。他并不打算为了任何医生而改变自己的习惯,就是他尊重的施莱医生也不行。”(75)而当比拉维尔斯坦大好几岁的齐克①守在拉维尔斯坦的床头之时,他也在思考着死亡的问题,不仅是齐克自己和艾贝的死亡,“还有一大堆其他种类的死亡。这是整个一代人集中的时间。”(130)其中包括二战大屠杀中的死亡——残暴的事实。“大量痛苦的事实,太恐惧了,当代人简直无法深思。我们实在不能让自己去承受它们。我们的心灵还没有强壮到足以承受。但即使如此,我们也不能给自己发放通行证。”(131—132)这种通行证是对犹太历史置之不理或者是采取淡化历史的一种消极方式。贝娄通过这种说法,再次强调人类不能对二战中的这种残暴熟视无睹,而现当代犹太人更不能让这段历史仅仅封存在20世纪的40年代,现代人有义务以历史来警醒整个人类。

小说里有拉维尔斯坦的一个有坚定信仰的犹太朋友贺伯斯特换心脏的情节。在5年前,当医生告诉他心脏已经报废需要器官移植的时候,贺伯斯特接受了一个非犹太人的年轻小伙子的心脏。然而莫里斯有自己的信仰,并没有被异族人的心脏改变他的想法,因为他和拉维尔斯坦有着同样的结论:“一个人不可能抛弃你的血统,也不可能改变你的犹太身份。……犹太人是缺乏救赎的历史见证人。”(179)

在拉维尔斯坦临死前,他将内心压抑的所有有关犹太人的思索和盘托出。以前他会经常谈论柏拉图,但现在“他正追随着一条犹太人的思想或者说犹太人本质的轨迹。”(178)正如贺伯斯特总结的:“只要他还有一口气,他自然要一直讲下去,讲得个痛痛快快——这是他心中最重要的一桩事,因为它关联着一宗极大的罪恶。”(178)拉维尔斯坦在用自己的方式“给犹太人指明了最好的出路。”(179)

齐克同样也非常感叹于现实对这段屠杀历史的漠不关心,他甚至觉得“如今很少有人,你能够与他们讨论这些事情。”(180)历史需要人们缅怀,历史也尤其需要人们从中吸取教训。犹太民族的民族性不能在同化中逐渐被抹杀。死亡的临近更激起了拉维尔斯坦对这些问题的思考,齐克说道:“雅典和耶路撒冷乃是我们更高的生存的两个主要发源地,如果必须在两者之间作出选择,他选择雅典,同时对耶路撒冷充满敬意。但是在他最后的日子里,他要谈论的是犹太人,而不是希腊人。”(173)这其实是将拉维尔斯坦的

① 在现实生活中,贝娄比布鲁姆大15岁。

双重忠诚从之前更多的美国性转到了更为深刻而浓厚的犹太性上来。

因此不难窥见为何贝娄在小说前半部分回忆拉维尔斯坦的生平时就有意识地将犹太问题纳入这部传记中。在小说前半部分贝娄通过内省性叙述策略构建自己对反犹主义的认识,分别在人物的互动中展示这种思想①。

1. 历史人物和政治家的反犹思想

以前拉维尔斯坦讲授伏尔泰,但如今"也许要补充说,著名的为启蒙运动而战斗的伏尔泰……极端地仇恨犹太人。"(178)

1919年巴黎和会②上,英国首相劳合·乔治做了一连串令人吃惊的动作来嘲笑德国谈判者中的一位犹太人:"他卑躬屈膝,弯腰驼背,一瘸一拐,朝地上吐痰,嘴里发出嘶嘶的声音,撅着屁股,迈着八字步故意模仿犹太人走路。"(8)

2. 学者的反犹思想

拉维尔斯坦未成名前曾参加葛利夫夫人宴请T.S.艾略特的午宴。但之后葛利夫夫人说拉维尔斯坦就着可乐瓶口喝可乐,让艾略特目瞪口呆。葛利夫夫人随后表示"她不会让任何犹太佬在她的餐桌上举止如此不检点。"(38)但是齐克也提出了质疑:"我不信就着瓶口喝可乐就是整个故事的来龙去脉。(首先,可口可乐瓶子出现在餐桌上干什么!)"(37)齐克认为葛利夫夫人很显然是在诋毁身为犹太人的拉维尔斯坦,并一再将其用餐的随性与犹太身份等同起来,而进行种族攻击。

拉维尔斯坦提到过犹太人曾经被提供给整个人类作为衡量人性邪恶的尺度。作家吉普林的通信集中有一封信反对爱因斯坦,他说"犹太人为了他们犹太人的目的,已经扭曲了社会现实。可是还不满足于此,爱因斯坦又用他的相对论破坏了物理的现实,犹太人企图给物理世界一个虚假的犹太式的曲解。"(174)医生塞利纳曾经"建议犹太人要像细菌一样被消灭。"(175)齐克的朋友格里来斯库曾经是罗马尼亚的法西斯分子,并写过有关"犹太人

---

① 此部分对反犹主义的看法乔国强教授在其论文《从小说〈拉维尔斯坦〉看贝娄犹太性的转变》中也提及过。乔国强教授就为何写"大屠杀"、如何写"大屠杀"以及为何现在写"大屠杀"三个方面细致阐述了"大屠杀"研究的现状以及贝娄晚年犹太性的转变。他认为贝娄以谴责而非直陈屠杀场景的方式展现西方的反犹主义,笔者非常认同。

② 1919年的巴黎和会其实是一战后的一次帝国主义战胜国分赃会议。英法等国与战败国德奥签署《凡尔赛合约》。英美法意被称为巴黎和会"四巨头",四国首领分别是英国首相劳合·乔治、法国总理克里蒙梭、美国总统威尔逊以及意大利总理奥兰多。后因未能满足意大利的领土要求,奥兰多先行回国,历时6个月之久最后签署了《凡尔赛合约》。因此整个和会真正起到作用的是"三巨头"。

的梅毒感染了巴尔干半岛的高等文明”的文章,即便夫妻俩极力想通过与齐克的友谊来掩盖反犹的事实。

3. 异族通婚中的反犹思想

齐克的前妻薇拉是一位基督教徒。首先薇拉的母亲非常反对这场婚姻,齐克认为“老太太非常厌恶我。有一个犹太人做女婿破坏了她的晚年生活。”(166)在与薇拉的这段婚姻里,齐克一再容忍着妻子对他的无视与冷漠,最终他无法用丈夫的眼光来欣赏妻子,只能以“情人的眼光”(103)和“自然主义的视角”(103)来观察她。当然最重要的是齐克后来发现薇拉和希特勒甚至有些相似之处。齐克将薇拉与希特勒并置,用特殊的方式处理着犹太问题,并暗示自己婚姻的末路:

> 薇拉的上唇紧绷。我总是倾向于对上唇作出特殊的重要判断。如果有专横的倾向,那里将会表现出来。我检查一张照片时,习惯于将五官孤立开来看。这个前额告诉了你什么,或者眼睛的位置?或者髭须?希特勒,我们世纪的典型独裁者,他留着不同的髭须。想起来了,是希特勒的唇,特别引人注目。一个令人好奇的事实是:当你吻她时,薇拉的唇会刺痛你。(123)

4. 其他平民的反犹思想

拉维尔斯坦的公寓由两位女士瓦佳和鲁比。“在瓦佳眼中,拉维尔斯坦不过是又一个招摇过市的犹太人——她那未开化的想象力想到的是他控制的金钱,还有他的好争吵和难以理解。鲁比比较了解他:他是教授,有点神秘的白人。几乎就像其他的白鬼一样,他能够体谅她的问题。”(91—92)这里“神秘的白人”也正说明了犹太人尴尬的身份。应该是作为白人,可以自由享受白人的生活,结果却被白人残杀,甚至在大屠杀中活活剥皮。

拉维尔斯坦在巴黎曾经租过一个公寓,订金一万元。由于生病,他不得不提前离开这个“他住过的最漂亮、最出色的房间。”(70)但是谈及订金的退还问题,拉维尔斯坦十分清楚,自己无法通过法律的途径来追回他的钱,“尤其是在这种情况下,因为房客是一个犹太人,房东的家谱图上有一个叫高必诺的,这些高必诺是著名的仇视犹太人的家伙。而我不仅是犹太人,更糟的是,我是一个美国犹太人——他们认为美国犹太人对文明世界越发危险。不管怎么说,他们肯让一个犹太人住在他们的街道上,当然他必须付得起价钱。”(70)

通观整部小说，在城市生活的樊篱之中，犹太人不得不面临同化的问题，而在同化的过程中一部分犹太人丢掉了信仰和自我，而另一部分犹太人则努力捍卫着民族和个人的尊严，坚守着最后的防线。小说收尾处提出了对犹太人不公正的事实："对于'被选定的人'，是没有选择的。从来没有听说或感受过这样大量的仇恨和对生存权利的否定，希望犹太人死亡的愿望被广泛集中的意见所确认和辩护，这种意见一致认为，他们的消失和灭绝将会使世界得到改善。"(179)针对这样一个事实，年逾古稀之年的贝娄在这部传记中谈到自己的见解。他将犹太问题归咎于后工业时代里城市生活中理性和虚无主义的假象。在贝娄看来，人的死亡分成两种无奈的死亡。第一种是处于社会的底层，即所谓的"流沙社会"，是政府无法或者没有理由去关心的那一部分群体。政府只是将"牺牲者吸入底层，淹没或者使他们窒息而死。"(168)也就是社会里通常的"输家"，他们无法承受社会的重压，并且政府认为他们对社会毫无用处。第二种是因为虚无主义，而这种虚无主义又是穿着所谓"理性"的外衣，比如想方设法寻找一些借口为自己的杀戮行为开脱。这些刽子手认为杀人尤其是杀害犹太人是天经地义的事情，正如齐克说的：

> 还有这样一些犹太人，他们同样失去了生存的权利，刽子手同样对他们说——"没有理由说明为什么你们不该死。"从俄国的古拉格群岛到大西洋海岸，到处都记录着毁灭，或者某种死亡蔓延的混乱状态。必须在意识形态的基础上，来想一想这些数十万数百万被杀戮的人——就是说，带有一些理性的借口。理性作为秩序的表现或者意图的明确，具有不可忽视的价值。虚无主义的最狂热的形式，极其彻底地表现在德国军队中。……这种虚无主义引发了普通士兵的最血腥和最疯狂的复仇主义的谋杀热情。因为这种热情几乎完全包含在执行命令的过程中，所以一切责任追溯到上层，发布命令的来源。因此每一个人都被宣告无罪。他们是彻头彻尾的疯子。(168)

在贝娄看来，虚无主义扼杀了人性，将所有人变得麻木而疯狂，因而产生了一系列难以理解的事件。丹尼尔·贝尔曾提出："第一代人逃离了隔都，而第二代人则逃离了过去"。[①]第二代人虽然逃离了过去，然而这在贝尔

① Bell, Daniel. "Reflections on Jewish Identity." *Commentary*, 1961, 31:471.

看来这未必是件幸事。在小说里,贝娄也提出自己对世人的警醒:"犹太人应该对犹太人的历史深感兴趣——感兴趣于他们的正义原则。"(179)历史是一面镜子,倘若无视历史,势必会让历史重现,"过去"无法永远地"逃离",适当的正视才能更加珍惜当前的生活。小说里拉维尔斯坦曾经讨厌自己的家庭,认为"没有比学生宿舍更好的地方了"(61),他也不认为艾略特写的"在租来的房子里死去"有什么丢脸的,他甚至"不知疲倦地要让他的天才学生们与家庭断绝关系"(50),然而在死亡来临之际,尤其是他见到自己年迈的老母亲都不认识自己的时候,拉维尔斯坦认为"我会在我的母亲之前到达终点线。也许我在那里等待她。"(138)他对回归家庭的感悟以及对母亲的情感再一次折射出他对犹太民族的浓厚情感。因此贝娄在自己暮年之际以独特的方式教导世人,正如小说中的一句话所说:"几千年来,犹太人教导和被教导。没有教导,犹太民族是不可能存在的。"(101)他希望以这种方式告诫大家历史的罪行不可被遗忘,犹太人有自己的传统和本根,不可以"为愚蠢虚荣而活着——没有对于社区的忠诚,没有对于城邦的热爱,毫无感恩图报之心,也没有任何可以为之献身的事物"(52)。

第四章　贝娄城市小说的现代性和审美性

第一节　贝娄城市小说的现代性

贝娄的作品承上启下、兼收并蓄，对他更全面的研究有助于梳理美国犹太小说发展历程，了解美国犹太小说全貌。许多学者认为在贝娄之前，美国文学大多遵循着海明威和福克纳的风格而缺少新鲜的血液，而1953年贝娄小说《奥吉·马奇历险记》的问世，给世人带来了希望，它标志着美国作家开始从海明威和福克纳为代表的经典作家风格的影响中挣脱出来。该小说中的主人公奥吉具有美国"新亚当"的风范，而这正表达出美国人的新希望。贝娄早年家庭生活的艰辛以及自己处于边缘的社会地位，决定了他与社会、与城市的关系。他一方面固守个人的独立性，另一方面有对资本主义社会人生观以及市侩社会的平庸深恶痛绝。可以说他有着忧国忧民的情怀，但是他又游离于社会之外，把追求人道主义和维护正义最为自己的终极目标。贝娄独具特色，个性鲜明，独善其身，他不属于任何流派，他也拒绝加入任何团体。他不是纽约知识分子的成员，也不是《党派评论》的盲目追随者。他既不属于自由主义左派，也不加入保守主义右派的阵营。他个性独特，甚至超越党派、国家和民族的藩篱，将他置于历时和共时的研究语境下更能彰显其创作的特色。

丹尼尔·福克斯(Daniel Fuchs)曾指出："没有人能像贝娄这样持之以恒地与当时大学里奉为正统的现代主义背道而驰。从这个角度看，贝娄是最优秀的现代主义者因为他所有的灵感都来自对现有广为崇尚的美学意识形态的抵制，这种意识形态主张瞬时性以及随之而来不可避免的冷漠。"①而这种

① Fuchs, Daniel. "Saul Bellow and the Modern Tradition." *Contemporary Literature*, Vol.15, No.1(Winter, 1974):67—89.

冷漠正是贝娄作品里极少可以感受到的，读者读到更多的是具有人道主义关怀的贝娄作品。

“现代性”一词与“历史性”相关联，现代性同时还包涵着三个维度的含义：时间、特性与经验。贝娄城市小说的现代性体现在他所刻画城市的历史识别感以及城市人对城市生活的抗争感。福柯曾经说过现代性用源于人自身的权力来反对人自身。人处于权力内部，这个权力使人敞开，使人远离自己的起源，这个权力就是人自身存在的权力。这种反对或反抗就是经验的再现。

贝娄城市小说的现代性体现在他对城市议题的展现上，体现在他对城市的历史的表现，他将城市与政治、城市与历史的关系传达得惟妙惟肖，带给我们美国城市变化历程的全景图。此外贝娄城市小说的现代性还体现他作为作家和城市居民双重身份上。作为作家，他以犀利的观察和发人深省的思索进行着创作。他的作品高度凝练，探索人性和人的价值。他把城市中的各个阶层作为自己笔下的人物，尤其是城市知识分子的刻画，展现他们的流动性以及公共服务性。他虽不是无产阶级的代言人，也不是一个民粹主义者，但他的意识深处，有着一种启蒙主义的精英意识，他把拯救社会的希望寄托在知识分子身上。他以宏观的视角进行着国际化的创作，向读者展示出一幅城市变迁的画卷。作为城市居民，他的观察细致入微，大到城市的变化，小到城市的公共空间和小市民的生活轨迹，都是他创作素材的源泉。

贝娄城市小说的现代性体现在他“都市漫游者”的人物设置上。漫游者的行为构建起现代生活的情感结构，人与人的疏离，私人空间和公共空间的转换。城市生活的碎片化、高速化都言说着城市另一种无形的存在。正如前文所指出的，贝娄揭示了卡夫卡笔下现代城市“公共人衰落”的历史现实。陌生人所聚集的城市，人们对自己以外的他人不信任、不关心，惧怕与其他人建立任何形式的联系，社会交往和公共事务已经变得可有可无，意义不大。卡夫卡为他笔下的这些内心敏感而孤独的主人公们找到了一个自我救赎的方式，即隐退到如同坟墓般死寂的地下世界，并通过象征性的死亡——睡眠——来抵制世界的荒诞和衰败。贝娄也似乎在这点上借鉴了卡夫卡小说中的内封闭场景和意向，空间的封闭和心理的封闭的双重奏响，卡夫卡小说中的城堡、公寓、地下室、阁楼、自己的小屋等等也给贝娄的作品提供了更多的想象空间。《晃来晃去的人》中的约瑟夫与《赛姆勒先生的行星》中的赛姆勒先生都在陌生与熟悉的环境取舍中传达出各自对城市生活的情感。

贝娄城市小说的现代性体现在贝娄对城市的态度和想象上，他作为业余的城市社会学者对城市建筑美学以及建筑与历史关系的思考展现出他对美国现代化危机等问题的考量，也勾勒出城市的自我叙事，这一切从实质上都是一种伴随着自我批判与否定价值不断进行重构的过程。城市化进程、汽车文化、郊区文化等现代化现象在贝娄笔下与人物同呼吸共命运。经济发达、物质繁荣的背后是极度的精神空虚。现代社会里各种野心泛滥，拥挤不堪，冲突不断。享乐主义肆虐，肉体和精神疲惫不堪却又乐此不疲，商业的繁华和投机倒把的狂热，带来的是思想的高度紧张以及人类疯狂的行为举止，束缚和压抑似乎在阴暗中等待冲破桎梏的那一瞬。歇斯底里、痉挛、妄想与疯癫成为描写现代人精神状态的常用词汇。通过对权威和秩序的否定，对过去和历史的摒弃，对当下和未来的迷茫的刻画，贝娄展现出的是一个震撼人心灵以及在灰烬中走向审判和毁灭的现代城市社会的缩影。贝娄的作品凸显了美国现代化中不可避免的种族问题，尤其通过异化的城市白人形象和不断处于动态变化中的黑人形象凸显城市后工业化时代的各种矛盾冲突。贝娄笔触细腻，展现出白人自我选择式的同化，比如主动去非洲的百万白人富翁亨德森，以及在短篇故事《寻找格林先生》以及《院长的十二月》中黑人受害者的形象。人物丰满，不单调，同时折射出不同阶段的社会问题和城市人心理疾病。贝娄还以全球化和国际化为主题进行创作。所有这些都围绕美国身份的构建问题展开。这一构建离不开城市的土壤。

贝娄城市小说的现代性还体现在他将各种写作手法灵活运用在他的作品中。日记体小说、以书信为小说创作媒介都成为贝娄精心策划的一部又一部作品的形式。贝娄以较为激进而有新意的写作手法来传达城市知识分子的思想困惑。这些写作手法包括故事中的故事、书信体、追述、回溯等等，他以奇特的方式不仅展现出城市平民的各种人格特征，也刻画了城市知识分子的二重世界以及社会错位中的精神困惑。比如赫索格先生回避与外界的直接沟通，而将精神世界寄托在写信之中。他写了 119 封信，其中 43 封连称呼都没有。自由式的随想也散见于《赫索格》、《洪堡的礼物》等诸多小说中零星的回忆与经历、时间顺序的错乱、叙述的不连贯、城市生活的多元性在随想中。

贝娄的城市小说别具一格，他将城市的文本性、文本的城市性、城市的历史性以及历史的城市性纳入自己的小说体系内，构建起一张展现出城市与读者、城市与作者互动的复合之网。第一，诸多美国城市理论与美国城市文学的专著都会提及索尔・贝娄在城市描写以及引领城市文化中功不可没的地位与作用。然而系统地研究贝娄的城市小说尚未形成规模。贝娄在小说中不时地提及欧洲大陆的城市,并与美国的城市进行比较。他以芝加哥为中心,辐射到纽约、巴黎、布加勒斯特、东京等。第二,贝娄以国际化的视野刻画美国的真实性存在。贝娄在连接欧洲和美国的文化传统上起着重要的作用,他的主人公时常穿梭在不同国家和城市中。贝娄将芝加哥纳入与诸多城市如纽约、巴黎、布加勒斯特等的对比与并置中,此外他笔下的异质文化特征鲜明,给读者独特的想象空间。第三,贝娄作品里展现出不同主题下城市书写的形态与特征,以及不同城市阶层的特性,同时他将美国城市与其他文学想象相关联,揭示出城市与犹太人生存空间以及犹太文化机理具有极其密切的联系,进而归纳出在面临犹太性与美国性的矛盾身份中贝娄展现出的不断加强的犹太性,同时也传达出贝娄主张构建"共同体"的思想,体现出其人道主义关怀。

在加拿大拉辛的索尔·贝娄图书馆里的几句话完整地概括了贝娄的一生:"美国最伟大的城市作家,出生于拉辛,在贫民窟里养大,在城市里成长,在芝加哥成名,在世界范围享誉盛名。"作为"美国最伟大的城市作家",贝娄的城市小说无疑以一个独特的视角体现出贝娄对城市复杂的情感,城市对于犹太人而言并不是可有可无的生活场所,它不仅是犹太人赖以生存的空间,同时也能将历史的思考带给犹太人。

在现代文学作品中,城市有机地将历史、社会、人物、作者感悟融合在一起。城市在少数族裔的心目中是复杂而充满矛盾的,在城市的影响下战后整个犹太移民的文化、心理发生了巨大的变化。犹太人渴望通过几代人的努力在城市占有一席之地并过上体面的生活,从而稳固犹太人的地位。

在贝娄的早期创作中对人的存在的阐释以细腻独特的方式展现出来。而这种对存在价值的真实寻求又是渗透在对城市生活的乐观憧憬之上的。贝娄着重描写犹太移民中平民这一群体在城市中的存在状态以及城市经验,而城市尤其是芝加哥这一载体为贝娄提供了诸多场景与回忆。这些孤独的个体有自己的思想,不愿意为别人所左右,他们在不停寻找人生的价值与意义。他们有着存在的重负,同时在寻求存在价值的过程中寻找一片"应许之地"。美国的确带给他们希望,在美国梦的希冀中,他们带着乌托邦式的感悟向梦想前行。

贝娄创作的中期正处在一个对社会进行反思的年代,因此在反思中贝娄更多的是对社会进行细致入微的观察,以一位旁观者、批判者的角度审视着生活的城市。贝娄创作中期的这 20 年的一个主流思潮便是文化激进主义，整体采取大批判、大拒绝的思想，整个社会呈现出病态的丰裕状态。此时期贝娄创作的一个显著特征就是小说人物以知识分子为主人公。他将知识分子与城市发展的现代性巧妙地结合起来，展现出知识分子的流动性以及公共服务性。城市知识分子阶层形成后，便产生了某种具有现代导向的批判性公共领域。他们借助现代知识教育体系以及出版传媒业，在城市空间里掀起一波又一波政治经济文化风浪，并充当着弄潮儿。当然，城市知识分子阶层并非永远称心如意，他们居住在介于自己本身已经决定疏远的社会和他已经选择担当一个热心的代言人而对方永远不会同意接受他为一个平等的伙伴的"榜样社会"之间的无人地带。正是这种无人地带的存在，让知识分子感觉到疏离、孤独、无奈，甚至疯狂。与人的孤独感并存的是城市的肮脏、龌龊，各种匪夷所思甚至是不堪入目的行为日日上演，官僚机构的腐败、人性的疯狂与贪婪、城市的病态都在贝娄的细致刻画中淋漓尽致地呈现出来。

贝娄晚年的创作转向多样化、国际性的大都会，他以相对包容的心态看待身边的一切，贝娄的犹太性也在这一时期表现得最为明显与强烈。正如有的评论家所说，自从 1982 年《院长的十二月》的出版，贝娄的创作风格有了很大的改变。这一时期贝娄创作的另外一个特征是多元文化的共存以及对犹太历史的反思。作为犹太人，贝娄尽自己最大所能在暮年勾勒出一个地域、记忆、情感等多种景观相融合的画卷。

纵观贝娄创作时期的 60 多年的跨度，从总体上看呈现如下特征：

第一，贝娄笔下的小说人物不断增多，人物形象多变，从职员、精明的商人，到迂腐和困惑的知识分子阶层。虽然贝娄中后期作品中的主人公以知识分子为主，但是小说中其他人物身份的复杂为贝娄的城市小说提供了更为立体交错的、互为联动的复合网。小说主人公都以寻求人生价值，或者竭力在令人焦虑的世界中寻找安定的归宿。《晃来晃去的人》中的约瑟夫，《雨王亨德森》中的亨德森，《赫索格》中的赫索格，《更多的人死于心碎》中的本恩，不一而足。

第二，小说场景的地域不断扩大，呈现出家宅——街道——城市——城际——国际的一条主线。公共空间也在不断扩大，公园、广场、咖啡馆以及多元文化的共存。贝娄的第一部长篇小说《晃来晃去的人》中约瑟夫仅仅只是在自己的房间与离家最近的三个街区中游荡。之后的《奥吉·马奇历险记》中奥吉由最开始不愿离开家庭，到之后四处奔波。中期的《赫索格》以及晚期的《院长的十二月》里，场景的变化已经突破了单一的城市，取而代之的是不同的城市与多样的文化共存的状态。

第三，城市意识不断加强。贝娄早年对城市的理解较为简单，主要是以城市为背景，而到中后期通过对城市景观细致的描绘，城市已经不再是单纯的场景，城市符号更加多样，摩登生活已不再陌生。城市已经开始成为文本、人物、历史。此外，这种城市意识还体现在对城市人格的把握之上。如果说早期的作品人物性格还较为单一的话，比如循规蹈矩的约瑟夫，受制于人的奥吉，古怪的亨德森，那么到了中后期，贝娄更加强调对个性的宣扬和保留，其中以植物王国的坚守者本恩以及同性恋教授拉维尔斯坦为极致。

这些特征充分展现出贝娄将现代性的母题投射到他对城市意识形态、城市历史图景以及城市文本性的关照中来。他将城市的商业文化、工业文化以及大众文化纳入考察范围，既有经验的城市，又有想象的城市，不断扩展城市小说的有限空间，纳入各种城市符号，城市的文本性、历史性与主体的文化记忆交相辉映。

第二节　贝娄城市小说的审美性

贝娄城市小说的审美性体现在他对创作艺术的不懈追求，体现在他对创作技艺的极力创新，体现在他将城市和城市居民作为审美对象，体现在他六十年如一日的孜孜不倦。《费城探寻者报》曾于 2005 年贝娄逝世之后刊登了一篇"贝娄拯救了美国小说"的文章对贝娄做出过高度的评价："一部贝娄小说就是了解美国地貌、美国心灵的旅程，从往昔而来，又对未来无从掌控。他的小说助力于我们文化风貌的形成，完全有理由带给读者愉悦的感受。这就是贝娄的天赋。"①

贝娄一直履行着自己作为一名作家应尽的义务，他曾在诺贝尔获奖演说上指出：

> 每年都有许多书和文章告诉美国人，他们的处境是如何如何不妙——其中有的明智，有的天真，有的言过其实，有的危言耸听，也有的像是狂人呓语。它们都反映了我们所处的危机，同时还告诉我们应该

① Ridder, Knight. "Saul Bellow rescued the American Novel." *Philadelphia Inquirer*, The (PA) (2005) on Thursday, April 7.

怎样对待这些危机;这些分析家正是他们为之处方的混乱和不安的产儿。我作为一个作家,正在思考他们提出的一系列问题:对道义的极端敏感,对完美状态的向往,对社会缺点的不能容忍,他们那种感人的同时又是可笑的无止境的要求,他们的忧虑、急躁、敏感、脆弱,他们的善良,他们爆发性的情感,他们对待吸毒、接触疗法和投掷炸弹的轻率态度。①

正是贝娄作为作家高度责任感和使命感让他的作品如此扣人心弦,几十年来获得如此多读者的认可以及多种奖励。贝娄在其超过半个世纪的创作生涯中带给读者诸多阅读的享受:有心灵的思索,也有灵魂的探秘;有刹那的伤感,也有持续的笑声;有对人物的同情,也有对自己的懊悔。贝娄以其充满智性的思考、幽默的语言、对人生的感悟以及对人类精神面貌的透彻把握,按照犹太人特有的思维方式总结着他的一生。正如一篇文章中所总结的:"他的作品充满着厚重的历史感:美国城市的兴起(尤其是他挚爱的芝加哥);审判、苦难以及移民间或的成功,尤其是这些摇摆在新旧两个世界中的犹太移民;在面对冲突、孤独、混乱以及他人所为怪事之中人类心灵展现出的焦虑。"②

贝娄城市小说的审美性从主题上看,体现在他对大众化这一命题的探讨上。虽然贝娄笔下的人物不少是孤独的个体,但是这些个体的鲜明特征都在与其他人以及与城市这个异己力量的博弈中得以凸显。从早期的小说《奥吉·马奇历险记》中不难感受到贝娄极力想把犹太人这一形象淡化,让犹太式的人物和主题融入到美国性的主流文化中,融入大众性之中。所以小说开篇第一句话便是奥吉所说的"我是个美国人,出生在芝加哥"。将"美国人"这一符号标签作为犹太移民对自己新身份的界定,同时在奥奇个人经历的粉饰下,当时很多的美国读者感同身受,贝娄将这种可以引发共鸣的主题发挥到了极致。除去将移民个体放置在主流大众的群流中之外,贝娄还探讨了以群体为单位的不同阶层。他笔下的大众有平民/底层、知识分子阶层、市侩的食利阶层等。在底层人民的刻画上,贝娄关注了他们精神上的失语以及物质上的贫乏,生存在与苦难的抗争之中。在知识分子阶层的刻画

① 1976年12月12日获得诺贝尔文学奖并于斯德哥尔摩的演讲。可参见索尔·贝娄:《集腋成裘集》,李自修等译,宋兆霖主编,河北教育出版社2002年版,第115—116页。

② Ridder, Knight. "Saul Bellow rescued the American Novel." *Philadelphia Inquirer*, The (PA) (2005) on Thursday, April 7.

上，他突出了知识分子疏离、孤独、无奈的精神困惑。知识分子被称为寄生在城市中的生物，他们不仅是城市中的漫游者，也因为其政治功能的不稳定性广受诟病，他们甚至在疯癫和理智中不停摇摆。贝娄城市小说的审美性还镶嵌在城市居民日常生活的机理之中，他极力展现日常生活、日常经验与日常空间的复杂关系。贝娄以日常生活为审美对象，以细腻的笔触描写普通百姓那种琐碎、平淡的世俗日常生活，展现日常生活的基本维度，即：日常交往和日常空间。日常空间是以人类为中心的，而在其中心往往都是进行日常生活的人们，两者互相依赖，不可分隔。“上”、“下”、“左”、“右”带给读者客观现实与个体体验的不同空间感受。“远”、“近”用来揭示个体有效活动的辐射范围。远近不同，说明了活动方式不同。人们之间的关系会被描述为“近”和“远”，这绝非偶然。正是这种时间和空间上的分隔决定着人际关系的强弱以及个体与空间的紧密程度。

瓦特在《小说的兴起》一书中指出：“小说对普通人日常生活的深切关注，似乎依赖于两个重要的基本条件——社会必须高度重视每一个人的价值，由此将其视为严肃文学的合适的主题；普通人的信念和行为必须有足够充分的多样性，对其所作的详细解释应能引起另一些普通人——小说的读者——的兴趣。……他们都赖于一个各种因素相互依存的巨大复合体——个人主义——为其特征的社会的建立。”[①]而贝娄则将个人主义和大众化结合得天衣无缝。

贝娄在作品中展现出诸多日常生活、日常经验、日常空间的细致描绘，比如他将“熟悉性”纳入对日常生活的考察中。对于约瑟夫而言，几个街区是他的生活边界，或者是熟悉范围，家是他的港湾；对于奥吉，他有着更好的机遇去探索外面的世界；对于亨德森，他熟悉的家园是美国的城市，这个给他坚强基石的地方，这个让他觉得最温暖、最有自豪感的家园，这也与“有根似无根”的犹太人历史形成反讽性的对照，强化作者把美国视为希望之乡的理念。

不可否认的是美学中审美的另一个维度和范畴是审丑。贝娄不遗余力地将人性的贪婪、城市的罪恶展现出来，淋漓尽致地勾勒出一幅“被围困的社会”的图景。随着城市版图的不断扩大，这种扩张无疑会带来的城市人格类型和城市居民类型的变化。在美国城市这一共同话题中，人们达成共识的是美国城市发生的最重要的变化便在城市的种族问题上，种族和经济的

---

① 伊恩·P.瓦特：《小说的兴起》，高原、黄红钧译，三联书店 1992 年版，第 62 页。

纽带问题日益凸显，黑人问题成为 20 世纪美国社会面临的一个大难题。20 世纪 50 年代被称为“美国历史上的一次人口大迁移”的郊区运动带来了城市的危机。到了 60 年代中期，人们创造了“城市危机”这个新短语，用来指代居住在郊区的白人和集中在市中心的黑人相互隔离的极端地理分布。这一短语还可以高度概括为两大强势文化模式的碰撞：“黑人区”和有房有社会地位的美国梦。此时的城市成为黑人的另一种表达。美国人习惯性地将事物一分为二的思维方式——城市/郊区、黑人/白人、穷人/富人——让城市处于各种质疑和诟病之中。到了 70 年代，关于谋杀、强奸等犯罪报道成为地方新闻电视台提高收视率的一种手段，而对于美国白人而言，城市象征着暴力和不文明。贝娄将所有城市的丑恶和不同阶层的城市人格淋漓尽致地展现出来。贝娄城市小说的审美性离不开他细致入微地时而以城市漫游者、时而以城市异己者、时而以新闻纪实性的方式、时而以历史学家考古的方式将经验与经历的碰撞展现得真真切切，字里行间投射着哲学与智性的交融，让读者阅读起来不禁觉得酣畅淋漓，意犹未尽，曲折情节中蕴含着深邃的哲学沉思，启迪读者进一步思索存在的价值与意义。

贝娄城市小说的审美性贯穿在 20 世纪 40 年代至 90 年代末的城市变迁中，这种审美的表达细腻，润物细无声。通过这些作品，读者看到了 50 年代人口流动加剧引发的居无定所感，六七十年代居民批判城市为非人性化空间，且缺乏城市地貌的可辨识性和地方性，80 年代在人们普遍感觉到焦虑不安的时代里，城市又迎来了一次华丽转身，成为温暖的避风港，即便 20 世纪末会有怀旧和伤感，但以新技术、新变革、新创造为代表的新型城市意识形态占据上风，对细节的关注、对地方色彩的强调、对人生百态的展现等都体现出一种浪漫主义的回归，这也是贝娄长期对美的诉求。

作为审美对象，贝娄笔下的城市繁华与颓废共生，理性与非理性共存。这种城市书写方式是工业化带来的城市化进程的结果，是犹太人生存现状矛盾性的展示，此外它还传达出当下犹太性逐渐消弭的过程中以贝娄为代表的现当代作家精神困境中的寻根主题，尤其在后现代视角下，犹太性已经更多地展现出多样性以及多元化的特征。贝娄的这种城市书写是嵌入在犹太文化肌理中的，并与美国文化多元化并行发展，在构建后现代图景下的犹太文化空间过程中起着不可估量的作用。

主要参考文献

基础文献

Bellow, Saul. "A World Too Much with Us." *Critical Inquiry*, 2.1 (Autumn 1975):1—9.

Bellow, Saul. "Foreword." Bloom, Allan. *The Closing of American Mind*. New York: Simon & Schuster Inc., 1987.

Bellow, Saul. *Great Jewish Short Stories*. London: Vallentine Mitchell & Co Ltd, 1971.

Bellow, Saul. *Herzog*. New York: Penguin Modern Classics, 2007.

Bellow, Saul. *Humboldt's Gift*. New York: Penguin, 2007.

Bellow, Saul. *Letters*. Ed. Benjamin Taylor. New York: Viking, 2010.

Bellow, Saul. *More Die of Heartbreak*. New York: Penguin Books, 2004.

Bellow, Saul. *Mr. Sammler's Planet*. New York: Penguin Modern Classics, 2007.

Bellow, Saul. *Ravelstein*. New York: Penguin Modern Classics, 2008.

Bellow, Saul. *The Dean's December*. New York: Penguin Modern Classics, 2008.

Bellow, Saul. *The Adventures of Augie March*. New York: Penguin Modern Classics, 2001.

Bellow, Saul. *The Dangling Man*. New York: Penguin Modern Classics, 2007.

索尔·贝娄:《集腋成裘集》,李自修等译,宋兆霖主编,河北教育出版社2002年版。

辅助文献

Aarons，Victoria，ed. *The Cambridge Companion to Saul Bellow*. London：Cambridge University Press，2016.

Aharoni，Ada. "Bellow and Existentialism." *Saul Bellow Journal* 2.2 (1983)：42—54.

Albrow，Martin & Elizabeth King. *Globalization*，*Knowledge and Society*：*Readings from International Sociology*. New York：Sage，1990.

Alexander，Edward. *Irving Howe*：*Socialist*，*Critic*，*Jew*. Bloomington：Indiana University Press，1998.

Amis，Martin. "A Chicago of a Novel." *The Atlantic Monthly*，(Oct.，1995)：114—127.

Antin，Mary. *The Promised Land*. Boston：Houghton Milfflin，1912.

Atlas，James. *Bellow*：*A Biography*. New York：Random House，2000.

Axelrod，Steven Gould. "The Jewishness of Bellow's Henderson"，*American Literature*，Vol.47，No.3(Nov.，1975)：439—443.

Bach，Gerhard，ed. *The Critical Response to Saul Bellow*. Westport，Connecticut：Greenwood Press，1995.

Baker，Carlos. "To the Dark Continent in Quest of Light." *The New York Times Book Review*(February 22，1959)：4—5.

Baker，Robert. "The Corresponding Life." *America*，(November 22，2010)：27.

Barnes，Fred. "The Revenge of the Squares：Newt Gingrich and Pals Rewrite the 1960s." *New Republic*，March 13，1995：23.

Baumgarten，Murray. *City Scriptures*：*Modern Jewish Writing*. Cambridge：Harvard University Press，1982.

Bell，Daniel. "Reflections on Jewish Identity." *Commentary*，1961，31：471.

Bell，K. Pearl，"New Jewish Voice，" *Commentary*，June 1981，62.

Bellow，Greg. *Saul Bellow's Heart*：*A Son's Memoir*. New York：Bloomsbury，2013.

Bennett，Larry. *The Third City*：*Chicago and American Urbanism*.

Chicago: The University of Chicago, 2010.

Besky, Seymour. "In Defense of Literature: Saul Bellow's *The Dean's December*." *Universities Quarterly: Culture, Education and Society* 39.1(1984—85):59—84.

Bloom, Allan. *The Closing of American Mind*. New York: Simon & Schuster Inc., 1987.

Bloom, Harold. "Introduction." *Saul Bellow (Modern Critical Views)*. Ed. Harold Bloom. New York: Chelsea House Publishers, 1986.

Boyers, Robert. "Nature and Social Reality in Saul Bellow's Mr. Sammler's Planet." *Critical Quarterly*, 15(1973):251—271.

Braham, Jeanne. *A Sort of Columbus: The American Voyages of Saul Bellow's Fiction*. Georgia: University of Georgia Press, 1984.

Brans, Jo. "Common Needs, Common Preoccupations: An Interview with Saul Bellow." in *Conversations with Saul Bellow*. Gloria L., Cronin and Ben Siegel, eds. Jackson: University Press of Mississippi, 1994, pp.140—160.

Brauch, Julia, et al, eds. *Jewish Topographies: Visions of Space, Traditions of Place*. Burlington, VT: Ashgate Publishing Company, 2008.

Brauner, David. *Post-War Jewish Fiction: Ambivalence, Self-Explanation and Transatlantic Connections*. New York: Pilgrave, 2001.

Budick, Emily. *Blacks and Jews in Literary Conversation*. Cambridge: Cambridge University Press, 1998.

Burgin, Richard. "The Sly Modernism of Isaac Bashevis Singer." in Brace Farrel, ed. *Critical Essays on Isaac Bashevis Singer*. New York: G.K.Hall & Co., 1996.

Cecil, Moffitt. "Bellow's Henderson as American Image of the 1950's." *Research Studies*, 40(1972):292—299.

Chavkin, Allan and Nancy Feyl Chavkin, "Bellow's Martyrs & Moralists. The Role of the Writer in Modern Society." *Saul Bellow and the Struggle at the Center*. Eugene Hollahan ed. New York: Ams Press, 1996.

Clayton, John Jacob. *Saul Bellow: In Defense of Man*. Bloomington: Indiana University Press, 1979.

Cohen, Joseph. "Saul Bellow's Heroes in an Unheroic Age." *Saul Bellow Journal* 3.1(1983):53.

Cohen, Sarah Blacher. *Saul Bellow's Enigmatic Laughter*. Urbana: University of Illinois Press, 1974.

Cohen, Steven and Arnold M. Eisen. *The Jew Within: Self, Family, and Community in America*. Bloomington, Indiana: Indiana University Press, 2000.

Connelly, Mark. *Saul Bellow: A Literary Companion*. Jefferson, North Carolina: McFarland, 2016.

Cronin, Gloria L. *A Room of His Own: In Search of the Feminine in the Novels of Saul Bellow*. Syracuse and New York: Syracuse University Press, 2001.

Cronin, Gloria L. and Blaine H. Hall. *Saul Bellow: An Annotated Bibliography*(2nd edition). New York: Garland, 1987.

De Mott, Benjamin. "How to Write a College Novel." *Hudson Review*, 15(2), 1962:243—252.

Diner, Haisia R. *The Jews of the United States, 1654—2000*. California: University of California Press, 2004.

Donaldson, Gary. *Abundance and Anxiety: America 1945—1960*. Westport, CT: Praeger Publishers, 1997.

Durbeej, Jerry. *Existential Consciousness, Redemption, and Buddhist Allusions in the Work of Saul Bellow*. New York: Proquest, Umi Dissertation Publishing, 2011.

Eliot, T.S. *Four Quartets*. New York: Harcourt, Brace, 1943.

English, T.J. *The Savage City: Race, Murder, and a Generation on the Edge*. New York: Harper Collins, 2011.

Fiedler, Leslie. "Jewish-Americans, Go Home!" in *Waiting for the End: The American Literary Scene from Hemingway to Baldwin*. Ed. Leslie Fiedler. London: Jonathan Cape, 1965.

Fuchs, Daniel. "Saul Bellow and the Modern Tradition." *Contemporary Literature*, Vol.15, No.1(Winter, 1974):67—89.

——. *Saul Bellow: Vision & Revision*. Durhan: North Carolina

Press, 1984.

Fuller, Edmund. *Man in Modern Fiction*. New York: Random House, 1958.

Galloway, David D. *The Absurd Hero in American Fiction: Updike, Styron, Bellow and Salinger*. Austin & London: University of Texas Press, 1974.

Gelfant, Blanche. *American City Novel*. Noman: University of Oklahoma Press, 1954.

Gerson, Steven. "A New American Adam." *Modern Fiction Studies* 25.1(1979):117—128.

Gifford, Terry. *Pastoral*. London: Routledge, 1999.

Ginsberg, Allen. *Howl, Kaddish and Other Poems*. New York: Penguin, 2009.

Glenday, Michael K. *Saul Bellow and the Decline of Humanism*. London: Macmillan Press, 1990.

Goffman, Ethan. *Imaging Each Other: Blacks and Jews in Contemporary American Literature*. New York: State University of New York Press, 2000.

Goldman, Leila H. *Saul Bellow's Moral Vision: A Critical Study of the Jewish Experience*. New York: Irvington, 1983.

——. "*The Dean's December*: A Companion Piece to *Mr. Sammler's Planet*". *Saul Bellow Journal* 5.2(1986):36—45.

——. "The Holocaust in the Novels of Saul Bellow." *Modern Language Studies*, 1986, 16(1):71—80.

Gordon, Andrew. "*Mr. Sammler's Planet*: Saul Bellow's 1968 Sppech at San Francisco State University", in *A Political Companion to Saul Bellow*, eds., Gloria L. Cronin and Lee Trepanier. Lexington, Kentucky: The University Press of Kentucky, 2013, pp.153—166.

Goren, Arthur A. "A 'Golden Decade' for American Jews: 1945—1955." Meeding, Peter Y., ed. *A New Jewry? America since the Second World War*. New York and Oxford: Oxford University Press, 1992.

Greenburg, Cheryl Lynn. *Troubling the Waters: Black-Jewish Relations in the American Century*. Princeton, New Jersey: Princeton University Press, 2006.

Harris, Mark. *Saul Bellow: Drumlin Woodchuck*. Athens: The University of Georgia Press, 1980.

Harvey, David. *Social Justice and the City*. Oxford: Basil Blackwell Publishers, 1973.

Herberg, Will. *Protestant-Catholic-Jew: An Essay in American Religious Sociology*. New York: Anchor Book, Doubleday & Company, 1960, p.183.

Holli, Melvin G. Holli, "Urban Reform in the Progressive Era." in *The Progressive Era*, ed. Louis L. Gould. Syracuse, New York: Syracuse University Press, 1974, p.144.

Holm, Astrid. "Existentialism and Saul Bellow's *Henderson the Rain King*." *American Studies in Scandinavia* Vol.10, 1978:93—109.

Howe, Irving. "Introduction," *Jewish American Stories*. New York: New American Library/Penguin, 1977. p.3.

——. "*Mr. Sammler's Planet*", from *Harper's* 240 (Feb. 1970): 106—114.

——. "The New York Intellectuals," *Commentary* 46(Oct. 1968).

——. "PR", *New York Review of Books* (Feb. 1963).

Hume, Kathryn. *American Dream, American Nightmare: Fiction since 1960*. Beijing: Foreign Language Teaching & Research Press, 2006.

James, Henry. *Art of the Novel*. New York: The Barnes & Nobel, 1934.

Jacob, Russell, "Preface" in *The Last Intellectuals: American Culture in the Age of Academe*. New York: Basic Books, 2000.

Katz, Eric. "Judaism". *A Companion to Environmental Philosophy*. Ed. Dale Jamieson. Oxford: Blackwell Publishers, 2001.

Kazin, Alfred. *A Walker in the City*. New York: A Harvest/ HBJ Book, 1951.

——. *A Writer's America: Landscape in Literature*. New York: A. A.Knopf, 1988.

——. *New York Review of Books* (3 Dec. 1970): 3—4.

Kieval, Hillel J. "Antisemitism & the City: A Beginner's Guide."

People of the City: Jews and the Urban Challenge (Vol. 15). Ed. Ezra Mendelson. New York and Oxford: Oxford University Press, 1980.

Kremer, S. Lillian. "Scar of Outrage: The Holocaust in *The Victim* and *Mr. Sammler's Planet*," in *Witness through the Imagination: Jewish American Holocaust Literature*. Detroit: Wayne State University Press, 1989, pp.36—62.

Kulshrestha, Chirantan. "A Conversation with Saul Bellow." *Chicago Review* (Winter 1973): 7—15.

Leader, Zachary. *The Life of Saul Bellow: To Fame and Fortune 1915—1964*. New York: Alfred A. Knopf, 2015.

——. *The Life of Saul Bellow: Love and Strife 1965—2005*. New York: Alfred A, Knopf, 2015.

Lehan, Richard. *The City in Literature*. California: California University Press, 1998.

Lercangée, Francine. *Saul Bellow: A Bibliography of Secondary Sources*. Brussels: Center for American Studies, 1977.

Levine, Paul. "The Dean's December: Between the Observatory and the Crematorium." *Saul Bellow at Seventy-five: A Collection of Critical Essays*. Tubingen: Narr, 1991.

Levinson, Julian. *Exiles on Main Street: Jewish American Writers and American Literary Culture*. Bloomington: Indiana University Press, 2008.

Malin, Irving. *Saul Bellow's Fiction*. Carbondale, Illinois: Southern Illinois University Press, 1967.

——. *Saul Bellow and the Critics*. New York: New York University Press. 1967.

Marcus, Steven. "Reading the Illegible: Modern Representations of Urban Experience." *The Southern Review* 22.3(1986 Summer): 443—464.

Marinelli, Peter V. *Pastoral*. London: Methuen & Co. Ltd., 1971.

Marx, Leo. *The Machine in the Garden: Technology and the Pastoral Ideal in America*. Oxford: Oxford University Press, 1964, 2000.

McGuinness, Martin J.. "Invisible Man in Saul Bellow's *The Dean's December*." *Saul Bellow Journal* 16.2/17.1—2 (2001): 165—185.

Michelson, Bruce. "The Idea of Henderson." *Twentieth Century Literature* Vol.27, No.4(Winter, 1981):309—324.

Mikics, David. *Bellow's People: How Saul Bellow Made Life into Art*. New York: W.W.Norton & Company, 2016.

Miller, Ruth. *Saul Bellow: A Biography of the Imagination*. New York: St. Martin's Press, 1991.

Mumford, Lewis. *The Culture of Cities*. New York: Harcourt Brace Jovanovich, Inc., 1970.

Nault, Marianne. *Saul Bellow: His Works and His Critics: An Annotated International Bibliography*. New York: Garland, 1977.

Newman, Judie. *Saul Bellow and History*. London: Macmillan Press, 1984.

——. "Bellow and Nihilism: *The Dean's December*." *Studies in the Literary Imagination* 17.2(1984):111—122.

Noreen, Robert G. *Saul Bellow: A Reference Guide*. Boston: G.K. Hall, 1978.

Opdahl, Keith Michael. *The Novels of Saul Bellow: An Introduction*. University Park, PA: Pennsylvania State University Press. 1967.

Park, Robert. "The City: Suggestions for the Investigation of Human Behavior in the Urban Environment." in Robert E. Parker, Ernest W. Burgess, and Roderick D. McKenzie, eds., *The City*, with an Introduction by Morris Janowitz, Chicago and London: The University of Chicago Press, 1967.

Parker, Simon. *Urban Theory and Urban Experience*. London and New York: Routledge, 2004.

Pearce, Richard. "Looking Back at Augie March". Gerard Bach, ed. *The Critical Response to Saul Bellow*. Westport, Connecticut: Greenwood Press, 1995.

Pifer, Ellen. *Saul Bellow against the Grain*. Philadelphia: University of Pennsylvania Press, 1994.

Pinsker, Sanford. "Saul Bellow in the Classroom." *College English*, 34. 7(April, 1973), p.982.

——. *Between Two Worlds: the American Novel in the 1960's*. New

York: The Whiston Publishing Company, 1998.

——. "Saul Bellow, Soren Kierkegaard and the Question of Boredom." *Centennial Review*, 1980, 24(1):118—125.

——. "The Headache of Explanation," *Midstream* (Oct. 1987): 56—58.

Podhoretz, Norman. "America at War: 'The One Thing Needful.'" *Francis Boyer Lecture*, American Enterprise Institute for Public Policy Research, Washington, DC, February 13, 2002.

Preston, Peter and Paul Simpon-Housley, eds. *Writing the City: Eden, Babylon and the New Jerusalem*. New York: Routledge, 1994.

Quayum, Mohammad A. *Saul Bellow and American Transcendentalism*. New York: Peter Lang, 2004.

Qiao, Guoqiang. *The Jewishness of Isaac Bashevis Singer*. Oxford: Peter Lang, 2003.

Ridder, Knight. "Saul Bellow rescued the American Novel." *Philadelphia Inquirer*, The(PA) (2005) on Thursday, April 7.

Robertson, Roland. *Glabolization*. New York: Sage, 1992.

Rodrigues, Eusebio. "Saul Bellow's Henderson as America." *Centennial Review*, 20(1976):189—195.

Rodrigues, Eusebio L. "Bellow's Africa." *American Literature* 43.2 (1971):242—256.

Roger, Kapalan. "'Augie March' Returns." *Washington Times*, *The* (*DC*), 07328494, Sep. 21, 2003.

Rose, Aubrey, ed. *Judaism and Ecology*. New York: Cassell Publishers, Ltd., 1992.

Roudané, Matthew C. "An Interview with Saul Bellow." *Contemporary Literature* 25.3(1984):265—280.

Rovit, Earl. "Saul Bellow and the Concept of the Survivor", in *Saul Bellow and His Work*. Edmond Schraepen, ed. Brussels: Vrije Universiteit Brussel, 1978.

Schwartz, Delmore. "A Man in His Time." from *Partisan Review* 11.3(1944):348—350.

Scott, A.O. "Saul Bellow, America's Poet of Urbanity". *The New*

York Times, April 10, 2005.

Shattuck, Roger. "A Higher Selfishness?" from *New York Review of Books*(18 Sep. 1975):21—25.

Siegel, Ben. "Still Not Satisfied: Saul Bellow on Art & Artists." *Saul Bellow and the Struggle at the Center*. Ed. Eugene Hollahan. New York: AMS Press, 1996.

Simmel, Georg. *The Philosophy of Money*(Third Enlarged Edition). Ed. David Frisby. Trans. Tom Bottomore and David Frisby. London and New York: Routledge, 2004.

Smith, Carol. "The Jewish Atlantic—The Deployment of Blackness in Saul Bellow", in *A Political Companion to Saul Bellow*, eds., Gloria L. Cronin and Lee Trpanier. Lexington, Kentucky: The University Press of Kentucky, 2013, pp.101—127.

Stern, Richard. "Henderson's Bellow." *The Critical Response to Saul Bellow*. Ed. Gerhard Bach. Westport, Connecticut: Greenwood Press, 1995.

Sundquist, Eric J. *Strangers in the Land: Black, Jews, Post-Holocaust America*. Cambridge, Masachusetts: The Belknap Press of Harvard University Press, 2005.

Tierney, William. "Interpreting Academic Identities: Reality and Fiction on Campus." From *The Journal of Higher Education*, Vol.73, No.1 (January/February 2002):161—172.

Trachtenberg, Stanley, ed., *Critical Essays on Saul Bellow*. Boston, MA: G.K.Hall& Co., 1979.

Tuan, Yi-Fu. *Space and Place: The Perspective of Experience*. Minneapolis: University of Minnesota Press, 1977.

Updike, John. "Toppling Towers Seen by a Whirling Soul." Review of *The Dean's December*. *New Yorker* 22(Feb. 1982):120—128.

Warren, Robert Penn. "The Man with No Commitments." *New Republic*(2 Nov. 1953):22—23.

Wasserman, Harriet. *Handsome Is: Adventure with Saul Bellow*. New York: Fromm International Publishing Corporation, 1997.

Waters, Malcolm. *Globalization: Key Ideas*. London: Routledge,

1995.

Westwood, Sallie and John Williams, eds. *Imaging Cities: Scripts, Signs, Memory*. London and New York: Routledge, 1997.

Wilson, Edmund. "Doubts and Dreams: Dangling Man under a Glass Bell", *The New Yorker* 1 April 1944:78, 81—82.

Wilson, Jonathan. *On Bellow's Planet: Readings from the Dark Side*. Rutherford, New Jersey: Fairleigh Dickinson University Press, 1985.

爱德华·萨义德:《知识分子论》,单德兴译,三联书店 2002 年版。

爱德华·索亚:《第三空间》,陆杨译,上海教育出版社 2005 年版。

安东尼·吉登斯:《现代性的后果》,田禾译,译林出版社 2000 年版。

阿格妮斯·赫勒:《日常生活》,衣俊卿译,黑龙江大学出版社 2010 年版。

陈晓兰:《二十世纪八九十年代英美都市文学研究一瞥》,《外国文学动态》2006 年第 6 期。

陈晓明:《城市文学:无法现身的"他者"》,《文艺研究》2006 年第 1 期。

陈贻绎:《希伯来语圣经——来自考古和文本资料的信息(至公元前 586 年)》,昆仑出版社 2006 年版。

戴维·哈维:《希望的空间》,胡大平译,南京大学出版社 2005 年版。

丹尼尔·贝尔:《资本主义文化矛盾》,赵一凡等译,三联书店 1989 年版。

段义孚:《无边的恐惧》,徐文宁译,北京大学出版社 2011 年版。

恩格斯:《大城市》,载《西方都市文化研究读本》(第一卷),薛毅编,广西师范大学出版社 2008 年版。

菲利普·罗斯:《行话:与名作家论文艺》,蒋道超译,译林出版社 2010 年版。

弗兰克·富里迪:《知识分子都到哪里去了:对抗 21 世纪的庸人主义》,戴从容译,江苏人民出版社 2005 年版。

格奥尔格·西美尔:《大都会与精神生活》,载汪民安、陈永国、马海良主编:《城市文化读本》,北京大学出版社 2008 年版。

葛兰西:《狱中札记》,曹雷雨、姜丽、张跣译,中国社会科学出版社 2000 年版。

顾晓鸣:《犹太——充满"悖论"的文化》,浙江人民出版社 1990 年版。

顾肃、张凤阳:《西方现代社会思潮史》,山东教育出版社 2004 年版。

海因茨·佩茨沃德:《符号、文化、城市:文化批评哲学五题》,邓文华译,四川人民出版社 2008 年版。

简·雅各布斯:《美国大城市的死与生》,金衡山译,译林出版社 2006 年版。

杰拉尔德·克雷夫茨:《犹太人和钱》,顾骏译,上海三联书店 1991 年版。

杰拉德·普林斯:《叙述学词典》,乔国强、李孝弟译,上海译文出版社 2011 年版。

理查德·利罕:《文学中的城市:知识和文化的历史》,吴子枫译,上海人民出版社 2009 年版。

卡尔·博格斯:《知识分子与现代性的危机》,李俊、蔡海榕译,江苏人民出版社 2002 年版。

卡尔·曼海姆:《卡尔·曼海姆精粹》,徐彬译,南京大学出版社 2002 年版。

——:《知识分子与现代性的危机》,李俊、蔡海榕译,江苏人民出版社 2002 年版。

刘文松:《索尔·贝娄小说中的权力关系及其女性表征》,厦门大学出版社 2004 年版。

刘兮颖:《受难意识与犹太伦理取向:索尔·贝娄小说研究》,华中师范大学 2011 年版。

刘洪一:《走向文化诗学——美国犹太小说研究》,北京大学出版社 2002 年版。

刘易斯·芒福德:《城市发展史——发源、演变和前景》,宋俊岭、倪文彦译,中国建筑工业出版社 2004 年版。

——:《刘易斯·芒福德著作精粹》,唐纳德·L.米勒编,宋俊玲、宋一然译,中国建筑工业出版社 2010 年版。

——:《城市发展史——起源、演变和前景》,宋俊岭、倪文彦译,中国建筑工业出版社 2004 年版。

罗兰·巴特:《符号学历险》,李幼蒸译,中国人民大学出版社 2008 年版。

卢卡契:《历史阶级意识》,张西平译,重庆出版社 1993 年版。

罗伯特·帕克等:《城市:有关城市环境中人类行为研究的建议》,杭苏红译,商务印书馆 2016 年版。

罗兰·斯特龙伯格:《西方现代思想史》,刘北成、赵国新译,中央编译出版社 2004 年版。

马尔科姆·布雷德伯里、詹·麦克法兰:《现代主义》,胡家峦等译,上海外语教育出版社 1992 年版。

马克思·韦伯:《经济与社会》(下卷),林荣远译,商务印书馆 1997 年版。

玛莎·努斯鲍姆:《诗性正义:文学想象与公共生活》,丁晓东译,北京大学出版社 2010 年版。

米米·谢勒尔、约翰·厄里:《城市与汽车》,《城市文化读本》,汪民安等主编,北京大学出版社 2008 年版。

米歇尔·德·塞尔托:《日常生活实践:1.实践的艺术》,方琳琳、黄春柳译,南京大学出版社 2009 年版。

米歇尔·福柯:《疯癫与文明》,刘北成、杨远婴译,三联书店 2003 年版。

——:《规训与惩罚》(第 2 版),刘北成、杨远婴译,三联书店 1999 年版。

摩迪凯·开普兰:《犹太教:一种文明》,黄福武、张立改译,山东大学出版社 2002 年版。

莫里斯·迪克斯坦:《伊甸园之门:六十年代的美国文化》,方晓光译,上海外语教育出版社 1985 年版。

南·艾琳:《后现代城市主义》,张冠增译,同济大学出版社 2007 年版。

聂珍钊:《〈老人与海〉与丛林法则》,《外国文学评论》2009 年第 3 期。

诺曼·马内阿:《索尔·贝娄访谈录:在我离去之前结清我的账目》,邵文实译,中国出版集团 2015 年版。

欧文·豪:《父辈的世界》,王海良、赵立行译,上海三联书店 1995 年版。

齐格蒙·鲍曼:《生活在碎片之中——论后现代道德》,郁建兴等译,学林出版社 2002 年版。

齐格蒙特·鲍曼:《共同体》,欧阳景根译,江苏人民出版社 2003 年版。

——:《被围困的社会》(第 2 版),郇建立译,江苏人民出版社 2006 年版。

乔国强:《美国犹太文学》,商务印书馆 2008 年版。

——:《辛格研究》,上海外语教育出版社 2008 年版。

——:《美国犹太作家笔下的现代城市》,《当代外语研究》2010 年第 1 期。

——:《索尔·贝娄笔下的“双城记”——试论索尔·贝娄的〈院长的十二月〉》,《当代外国文学》2011 年第 3 期。

——:《从小说〈拉维尔斯坦〉看贝娄犹太性的转变》,《上海大学学报》(社会科学版)2011 年第 2 期。

R.J.约翰斯顿:《哲学与人文地理学》,蔡运龙、江涛译,商务印书馆 2010 年版。

沙伦·祖金:《城市文化》,张廷佺、杨东霞、谈瀛洲译,包亚明主编,上海教育出版社 2006 年版。

斯皮瓦克:《属下能够说话吗?》,李应志编:《解构的文化政治实践》,三联书店 2008 年版。

斯维特兰娜·博伊姆:《怀旧的未来》,杨德友译,译林出版社 2010 年版。

瓦尔特·本雅明:《巴黎,19 世纪的首都》,刘北成译,上海人民出版社 2006 年版。

——:《发达资本主义时代的抒情诗人》,王才勇译,江苏人民出版社 2005 年版。

——:《发达资本主义时代的抒情诗人》,张旭东、魏文生译,三联书店 1989 年版。

魏道思拉比:《犹太文化之旅——走进犹太人的信仰、传统与生活》,刘幸枝译,江西人民出版社 2009 年版。

魏啸飞:《美国犹太文学和犹太特性》,广西师范大学出版社 2009 年版。

希尔斯:《论传统》,傅铿、吕乐译,上海人民出版社 1991 年版。

西美尔:《大都会与精神生活》,载《时尚的哲学》,费勇等译,文化艺术出版社 2001 年版。

徐岱:《小说叙事学》,中国社会科学出版社 1992 年版。

徐新:《反犹主义解析》,上海三联书店 1996 年版。

雅各布·马库斯:《美国犹太人,1585—1990 年:一部历史》,杨波、宋立宏、徐娅囡译,上海人民出版社 2004 年版。

伊恩·P.瓦特:《小说的兴起》,高原、黄红钧译,三联书店 1992 年版。

伊塔洛·卡尔维诺:《看不见的城市》,张宓译,译林出版社 2006 年版。

张鸿雁主编:《城市·空间·人际——中外城市社会发展比较研究》,东南大学出版社 2003 年版。

张鸿声:《“文学中的城市”与“城市想象”研究》,《文学评论》2007 年第

1期。

——:《城市现代性的另一种表述:中国当代城市文学研究(1949—1976)》,北京大学出版社2014年版。

张甜:《被围困的社会:索尔·贝娄中期城市小说创作漫谈》,《外国语文研究》2017年第6期。

——:《城市知识分子的二重世界——评贝娄的〈赫索格〉》,《英美文学研究论丛》2012年第16辑。

——:《充满悖论的犹太田园曲——评菲利普·罗斯的〈田园牧歌〉》,《世界文学评论》2011年第1期。

——:《从城市社会学视角评索尔·贝娄的〈奥吉·马奇历险记〉》,《华中学术》2017年第4期。

——:《美国非裔与犹裔的生态文学批评之维》,载《在全球语境下:美国非裔文学国际研讨会论文集》,华中师范大学出版社2011年版。

——:《心醉·心碎:植物王国和城市迷宫——评贝娄〈更多人死于心碎〉》,《英美文学研究论丛》2015年第23辑。

——:《〈雨王亨德森〉和贝娄的共同体思想》,《外国文学研究》2011年第6期。

张英进:《都市的线条:三十年代中国现代派笔下的上海》,《中国现代文学研究丛刊》1997年第3期。

周南翼:《贝娄》,四川人民出版社2003年版。

索尔·贝娄大事年表

1912 年　父亲亚伯拉罕一家被发现非法居住在俄国圣彼得堡，面临被流放到西伯利亚的风险

1913 年　在妻兄帮助下购买假文件偷渡到加拿大并投奔到魁北克省拉辛市亚伯拉罕的妻姐家

1915 年　6 月 10 日①贝娄出生在加拿大拉辛市

1924 年　全家从加拿大的拉辛移居到美国的芝加哥

1933 年　贝娄读完中学之后到芝加哥大学继续深造

1935 年　由芝加哥大学转至西北大学

1936 年　在左翼刊物《灯塔》(*Lighthouse*)上发表第一篇反法西斯和不抵抗主义的短篇小说《那真不行》(*The Hell It Can't*)

1937 年　获西北大学学士学位

1937 年　与第一任妻子安妮塔·格什金(Anita Goshkin)结婚

1938—1943 年间　在芝加哥佩斯特罗兹-弗洛贝尔师范学院(Pestalozzi-Froebel Teachers College)任教

1941 年　在《党派评论》(*Partisen Review*)上发表短篇小说《两个早晨的独白》(*Two Morning Monologues*)

1942 年　发表短篇小说《墨西哥将军》(*The Mexicon General*)

1943—1946 年　在大英百科全书编辑部工作

1944 年　第一部长篇小说《晃来晃去的人》(*Dangling Man*)出版

1944—1945 年　在美国海军部工作

1946 年　任教于美国明尼阿波利斯市的明尼苏达大学英文系

---

① 贝娄出生证上的日期为 1915 年 7 月 10 日，但多数贝娄传记作者认为贝娄出生在 1915 年 6 月 10 日，因为加拿大拉辛市市政厅在 20 世纪 20 年代被大火焚毁，其出生证为后来填写。参见 James Atlas, *Saul Bellow*: *A Biography*, pp.8—9; Ruth Miller, *Saul Bellow*: *A Biography of the Imagination*, p.3。

1947 年　第二部长篇小说《受害者》(*The Victim*)出版

1948 年　被耶鲁大学布雷德福学院聘为英语副教授,并获得古根海姆研究基金。依靠这一基金,贝娄在法国巴黎着手撰写长篇小说《奥吉·马奇历险记》(*The Adventure of Augie March*)

1950—1952 年　获得国家艺术文学学院奖(National Institute of Arts and Letters Award),并在纽约大学作访问讲师

1953 年　被普林斯顿大学聘为创作研究员,《奥吉·马奇历险记》出版

1954 年　《奥吉·马奇历险记》获得美国全国图书奖

1955—1956 年　再次获得古根海姆研究基金

1956 年　第四部小说《抓住时日》(*Seize the Day*,又译《只争朝夕》)出版

1959 年　第五部长篇小说《雨王亨德森》(*Henderson the Rainking*)出版

1963 年　长篇小说《赫索格》(*Herzog*)出版

1964 年　《赫索格》获得美国全国图书奖

1965 年　获得国际文学奖(Prix International de Littérature)

1966 年　剧本《最后的分析》(*The Last Analysis*: *A Play*)和另外三部短剧组成的戏剧《不舒服》(*Under the Weather*)在百老汇剧场上演

1968 年　出版短篇小说集《莫斯比的回忆》(*Mosby's Memoir*)

1968 年　获得法国授予外国人的最高文学奖——艺术与文学骑士十字勋章,同年获得犹太传统奖"圣约信徒奖"(B'nai B'rith)

1969 年　获得美国人文科学院院士荣誉

1970 年　出版长篇小说《赛姆勒先生的行星》(*Mr. Sammler's Planet*),并第三次获得美国全国图书奖,获得纽约大学颁发的荣誉博士学位

1971 年　入选美国艺术和人文学院,获得康奈尔大学荣誉博士学位

1972 年　先后获得耶鲁大学和哈佛大学的荣誉学位

1976 年　出版游记《耶路撒冷来去》(*To Jerusalem and Back*)

1984 年　出版文集《集腋成裘集》(*It All Adds Up*)

1987 年　出版长篇小说《院长的十二月》(*Dean's December*)、《更多的人死于心碎》(*More Die of Heartbreak*)

出版中篇小说《贝拉罗莎暗道》(*Belarosa Connection*)、《窃贼》(*The Theft*)

2000 年　出版小说《拉维尔斯坦》(*Ravelstein*)

2005 年 4 月 5 日　在美国马萨诸塞州布鲁克林的家中去世

国内索尔·贝娄及其相关著作出版目录

人民文学出版社：

索尔·贝娄:《抓住时机》,胡苏晓译,2018 年版。

索尔·贝娄:《拉维尔斯坦》,胡苏晓译,2018 年版。

索尔·贝娄:《洪堡的礼物》,蒲隆译,2018 年版。

索尔·贝娄:《雨王亨德森》,蓝仁哲译,2016 年版。

索尔·贝娄:《赛姆勒先生的行星》,汤永宽、主万译,2018 年版。

索尔·贝娄:《更多的人死于心碎》,林珍珍、姚暨荣译,2016 年版。

索尔·贝娄:《赫索格》,宋兆霖译,2018 年版。

索尔·贝娄:《奥吉·马奇历险记》,宋兆霖译,2018 年版。

上海文艺出版社：

索尔·贝娄:《雨王亨德森》,蓝仁哲译,2015 年版。

索尔·贝娄:《奥吉·马奇历险记》,宋兆霖译,2015 年版。

浙江文艺出版社：

索尔·贝娄:《晃来晃去的人》,2016 年版。

索尔·贝娄:《今天过得怎么样》,2016 年版。

上海译文出版社：

索尔·贝娄:《洪堡的礼物》,蒲隆译,2007 年版。

索尔·贝娄:《雨王亨德森》,蓝仁哲译,2007 年版。

索尔·贝娄:《赫索格》,宋兆霖译,2007 年版。

索尔·贝娄:《奥吉·马奇历险记》,宋兆霖译,2007 年版。

译林出版社：

索尔·贝娄：《拉维尔斯坦》，胡苏晓译，2004年版。

中国对外翻译出版公司：

索尔·贝娄：《索尔·贝娄短篇小说集》，1992年版。

河北教育出版社：

宋兆霖主编：《索尔·贝娄全集》，2002年版：

第一卷　《奥吉马奇历险记(上)》，宋兆霖译

第二卷　《奥吉马奇历险记(下)》，宋兆霖译

第三卷　《雨王亨德森》，毛敏渚译，张子清校

第四卷　《赫索格》，宋兆霖译

第五卷　《赛姆勒先生的行星》，汤永宽、主万译

第六卷　《洪堡的礼物》，蒲隆译

第七卷　《院长的十二月》，陈永国、赵英男译

第八卷　《更多的人死于心碎》，姚暨荣、林珍珍译

第九卷　《晃来晃去的人　受害者》，蒲隆译

第十卷　《只争朝夕　莫斯比的回忆》，王誉公、孙筱珍、董乐山译

第十一卷　《口没遮拦的人》，郭建中、王丽亚等译

第十二卷　《偷窃　真情　贝拉罗莎暗道》，殷惟本、主万译

第十二卷　《耶路撒冷来去》，王誉公、张莹译

第十四卷　《集腋成裘集》，李自修等译。

中国社会科学出版社：

索尔·贝娄：《挂起来的人》，袁华清译，1987年版。

漓江出版社：

索尔·贝娄：《赫索格》，宋兆霖译，1985年版。

湖南人民出版社：

索尔·贝娄：《勿失良辰》，王誉公译，欧阳基校，1981年版。

其他贝娄研究著作：

白爱宏：《抵抗异化：索尔贝娄小说研究》，中国社会科学出版社 2012 年版。

高迪迪：《索尔·贝娄早期小说研究》，人民日报出版社 2016 年版。

格雷格·贝娄：《索尔·贝娄之心》，朱云译，南京大学出版社 2018 年版。

诺曼·马内阿：《索尔·贝娄访谈录：在我离去之前结清我的账目》，邵文实译，中国出版集团 2015 年版。

刘文松：《索尔·贝娄小说中的权力关系及其女性表征》，厦门大学出版社 2004 年版。

刘兮颖：《受难意识与犹太伦理取向：索尔·贝娄小说研究》，华中师范大学出版社 2011 年版。

乔国强：《贝娄研究文集》，译林出版社 2014 年版。

乔国强：《贝娄学术史研究》，译林出版社 2014 年版。

汪汉利：《索尔·贝娄小说研究》，浙江大学出版社 2016 年版。

张军：《索尔·贝娄成长小说中的引路人研究》，上海外语教育出版社 2013 年版。

赵霞：《城市想象和人性救赎：索尔·贝娄小说研究》，中国社会科学出版社 2016 年版。

郑丽：《解放潘多拉：贝娄四部小说中的女性形象和两性关系研究》，外语教学与研究出版社 2009 年版。

周南翼：《贝娄》，四川人民出版社 2003 年版。

周南翼：《追寻一个新的理想国：索尔·贝娄、伯纳德·马拉默德和辛西娅·欧芝克小说研究》，厦门大学出版社 2005 年版。

后　记

时光荏苒，眨眼间这部专著握在我手中已有7年之久，不禁感叹岁月蹉跎并感慨自己的拖沓。经过三年博士阶段的学习，在导师乔国强先生的悉心指导下，2012年我顺利地以博士论文《索尔·贝娄城市小说》完成答辩。当时深感自己学术涵养不够，视野亦不够开阔，不断责备自己，对这本博士论文亦有着复杂的情感。答辩虽然结束，但那只是意味着新征途的开始。

回顾自己对犹太文化的兴趣，最早始于20世纪90年代，当时读高中的我无意翻到母亲的一本厚厚的《圣经》，记得当时对宗教问题尚很懵懂的我还问过母亲以色列人与《圣经》的关系。只有初中学历的母亲并不能回答我的问题，而我忙于学业，对此也就不了了之了。之后本科阶段虽然就读于师范院校，但当时的我对人民教师的职业没有太多的兴趣，因此辅修并拿到了经济管理的双学位。记得当时有着不少梦想的我偶尔会去书店或者图书馆浏览一下经济类的书籍，希望某日我也能成为一位驰骋商界的精英，记忆中，我的书架上有不少类似于《犹太致富经》、《如何向犹太人那样做生意》的书籍。犹太人真的那么聪明吗？这让我对这个民族的兴趣更加浓厚了，虽然当白领的意愿依旧强烈，甚至本科和研究生阶段均在公司实习过，但我对犹太文化的兴趣从未淡过，反而愈发强烈，于是硕士论文便围绕美国犹太作家马拉默德的《店员》展开，书名中暗含的商业背景成功地引起了我的注意。

与犹太文化的亲密接触始于2013年，当时我受以色列官方资助参加了耶路撒冷YAD VASHEM举办的研修班。在以色列历时半个月的学习让我对这个民族及其文化有了进一步了解。2014年再次受到官方资助参加YAD VASHEM举办的大屠杀教育国际研讨会，这次会议打开了另一扇让我深入研究犹太文学的大门。此后我对二战犹太大屠杀历史给予了更多的关注，并将这一关注点投射到了之后的论文写作上。2014—2015年我受留学基金委资助赴美国哈佛大学英语系访学，其间收获颇丰，不仅旁听了自己感兴趣的课程，还结识了更多国外学者，建立了联系。在了解到我的研究兴趣之后，哈佛大学和波士顿大学的犹太教授还邀请我去他们的府邸过住棚节、逾越节等重要的犹太节日并参加他们的犹太教堂活动。虽然以前在以色列也曾进入犹太教堂感受过当地人的宗教仪式活动，但当自己置身于美国这一多元文化大熔炉之中时，更多地则是启发自己对犹太文化何以传承并延续这一问题的思考，虽然身边不乏有些不拘泥这些仪式的世俗犹太朋友。除了这种种收获，我终于也有了可以静心思考并修改自己书稿的时间，哈佛大学图书馆的馆藏丰富了我的论文和眼界。在访学期满即将回国之际，我在哈佛大学英语系访问学者沙龙以及哈佛燕京张凤文化坊作结合自己的思考做了两场有关犹太文学的报告，其中有一场便与贝娄小说中的大屠杀主题相关。

2015 年年底我幸运地获得了国家社科后期资助，之后由于各种原因，书稿的修改时断时续，缓慢的进度让我焦虑更让我汗颜，深感自己的无能和无力。今年书稿终于得以付梓，但依旧诚惶诚恐，如坐针毡，深知此专著尚有很大的提升空间。耻于自己才疏学浅，部分重要问题浅尝辄止，希望此书能抛砖引玉，得到更多前辈同仁的批评指正。

虽说十年磨一剑，但我深感愧疚，拙著迟迟未能面世，愧对导师乔先生和亲友的殷切期望，付梓之际我诚挚地表达我的敬意、谢意和歉意。感谢博士生导师乔国强先生以及硕士生导师张强先生在我成才路上的悉心指引。读博阶段乔师工作调动，我同样幸运地受教于罗良功先生，感激罗师毫无门第之见，视吾如己出。多年以来，拙著的出版离不开亲人、前辈、挚友们的关怀和帮助，感激我最爱的父母公婆以及爱人胡海先生一直以来的陪伴和支持，不管我选择哪条路，他们从未多言，总是给予我最温暖的亲情。读初中的女儿学习上虽然不是我的骄傲，但生活中的小棉袄以她细腻的心性让偶尔身心疲惫的我顿感精力充沛。感激一路走来师长以及同仁们的鼓励、帮助和提点，王宁先生、聂珍昭先生、刘建军先生、郑建青先生、陈世丹先生、阮炜先生、张华先生、杨建先生、方幸福先生、王卓先生、曾艳钰先生、刘克东先生、唐立新先生、曾巍先生都给予过我无私的帮助。感谢国家社科基金给喜欢科研的学者们提供这个学术平台，感谢上海人民出版社王笑潇编辑，总是督促我的进度。还要感谢哈佛大学的 Daniel Albright 教授(已故)、Shaye Cohen 教授和客座 Dara Horn 教授，特拉维夫大学的张平教授，波士顿大学的 Steven Katz 教授和 Nancy Horowitz 教授，布兰戴斯大学的 Jonathan Sarna 和 Sylvia Flsherman 教授。感谢同门的兄弟姐妹，每次乔门和罗门的聚会大家畅所欲言，我由衷珍惜这些拉近彼此距离、互相鼓劲的绝妙时光。要感谢的人实在太多，原谅我不能一一列举，如有疏漏，敬请海涵。后记中本还想谈谈自己对贝娄的看法，但恐一时半会儿难以停笔，只能将拙著留给大家品评。后记末了，已经情难自禁，眼眶也已湿润，我何等幸运，有恩师亲朋挚友相伴、相知。唯借此良机献上我诚挚的祝福以及无尽的感激，感恩有你们！

2019 年 11 月

图书在版编目(CIP)数据

城市想象与犹太文化:索尔·贝娄城市小说研究/
张甜著.—上海:上海人民出版社,2019
ISBN 978-7-208-16154-2

Ⅰ.①城… Ⅱ.①张… Ⅲ.①索尔·贝娄-小说研究
Ⅳ.①I712.074

中国版本图书馆CIP数据核字(2019)第227112号

责任编辑 王笑潇 曹怡波
封面设计 夏 芳

城市想象与犹太文化
——索尔·贝娄城市小说研究
张甜 著

出 版 上海人民出版社
(200001 上海福建中路193号)
发 行 上海人民出版社发行中心
印 刷 上海商务联西印刷有限公司
开 本 720×1000 1/16
印 张 16
插 页 4
字 数 261,000
版 次 2019年12月第1版
印 次 2019年12月第1次印刷
ISBN 978-7-208-16154-2/I·1859
定 价 68.00元